舟動——著

跛鶴的羽翼

魔術師偵探系列

明・胡文煥《山海經圖》

清・汪紱《山海經存》

目次

【各界名家推薦】

舟動的「靈術師偵探系列」，在五花八門的巨量知識體系與玄怪妖異間穿梭，猛一看，既有著小栗虫太郎在《黑死館殺人事件》裡鋪陳的誇張繁複，又有著京極夏彥那降魔師的逼人氣勢。故事峰迴路轉的娛樂性，瞻之在前，忽焉在後，也令人再三驚嘆。但且不論這些，我認為本系列最令人心折之處，在於「在地化」的工程。這邊說的「在地化」，指的不是故事中大量引用民俗、廟宇、原住民傳說，而是作者極力調度現實時空的資料，使本作具備了記憶時代的功能。不知曾幾何時，作者們喜歡以抽象的時空作為故事背景，發生在城市裡，就稱為某市，發生在鄉下，就稱為某村，跟著還有某企業、某大學，即使故事發生在「當代的臺灣」，也與「發生在哪裡都可以」無異。然而《跛鶴的羽翼》不只發生在特定的年份，就連裡頭的歷史事件，也以相當精確的時間紀錄下來，故事裡動不動就提到幾年前通過什麼法案，哪一年什麼機關有什麼變化，令我感到了歷史記憶的深刻實感。這些紮實的基礎，堪稱「在地化」的具體實現。只有當臺灣社會的脈動從記憶中浮現，由此出發的社會關懷，才具有溫度與質感。換言之，在精怪妖異的調味底下，作者提出的社會關懷，反而更為耀眼；若拿京極夏彥來比較，只專注在謎團的幻想趣味上，或許會無法看見本作如黃金般燦爛的努力。個人以為，本作是應該在臺灣推理史上佔一席之地的。

——**瀟湘神**（作家／臺北地方異聞工作室成員）

了不起，這是我看完這部小說的第一個印象！

這部小說由三個元素所組成，以推理小說為骨架，家庭暴力為血肉，啣火的妖鳥為色彩，揮灑出一部精采的小說！

作者舟動老師對於家庭暴力事件相關人物以及前因後果刻畫得相當深刻、引人入勝。令我訝異的是，舟動老師亦藉由這部小說將其對台灣家庭暴力防治法的執行與困境提出相當精闢的個人見解，這是我相當佩服的一點，我個人目前是台灣家庭暴力暨性犯罪處遇協會的理事長，我們是這領域少數針對家暴相對人進行服務超過十年的專業團體，這是一個奇特的現象，台灣家庭暴力防治法已通過將近二十年，但在台灣縣市政府正式編制的社工員，絕大部分都還只是針對家暴被害人進行社工服務，而把家暴相對人服務委外給民間社福機構進行處遇。

事實上舟動老師在小說中亦已點出，不管是社政或者警政，承辦人經常在換，「處理家暴問題的社工只做一年多，就算是資深的了，很可怕的現象」，明白指出這領域的兩難，第一個難，是與家暴相對人一起工作本身就難，第二個難，是培養這種能力的專業人員也難！因此，整個家暴防治體系裡，無法累積足夠的實務經驗，非常值得主管機關正視此問題！

最後，我想指出此部小說的一個關鍵問題，即「保護令」是否有效？根據阮祺文等人（2008）的研究指出，「148位受暴者有87.2%對保護令的執行滿意，但僅有54.7%認為保護令對促進婚姻關係有幫助，顯示大部分的受暴婦女期望藉由保護令來遏阻婚姻生活中的暴力事件，在保護令核發下來，有80％的施暴者不會再動手打太太，僅20％施暴者會再施暴，但次數也比以前少，且會改用罵的方式。」王珮玲（2010）的研究亦指出，「對於禁制令、遷出令及遠離令之效果，於核發保護令第三、九個月後之二次對被害人的追蹤調查後顯示，施暴者整體違反保護令之比率約四成，而再發生肢體暴力之比率則約19％」，顯示保護令對大多數的相對人是具有一定的嚇阻作用，但對於特殊具致命危險的相對人而言，則需要具有實務經驗的家暴防治體系共同努力，以避免悲劇的發生，而，這又回到第一個層次的問題了！

——**邱惟真**（社團法人台灣家庭暴力暨性犯罪處遇協會理事長／淡江大學教育心理與諮商研究所助理教授）

《跛鶴的羽翼》是一本企圖心十足、自開獨特蹊徑的本土推理作品。

事件的謎團從一段段世代經歷家暴的苦痛歷史展開，進一步剖析出一個個遭到家暴侵襲的幽微人心，作者不僅深入地探討了家庭暴力發生的歷史、起因於權力不對等的結構性因素，連對我國家庭暴力防治法的研究，作者也非常到位、毫不馬虎地爬梳整理。

特別是，筆者擔任家事法的實務工作者及研究者，一向強調保護令的功能有其侷限性，跟作者本書有段描述到保護令的核發反而造成夫妻關係的反效果——冷暴力，保護令並不是解決家庭問題的萬靈丹，也有不謀而合之處。顯見，若未正視家庭暴力的成因與解開心結，保護令的核發只是徒增對立與加速崩壞關係。

回到推理小說的本質來說，本書的後半段營造了現代感十足、節奏緊湊的最終對決，謎團的結局一再翻轉，讓人看得十分過癮。

究竟，因家暴而破碎之家庭，從中躡跡而生的妖物來自何處？且看靈術師如何洞悉人性、清理那失控的家暴溫床，揪出隱身其中的妖孽。

——**楊晴翔**（律師、推理小說愛好者，著有《家事法官沒告訴你的事》）

施暴者與被施暴者所處的皆非人間，而是地獄。他們都等著另一股力量將他們帶離，來自天堂的力量，是人同此心，心同此理。

——**律師娘**（作家／可道律師事務所）

這本新書完全確定了這位台灣新推理作家的準確方向，作者運用其廣泛的知識，建構出一個完全台灣本土化的玄幻世界。如果你要稱他為「台灣的京極夏彥」雖無不可，但我相信他的未來發展應該不止於此！

——**杜鵑窩人**（台灣推理作家協會前會長／推理評論人）

序章

火，自青藍的球體點起那刻，迅速蔓延四竄。

尚未遭波及的一頭，岌岌可危，因為潔白的磁磚、上蠟的木質地板、木製書架和排排疊立的書籍，全蓋上一層滑膩的透明可燃液狀物，揮發出一股詭異的殺氣。樓層的異度空間瀰漫著濃厚、刺鼻的汽油味，悶窒不堪，任誰都意欲逃離此地。

外界昏暗帶藍的慘白月光，以及效能強大的探照燈光，透過厚實的玻璃窗灑落在室內佇立不動的兩具身形。兩人立定對峙，彼此凝視，雙方恍如以意念交戰，汽油向上薰蒸的臭氣自然未對他們造成任何影響。

「你，想屈服於妖物底下嗎？」

開口說話的男人自稱靈術師，身著白衣黑褲，酷似合氣道的道服，外披深紫衫衣，背露一只銀亮的正五芒星，渾身包覆凜然的正氣。他不改其色，依然凝氣鎮定，目露難得一見的晶亮光芒，炯炯有神，與對面瘸腿的男子形成強烈對比。

「只有這樣做，我才能終結一切不幸！」

男子激動地憤喊，強揹起身後的鋼瓶，手中緊執銲炬，槍口即將再次點燃。於妖物的助力下，他全身散發出超能且強大的毀滅意志，眼瞳中充斥著一股能將萬物全盤吸攝的深邃黑暗，猶可將人世間的一切有形物體皆化為粉狀的炭黑。

「真是麻煩死了！我非得逼出妖物，你才肯罷手嗎？」

靈術師聲音宏亮驚人，表現的態度宛如妖魔在前也不為所動。

汽油揮散至空氣中的分子愈益濃密，而男子掌中的槍口蓄勢待發，只要噴冒出一丁點火星，即能令火焰噬食他們所在的空間。

「你……」男子眼眶含淚，吼聲出口：「你沒看過那對翅膀！還有那顆青藍色的火球！」

「你果然看到了呀。」靈術師擺出一副早已了然於心的表情，再突轉威嚇的聲勢，向他呼喊：「是那妖物正在控制你吧？」

「我能感覺得到……我也看得到……」

男子能視及妖物的行徑，並即將認同妖物的作為。

「當然，我相信你能。」靈術師語帶肯定，說：「因為那是存在的，對吧？」

「那東西把我的家毀了！可是……也給了我力量！」

「我了解的。」靈術師面不改色，搖頭說：「不過，那種東西——原本即不是我們人類該看到的東西。」

「在那個家，我一點選擇也沒有，我就是看到了！一直都看得很清楚！」

男子狂躁地嘶喊，手指移至鋼瓶，廝磨壓力調節器。啣掛於鋼瓶外的橡皮管左右陡然輕晃，燎光好似於他的瞳孔中反覆迸散。

倘若注意他的腳邊，約莫不到一公尺處，伏趴著一具完整人形。這具形體從頭到腳早已淋滿致命的汽油，後腦杓淤紫浮腫，前額覆著殷紅的血液，一陣一陣流淌至鼻頭，滴落在磁磚上，混溶於油液之中。鮮紅的液珠滴濺，猶如罕見的硃砂潑墨，渲染成象徵極致死亡的終極畫作。

油體上方的氣態分子，夾雜男子內心的憤怒火光——

一觸即發。

「……你此刻如果臣服於妖物底下，一切將無法挽回……」

靈術師語畢，其身後剎時冒出一名執拿手槍的男人。

「放下！快，現在就放下！……」

男人呼吸急促，打開槍枝保險，槍口瞄準怒目的男子。

此刻，玻璃窗的遠方幾百公尺外，存在另一近乎僵滯不動的槍口，早已待候多時。內紅點快速瞄準鏡，輔以狙擊槍手平穩緩慢的氣息，久久窺視著目標物，時間彷彿冰封結凍，只等子彈射出瞬間所迸裂的燦然火花，好結束這場令外頭眾人屏息靜觀的對峙。

足以迫使人類顫慄萬分的千年妖物，當然不會於此景幕中缺席。

牠狀似鶴形，其雙翼色澤明亮、紅藍參差相間，猶像一層薄焰於表面來回浮蕩。此時的牠，位於室內蟄伏守候，貪婪地目視在場的犧牲者……

「此妖物即將現身了。」

靈術師慎重地傾出警告。同時，無線電傳出請求進一步指示的呼叫。

然而，妖物早在無線電傳訊之前，即展開龐大的翅羽，飛至室內的上空，迴旋於所有人的頭頂。

龐然的雙翼鼓動、拍動、撼動著地面蒸騰的揮發油氣，好似憤然掀起詭譎多變的焰波。其口中叼啣的青藍妖焰球體，倏地猛然膨脹，儼然向人類揭示，自己能發動一股任何家庭都無可抵禦的威脅。

油氣持續熏滿室內，濃度愈益提升，同妖氣、正氣融混於悶滯的空間。

無形之青藍鶴鳥，恍若即將以有形之姿現身於前……

第一章

她經常夢見自己被打死。

喀吱……喀吱……喀吱……

隨著腳掌壓踩木製階梯的刺耳聲，步步迫近，彷彿自身的死亡不是夢境，而是即將臨至的宿命。

「我……我好怕……」她的肩頭顫抖，吐出恐懼。

『大嫂？妳說什麼？……嫂子？妳還在嗎？』

顧不得自己緊抓的手機另一頭傳來多麼關切的呼喊，她只能切斷通話，直盯著門鎖，再次確認自己處於密閉安全的空間內。原先他還賴在客廳的椅子不走，醉醺醺的，現在已經緩緩上樓，準備侵擾她的身心。

她伸臂將女兒擁過來，緊緊抱住，好像這麼做就能舒緩室內逐漸醞釀的不安情緒。

喀吱……喀吱……喀吱……

「不哭、不哭……」她用手指抹去女兒眼角快掉出的淚珠，說：「安靜喔，聽話，不要出聲喔……」

她想逃脫自己和他組建的家庭，但無法獨自逃離，因為兩個孩子，是她的骨肉、她的牽絆。對她來說，家庭恍如幻夢。一場醒不過來的噩夢。

假如在結婚前便能看清他的個性，她絕不想重蹈父母的覆轍。可是，結婚當時才二十七歲的她怎能了解，「家庭」兩字之意義沉重，不光是自己一人可背負得起的擔子。雖然她出社會後，交過兩任男友，但對男性與家庭的認知，仍僅限於自己的原生家庭。面對阿民殷勤的追求、口中信誓旦旦會愛護、照顧她一輩子，讓她漸次放下內心的壁壘，願意和他步上紅毯。她感覺阿民和父親是不同款的男人。

她沒仔細考慮過，共組一個家庭，必須精算經濟收支、處理孩子的養育等種種複雜的項目，而這些無時無刻得操勞的問題，是需要兩人同心去迎對的。但是，要說她不夠謹慎好像也不對，她婚前是真有認真思量過，只不過阿民成了她錯判的最大變因。

她領悟到阿民的本性，是在他丟掉工作的當晚，第一次朝她鼻樑揮拳的那一刻。

「恁爸在外頭做得要死要活，一回到家，妳就想跟我討錢！」他收起拳頭，渾身酒臭，開口更是臭氣燻人。

她不明白，在阿民的發薪日向他拿錢有什麼錯？當初不是說好，家裡的開支由她負責計算嗎？他為什麼要去酒店灑鈔票揮霍？她摀著鼻，眼見鼻孔冒下的血紅染上掌心，姑且在內心安慰自己：阿民只是要擁護失業後的自尊心。

「安怎？妳現在看我是什麼眼神？看我不起啊！」

阿民邊說邊走近她，狠狠甩了她一巴掌。

孩子好像察覺到她的疼痛，放出哭啼聲。

她撫著臉頰，二話不說立刻進房間，抱起襁褓中的男孩，奔出門外。走在路上，下巴低垂，怕被鄰居看見，又不知該去哪裡。比起憂心下個月生活費無著落，她得先消除蔓延至鼻頭的痛感，以及淚液淌過鼻腔的酸楚。

在外徘徊許久，她走到住家附近的一棟建築，頭上的老舊招牌燈閃放白燦燦的光芒。看見招牌上以黑色楷體寫著「家醫科」三個大字，她才意識自己站在診所前面。孩子出生後遇上一次不明的嘔吐，她曾帶來這裡看診，才終於讓孩子脫離腸胃型病毒，恢復健康。

她推開冰冷的玻璃門，聞到一股藥水味。

「啊，麗香！」掛號窗口的護士小姐記性好，一眼即認出母子倆，語氣飽含溫情，問：「泰川怎麼啦？」

「不……不是他……」她低頭凝視胸前的小孩。

護士是她的國中同學，名叫彩玲，還沒結婚。上次小孩在這兒看診時，排隊的患者不多，彩玲一叫住麗香，如麻糬裹上餡料般黏著她不放，互相聊上了幾句。

「咦耶，妳的鼻子是不是受傷啦？」

「嗯……剛、剛剛，撞到了……」

「怎麼會？」彩玲盯著她瞧，眼睛快探出窗口，說：「鼻子都腫起來了，好紅，流鼻血了呢。」

「我……跌倒了，對，剛剛跌倒，不小心的。」

她用最簡單的謊言，以及異於平常的不自然態度去回應，而沒有察覺自己口舌僵硬，說話吞吞吐吐的。

畢竟是小地方，方圓幾里只有這間家醫診所，換句話說，鄰里看病的選擇無非是這裡。如果被阿民打的事情傳出去，不但面子掛不住，別人隨意批評自家事，她也不喜歡。

「跌成這樣，蠻嚴重的呢。」彩玲抽了兩張衛生紙給麗香，問：「小孩沒事吧？」

「小、小孩？」

麗香轉頭，瞥見她身後正在候診的小女孩和她的媽媽。兩對眼睛的注意力好像放在她身上，偷聽她和彩玲的對話。

「泰川呀！妳剛才抱他的時候跌了一跤，有撞到了什麼嗎？」

「他、他沒事……我沒抱著他，他沒事……」

說了一個謊，就得用另一個謊言補強可信度，她始料未及。

「這樣呀。來，健保卡給我，還有這張……」彩玲從窗口遞出一張紙，說：「填一下初診單，我馬上幫妳掛號。」

不久，彩玲叫號，請她進診間。

老醫生頂著一頭花白的捲髮，表情嚴肅，等她坐好才開口問：「哪裡不舒服？」

「我……會痛……」她左手臂挽嬰孩，右手扒膝蓋，不自主冒汗。

「哪裡痛？」

比較起來，醫生替孩子看診時的態度親切許多。今天輪到麗香看診，醫生平淡的語調，似有似無地吐露了倦意。

「我……」她本來要用手指輕輕點向鼻樑，但右手一抬起，腦中居然自動浮起阿民揮過來的拳頭。呼吸頻率異常加速。她緊張地握拳，貼住心臟部位，說：「這裡有點……悶悶的，呼吸會痛……」

「胸悶？」

「嗯……」她說了實話，卻又覺得自己說的話，信服力不足。

「不是說跌倒嗎？護士剛跟我說的。」醫生盯著她看，話題走偏，「妳們是老朋友，國中就認識的，沒錯吧？」

「對……」她放下右手，退縮擺回膝蓋。

「所以，是妳不小心撞到鼻子吧？」

麗香點頭，小聲答：「嗯，是我、是我不小心……」

「沒碰到肋骨吧？」

「我……我有及時擋住……」

沒等她說完話，醫生要她抬高下巴，觸診檢查她的外鼻，又拿聽診器聽心跳，過程不超過一分鐘，隨即拾起鋼筆，低頭邊寫病歷邊說：「鼻樑沒骨折，看起來狀況還好。這樣吧，我先開幾天消炎藥和止痛藥給妳吃，順便附一條外用軟膏，一天擦兩次到三次。」

從踏進診所至迅速離開的這段時間內，她沒有緩衝的餘地，可坦然說出丈夫拳頭襲來的恐懼；她也錯失機會，來不及向人傾吐自己身心受傷的真正原因。或說，心靈層面的傷痛，本來就很難用言語表達，更無法以現代醫療的科學化檢測器具去度量。她認為，自己當下的創傷，和入侵孩子體內的腸胃病毒，兩者不能放在一起比擬；她說不出口的感覺，不屬於醫生眼裡那些實證的、附有名稱的疾病。

她離開診所後，手上拿到的東西，只有裝滿膠囊和藥錠的小袋。

按三餐飯後服藥，鼻上的疼痛緩解，她卻不時莫名感到暈眩，於是她再次去診所，檢查結果出乎意料。

「恭喜妳呀！」彩玲比她高興，在診間外面搭她的肩，說：「三個月了，要生第二胎了呢。」

麗香壓低頭，以微笑回應祝賀。

做完月子，沒了乳水，到現在發現再懷孕，中間相隔半年多，時間上雖然緊湊，身體有些吃力，但她暗自想，如果她能確保第二個孩子順利生產，家庭中再多一位成員，應該能讓阿民重拾對家庭的責任感，他一定不會像這陣子經常流連於酒店。

她回家後，趁阿民酒醒時告訴他好消息。

「好，兩個小孩恰恰好，按捏我要去找頭路，好好賺錢。」阿民牽起她的手，眼裡閃爍著婚前的自信光芒。

麗香相信阿民。對家庭的甜美憧憬，再度湧進她的想像之中。她回想，阿民上次對她動粗，不過是他情緒上一時的煩躁罷了；阿民是顧家的好男人，這點絕對沒錯。這也成為麗香為他再生一個孩子的理由。

雖然是懷第二胎，她仍不免緊張擔憂，避免使用殺蟲劑、清潔劑和漂白水等會釋出化學氣體的藥品。胎兒六個月大時，她的肚腹已凸起明顯，她除了整天處理間斷不息的繁忙家務，還得注意每餐的菜色，期望自身攝取的養分能生出健康的寶寶。

婆婆也幫忙照料泰川，而阿民還找不著工作。

有晚，早過了吃飯時間，阿民還沒回家。麗香收拾用過的碗盤，站在流理台清洗時，突然小腿抽筋，差點站不穩。她心想是一天下來的勞動所致。肚腹的重量令她不由得忍著抽痛，拐進房間內，一見到床鋪，身體便癱軟平躺了下來。她閉上眼，大大喘了口氣，接著很快地沉入夢境。

夢中，她步行於漆黑的林道，樹木高聳入雲，天空滴灑微弱的銀白，伸手幾乎不見五指，而眼前不遠處出現閃爍的亮點，她想移步靠近，瞧瞧那究竟是什麼東西，但她的雙腿彷彿綁上了鉛塊，舉步艱難。儘管如此，她還是一手護著肚子，一手抹去額頭淌落的汗水，繼續前進。

林木交雜，發著亮光的目標物越來越大，亮點轉為搖曳的光芒，而且物體冒出灰煙，很像是斜倚在樹幹的大型人偶。她再向前走，並嗅到空氣中發散的惡臭，原來視線內的東西不是人偶，而是真正的人類，全身燃上青黃，卻一動也不動的，任由火焰貪婪地噬食肉身。

麗香往旁邊看，離人形右方五、六步的地方有一叢長形的黑影，似乎是人，但影像模糊……她才正要對焦，黑影忽然撇頭朝向這邊，露出一張大嘴，剎時，如球形般的亮光自嘴裡吐出，構成一條流動的火焰，朝她的方向噴發過來。

根本沒時間看清楚，她第一時間只想保護肚腹中的孩子，於是轉身就逃，奮力地邁開步伐，但熊熊火焰宛如飛箭，直擊她的腰背……她感覺好燙，刺痛的灼熱感從背脊蔓爬至手臂，來不及了……

麗香頓然驚醒，睜開眼，回到熟悉的現實。

然而，她確實感到背部有灼燒感，而且聞得到一股臭氣。

仔細確認，是酒臭味。揮發著熱氣的人體，緊擁著側身躺臥的她。

她不用回頭也知道是阿民。

「阿民，」她扭動身軀，問：「你、你做什麼……」

阿民把手伸向寬鬆的衣服下擺，邊說：「我幫妳脫……」

可是，她覺得身體酸痛，剛才的夢境搞得腦袋脹脹的。

「我、我不舒服……」她制止他的手部動作。

「我厚恁爽啊……」

「阿民……不、不要……我、我現在不想要……」

她真的全身不舒服，很想喝水，於是手肘向後一揮，用力彈開男性的欲望，勉強挺身坐在床沿。

阿民排解不得，本能壓過理智般，拉扯麗香的肩膀，使力將她拖回床面。

「你在做什麼啦……」麗香擔心腹中的小孩，嘶聲喊道：「我不要！」

「安怎？」阿民擰著她的下巴，說：「我是恁尪，恁敢不聽話？」

「我很累，我想睡覺。」

「睡？」阿民緬起臉，大吼：「桌上的菜都涼了，我沒飯吃，妳還睡！」

「你酒喝到現在才回來，有沒有想過我懷了小孩，在家……」

麗香話沒講完，阿民一巴掌掃過來，臉頰啪了一聲。

「幹，教訓我咧，妳生囝仔尚厲害，尚了不起哦？」

阿民朝她的肚子揮上一拳，兇惡的嘴臉貼近她的耳殼，喊道：「安怎？講話啊？妳啞狗喔！」

從那晚起，阿民去外面喝酒的次數暴增，一回家只要看麗香不順眼，就對她拳打，甚至升級成腳踹，而麗香總會護住下腹，忍受他拳腳毆擊，同時聽他咆哮喊道：「妳看我不起，硬要跟我作對！」「幹，妳才欠人教訓！」「生一個囝仔，多一張口，妳嫌我賺不夠，故意要把囝仔生下來對不對？」

終於，預產期到來。麗香期待肚腹卸貨後的日子，因為她有心出去工作，維持家庭生計，卻也擔憂著自己將分身乏術，無法照顧兩個孩子。

有天半夜一點左右，阿民回到家又開始在客廳發酒瘋，原先在臥房裡休息的麗香為了保護自己和胎兒，緊緊關門並上鎖。

砰、砰、砰……

阿民孔武有力的手臂直撞門板，大開嗓門喊叫：

「肖查某，幹！我偏要進去睡，開門！給我開門！」

麗香因懷孕而變得臃腫的身體，蜷縮於房間的角落。

位於空間內另一頭嬰兒床裡的泰川，哇哇哭啼，不絕於耳。

撞門聲及哭聲持續了十分鐘才停止，如同暴風雨來前的片刻寧靜。麗香無法見得門外的怪物；她想開門，又怕他趁機闖進來。

果然，安靜不過一分鐘，木板門傳來硬物劈擊的啪吃聲。

喀叱、喀叱、喀……

隨著不規則的破門節奏，她淚流不止，腦袋一片錯亂，這是她想過的生活嗎？自己為什麼會和怪物結婚？這樣的環境裡，已經生下的，和即將出世的孩子，加上自己，真的能一同獲得幸福嗎？

門外傳進婆婆的聲音，叫道：「哎唷，阿民，你拿菜刀是衝蝦毀啦！」

「媽妳賣管啦！」阿民回話：「肖查人不讓我進門啦！」

接下來，婆婆好像制止了阿民的動作，轉而對房裡頭喊：

「內面的開門啊！阿民不會再撞了啦！伊無心傷害妳啦！」

麗香邊啜泣邊聽完婆婆的話，恐懼仍勝於安心，胸腑的強烈起伏令她不能正常回話，遲遲不敢開門，因為她長那麼大還沒見過男人拿菜刀狂砍門，要是刀鋒劈向孩子，該怎麼辦？

可是，若再吵鬧下去，驚動鄰居左右，有人可能會通報警察，到時只會招來不必要的注目，弄得場面難堪。既然婆婆出面了，阿民應該沒有繼續胡鬧的理由。所以，麗香鼓起勇氣，緩步走向歪斜的門板，戰戰兢兢打開鎖頭。

微開門縫察看，眼珠左右繞轉……

細長的視野內，婆婆的五指擒住阿民的手腕，連結手腕的掌心握著木製手柄。那是麗香在廚房經常使用的銳利刀具，此時卻成了足以奪命的凶器。即便今夜沒出事，麗香仍會抱疑：今後下廚見到這把菜刀時，是否能徹底消除刀口可能劈向自己或嬰孩的記憶？

他不是阿民！他不是我先生！

正當她分不清男人是誰，刀光偶然射入她的眼眸，她不禁全身顫抖，心有餘悸，一股命在旦夕的危機感自意識表層破空浮出。下一秒，她迅速拖開門，低著頭，猛地撞開兩人，向外狂奔出去。

他是怪物！

隨著她逃離住處的距離拉長，「阿民是怪物」的念頭於她心底愈植愈深。

不知跑了多久，下腹忽然脹痛起來，子宮開始強力收縮。她跑不動了，先是勉強半蹲，而後痛感真的襲來，她忍不住撫抱肚子，跪坐於路面。

孩子要出來了嗎？……拜託！求求……不要現在……

身體不聽使喚，她陷入極度焦急，連忙抬頭觀望四周景物。

燈光昏暗，周遭無人。但是，她的頭頂出現了一塊熟悉的「家醫科」招牌。她所在的位置正巧就在診所前面。

為了孩子，她以肘抵地，忍痛爬起身，拖步走近診所鐵門旁邊的對講機，拇指狂壓按鈕好幾下。

「救……救救我……」她撐住沉重的雙腿，大喊：「痛、好痛……」

說時遲那時快，地面像被巨大的打樁機挖開，轟咚轟咚上下彈跳，停放於路面上的所有汽機車、路旁的每一件物體瞬即劇烈抖動，連診所龐然的壓克力招牌也直直砸落至地，一下子裂成好幾塊大碎片，而落下的撞擊點離她不到五公尺。一整個世界恍若失去重心，左右來回猛烈地晃動……

她趴在地上，意識漸漸模糊。眼前所見，破裂的壓克力板上，寫著楷體的「家」字從中間斷開成兩半……

讓孩子生長在怪物的家庭，這樣做對嗎？

世界如果就此滅亡，孩子出生的意義是什麼？

這是她失去意識前問自己的問題。

麗香睜亮眼，意識逐漸明朗，察覺自己躺在醫院的急診室病床上。醫生說，她昏睡了十三個小時。胎膜未破，腹中的孩子平安沒事，可是母體虛弱，必須轉婦產科留院觀察。

「是……是誰送我來的？」她問。

「妳先生。」在醫生旁邊的護士答：「他跟著救護車一起來的。」

「他？……他人呢？」

「他說要回家替妳拿換洗衣物。」護士微笑說：「妳先生對妳真好，他說妳半夜一個人出去買東西，結果遇上地震，他很擔心，跑到外面四處找人，結果發現妳倒在路邊，昏迷不醒，他馬上叫救護車。」

「地震？」

「是啊！」護士的語氣突轉駭然，說：「七級的大地震，震央在南投的集集，很嚴重哩。」

麗香後來從醫院的電視得知，台灣發生了撼動全島的大地震[1]。新聞報導集中在南投、台中、彰化和台北的災情：好幾棟高樓崩毀、許多道路塌陷，死傷無數，接著畫面切至李總統親臨現場勘災，連軍隊也出動救災，很多人還卡在坍塌的房屋下面救不出來。

醫院裡所有人，不管是患者或醫療人員，開口閉口的全是地牛翻身，大家無不關注這場大災難。護士還告訴麗香，她昏睡期間，來了三、四次強烈的餘震，不定時的晃動，弄得人心惶惶的，好似每人的內心充滿了無法通往二十一世紀的恐懼，就像世界末日快到了。

她慶幸自己身在台南，沒有受到嚴重波及。電視上的悽慘畫面確實怵目驚心，她不是不怕餘震，但她內心更大的危懼感來自阿民。

他是比地牛更令麗香懼怕的怪物。

可是，她又轉了想法：災難來時，他還跑到外頭找妻子，意味著他仍舊掛心家人。光這點便足以不讓麗香對這段婚姻完全死心。她覺得，阿民本身不是怪物，他只是讓怪物上了身。

住院期間，她起心動念，認為自己擔在肩上的任務，就是好好把小孩生下來之後，出去工作維持生計，並設法不讓阿民再給怪物附身。畢竟，婚姻是她當初選擇的道路，而社會灌輸給她的觀念是，擁有、經營一個家本來就不容易，夫妻生活不合很正常，兩人關係說切就切也非易事；更何況，兩個孩子的成長環境不能沒有父愛，夫妻倆共同對孩子的關心付出總比一人做來得強。

---

1 此處指一九九九年九月二十一日凌晨一點四十七分發生於台灣中部的「集集大地震」，芮氏規模七點三，造成台灣各地災情慘重。

「我袂再喝酒啦……」

病房空無一人時，阿民對麗香這麼說。明顯是酒醒的狀態。

她肩膀以下全窩在棉被裡，隨即翻身側躺，切斷彼此視線的交會，不知自己該不該信任阿民。

「我不會再對妳動手啊啦。」他的話聽起來滿溢真誠。

聽到這句，麗香的眼眶忍不住紅了。頓住幾秒，她面向空中，小聲問：

「真……真的？」

「我講、講真的啦！」阿民嘴結巴，慢慢地說：「原諒我好無？」

麗香沒回話，但是她將一隻手的掌心緩緩從棉被裡伸出，緊繃地擺向背後的阿民。不知是誰把病房內的空調溫度轉得很低，她的手心一時想退縮回去，因為她深怕自身的體溫會在冷空氣中逐漸喪失，她不喜歡這樣的環境。

然而，阿民的手覆住了麗香冰冷的手，儘管溫度不高，稱不上暖和，卻也足以令她輕輕回握。

十天後，麗香平安生下女兒。

坐月子期間，阿民表現殷勤。婆婆料理的補養食膳，他每餐都準時為麗香送來。她躺在醫院床上，吃睡安妥，原先頗擔心家裡頭打掃、洗衣服等大小事務沒人整理，想不到阿民帶來醫院的換洗衣物都處理得乾乾淨淨、香噴噴的，他還特別強調自己要分擔麗香生產的苦勞，所以親自下去做家事。甚至，護士教麗香為女兒洗澡和臍帶護理時，阿民在旁邊竟然舉手說要學看看，比麗香第一胎懷泰川時還要積極。

時值九七亞洲金融風暴後的第二年，以代工業為主的台灣，雖未如泰國、寮國、菲律賓和印尼等國遭受重創，經濟上難免也受到衝擊。出口不斷下滑、工廠訂單減少，傳聞許多台商有意朝東南亞投資發展，此使得阿民找不到工作的情況雪上加霜。但麗香不以為意。她已經習慣了阿民連續好幾星期待在電視前沒事幹，偶爾運氣好才讓他能接到兩、三天臨時雇用的體力活。

為了維持家庭經濟收入及承擔兩個小孩的開銷，麗香一人身兼數職。

她每天一大早四點得從床上爬起來去送報、送羊奶，結束之後，得立刻趕去午後開始營業的麵食店當伙計，負責整理食材、端盤和洗碗，一直忙到下午三點左右才能回家一趟看顧孩子，稍歇息一會兒，又必須在五點前回到店面，重複同樣的工作。一天下來的勞累堆積，真正抵家休息的時間差不多都十點了。

有幾次，她耳聞吃麵的熟客聊天，提到「正港台灣人的總統上任，做人民的頭家！」「台灣將加入ＷＴＯ，經濟會變好。」這些社會上的政經大事，她不懂，和她得面對的家庭生活無關；她心中唯一想的，是自己休假時能好好睡上一覺。

可是，阿民非但不體貼妻子的辛勞，反而故態復萌。女兒未滿周歲，他再度沉溺於酒精，更變本加厲地趁麗香在外工作時，直接在家裡開啤酒配電視。黃湯下肚，喝得爛醉的模樣，連婆婆也管不動他。

「不要再喝了好不好？」麗香一回家，見木頭茶几上的酒罐、酒瓶，氣得進廚房，撕來一張垃圾袋，彎腰伸手肘將瓶瓶罐罐一次揮進袋內。「你……你答應我的……」她邊說，邊關掉電視。

阿民一臉酒酣，躺在長椅上，不為所動。

「阿民，你知不知道，你這樣子……我真的、真的很累……」

「煩啦，碎碎唸再唸啥米啦！」

「我在外面忙整天，回來……」

麗香話沒講完，阿民突然跳起來，頃刻變身為怪物，緊緊抓拉她的頭髮，接著彷彿把頭殼當成籃球，朝茶几硬砸下去。

「妳行啊？出去工作了不起啦啊！」他嚷嚷大叫，五指纏繞著髮絲。

麗香的眉間處成為運球時的落地接觸面，來回碰撞了兩、三次，怪物才放手，吐出一口氣，躺回長椅繼續睡。

額頭腫起來，頭蓋骨堅硬未損。但撞擊瞬間，阿民的諾言徹底粉碎了。

麗香強忍淚水，直直盯住那個棲息於客廳的怪物，眼都不敢眨，懸心吊膽一步步後退，不再讓自己近身。

她首次興起念頭：從此必須遠離受怪物支配的丈夫。

但是，孩子怎麼辦？單憑一個女人的力量，怎能帶好兩個尚未識事的小孩？另一方面，自己以前在學時所習得的專長早已生疏，怎有可能回頭像婚前一樣，去百貨公司做專櫃人員？她禁不住暗嘆，當自己選擇結婚、踏上組織家庭的道路，即注定失去了充足的經濟能力。

如今，她走到這裡，拋不下孩子，也找不到和怪物同在屋簷下生活的平衡點。

阿民飲酒惡習持續不改。而她，時不時被打，她也認了。

為避人閒話，從起先到不同診所治療身體的傷痛，至後來去藥房買消炎鎮痛軟膏，甚至購置小型醫藥箱在家以便給自己上藥……面對阿民的肢體暴力，她全都隱忍下來，彷彿被丈夫打是生活的一部分。

如此長期的生活中，她最不能忍耐的臨界點，是阿民將酒後的暴躁從她身上轉向小孩。

好幾次，酒後的阿民一暴怒起來，對麗香破口大罵，在一旁的女兒接收到激烈的負面情緒，放聲大哭，阿民即轉而朝女兒大吼：「哭哭哭，幹，妳哭夭啊！給恁爸恬恬啦！」女兒聽命，試圖壓低哭音，卻依然無法止住嗚泣。「煩啦！」阿民衝到女兒面前，抬高腳，喊道：「再哭？妳再哭，恁爸就踢過去！」

此時，麗香總會擋在女兒前面，轉身跪下來緊抱，一邊說：「不哭喔，乖，不要哭……」護住女兒同時，麗香忍受著阿民對腰背的一拳一腳。

還有一次，阿民朝麗香扔酒罐，胡亂大嚷：「妳講！妳現在晚上都不找我了，整天在外頭，是不是去討客兄？」她不想跟阿民起衝突，躲離客廳遠遠的。不料，阿民一手倒抓著酒瓶，衝進小孩的房間，一手硬扯住兒子的衣服，把兒子揪出來，對空吶喊：「出來！妳再不回話，我就打伊打到厚伊死！」

麗香只得站出來，懇求阿民放手。

她寧願挨皮肉痛，也得解救無辜的小孩。

別人家的先生不會打老婆，為什麼自己卻遇上了？她有時會困惑，覺得天公伯好像待她不太公平。

不過，這就是命，她一路說服自己相信。

唯能期盼的，是孩子們快點長大懂事。

當然，老天對待人人最公平之處在於「時間」。時間不斷前進，一轉眼，兒子已經八歲，相差一歲的女兒也邁入國小，開始讀一年級。雖然離他們長成大人還有好幾年，但想到自己咬牙維繫婚姻，拉拔孩子至入學階段，麗香便感到些許寬慰。

然而，她不知道上天賜予的磨難還在後頭。

一天，女兒一年級導師打電話請麗香到校面晤。

就麗香所知，導師是女的，姓楊，教學經驗起碼十五年。兩個月前開學家長座談會時，她見過導師一面，當時她怕女兒性格內向，沒法融入班級跟同學們打成一片，特別請楊老師多關照，同時也交代女兒說：「國小和托兒所很不一樣喔，規矩變多，要乖乖遵守，聽老師的話。」而楊老師做事一板一眼，講起話來卻富有親切力，她回應麗香：「媽媽請放手，安心把小孩交給我吧！往後有任何問題都可以找我，不然可以寫在小孩的聯絡簿，您別太焦慮了。」

座談會那天，麗香仔細留意，楊老師的妝沒上得很濃，上衣白淨且樸實得體，穿著運動鞋和寬鬆的深綠色長褲，而小一的孩童才剛開始適應環境，突發狀況較多，導師又必須帶隊行進、跟小孩唱唱跳跳的。因此有經驗的老師，想必會挑選方便活動的衣裝。

手機接到楊老師的電話時，麗香正在工作，倉促間來不及聽清楚個別面談的內容。她猜測或許和課業有關，內心有點不安。

「來，媽媽請坐。」楊老師在空教室裡挪椅子，向麗香示意。

麗香還沒坐穩，便問：「今天找我來，是……？」

楊老師開場說了一串話，麗香只記得她傾出的關鍵詞——自閉症。

「我……我沒聽錯吧？」麗香惶恐起來。

她聽過這種病，但不了解病狀。

「媽媽，請別緊張，我只是懷疑。不過，依我觀察……」楊老師停頓了一下，「患有自閉的可能性很高。所以我才想親自請問您，她在托兒所的時候有沒有去看過醫生。」

「沒有、沒有……」麗香猛搖頭，緊接問：「老師，妳怎麼看的？」

「前幾天我在聯絡簿上有寫過，其他老師也跟我反映過，您簽名時有看到吧？」

「有，可是我……」麗香撇開老師的視線，緊張地眨了好幾次眼，「我以為是、是她上課不專心。」

「媽媽，請耐心聽我說。她整堂課只盯著課本同一頁，台上的講到哪裡，她並沒有翻頁跟上。上國語課，大家在學注音符號，她在課本上寫數字。」楊老師拿出一本國語課本，翻開其中一頁。「您看，這是她的書。」

側邊空白的地方確實填滿了阿拉伯數字，密密麻麻的八、四和七。

「小孩子這樣不正常嗎？」麗香抬頭問。

「還有……」

「還有？老師，快跟我說！」

「她平常不太會笑，表現畏畏縮縮的不太理人，也不太參與班上的活動，像是上體育課，大家分組玩跳繩、呼拉圈，輪到別的同學，她強佔用具，堅持不放手。我問她為什麼，她抓繩子跑得遠遠的，起先不想講，我追過去問，她才丟出很勉強的理由，大聲喊：『這是我的，不要碰我的東西！』我向她解釋，那是大家的玩具，不是她一個人的，可是她完全聽不進去。」

「後來呢？」

「我不能不管其他同學，只好先把她支開，去旁邊一個人跳繩。」

楊老師把椅子向前挪一點，接著說：「下課，她也不和同學玩，有時候看她一個人站在窗邊，不知道向外在看什麼；上課鐘響了，她好像當作沒聽到，還得我到她旁邊提醒，她才肯回到自己的位子上。」

假使麗香今天沒有來學校，真不知道女兒的問題這麼嚴重。她在外工作時，幾乎都是婆婆在幫忙帶孩子。

「還有一點，兩天前下課時發生的。」楊老師指向教室前門，說：「就在那裡，兩個男生吵架，後來出手打起來。我正要過去制止，她忽然跪在教室後面，用頭去撞牆壁，一直哭、一直撞，好在牆壁有加貼軟木墊，她沒有受傷。我後來問，她也說不出原因。」

「怎、怎麼會這樣？」

「我想了解一下她在家的狀況，有什麼不尋常嗎？」

「對不起，老師。」麗香低頭，在心底自責。「家裡只有我一個人在賺錢，我每天工作都很累，真的沒注意……」

結束談話前，楊老師建議麗香先帶女兒去看兒科門診，或找諮商或臨床心理師，進一步了解問題，另告知她，學校設有資源班[2]。女兒已經七歲，雖然現在才發現注意力不集中和自殘行為，不能說不晚，但及早提供適當的就學環境，學校一定會出力協助。

麗香內心懸上大石，攜著女兒到楊老師介紹的兒科，期盼醫生的診斷未如老師描述得那麼嚴重。面對經濟壓力和阿民酒後不時的暴力，若現在再加上女兒患得難治之症，麗香真不知該如何是好。

「自閉症？」男醫生搔搔後腦，問：「學校老師說的？」

「是。可是不確定……」

麗香一口氣將楊老師所說的全數轉述給醫生。身旁的女兒坐在旋轉椅上來回轉動。

「她在家時，和妳，或和妳先生的互動怎樣？」

「我要工作，待家裡的時間不長，我先生他……」麗香的腦海忽然顯現阿民那副猙獰要踢人的模樣，一時說不出口。「對不起，我不是很清楚。」

醫生瞄了女兒一眼，又問：「她小時候，你們夫妻倆是不是很少抱她、和她說話，或是，她不喜歡你們抱？」

「應該是……」麗香不確定自己的記憶，「很少吧？……不，好像又不是，她應該不會不喜歡，可是她爸爸……對不起，醫生，我應該花更多時間陪她的，可是……」

2 台灣的「資源班」（或稱「資源教室」），主要為就讀普通班但在學習及適應上有明顯困難，而需要特殊教育服務的學生所設置，對象例如學習障礙、語障、聽障等。一般而言，特殊學生的學籍及主要學習地點設在普通班，只有部分時間必須到資源班接受指導。

「好吧，沒關係。」醫生咂舌，說：「我等一下會要她去遊戲室玩，從旁觀察她的反應，順便給她做個量表。」

麗香等了一個多小時。見診間外排隊的人很多，她想起楊老師說，醫生很有名氣，而且很會處理小孩的各種毛病。然而，她這方面什麼都不懂，只能相信醫生。

結果診斷出來——女兒真的患有自閉症。

怎麼辦？麗香感到無助，內心的石塊變得更沉重。

「甭擔心，許多家長都跟妳一樣徬徨。自閉症分成很多種類型，但不是沒治療方法的，妳要有信心。」醫生語氣堅定，說：「我會轉介一位臨床心理師給妳，那邊會做行為治療，也做現在流行的一種『感覺統合訓練』，要自費就是了。另外，妳剛說，她會產生傷害自己的行為，表示她大腦有種叫貝塔安多酚的物質分泌太多，疼痛感被鈍化了，血清素也可能過高，所以我這邊會開些抑制劑給她。」

「對不起醫、醫生，抑制什麼？我聽不懂……」

「總之我的意思是，藥得定期服用，吃完有改善要記得再來拿，不要自己亂停藥。學校如果要診斷書，可以來我這裡開證明沒問題。」

麗香走出兒科，一手牽著女兒，另一手緊捏藥袋和一本輕薄的自閉症衛教手冊。需要用錢的急迫感，以及不知女兒未來怎麼走下去的懼怖感交織在一起，她的雙腿不禁一陣癱軟，景物因眼眶累積的淚水變得模糊。

「媽媽？」女兒搖搖麗香的手心，呼喚：「妳為什麼哭了？」

麗香用手指抹掉眼淚，蹲下來對她說：「媽沒有哭……我只、只是難過……」

「那妳不要難過了，我會乖乖吃醫生叔叔的藥，好不好？」

「呃……」麗香拚命忍住嗚咽，強點頭，將女兒擁入懷裡，「妳很乖，我、我知道……對、對……不起……媽會想辦法的……」她的雙臂緊緊環住女兒。「妳要好起來……我會好好照顧妳……」

麗香接受了女兒患病的現實，但接下來該怎麼做？

首先她得籌錢，她目前的經濟能力無法負擔長期的治療費，而她少數的親友之中，有個人或許是她可以開口碰碰運氣的。

另一方面，按醫生所說，自閉症孩童的社交能力較差，對外界人物有溝通障礙，所以麗香打定主意，必須重新營造良好的家庭環境。她不能再讓孩子處於丈夫嗜酒、動不動就打罵胡鬧的生活。

她決心和阿民離婚。

「跟我離婚？」

阿民處於酒醒狀態，整張臉一時僵住。

「對。」麗香肯定地回答：「我要帶小孩離開這個家。」

「妳是認真的？」

「小孩生病了，我不能忍受你再一直喝下去。」

阿民下巴低垂，不發半句話。

「你有沒有聽清楚？」麗香想確認他的反應。「我一直等你改變，可是你根本沒打算為我著想、為小孩著想。」

「我沒出去工作嗎？」阿民盯著茶几上喝到一半的酒瓶，出聲反駁：「今時頭路多難找，妳知毋知影！」

「一個月才做五、六天，其餘時間窩家裡喝酒……」

「酒？酒是我自己開錢買的！」

阿民伸手抓酒瓶，朝喉嚨灌了一口。

「你這樣能養活兩個小孩？」

「靠夭啦！」他重重地放下酒瓶，敲出一聲巨響。「妳講啥肖話，我老母是沒幫妳顧囝仔？妳去外面賺錢，了不起喔！」

麗香搖搖頭，覺得他沒救了，鄭重地重複說：「我會帶小孩離開。」

「囝仔……」他再灌了一口酒，嘴邊嘟噥著。

麗香聽不清楚，問：「你說什麼？」

「囝仔……」他抬起頭，吼道：「囝仔是我的！」

「小孩是我生的！現在是我在養的！」

「呵，沒我，妳一個人生得出來？」阿民忽然站起來，嘴角浮起一抹冷笑，大聲宣告：「妳沒權利帶走我的囝仔！」他彎下腰，倒抓一只空酒瓶。

麗香見狀，退後兩步，轉身就跑。
酒瓶從背後飛過來，擊中她的左肩。
她倒下來，肩膀痛痲不堪，耳邊傳來迫近的腳步聲。
「妳賣肖想跟我離婚！不管妳逃去啥米所在，藏在啥米所在，我攏ㄟ把妳找出來！」
阿民對她呼嚷，一把抓住她的頭髮，拎起頭殼，使蠻力拖回客廳。
麗香掙扎叫喊，想擺脫怪物的魔手，頭皮被拉扯的疼痛仍屢屢襲來……
她終於醒悟：大地震那天她奔出家門，阿民隨後在路上找尋的，不是傷心的妻子，而是遺失的物品。她錯將阿民亟欲尋回妻子的行為，當成是自己心軟的依據。原來，他一直把妻子看待成物品。
自己是他的所有物。自己生下的孩子也歸他所有。
她懷疑，婚姻是一紙契約，也是男人佔據物品的手段之一嗎？
倘若如此，有什麼方法能切斷這條夫妻關係的羈絆？
當晚，麗香打電話，籌到了一筆要給女兒做治療的費用。
答應借錢給她的，是阿民的弟弟阿山。他在高雄做生意，很少回台南。之前麗香緊急籌措兒子泰川上國小的教科書錢時，曾向他開過一次口。
『我明天就去匯款。』
電話另頭傳來熱切的回應。
『嫂子妳別擔心，有困難再開口說，能幫的我盡量。』

「嗯，我知道。」麗香流下眼淚。「小叔，真的很謝謝……」

『至於說，妳要跟我哥那廢物離婚，我能了解啦，也支持妳啦，小孩比較重要嘛，可是妳知道該怎麼做嗎？』

「……」麗香沉默了，頓失頭緒。

『喂？妳還在嗎？』

「嗯……」

『大嫂，我跟妳說，妳先去找醫生驗傷。』

「驗、驗傷？」

『我哥今天不是又出手打妳了嗎？去找醫生，說妳要驗傷，然後拿驗傷單去找警察報案。』

「報案？可是……有那麼嚴重嗎？」

麗香和一般人一樣，聽到警察、報案等字眼，便直接聯想到刑事案件。自己將涉足法律，她的內心不免感到不安。

『如果妳真的下定決心，要訴請離婚的話，不走法院是不行的。可是法律的事，妳啊、我啊都不懂，警察那邊應該會幫妳處理好的。』

「小叔，你怎會知道那麼多？」

『也沒懂多少啦，我這裡認識的一個大老闆，娶的老婆離過一次婚，好幾年前的事了。她前一段婚姻跟妳一樣也是被老公打，聽說那時她有去找過婦女會，問社工該怎麼辦。社工就給她輔導啊、心理建設啊，然後要她去醫院驗傷，她後來花了四、五千塊拿到診斷書，呈上去給法院。』

「申請證明要四五千……那麼貴？」

『沒辦法的事啊，妳手頭不夠我可以再借妳沒關係。可是，妳千萬要記得跟醫生說，妳要請的是用在司法訴訟的診斷書，不是一般請病假、或是申請保險給付時的那種。我所知的，大概是這樣。』

「驗傷，就有辦法離婚了嗎？」

『法院到時候怎麼判，這我就不曉得了，妳先試試再說。可是……』對方停住話音，遲了一會才又說：『妳要想清楚，打官司需要金錢、時間、精神和體力，當真離了婚，兩個小孩也判給妳，妳就得想辦法一個人扶養了。』

「嗯……」麗香的心揪了一下。「我會再想想……」

選擇離婚，可能會讓她失去現有的住所，她得再掙出一條另外租屋的錢，加上女兒的醫療費，經濟上的挑戰重大。

單憑一己之力，真能把小孩養大嗎？

她猶疑一陣，有點退怯。

『如果是小錢，我盡量幫大嫂妳啦，可是現在啊，景氣差，我這邊的生意不像以前那麼好，所以……』

「我知道。這次急用你肯再借，我已經很感激了。」

和小叔談完後，麗香在屋外關上手機，走回家門，踮腳尖慢慢經過客廳，避免驚醒那個酒後正酣睡的怪物。她進入兒女的房間，電扇的風頭來回旋轉擺動，扇葉不停發出嗡嗡聲。她怕孩子們著涼，關掉了電扇。

轉身，凝望著兩人熟睡的面容，她忽然覺得一切好平靜。

家中片刻難得的安靜，能持續多久呢？

她跪在女兒的床邊，摀住差點爆出的鼻音，淚珠又不自主地淌落。

不管花上多少錢，未來的路上有多少困阻，她只想保有此刻的寧靜。

兩天後，她鼓起勇氣，前往原先的那間「家醫科」診所。

機車一停，她抬起頭，外頭的招牌早在地震後便汰換成新的，但經過八年的風吹雨蝕，還是顯得陳舊，字體也看似扭曲，宛若她的婚姻。

她停好機車，站在下方，兩腿閃遠了點。畢竟招牌於面前墜落的恐怖情景，仍心存餘悸。她朝前方看去，診所外的人行路廊不知何時添了一台投幣式玩具車，車旁的圍欄上擺掛了一件護士穿的白衣，而衣服的主人彩玲在路廊的內邊正揮舞著掃帚。

直到人走近，彩玲才察覺，停下清掃動作。

「啊，麗香，好久沒見到妳了！」彩玲講話依然充滿朝氣。

「嗯。」她彆扭地淺淺一笑，說：「我來……我來看診……」

「醫生還沒來呢，妳今天哪裡不舒服？」

「其實，我……」她吸了口氣，答：「我想開驗傷證明。」

「咦耶，妳受傷啦？」

麗香輕點頭。被阿民暴力對待的事實，難以啟齒。

彩玲握著掃帚，拋出疑惑的眼神，問：「哪裡受傷？」

「詳細的……我想跟醫生直接說。反正我要用的是法律訴訟的那種驗傷診斷證明，這裡……可以開嗎？」

「訴訟用？」

「嗯，不是一般的那種。」

「妳哪聽來的呀，沒有分種類喔。只要是執業醫生開的診斷書，都可以拿去法庭上打官司。」

「是嗎？我聽人說，很貴，要四、五千。」

「沒有啦，好幾千是要嚇死人喔。這裡開出的任何一張診斷書，只要兩百元。」

「差那麼多？我要的不是請病假那種……」

「就跟妳說沒在分的呀。我是有聽過，十幾二十年前，診斷書分成甲乙兩種。甲種就是比較正式會拿去法庭用的，我們南部這邊價格差不多五六百到兩千元都有，中北部更貴，就有妳說的上千元。但後來有醫生連署聲明，說高價的診斷書應該要被消滅，所以衛生署公訂診斷書的價格在一百到三百元之間[3]。」

原來驗傷不用那麼多錢。麗香緩了口氣。

---

3 二〇〇〇年七月，高雄市衛生局醫事審議委員會第五十一次會議中通過提案，將婚暴驗傷診斷書收費訂為一百元至三百元。行政院衛生署（現今「衛生福利部」之前身）於二〇〇四年行文至各縣市衛生局，明訂婚暴驗傷診斷書收費為一百元至三百元。

「我問喔，麗香，」彩玲好像察覺什麼，用試探的口吻問：「妳家裡還好吧？」

「嗯……還可以，可是……發生一些事……」

「需要幫忙要說喔。」

「我今天……只是想來驗傷。」

「如果被……」彩玲欲言又止，轉換口氣，微笑說：「我會建議妳去大醫院做。」

「這裡不行？」麗香訝異地問。

「不是啦，沒說不行。法律有規定，只要是醫療機構，不能拒絕驗傷。」彩玲放下掃帚，擱置於欄杆旁，音量調成幽微，繼續說：

「但我的意思是，我這邊的醫生，專業比較偏一般生病，喉嚨痛、頭痛感冒之類的，可能不是妳想要的那種。去大醫院找家醫科、找外科驗傷，那邊可以照X光，做很多檢測，設備比較齊全，會比較仔細，而且要拿上法院的診斷，大醫院也比較有公信力。」

「什麼意思？」

「我覺得，妳得注意的是，醫生對外傷的描述是不是夠明確、夠完整。像受傷日期、驗傷日期，時間差多久？還有，傷口幾公分？傷勢怎麼造成的？是不是被用什麼工具弄傷的？有沒有附上傷勢的照片？我說的這些，醫生在寫的時候都要注意。」

「我還要脫……讓醫生對我拍照？」

麗香的聲音乾涸似地一時沙啞。她知道自己得給醫生看傷勢，可是沒想過必須裸露身體的一部分給人拍照，而這些照片將來又得放在法院讓人檢視、調查，一想像就感覺很不自在。

「對呀。法官不像妳和醫生，他們沒實際參與驗傷的過程，看到的只有診斷書內容的描述。」

「所以，」麗香的雙腳瑟縮在原地，「我現在應該要找大醫院才對嗎？」

彩玲肯定地點頭，答：「那邊要妳填寫的相關文件比較齊全，而且拍照時，也比較知道怎麼抓角度、該怎麼拍。」

麗香向彩玲致謝道別，發動機車時，彩玲隔一段距離對她揮手，喊道：「有需要可以再來問我喔！」

雖然介意拍照一事，但並未讓麗香打退堂鼓。她即刻轉往大醫院，現場掛號外科門診。醫院人滿為患，指定的診間外面也坐滿了病患。有人額頭裹著紗布，一直喊疼，有人的腿打上石膏，推輪椅過來，便停在LED叫號燈前，口中碎唸：「真久！唉，看一人看那麼久！」

麗香等了一個多小時，眼看護士進進出出，終於輪到她。

「我想請你……」麗香坐在男醫生面前，緩緩吞吐地說：「就是請醫生幫我驗傷。」

「剛才怎麼沒說？」醫生皺眉。

問句在麗香耳中聽起來像抱怨。

「我……我不知道……」

「妳是家暴要驗外傷嗎？」

「家……家暴？」

麗香聽過這個詞，可是不清楚詞彙的意涵。她不確定自己遭受的是不是家暴。

「是不是有家人對妳動手？」

「嗯……可是他喝酒後才會……」

醫生沒等麗香說完，回話：「妳應該先掛急診的。」他立即轉過頭，朝旁邊的女護理師說了些話，似乎是流程上的問題，隨後要她帶麗香去急診處。

「劉小姐，妳現在沒事吧？」護理師邊問，眼珠邊骨碌碌轉動，上下打量著麗香。

「嗯，還可以。」

「來，請跟我走。」

護理師看起來年紀輕，不超過三十歲。

麗香跟在她身後，問：「我……掛號掛錯了嗎？」

「唔，不是的。外科也可以驗傷，不過呢，我們驗傷通常要花半個小時，門診外面還有很多人排隊在等，醫生處理驗傷會耽誤到其他人來診的時間，所以呢，按照正規的程序，首先應該是要去急診那裡的檢傷站。」

「對、對不起，我不知道。」麗香說完即緊抿住唇。

她感到惶恐忐忑，不知道自己下一步會被帶到哪裡去、會被要求做什麼。

「不是小姐的錯，只是我們有一定的程序在跑。再說呢，要驗傷的通常都是去過警察那裡報案後，才會過來驗，就算沒報案的，大部分也是被打得頭破血流、全身瘀腫，很嚴重的來醫院就直接掛急診，之後那邊處理完，才會轉診到我們外科。」

「很嚴重的？」

「是的，我看妳……現在的狀況還好呢。」護理師語氣平淡，說：「等一下會有很多單子要妳填寫。」

「單子？」

「填完之後，我們會帶妳去房間檢查傷口，然後外科醫生會來問診、評估，核對妳的電話、身分資料，開家暴診斷書，社工也會要妳填一張『遭受家暴通報單』，建立妳的個案資料，傳過去給社會局，他們會另外派社工跟妳聯絡。」

「怎那麼複雜？我只是要……要驗傷……」

她今天會來驗傷，就是為了罹患自閉症的女兒，想擁有安寧的家庭環境。然而此刻，擔憂和恐懼的心情攪在一起，麗香感到一片混亂。

憂的是，真走上法律途徑，她能否獲准離婚？孩子能否歸她所有？打官司又得打多久？而怕的是，她今天過後，還得跟隨時暴力相向的阿民同住在一起，如果她不在家時，社工找上阿民或婆婆，把事情鬧大了，阿民會不會更加動怒，把氣出在小孩身上？

「小姐，這些都是醫院的行政流程，我們有責任得通報社會局。」

「能不能對我的家人保密？」麗香頓住腳步，慌張地求說：「拜託！」

護理師冷淡地回應：「妳等下再跟社工談，好嗎？」

麗香被迫得跟上對方的腳步，無法停下來。她不清楚驗傷時，可以找精神科醫師或護理人員輔導，協助她克服緊張、焦慮；她只猶如工廠的原料，被置於冷冰冰的生產線上，渾然不知自己會被推向哪一處工作站。

護理師將她交手給急診檢傷，很快便離開了。

接著，急診護士請她填資料後，帶她進入一間隱密的小房間，找了床位後拉起隔簾。外頭忽然有人呼叫女護士，人一出去，麗香暫時被獨自擱置原地。短短幾分鐘，時間過得好久。同時，她覺得冷氣好強，也或許是錯覺，只是不適應這裡的氣氛。

這時，有位自稱是社工的阿姨，拿著一塊記事板走進來，開始提問題，一邊寫東西。她沒看清楚板上的所有事項，只瞄到「家暴被害人醫療驗傷護理紀錄」幾字，應該是類似問卷的內容。

「肩膀被瓶子打到一定很痛吶。」阿姨比護士親切多了，又問：「還有哪裡？」

「那個、他、就是那個……」麗香羞於提及夫妻間的床事，不知怎麼講明白，只好婉轉表達，說：「他……不讓我好好睡覺……」

「這樣啊，被他打，睡眠品質很差吶，還有呢？」

麗香別開視線，全身定住，空虛地盯著拉簾的一角，全部的思緒彷彿回到阿民變身成怪物的當下。她的嘴唇只能張成魚兒般的嘴形大小，不停顫動，隨之吐出恍惚的聲音。

「……頭、頭髮……他、硬拉……我的頭髮被抓……」

結婚多年以來，她第一次向人訴說身心承受的暴力。

她驀然發現鼻孔阻塞，話音被搗蓋，面頰也變得滑溼。

原來，她邊陳述邊流淚。自己沒有注意時，臉上已貼覆了涔涔淚水。

阿姨從床邊的紙盒抽出一張面紙遞給她。

「真的辛苦妳了。」阿姨拍拍她的背。

不料這麼一安撫，她反而莫名從凝咽、抽搭，陡然轉而號泣，高築的心牆漸漸潰裂……

阿姨待她情緒稍恢復，將面紙盒放到她身邊，說：「我出去找護士小姐，妳在這兒等一下唷。」

沒多久，剛被喚出去的那名護士走回來，手裡拿著記事板、相機和一把尺。

「劉小姐，來，我要拍照。」

護士要麗香轉身面壁坐好，並要她將整件上衣脫掉，露出肩胛骨部位。

「這樣……可、可以嗎？」麗香很不自然地挪角度。

「咦？等等……」

護士在她身後來回移動，隔了一段時間。沒聽到相機的喀嚓聲，只聽見護士啪嗒啪嗒好像戴上了醫用乳膠手套。接著，手套的薄膜碰觸肩背處，來回壓按。

「這裡有感覺嗎？」護士問。

「好像……」

「什麼感覺？」

「有點……」麗香說不上來。

「會痛嗎？」

「會，好像……上面一點點……那裡，對，按到會有點痛……」

「妳說妳身上哪裡還有傷？」

麗香轉頭，仔細回答：「他每次一喝酒，人就變了，我本來要跟他提離婚的事，因為小孩現在剛上小學，老師請我去學校，說……」

「不好意思，劉小姐，我是在問妳，哪裡還有傷？」

護士這麼一問，麗香反而不知從何說起。

她才剛哭過，情緒宣洩完好不容易能正常說話，現在卻突然像被封了口，腦袋變成一片空白。

護士問了什麼，她不是聽不清楚。昨天洗頭時，頭皮傳來酸酸刺刺的痛感，她知道該回答有傷的部位是頭髮、是頭皮，也試圖有條理有脈絡將頭髮被哪個人的手掌拉扯、全身遭拖行好幾公尺的情景說得明白，儘管回憶混亂、不堪回想，她很清楚那雙手的擁有者，正是她曾經最親密的愛人，而為什麼愛人會變成怪物、為什麼她想跟怪物離婚，林林總總的所有事件她都想說出口……如今面對護士詢問，她已經大幅刪減了自己人生婚姻的前段狀況不說，也跳過被菜刀威脅的恐懼不談，直接從女兒的部分開始講，但為什麼……

為什麼要忽視傷痛的歷史？

「劉小姐？」護士喚了她一聲。

「頭髮……」

「頭髮？」護士翻看記事板上的紙張，問：「頭髮被抓，是吧？」

既然有文字紀錄，又何必再問？

護士撥開麗香的髮絲，看了一下，說：「等等，我請醫生過來。」

約三分鐘後，護士再次拉開隔簾，身旁多了一位男醫生。他個頭矮小，大概已邁入中年，戴著一副粗框眼鏡，從金屬臺上抽出一只手套靈活地戴上。

「小姐，請轉過去。」他扶了扶鼻尖上的眼鏡，「好，我檢查。」

他同樣按壓肩背，又翻開髮叢，仔細查看了一會兒。
「醫生，我說的是吧？」護士在背後小聲地說。
「唔呃，這……」醫生輕聲答：「不好寫。的確。」
麗香不解兩人在說什麼，頭轉九十度，問：「到底怎麼了？」
「小姐，」醫生吐一口氣，「我們驗不出妳的傷。」
「什……什麼？」麗香楞住。
「肩膀、背部和頭皮，都沒有明顯的傷。」
麗香聽完，有點壓不住複雜的情緒。
沒傷？怎會沒傷？
他打我、踢我、踹我、拿東西丟我、砸我？
我每天活在恐懼裡，怎麼可能沒傷？
「不可能！」她狂喊，胸膛劇烈起伏。
護士輕壓她的肩膀，說：「劉小姐，妳冷靜一下。」
「別碰我！」麗香抽動手臂，彈開護士的手掌後，立刻抓起上衣，蓋住赤裸的肩背。
「小姐，請聽我說。」醫生移動到她面前，「只要有傷，我要幫妳怎麼驗都可以。」
「他真的……真的有打我……」她再度淚下。
「我知道我知道。我盡量寫。可是我必須老實說，一個紅腫、黑青，或燙傷、挫傷，或是小小一道抓痕，都可以畫在病例的人體圖上，可以用尺量，再拍照記錄，不過嘛，像小姐妳這種可能有內傷的，我們是真的很難驗。」

麗香很肯定，玻璃酒瓶真的擊中了肩膀，即便當時瓶子只是擦過皮膚，她仍是覺得很痛，痛感持續到現在。

「基本上外傷有變化歷程，有人是第一天被毆打就來醫院的，當場驗沒傷，隔了一天兩天，瘀傷發紫，變成一大塊，再來醫院驗才比較明顯。而妳說是兩天前的事，可我們怎麼看就是看不出有傷。表面看起來沒傷，我更沒辦法註明是幾乘幾公分。」

「他有拉我頭髮！」

「我剛用放大鏡檢查，表皮沒紅腫，毛囊也看不出來。」

「我、我沒騙人……」

「妳沒騙人，那我也不能亂寫啊。」醫生板起面孔。

「他在家真的常常灌酒，喝完一整個人變得像怪物一樣，會打人……」

醫生不悅地說：「我知道妳的目的就是要離婚嘛，所以要驗傷、要舉證，可是關於妳先生這塊，妳得去找警察說。」

「為什麼不……不幫我？」

「我沒說不幫啊，小姐！我頂多能做的，就是幫妳加註『病人主述』的部分。可是，我主要處理的是醫療嘛，外傷種類、大小、顏色，我就是寫我看到的啊！」

無力感自麗香心頭迅速傳遞至腳底板。如果她起先就去報案，警察同樣會要她來醫院驗傷，順序改變有差別嗎？

「不然……」醫生轉向護士，交代說：「妳帶她去骨科好了，用X光照骨頭看看，如果再不行，就去精神科檢查。」

精神科？為什麼要去精神科？

醫生認為身體上的傷是捏造出來的，是我心裡有病嗎？

真正有病的人不該是我，應該是動手打人的人，不是嗎？

麗香來到醫院後，內心本該增強的安全感卻一點一滴喪失。她自覺不能在這裡久待，於是穿好衣服，趁所有人不注意時，像犯人逃也似地匆匆奔離。

驗傷不成，或說麗香對醫護人員失去信任，只得灰心喪氣地回到家。

一抵家門，阿民站在門口，渾身酒氣，二話不說即粗暴地張開熊掌，強抓她頭髮要將整個人拖進門去。

「阿民啊，你賣安捏啦！」婆婆邊勸阻，邊扯開兒子的手。

原來，婆婆定期去看那間家醫科，拿降高血壓的藥。今天，診所的護士關切婆婆家裡狀況如何，並偷偷向她提到媳婦想去驗傷的事。

麗香用肚臍想也知道，是彩玲傳出去的。

婆婆支開阿民，把麗香拉到空房間，挾帶質疑及指責的語氣問：「妳要跟阮後生離婚，為什麼沒先跟我講？」

麗香靜默沒回話。

她明白，自己無從攜子女逃離家庭的牢籠，只能被綁在原地，日夜承受怪物施予她的身心酷刑。

而且，自從她去大醫院驗傷後，阿民酒醉對她出手時彷彿有意識、小心似地不在她身上留傷。然而，她不是沒動計謀抵抗，她甚曾試圖用話刺激他，哭喊道：「你打啊！不然你用力打啊！打死我好了！」

「我絕對袂放妳帶囝仔走。」阿民冷冷地說。

命運是不能改變的——她默默認定。

她有時會想像自己是護巢的母鳥，只能盡力保護兒女，寄盼雛鳥能繼續成長，來日能展翅高飛，到時她也能跟著離開。只要保住這樣的信念，她就能忍耐下去。

不過，天公伯不只給她乖舛的命運。

兩年後，噩運更降臨至兒子泰川身上。

喀吱……喀吱……喀吱……

恐懼感，伴隨著陳舊木梯被人壓踩而發出的刺耳聲，更加逼近。

「不哭、不哭……安靜喔，聽話，不要出聲喔……」

麗香緊擁著女兒，安撫彼此不安的怕懼。

砰、砰、砰……

步伐聲停止，隨之而來的敲門聲，恍若命運之神的迫臨。

她緊閉雙眼，耳邊卻遮不住門外的叫喚。

砰、砰、砰……

房門終究打開了。

門軸的喀唧聲令室內的空氣頓時凍結，時間彷彿靜止不前。

她畏縮地睜開雙眼，腦袋閃過的念頭是自己經常被怪物打死的夢境。

但，夢境不再是夢境，而化成擠破虛實界線的現實。

門被推開至底的那刻，她這段人生記憶也就此終結。

●諮商紀錄一

- 日期：2010年5月6日
- 次數：第2次晤談
- 諮商師姓名：戴秀蘋
- 個案姓名／編號：AFV20100136687
- 性別：♀
- 年齡：10歲（國小四年級）
- 問題類別：

□感情問題　□生涯輔導　■行為問題　□課業問題

■情緒困擾　□生活適應　□人際關係　■家庭問題

□生理健康　■精神狀況　□自我探索　□其它＿＿

◈ 家庭結構圖與概況

案主原先家中除父母外，尚有大她一歲的哥哥。據上一次與案主面談得知，先前父母之間的相處出問題，可能使案主和父母各自的關係連結較脆弱；但案主自述，哥哥非常照顧她。

◈ 個案源起

案主先前經醫院小兒科診斷患有輕度自閉症（PDD/autism），曾出現自傷行為，至今依然服用藥物以控制病情。在校未進入資源班，而是在普通班上課。今年三月十四日，案主家中發生重大變故：父親與母親過世，哥哥行蹤不明。案主目前由叔叔（父親的弟弟）代為照顧生活起居，近期正辦理換籍或過戶領養手續，即將交由叔叔收養。

案主曾由其就讀的學校專任輔導員進行輔導，但成效不佳，所以輔導員在案主的叔叔同意下，經轉介來本院交由諮商心理師進行輔導。由於遭逢家庭重大變故，第一次晤談時，個案的話語與行為均出現失調、異常，無法正常表述內心感覺。本次為第二次面談。

◈ 個案行為概述與主訴問題

學校導師與輔導員紀錄曾提到，案主在家庭發生變故前，個性內向，平日表現多半呈現畏怯，課堂中不善於表達內心想法，在班上極少和同學交流；如遇情緒焦躁時，會以尖叫、哭泣等方式表現；以各學科表現來看，案主的數學科成績較為突出，對音樂方面有興趣。然而，家中事發後，開始願意接近並融入同儕，但學業方面，各科目大幅退步，上課經常精神不濟。

案主在人際方面有所進步，此應為自閉症改善之表現，可是發生的時間點於家庭變故後，顯甚異常，但也可能是案主家逢變故，面對親人亡故及失蹤，因此頓失心理上的安全感，亟欲向外界尋求依附和保護的表現。

家中變故之創傷記憶成為案主情緒上的壓力源。案主目前仍未能詳述且不願回憶案件發生時的細節，僅能粗略述及當日概況，面談時需考慮案主因創傷後而產生的壓力反應（**post-traumatic stress reaction, PTSR**）。

並且，案主遭遇變故後，向叔叔和學校輔導員提及某些僅她眼中可見之景物。依案主自身年紀，應該經過了在幻想中虛構角色來當作同伴①的年

① Imaginary Companion或Imaginary Friend，字面意義是「幻想同伴」或「幻想友人」，指孩童在幻想中虛構出來的角色。該角色通常會陪伴孩童遊戲、冒險，或可成為孩童吐露心事或尋求慰藉的對象，亦可能是孩童心目中的英雄人物、鬼靈、怪物或天使。美國心理學家Lawrence Kutner於二〇〇九年的研究裡指出，七歲孩童中佔65%都表示他們曾有過幻想同伴。

齡，故判斷案主的言語，疑似因家庭變故導致內心受創，進一步產生精神上不穩定的幻覺，以藉此彌補創傷的一種機制，甚為特殊。然而，據前所述，案主即將進入一個新家庭，原生家庭對案主造成的心理創傷，將可能拒阻自身接受新的生活。因此，案主的叔叔認為，有必要釐清案主本身對於家庭變故的想法，由負責本案之諮商心理師了解其異常變化之言行的壓力源，然後設法改善，並予以心理上的情感支持。

◆為針對此一特殊個案進行諮商及研究，負責人員就個案諮商過程的影音檔編製成文字稿。諮商內容全程保密，且進行過程皆經案主及代理監護人同意。以下內容，「諮商員」與「個案」分別簡稱為CO與CL。

（前略）

CO：妳今天這張圖畫得很好呢！

CL：……（微笑）

CO：這個人是妳嗎？（指著畫中的人物）

CL：嗯。（點頭）

CO：那隻鳥好像沒有在圖畫裡耶，妳有把牠畫進去嗎？

CL：沒有……（搖頭）

CO：我可以跟妳聊聊上次妳說的那隻鳥嗎？

CL：……（點頭）

CO：妳上次說，天空中有時候會飛來一隻漂亮的鳥，妳還記得這件事嗎？

CL：記得。

CO：那妳可以說說，牠長什麼樣子呢？

CL：牠……牠嘴巴尖尖的，身上有羽毛……羽毛藍藍的，也有紅色的條紋，太陽一照，就會反光，亮亮的，很漂亮。

CO：好像真的很漂亮。
CL：嗯。（微笑）
CO：妳覺得，牠的身體有多大呢？
CL：平常的話……牠小小一隻。有時候，牠會打開翅膀飛起來，就會變成很大一隻。
CO：妳什麼時候會看到牠飛起來？
CL：不高……（垂下頭）……很不高興的時候。
CO：妳是說，妳自己很不高興的時候嗎？
CL：……（點頭）
CO：什麼事情會讓妳很不高興？
CL：想到爸媽的事情的時候。
CO：妳想到了什麼？
CL：……（持續低頭，表情緊張，不說話）
CO：那麼，我們先不要談這個好了。那隻鳥是什麼時候開始出現的，妳還記得嗎？
CL：牠本來不漂亮。
CO：本來？妳說的「本來」是在爸爸、媽媽、哥哥都不見之前嗎？
CL：……（用力點頭）
CO：妳還記得牠第一次出現的時候嗎？
CL：我……我不記得是什麼時候了。可是、可是，媽媽有一天把晚餐煮好之後，趕著要出去上班，要我們先吃飯。爸爸在家，就跟我和哥哥一起在客廳裡吃飯……（停頓許久）
CO：然後呢？
CL：爸爸坐在我們的對面，他一邊喝酒，一邊吃飯……（停頓，垂下頭）……我們吃到一半的時候，他的背後突然長出羽毛。
CO：羽毛？長出什麼樣的羽毛？
CL：張得很大很大的羽毛（猛抬起頭），就像天使的兩根翅膀一樣，開得大大的。我仔細看清楚，才發現那隻大鳥躲在他的背後。
CO：妳有跟爸爸說背後有東西嗎？
CL：沒有。

CO：所以，只有妳看得到？

CL：嗯，爸爸沒有發現背後的東西。我一開始很害怕，可是後來……後來，讓我更害怕的是爸爸。

CO：為什麼？爸爸怎麼了？

CL：……（再次垂頭，沉默不語，雙手交錯抱胸）

CO：媽媽沒有回來嗎？

CL：……（搖頭）

CO：那哥哥……

CL：爸……爸爸變得很奇怪……

CO：很奇怪？爸爸從哪時候開始變得很奇怪？

CL：有時候。

CO：可以跟我多說一點嗎？爸爸變得很奇怪的時候，他會做什麼？

CL：……（眼神飄忽不定）

CO：他會做什麼跟平常不一樣的事情嗎？

CL：（注意力分散，嘴唇顫抖）是……是那那隻鳥逼他的……

CO：是妳之前看到出現在他背後的那隻鳥嗎？

CL：……（用力點頭）

CO：那隻鳥逼迫爸爸做什麼？

CL：……（猛力搖頭好幾次）

CO：爸爸有做出什麼傷害妳的事情嗎？

CL：……（再次搖頭，然後沉默了快一分鐘）

CO：不然，我們不談這……

CL：（主動開口）爸爸把他……他的腿……打斷了……

CO：誰的腿？

CL：……（再次猛力搖頭，然後保持沉默）

（後略）

●諮商紀錄二

- 日期：2010年6月2日
- 次數：第3次晤談
- 諮商師姓名：戴秀蘋
- 個案姓名/編號：AFV20100136687
- 性別：♀
- 年齡：10歲（國小四年級）

（前略）

CO：那麼，妳最近睡得好嗎？

CL：嗯，還可以。

CO：有做什麼特別的夢嗎？比方說，妳有沒有又夢到那隻巨大的鳥？

CL：……（點頭）有時候會。

CO：可以說來聽聽嗎？

CL：嗯……（閉上眼睛）牠……牠的嘴裡叼著藍色的球……那顆球有火在燃燒。牠把房子都燒掉了。

CO：什樣麼的房子？

CL：我以前住的房子。

CO：以前跟爸爸、媽媽與哥哥住的那間房子嗎？

CL：嗯（睜開眼睛）。

CO：然後呢？

CL：什麼然後？

CO：房子燒掉的時候，爸爸與媽媽怎麼了？

CL：爸爸沒有逃出來。媽媽沒有出現在夢裡面。

CO：哥哥呢？

CL：哥哥很害怕，因為他走不動。

CO：為什麼走不動？

CL：他的腳受傷了。房子發生火災以前，他的腳被打斷了……（眼神恐懼，上半身畏縮，兩手握拳）

CO：那妳呢？火災發生的時候，妳在哪裡？

CL：我原本好像在床上睡覺，然後我醒來，看到哥哥很害怕，因為他的腳走不動。

CO：妳當時在做什麼事情？

CL：（閉上眼睛）地板都是火，窗簾也著火了，火快要燒到哥哥，我用力一口氣把他推出去……他在門口忽然消失了……

CO：在夢裡面，妳一口氣把他推出去？

CL：不知道為什麼我的力氣突然變得很大。（睜開眼睛）

CO：那麼，妳自己呢？

CL：我被火燒死了。

CO：很可怕吧？

CL：嗯。然後，我就醒了。

◆ 諮商師的分析與檢視

第二次晤談，案主提到父親會毆打哥哥，可明顯得知家庭中出現家暴（Domestic Violence, DV）警訊。案主現今雖已脫離家暴環境，但本次晤談中，父親朝家人使用暴力的畫面仍會出現在案主的心中，因此往後必須謹慎引導個案思考、判斷父親的暴力行為，以防止暴力情境於親子兩代間傳遞，降低複製二代家庭暴力發生之可能性。

另外，今日晤談中，案主可能以夢境替代真實回憶，敘述家中不幸悲劇發生的過程；在夢境中，案主述及自己擁有強大力量將哥哥救出火場，然而自己最後卻遭烈火滅頂，顯示案主很可能背負深重的愧疚感，並厭惡自己的弱小，責備自己為何無能拯救家人，或修補家人之間的關係。雖然案主內心愧疚，但在夢中的力氣變大，可能希望自己能盡快成長茁壯，是案主從家庭創傷復原的契機。此部分必須持續追蹤，並盡可能建立案主的自信，使案主逐步從自責的心態中平復。

第二章

婕妤站在房舍的頂樓，固定好手邊的拉繩，一面休息喘氣，一面眺望著離宅院不遠的高屏溪。踮起腳尖，雙手敞開，朝腰側兩邊拉展，面迎空氣清新的早晨時，她內心又迸出同樣的想法：雖然自己每天得面對脾氣難搞的劍軒，不過，跟他住在高雄市大樹區這處偏僻幽靜的土地上，其實挺不錯的。

荒蕪的黃褐色地表依偎著流動不息的溪水。劍軒的宅院平躺於地表上，三層樓高的白色房舍，素雅無奇，矗立在宅院的正中央。二樓和三樓陽台外圍除了欄杆以外，尚有少數幾條粗硬的鋼條橫捆住排排直立且泛著黃綠色的孟宗竹，分別連綴成三面可活動的竹床做為屋簷，只要人在屋頂上，便可用拉繩操控屋簷的斜度。

房舍的中後方，地面鋪滿一片綠意，妥善規劃的木製柵欄切出大小分明的兩塊面積，各自闢成小菜圃和較大的藥草圃。房舍四周經常散逸著熬煮各種藥草的濃郁氣味。

不過，婕妤今天卻聞到空氣中增添了一股燒烤竹莖的味道。

劍軒一早起床，到底是起了什麼勁兒忙東忙西的？——

她無奈地搖搖頭，自屋頂走下樓，順帶從一樓搬來了一張矮凳。

劍軒坐在紅磚塊圍成的炭火前，手執塑膠板朝風口來回搧動。

「老師，我來弄就好了啦。」婕妤說完，把凳子擠到他旁邊。

畢竟，平時都是她幫忙料理劍軒的生活起居。

「妳有烤過嗎？」他擺出懶洋洋的模樣，跟平時一樣。

「沒耶。」她盯住烤肉架上的竹筒。

誰會一大早閒閒沒事準備好木炭，突然說要烤東西呀？

「那妳閃邊，看我弄就好。」

不知為何，劍軒今早興起吃竹筒飯的欲望。

他在網路上搜尋食譜後印出，隨即自宅院後方的倉庫翻出一套烤肉用具。有一捆三天前剛採取的鮮竹橫躺在菜圃旁，他從中挑選了一根，詳加計算竹節之間的長度，然後用鋼鋸切割出大小適中的竹筒，清洗一下，直接將半熟的米飯、香菇與蝦仁塞入自製的圓筒後，再加進食譜上記載的醬料。

他獨自一人耗了兩個多小時，忙到現在，烤肉架上已擺置了六筒靜待完成的作品。瞧他一臉自信滿滿的，彷彿食譜的每項步驟都了然於心，一下子手拿板子搧火，又一下改換不鏽鋼夾，反覆翻動竹筒，檢查著外層包覆的鋁箔。

「我幫你烤啦！」婕妤從旁拿起鋼夾。

劍軒馬上把夾子搶了過來，堅持不讓她插手，說：「妳待會負責吃就好。」

不久，融混著食材鮮味的陣陣竹香，自炭火上方飄散出來，竄入婕妤的鼻腔。

從她辭掉護士工作，輾轉數回，來這裡當劍軒的助手、跟著他習醫開始算起，六年以來，每日的餐點幾乎都是她下廚料理，或依劍軒指示給患者熬煮湯藥，或準備藥膳，她沒想到今天真有口福，臉上不禁露出笑容，一語欽佩地說：「老師，我以前都不知道你會做竹筒烤飯耶。」

劍軒沒應上半句話。他不時皺起眉頭，神情十分專注。

婕妤只好望向宅院另一邊極具禪風的庭園造景，一邊發呆，一邊等候他高超的廚藝成品。

「你今天怎麼會想烤飯？」

「等著吃的人，什麼都要問……唉，麻煩死了……」

劍軒半闔的眼神流露倦怠，顯然懶得回答。

對婕妤來說，見識到生性慵懶的劍軒莫名展現廚藝，實屬極其希罕的狀況。恐怕連天塌了下來，他都不可能進廚房做菜。

她平時只知道劍軒對醫術、宗教、民俗等各種雜學頗有研究，專門處理各種主流醫學無法解決的疑難病案，且多次聽他自稱是「靈術師」。儘管他飽識古文經書，對於養生之道也有一番心得，但他從來不掛牌招攬客人，幾乎是靠極少數朋友介紹，不然就是經他治療而生奇效的患者們轉介其他病患，他才勉強繼續行醫。可以說，他的收入微薄，完全不靠這行維生。婕妤還真不知道，他到底是怎麼生錢出來的？難道有人在背後資助他嗎？

就她所知，劍軒的身世神祕，可能因此造就他古怪的個性，而且他很少主動介入別人的私事。不幸的是，他老會牽連一些難解的、不一定和醫學相關的事件。例如說，婕妤有次陪他上山採藥，途中便遇上一樁發生在洞穴裡的刑案；又好比說兩年前，曾有位媽媽帶小孩來給他收驚，也無意中讓兩人扯入一樁案件中[4]。

劍軒彷彿是塊磁石，專吸引他人不能解開的異常，但事件一旦吸附過來，又瞬即迎刃而解。

嗶——啵啵——啪——啪——

裸露於鋁箔外的一小截竹莖，經過高溫的火烤，發出絲絲的爆裂聲響。

「啊，你看，」婕妤指向其中一筒，「這個沒包好。」

「妳別動，我來……」

劍軒未說完，婕妤立刻伸手去搶他手上的夾子。他側身轉了半圈，夾子舉得高高的，動作毫不退讓。不認識他們的人可能會以為兩人在打架。

正當兩人在炭火前快引發了戰爭，藍色弧形大門外傳來一陣汽車引擎聲。

「咦？我記得今天沒有病患預約吧？」

「妳去看看是誰。」劍軒找到了讓婕妤退出戰場的理由。

她沒好氣地白了劍軒一眼，隨後踩踏石板鋪疊的路面走到外門。

小妤呀，在嗎？——門板另一頭飛來嚷嚷聲。

她一聽就知道是誰。他今天怎麼沒有先來通電話就跑來了呢？

門一開，矮胖的身形立於門口。果然是陳倉城。

「城哥，今天你醫館那邊不做生意？」

4 請參閱另作《慧能的柴刀》（二〇一六年，要有光出版）。

「沒事沒事，有人看著呢。」他笑了笑，抽動了一下油亮的鼻頭，問：「呀呀，好香啊，在烤什麼吶？」

倉城一聞到食物的氣味，腳步馬上加快走了進去。

婕妤鎖門，邊提及劍軒突發的興致。回頭一瞧，倉城已經小跑步到炭火那兒了。

倉城成天喊著要減肥，每日每餐的食量卻依然驚人。看在婕妤眼裡，他那碩胖的身材一點兒也未消，足像顆巨型的橄欖球，而且他常被劍軒揶揄，說體型長得像台灣本地的彌勒尊佛，只差沒人祭拜。

婕妤問到的「醫館」是指「倉龍仁心醫館」。她曾在那裡工作過，後來透過倉城介紹，她才來到劍軒這兒習醫。而倉城是醫館負責人，本身是中醫師，擅長針灸，也經常轉介一些疑難的病案來請劍軒處理。

「我話先說在前頭。」劍軒眼皮半垂，未正眼瞧人。「你此刻所見的這六筒是我和小妤的。」從語氣聽來，他早摸透了倉城這名老饕的個性。

「哎呀呀，阿軒，你何不多烤幾個嘛！」倉城吸了吸嘴，好像口水快滴了下來。

婕妤進房舍一樓室內，找尋另張凳子。

一樓的空間格局很大，不過沒半台電視。事實上，劍軒也用不到電視，因為婕妤記得他說過，電視媒體在一天之內一再播送相同的報導，畫面內容不斷重複，新聞都看到變舊聞了。真要得知什麼新聞，劍軒只開電腦連到網路上找找就有了。

「城哥，你今天怎麼會來？」婕妤搬出凳子，轉手給倉城。

「哎呀呀……」倉城接過凳子，靠在劍軒身旁坐下來。

劍軒的腰身不自在地往側邊扭了一下，閃避倉城靠近的動作。婕妤則趁機一把奪走劍軒手上的鋼夾。

「嘖，妳……」劍軒的眼皮驟然垂得更低，指著說：「這……這一筒還沒翻……」

「我說啊——」倉城正要開口。

「要是牽扯其它麻煩事兒的病案，我拒絕接理。」劍軒攤手掌朝半空中一揮，擺明立場。

竹筒間歇發出爆裂聲。

「不是啦，唉呀，好像我是瘟神似的。」倉城滿面笑盈盈，說：「我是有私事想請你們兩個幫忙呀，費用由我來支付吶。」

「沒聽你提過這種要求，城哥，到底是什麼事啊？」

「我想麻煩阿軒你呀，」倉城面對劍軒，開啟鄭重的語氣說：「要請你去救一名昏迷的患者。」

劍軒仍專心看顧竹筒下的火候，不時從口袋掏取那支使用多年的老舊零元手機，計算時間。應該是不想把飯給烤過頭了。

「昏迷中？」婕妤頗好奇。

「是呀，正躺在醫院吶。」倉城嘆口氣，續道：「有人昨晚就死在我醫館隔壁的那間公寓裡，後續來了一群警察吶。」

「有上新聞嗎？」

「不知道會不會報吶……」

「各家媒體這幾天不停重複播報的，是接連發生的縱火案，就是我哥正在辦的案子。」婕妤拿手機出來滑，說：「我現在查一下城哥你說的那件好了，等一下下喔，我的手機連網路有點慢……」

「阿軒吶，」倉城把臂膀擠向他，「你有興趣吧？」

「沒。」劍軒回答得乾脆。

「是什麼樣的狀況？」婕妤又問。

「既然要請你們幫忙，唉，那我就把事情的始末說清楚吧。我跟他們倆都算熟吶！他們是一對夫妻，住在醫館隔壁，不過說兩人是夫妻好像也不大對……」

倉城開始娓娓道出昨晚發生的案件。

大約五年前，那對夫妻搬進「倉龍仁心醫館」隔壁三樓的租賃公寓。先生名叫曾德榮，今年五十二歲；太太叫美芳，年紀比先生小，相差應該不過五、六歲。

鄰人眼裡，夫妻倆相處融洽，幾乎沒聽他們吵過架。兩人經常同進同出的，休假日也常見兩人攜手出外，去附近的公園悠閒散步。夫妻個別被問及「妳先生下班了嗎？」「你太太今天不在家啊？」，或被人褒獎「你們夫妻感情真好！」「又要一起出去玩呀！」之類的話語時，兩人總會對視微笑，幸福得令人稱羨。兩人若是掛上模範夫妻的頭銜也不為過。

曾德榮常去醫館做針灸、電療或拔罐，每月少說也有五次。他在二樓分設的推拿區給推拿師傳疏通經絡時，倉城便會去他身旁，兩人閒話家常幾句，聊的全是男人間的話題。他總會語帶羨慕，說倉城獨寡一人、行動自由，凡事不必考慮自身牽受他人的羈絆。

倉城小曾德榮十六歲，所以平時稱呼他太太叫「芳姐」。

婕妤見倉城眉飛色舞喊著芳姐、芳姐的，覺得他對人家肯定頗有好感。

「哈哈，芳姐很會下廚吶！」倉城喜形於色，滿面粲然說：「她常常拿精心自製的廚藝料理來醫館跟大家分享，什麼蔥爆羊肉呀、烏骨雞湯呀、九層塔炒杏鮑菇呀各種家常味，老接受芳姐的東西真不好意思，可是好好吃吶，哈哈……」

「是啊。」劍軒表情動也沒動，話中帶酸。他肯定又在暗示，倉城只要一嗅得美食，便唾涎三尺，接著會全身全心全意將眼前的珍饈美饌盡數收下，言辭毫不累贅。

「阿軒呀，我也不是白白吃人家大方送來的東西啊。曾桑要針灸，我大半時候都為他免費治療，只刷過健保卡，私底下沒跟他收取任何自費額吶。」

「每每無以控制的動指大啖，然後愧疚感所生的心理補償。」劍軒平淡地回應，接著又回歸靜默。

「他們有小孩嗎？」婕妤問。

倉城縮縮小腹，答：「沒有呀。」

「夫妻倆是做什麼的？」

「曾德榮在隔幾條街的大樓當門管，就是私人大廈的保全警衛吶。至於芳姐呀，她在社區裡幾棟大廈做打掃清潔員，我有次還看見她在社區活動中心幫忙整理花圃哩。」

「聽起來是一對很平凡的夫妻。」

「是啊，可是吶——」倉城變得有點激動。「誰也沒想到會發生這場悲劇……」

「他們怎麼了？」

「曾桑想帶著芳姐自殺吶！」

「啊？」

婕妤訝異了一下，繼續聽倉城說下去。

昨晚十點多，倉城走出醫館正要離開時，一位住在他們夫妻倆樓上的老人家，頭抬得高高的，從巷道中央匆匆跑來跟他搭話。老伯姓周，六十出頭，身體硬朗，鼻子靈光得很，大家都叫他「周伯」。

原來周伯正準備就寢時，從樓下傳來一股燒炭味，若說是夫妻倆突然起興，想在家中烤肉，也沒聞到肉香，再說要烤也應該是在頂樓，才不會燻得公寓都是味道。他覺得不大對勁，跑去公寓外頭，從樓下仰頭遠遠一瞧，寢室對外的窗戶，四邊好像用黃色防水膠布封死了。

周伯慌張地拉住倉城到路上，指向上空。倉城馬上察覺到三樓曾德榮那戶的異狀。於是兩人迅速奔上樓，按門鈴，卻沒人回應。

這時，倉城想起門外的鞋櫃第二層可能有備份鑰匙，便馬上打開，翻找那層的四雙皮鞋、布鞋，果然在鞋內找到了外頭鐵門和內門的鑰匙。

「你怎麼知道鑰匙在哪裡？」婕妤問。

「我當下呀，突然想到，曾桑三天前有對我說呀，他年紀大了、最近頭腦不中用了，出門老忘記帶鑰匙，乾脆把備份放在第二層鞋櫃吶。」

「他去針灸時跟你一個人說的？」

「是啊，三天前的午後來看診的。」

「城哥，可見你們很熟，他很信任你呢。如果是我，就不會跟別人說自家門戶的鑰匙放在哪邊。」

倉城接續描述。

他將門推開，不料濃厚的煤炭味撲面而來，非常嗆鼻。兩人走進去一看，客廳與廚房的日光燈通明，桌椅擺得好好的，餐桌上放著碗盤，留有吃剩的飯菜還沒清理，顯見裡頭應該有人在。

「我大喊——」倉城生動地試著重現昨晚的情境，「有沒有人在啊？芳姐？曾桑？」

「沒有人應聲？」婕妤追問。

「沒吶。」倉城繼續說：「因為樓上樓下的房間格局是一樣的，周伯注意到寢室的門關著，馬上走過去要開門，可是房門鎖得死死的哩。」

「從裡面反鎖了？」

「是呀，我趕緊打手機叫一一九過來，等待人來的時候可著急了哩。過十幾分鐘後，消防救護人員一到場，趕快用工具把房門撬開，可是門內還有東西擋住，我們用力一推開，原來是木頭衣櫃。」

「結果呢？」

「我們一看，哎呀，芳姐和曾桑躺在床上，一動也不動的。這才注意到呀，裡頭有個火爐，放在床頭邊，炭塊還熱著呢。後來，她被抬了出來。」

「所以是她死……」

「不，死的不是她。唉……」倉城的聲音突轉沉重，說：「死的是曾桑。躺得安穩，面色潮紅，嘴邊殘留黃白色的嘔吐物，唉，已經沒脈搏，救不回來啦。」

「那太太呢？」

「芳姐好在啊，頸部還有微弱的脈搏，救護人員判定她有生命跡象，趕緊將她送上救護車。」

「她現在呢？」

「一整夜幾小時過去了，芳姐仍處於昏迷中吶。」

「原來是這樣。」

婕妤終於明白倉城今天來此的目的。

聽聞倉城帶來的悲劇，令她聯想到之前看過的報導：考生沒有達到父母要求，受父母嚴厲責備，於是自己在房間裡燒炭自殺；失戀的男大學生在租屋處燒炭，了結生命；貧困到過不了生活的夫妻，拉著三個未滿十歲的孩子同樣在密閉的房間內燒炭。現代台灣社會給人的生活壓力似乎頗大。幾年前曾有專題報導指出，以燒炭這種了斷生命的，佔了全數自殺者的四分之一，男性燒炭的比例又比女性高出五倍。

婕妤瞄了一眼烤肉架旁的那包黑色木炭。包裝上面印著「珍愛生命」、「希望無限」兩行字，另附上生命線、安心專線等防止自殺的專線號碼。

她又想起大概三年前，新北市政府衛生局施行一項新政策，規定商家不得將木炭放在可讓消費者自由選購的開放區域，如果要購買木炭，必須向現場服務人員詢問才能取得。衛生局希望店員能扮演第一線「自殺防治守門員」的角色，還得請消費者在紀錄本上登記姓名；可是，這項政策引發木炭業者和部分民眾反彈。到頭來新北市只採非強迫紀錄的方式，而其它縣市後來也無法貫徹這項政策。

她心想，燒炭自殺的悲劇於當今台灣社會中已是屢見不鮮，政府該怎麼做才是正確的呢？如果一個人真的想死，或想拖著親人一起死，又有什麼方法能夠阻止不幸呢？這些問題，彷彿使得木炭未完全燃燒的味道更加刺鼻。

婕妤不禁摀鼻，半帶疑惑問：

「兩人燒炭，怎麼會說是曾德榮起意帶太太自殺的呢？」

「唉……警察就當場問案哩。周伯這才想起來，說他三天前傍晚，曾看到曾桑神情低落地提了兩袋煤炭進公寓大門。看曾桑手上的購物袋，應該是去大賣場買回來的吧。」

「三天前就籌劃自殺了？」

「還有呀，門撬開後，衣櫃旁邊有乾掉的血漬，我看看四周，有支鐵鎚在衣櫃不到兩公尺的牆壁旁，消防人員叫我別碰。」

「鐵鎚？」

「躺在床上的芳姐，正中央額頭上有挫傷、有瘀血。所以我猜想呀，曾桑打算燒煤炭時，芳姐可能想要逃走，可是曾桑為了阻止她，拿鐵鎚朝她額頭重敲，然後才把她放到床上的。不過窗戶封死了，房門卻沒封緊，味道才會傳出來，可能也是因為這樣，芳姐才有機會得救吶。」

「夫妻平常感情那麼好，先生怎麼會想殺妻呢？」

「不清楚吶。」倉城舔舔嘴唇。「警察也找了住對面的那戶鄰居，問看看兩人最近有沒有什麼異樣。」

「總會有徵兆吧？」

「說對了吶。平時不吵架的兩人，竟然前幾天晚上十一二點，從家裡傳出在爭執的聲音，吵得很嚴重，還摔碗盤哩。鄰居隱約聽到很大聲的幾句，說什麼『我們還能逃去哪裡？』『不然，全都是我的錯嗎？』『家人置身危險，難不成要見死不救嗎？』可是，別人的家務事嘛，鄰居沒仔細聽內容，記不清是誰說的，也記不得是四天前、還是五天前晚上的事了呀。」

「吵架，不至於到殺妻的程度吧？」

「我想啊，芳姐內心近來可能承受不小的壓力哩。」

「怎麼說？」

「在場的人都發現，芳姐的手腕有刀劃過的痕跡吶。」

「割腕？她也想自殺？」

「如果芳姐想死，也是被曾桑逼的吶。她手腕那是新傷，我看是沒超過一週。周伯也說啦，幾天前見到她手腕裹著繃帶。所以我推測呀，一般人到這年紀會想死，大概都是經濟因素吧。芳姐可能祕密炒股票，或投資基金什麼的，賠了很大一筆錢，搞不好連曾桑的財產也投了進去，結果事情一揭穿呀，這下慘了，曾桑跟她吵起來，她受不了，只好割腕，可是沒死成吶。」

「很合理呢。」婕妤偏頭思考，說：「鄰居聽到夫妻倆在吵的那幾句話，可能是兩人賠上了養老金。也許，投資的錢是借來的，有債主追討，他們才會吵著不知道該逃到哪去。」

婕妤推想——

美芳割腕自殺的過程中，曾德榮可能及時攔住了她，但債務的問題仍然無法獲得解決。一、兩天內，夫妻相向無言的煎熬，彼此感染著死亡的氣氛，令曾德榮尋短的意念逐漸醞釀成形，越加堅定，甚而決心帶美芳一起上路，於是自己一個人去買木炭。可是，美芳在關鍵時刻反倒猶豫了，而曾德榮硬是抓她一起上路。悲劇的結果，妻子沒死，丈夫真踏入了陰間。

「唉，兩人沒錢就沒錢了，何必一起走上絕路呀。」倉城嘆道。

此時，劍軒插上一句話：「飯熟不熟，從竹筒外觀來看，並不明顯。夫妻感情好，不過是外在的表象。」

「說到表象呀，」倉城搔了搔腦袋，說：「兩人好像都有祕密。」

「怎麼說？」婕妤被祕密兩字吸引。

「芳姐嘛，可能就是剛講的，瞞著曾桑做投資。」

「那她先生呢？」

「曾桑好像常去三鳳宮[5]拜拜問神吶。我有幾次啊，給他針灸時，注意到他的手上紅通通

5 三鳳宮，草創於一六七三年，原稱「三鳳亭」，經多次翻建。一九六三年破土遷建工程，至一九七二年竣工，更名為「三鳳宮」，現址位於高雄市三民區河北二路上，正殿所祀主神為中壇元帥（哪吒太子），俗稱「三塊厝太子廟」（三塊厝，即三民區的地名起源），是台灣南部著名的道教聖地之一。

的，就是拿香拜拜的時候，手被香腳[6]染到的那種顏色。我有天就直接問他啦，是不是去了哪兒拜拜。他直接回答，剛去過三鳳宮。」
「去那裡做什麼？」
「他說，去那兒找乩童問事哩。」
劍軒再度插話，說：「阿城，若非你聽錯，便是他說謊，否則就是他去過的廟不只一間。」
「老師，你怎麼知道？」婕妤問。
「除了神明聖誕日，可見得來自各地進香團的乩童至三鳳宮向太子爺致敬以外，三鳳宮本身是沒有乩童可讓人問事的。」劍軒閉起眼，如吟唱般說明：「我印象中，遷址並改稱『三鳳宮』之前，確實有過一位由太子爺指定的乩童，不過這名乩童有時假傳神明意旨，後來即被太子爺廢掉，從此宮廟內不再有乩童。信徒現在若要向太子爺問事，都藉抽籤、擲杯方式進行。」
「哎呀呀，曾桑不太可能對我說謊吶，他真的說去問乩童呀。」
「既是如此，又他真去找過乩童問事，那麼他所到之處必非三鳳宮。」劍軒睜開眼，斜眼對倉城說：「重聽症狀，耳朵聽混了，當心腎虧[7]。」
「好幾個月前的事了呀。」倉城為難地笑了一聲。

---

6 香腳，指一根香的基底部分，可供拿香者手持，或插入香爐中。一般而言，香爐的香完全燃燒成灰之後，必須拔掉並清空香腳。

7 《黃帝內經》記載：「腎開竅於耳。」人的耳力，取決於腎氣是否充足；耳鳴、耳聾等耳病，可能是腎氣衰竭。因此該處，宋劍軒以中醫學理論調侃陳倉城。

「重點是，」婕妤接問：「他去找乩童，到底問了什麼？」

「這就是祕密啊。」倉城答：「他那時一副不大願意講的樣子哩。」

婕妤猜想，曾德榮說不定和太太一樣在投資，只不過投資的項目是六合彩或樂透彩券，所以他得藉乩童向神明問明牌，或問中獎號碼。因迷信而向神明求財的台灣人不少，曾德榮或許也是其中一人。

倉城凝視竹筒烤飯。水氣從鋁箔的縫隙直冒出來。

「城哥，你口中的那位芳姐，她現在的狀況怎樣了？」

「哎呀，她人吶，現在在神經外科加護病房，大腦還是處於缺氧狀態吶。妳當過護士，應該知道的呀。」

婕妤當然清楚。一氧化碳在空氣中的含量只要高於萬分之五，人體就會中毒。在密閉的空間燃燒火炭，會釋放濃度極高的一氧化碳，與人體血液中的肌紅蛋白及血紅素結合，搶走組織細胞獲取氧氣的機會，導致大腦缺氧。依相關醫療臨床文獻記載，即便性命救得回來，也可能產生神經方面的後遺症，像是手腳亂抖、步態不穩、記憶力衰減及身體僵硬、反應遲緩等症狀；嚴重一點，有的倖存者甚至會意識混亂、半夢半醒、幻聽、大小便失禁等等[8]。

若有人說燒炭自殺是完美的、不痛苦的死法，婕妤絕不會相信，因為也要能死得成，不然承

8 此類症狀統稱為「遲發性神經病變」或「遲發性神經精神障礙」（Delayed Neuropsychological Sequelae, DNS），與帕金森氏症（Parkinson's disease）的表現類似，但並非帕金森氏症。

受折磨的仍是自己和家人。

「那個……」劍軒又開口了，問：「先生有留下遺書嗎？」

「管區的帶好多警察過來，馬上就把現場全都封鎖起來了呀，周伯也被趕出現場，而我跟著芳姐上救護車，送到長庚醫院急救了吶。昨晚大家亂成一片，我沒特別注意有沒有遺書哩。」

倉城將手伸向冒著蒸氣的竹筒，問：「所以呀，阿軒，你有興趣了吧？」

「唉，」劍軒立刻像拍蒼蠅般撣掉他的手指，回一句：「麻煩死了！」

「阿軒，好啦好啦，你答應我吧？我剛有說會付你錢哩……」

竹筒烤飯看來已經熟了，飯香撲入婕妤的鼻腔。

「錢不是重點。依現今西方醫學所採用的格拉斯哥昏迷指數[9]來說，指數若低於八的患者，我可不保證能夠成功。」

劍軒說完，把婕妤手上的鋼夾搶回去，將六筒一個個夾至印染著竹葉水墨畫的餐盤中，然後剝開鋁箔紙，眼皮依舊半開，面無表情地說：「要順利喚醒昏迷者，除了評估她身體上遭受的傷害程度大小，也必須端看她本身是否願意操控自我的意志。此和昏迷者意志堅強與否有關。一個人脫離現實，退縮至腦中世界的原因，除了身體運作機能失常以外，精神上肯定也同時受到某種程度的衝擊。」

---

9 格拉斯哥昏迷指數（the Glasgow Coma Scale, GCS），西方醫學目前評估病人昏迷程度最常用的指標。正常人的指數是十五分，昏迷指數最低是三分。輕度昏迷，十三至十四分；中度昏迷，九分至十二分；重度昏迷三分至八分。

「急診室醫護人員有給芳姐做單鼻吸入的純氧治療，也考慮要送她進高壓氧艙裡治療，但是吶……」倉城頓時皺起臉，「員警在醫院告訴我，芳姐跟曾桑可能只是同居人，沒有法律上的夫妻關係呀！」

「可是，」婕妤吃了一驚，「城哥你剛才說，鄰居左右一直都以為他們是……」

「是啊。大家以為兩人早結婚了，都不覺得他們的關係有什麼奇怪的。而且呀，警方在她身上、在她家中，到處都找不到健保卡，更怪的是，找不出她的身分證明哩。」

難道夫妻倆一直在躲債？美芳曾因逃債而拋棄身分？——婕妤直覺這麼聯想。說不定城哥一部分的推論是錯的。債務不是最近才產生，而是多年前欠下的。夫妻會燒炭，很可能是從前的債主找上門來了。

「阿軒，求你啦，我都親自來這兒了，你會幫芳姐吧？」倉城轉頭，伸手要取餐盤中的熟食，又問了一次。

劍軒立即輕巧地揮肘把他的動作擋開。

話說，劍軒最討厭這類麻煩的病案，婕妤再清楚不過。當真他答應幫忙，也不曉得他將用什麼方式喚醒昏迷中的患者。婕妤換個角度想，要是劍軒真有辦法喚醒病患，美芳醒來後，真能接受自己的另一半強硬地拉她一起自殺的事實嗎？

倉城徹夜在醫院裡照顧美芳，顯露一副沒睡好覺、也沒好好進食的可憐兮兮模樣。不知劍軒是否因為同情倉城，他竟開口說：

「小妤，妳去找妳哥，叫他去詢問案情的詳細狀況。」

「咦？為什麼？」

「靈術師進行召喚之前，必先檢視患者腦中世界與現實世界之間的連結線是否斷裂嚴重。」劍軒剝開餐盤上其中一條竹筒，接著說：「而且，患者的精神因事件遭受衝擊，退避至難以見人的暗處時，召喚者必得充分了解整樁事件的背景，引領她自暗地重歸現實世界。」

劍軒說完，將一條條竹筒剝開後，出現於三人眼前的，竟是六筒焦黑的烤飯，就連筒內和米飯混雜在一起的配料，也全都烤焦了。

「老師！」婕妤擺出失望的臉色，大喊：「你真的會烤這道菜嗎？」

「不。」劍軒搖頭，語氣坦然。「這是我第一次做竹筒烤飯。」

他稍微低頭，眼皮持續半垂，右手食指與中指揚至額頭，輕敲了眉心幾次，然後抵住不動，彷彿羅丹的雕像作品〈沉思者〉[10]，遲疑了一會兒，以極度憂鬱又緩慢的語氣說道：

「召喚昏迷者，也將會是我的第一次。」

婕妤在LINE上傳出一條訊息給哥哥後，劍軒從樓梯口走下來。他若有所思地坐回凳子，閉上眼，噘起嘴，雙臂抱胸。婕妤瞧他那副老樣子，不知道他又在想些什麼了？

「老師，我哥說他會盡量去取得案情資料，可是不保證能幫得上忙。」婕妤傳達LINE上面的訊息。

---

[10] 羅丹（Auguste Rodin），法國的雕刻家，代表作〈沉思者〉（The Thinker）。

劍軒用指使人的語氣道：「找遺書的事，妳說了嗎？」

「有啦，可是我哥現在正忙著辦縱火案，抽不出身，可能會請他手下的人去查。」婕妤頓了一下，又問：「如果說，找不出更多案情的狀況下，你還會幫城哥嗎？」

「真是麻煩死了！這樣子我是要怎麼幫？」劍軒大大攤開手臂，懶洋洋打了個呵欠，續道：「噯，阿城那傢伙不直說也罷。他肯定是對那個叫芳姐的女人有好感，胸中不忍見她遭遇此種悲慘之事，才來苦苦哀求我去召喚她的魂魄回來。」

「哎呀呀，阿軒！」倉城將多餘的食材填塞入中空的竹筒裡，置於炭火的架上，「你數落別人時，也得考慮一下當事人在不在場吧？」

「咦，你還沒走啊？」劍軒瞇著眼朝倉城的方向斜睨一回。

「我要走去哪？我……我急著等你跟我去醫院哩！」

六條竹筒烤飯全數燒焦後，現在換成是倉城在烤肉架前大展身手，來回翻動著新擺上的竹筒。

「急？」劍軒閉起眼，語帶諷刺說：「那麼，你現下是在做什麼？」

「呷飯皇帝大啊，我不是機器做的，總要填肚子嘛，哈哈……」倉城撫著肚腩的贅肉，咯咯地笑。

趁倉城正搧風，婕妤問：「老師，為什麼你覺得會有遺書？」

「妳不會自己動點腦子思索一下再問嗎？……算了，我直說好了。」劍軒嘆氣，繼續閉著眼，無奈地開口：「一對男女同居，對外塑造兩人鶼鰈情深的形象，而後給債務逼急了，起心動念欲燒炭，此自殺的事實肯定會打破外界對他倆長久的認定。既然平日是重視形象之人，便應該會對外說明自殺的理由。」
「好像是耶。」婕妤說：「死前，也許他們會覺得，被債壓得喘不過氣，終於可以解脫了，會有這樣的心情想跟大家講清楚吧。」
「而且，依統計比例，燒炭自殺者，多會留下遺書或簡單的字條。再者，三天前即買好木炭，至履行自殺前的這段時間內，妳認為一般人最可能會做什麼？」
倉城附和，回答劍軒的問題，說：「去找好吃的嗎？」
婕妤一聽，馬上想像——假使要求倉城製作一張清單，條列出死前的願望，他鐵定少不了吃遍珍饈美饌，起碼也得飽食一頓才行。
「城哥，正常人會交代遺言吧。」
婕妤揶揄，暗示倉城的食量不太正常。她撇頭朝向劍軒，又問：
「對了，老師，你剛剛上去二樓做什麼？」
「去書庫查資料。」劍軒簡單答。
「什麼資料？」
「該如何喚醒昏迷者。」
「你剛說以前沒做過，我……我有點擔心耶。你去查資料後，有頭緒了嗎？」
「許久之前，我曾看人做過一次。今日或許是冥冥中對我的一場考驗。不過，欲喚醒昏迷者，不只我得做，你們兩個亦得出力協助。」
「我和城哥要怎麼做？」

「妳知道人類如何感知神祕嗎？」劍軒眉毛一時挑高。

「啊？什麼？」

「嘖，」劍軒揮揮手，「真懶得說清……」

「老師，你要我們幫忙就得說明白吧。」

「唉，真麻煩……」劍軒的喉結滑動了一下，睜亮眼，手掌向前伸至火炭的上方，說：「我的手感受到熱度與碳粒附著，眼目視及燒紅的炭塊，此外，鼻腔內聞到炭煙，雙耳聽到炭塊爆裂的聲音，因而得知木炭正在燃燒，在意識中建構出各種感官所接收到的這個世界的相。藉由自我的感官綜合所見、所聞、所觸等等，將除我以外的『外在的』世界變成『我的』世界。」

「這……這是常識吧？跟什麼神祕有關嗎？」

「自古以來，綜觀人類遺留下來的各種文獻皆記載，某些人會經歷超自然的神祕體驗，即便是平凡人亦可能難以預測時機地體驗到超自然現象，例如忽見鬼物，或臨至墓地而倏然發寒顫抖、察覺一陣難以形容的陰氣，當然也有見到神，聽到神說話，受到神的感召而莫名流淚、通體流暢著一股溫暖。若非內因性的身體出了毛病，這世界或許存在某種無形的場域，其中的鬼、神等各種神祕性的存在體，是可被人感知的。而，不論此人感知到的是什麼樣的存在體，經常會透過人類的數種感官去體驗整個感知的過程。」

「數種感官？」

「對，**視覺**、**聽覺**、**味嗅覺**、**肌動覺**、**觸覺**，以及**痛覺**這主要幾種。許多宗教，便經常利用人類感官的接收方式，進而塑造空間和儀式，去承載崇拜神靈的工具，以追求神祕的體驗；不過也有宗教會把感官的接收，當成是不可發生的禁忌，因為感知的過程，會對宗教信仰造成威脅。」

「老師，你是人類，沒錯吧？可不可以講人話？」婕好偏著頭，坦白說：「我聽不懂。」

「嘖，我是說完了嗎？」劍軒的口氣很不耐煩。

「喔……」婕好好似站在通道的小門前面，張手禮讓劍軒先走過去。

「羅馬天主教進行彌撒[11]典禮時，信徒的眼睛接收到不斷跳換旋轉的色彩刺激，無論是教堂窗面的彩繪玻璃、教士身上的衣袍、或天花板上五顏六色的繪畫，在那個空間裡，宗教建構出意欲通往神祕體驗的預備情緒；同樣的，藏傳佛教的各尊金剛像，色彩絢爛，從每個角度看去都是不同的視覺刺激，像是典型的密集金剛[12]形象，各自代表不同意義的三種身色；而日本神道教，例如宗像大社的御阿禮祭[13]，習有兩艘主船引領一百至四百多艘漁船，於海面揚起色彩鮮豔繽紛的大漁旗，迎風航行，舉行海上神明的遶境儀式；又如，道教普遍可見的黃齋壇[14]，其內壇十門

11 彌撒（Mass），主要儀式內容用餅和酒象徵耶穌的聖身寶血，當成祭品獻給天主聖父，主要意義為感念耶穌為世人背負十字架，並期盼他再度降臨，同時天主將耶穌死亡復活的紀念，託付給教會。

12 密集金剛，藏傳佛教密宗經典（無上瑜珈部）中所記載修持和觀想的五大本尊之一，身色中間為黑藍、右面白色，左面紅色，分別代表法、報、化三身。另四大本尊（金剛大法）分別是喜金剛、時輪金剛、勝樂金剛及大威德金剛。

13 宗像大神，指日本福岡縣宗像市宗像大社所奉祀的三位女神，《日本書紀》記載宗像大社為最崇高的神，三女神降臨海北，守護海域；宗像大社有沖津宮、中津宮、邊津宮三座神宮。御阿禮祭，是當地秋季的重要祭祀活動，約十月初舉辦。

14 黃齋壇，道教舉行祭儀活動的道場，也是為行使儀式的法師或道士專門設立的壇場，主要分為內壇、中壇、外壇，各地造壇的結構上大同小異。

上面懸掛的木製題榜，榜面依方位採用不同的底色，中黃、東青、南赤、西白、北黑，題字按五行相生取色。

「不過，如我方才所言，亦有宗教或教派禁止視覺上的彩度變化，例如美國及西歐的清教徒教會中，便不採天主教多樣化的色彩，而用單調且低彩度的白、灰、黑色來建構教堂，好降低教徒們於視覺上的刺激。」

劍軒說到這裡，婕妤並不是不能理解，只是痛恨他怎麼還不切入重點。

「我剛提到的**視覺**，不過是隨口舉出宗教的空間與儀式對於『加強刺激』與『降低刺激』的幾樣例證。再來，關於其它幾種感官，我會著重在『加強的刺激』，這跟我們去醫院要做的有關。」

「還有……聽覺？」既然是待會得做的事，婕妤只得耐心聽他說明。

「**聽覺**感知，可以是藉由器物，或由人自身發出的聲音。西方，教堂鐘塔定時傳出飽滿的鐘聲，還有道教儀式中的法器，像是木魚、法鼓、圓磬、引磬、三清鈴、鐺、鈸[15]等等，都有意讓人進入神聖的場域中。或是，你去日本神社參拜時，把銅板投入賽錢箱之後必須先搖拉繩，使鈴

15 圓磬，圓形且中空，鐵製或銅製，道士於道場誦經時多會擊磬，佛教也會使用。引磬，又稱手磬，形狀小巧如碗，器底隆起附連木柄以便手持，另有一根敲擊引磬的小杆，聲音清脆，多為銅製或鐵製。三清鈴，又稱帝鐘、法鈴、法鐘，俗稱師公鈃、鈃仔，鈴內有舌，鈴器底部有手柄，柄端稱「劍」，呈現「山」字形，象徵道教三清（玉清元始天尊、上清靈寶天尊、太清道德天尊），道士單手持柄，有節奏地搖鈴，有降神、驅魔之作用。鐺，又稱單音、銅鼓、鐺子，固定在長柄上的小銅鑼，以撥子敲打出聲。鈸，中央隆起的銅製圓片，大者稱大鈸、鬧鈸，小者稱鈔，隆起部位通常繫有紅布條。

鐺發響[16]，請神明注意聆聽你接下來的祈願。」

「人發出的聲音，應該就是祈禱了吧？」

婕妤想到基督徒禱告，以及教堂傳出會眾合唱聖歌的聲音。

「唸咒、吟唱、祝禱都是，有人會用語調平緩而低沉密集的聲音來誦讀，也有人會發出尖銳激動的高聲。」劍軒解釋，「舉例來說，道教有一種特殊的**嘯法**，又稱**氣嘯**，藉由氣沉丹田，以橫隔膜壓迫身體內部的氣體，經過聲帶發聲，算是一種**煉氣**的特殊方法。」

「煉氣？用聲音？」

「是呀，」倉城從旁補充道：「嘯法是有節奏的震動，靠身體的氣，再用口腔和舌頭靈活的動作，規律地發出聲音吶，以前唱歌演戲的人，常常用這種方式保護喉嚨呀、保養嗓子呀，一來也能學習控制身體能量的流動，也就是煉氣。據說呀，行嘯能夠調整人的意念，達到渾然忘我的境界啊。還有，中國唐代那個孫什麼的……對呀，一個叫孫廣的人，他寫了一本書叫《嘯旨》，講了十二種以嘯煉氣的方法[17]。其實啊，早在東漢時期，就開始流行這種養生法了呀，那時有個叫欒巴的人，精通嘯法，大家都稱他嘯神。另外呀，像諸葛孔明隱居南陽時，傳說他也會早晚長嘯煉氣吶。」

16 神社內部有「正殿」和「拜殿」：正殿為神明鎮守之處，一般參拜者不可隨意進入；拜殿正面有神明行經的「參道」，多數神社會於拜殿前放置「賽錢箱」並懸掛鈴鐺，普遍認為鈴鐺有祛除邪氣或召喚神明的力量。

17 《嘯旨》，唐代奇書，總結嘯法煉氣之方，記有外激、內激、含、藏、散、越、大沈、小沈、疋、叱、五太、五少，共十二種方法。

「籠統而言，禪宗的**臨濟喝**[18]，亦可算是嘯法的一種鍛鍊方式。而《封神演義》[19]的哼哈二將[20]也是，」劍軒鼓起鼻翼，邊說邊瞪著倉城，露出極厭惡別人搶話的表情，「兩神將，一哼鼻、一哈氣，便能制服敵人，可視為嘯法的應用。」

倉城吃吃笑了幾聲，縮起身子，低下頭繼續烤竹筒飯。

「剛才說到的還有……味嗅覺吧？」婕妤把話題拉回來。

「這是最顯而易見的。神壇上奉獻給神明的鮮花素果，或是燒香、點燃有氣味的蠟燭，目的都是讓信徒藉**味嗅覺**感知自己正身處在聖域。」

「肌動覺是指什麼？」

「身體姿態的鍛鍊，通常和肌肉、關節及神經密切相關。」

「瑜伽算嗎？」婕妤直覺聯想到瑜伽。

她仍在醫院工作的那段期間，和朋友去上過瑜伽課，教瑜伽的老師不僅展現優美的體態、演示宛如流水般的動作，還強調瑜伽可以增強耐力，提升心肺功能，另有平衡體內荷爾蒙和排毒等功用。不過，婕妤那時的工作量實在太沉重，下班後身體累到不行，根本無法持續鍛鍊，最後也

18 臨濟喝，禪宗修行的手段之一。臨濟宗禪師多用喝法教導弟子修禪，例如當禪師驚天的喝聲落下，弟子受震驚，所有念頭皆失，隨後身心即會湧現安然自在的清晰感。

19 《封神演義》，俗稱《封神榜》，明代神怪小說，內含大量民間傳說和仙界神話。

20 哼哈二將，原是佛教的護法金剛，經常繪於佛寺的山門上當成門神，在《封神演義》中成為道教的兩位神將。哼將，原名鄭倫，度厄真人的弟子，習得「竅中兩氣」的法術，只要鼻哼便響如洪鐘，並噴出兩道白光以吸取對方的魂魄；哈將，原名陳奇，腹中有黃氣，只要張口哈出黃氣，同樣可吸取對方的魂魄。

沒把課上完。

「沒錯，算是一種。妳說的瑜伽偏動態性質，打坐則是偏向靜態。初學冥想靜坐的人，肢體會有僵硬、發麻的感覺，特別是大腿或下背會發熱，伴隨著催眠般的愛睏感一陣陣襲來，此時身體的肌動感特別強烈，也被認為是一種宗教儀式的體驗。

「其實，在神明面前下跪、叩首，例如台北行天宮『三跪九叩』的敬神禮儀，或是佛門頂禮[21]、基督新教的五指禱告[22]，都和**肌動覺**的刺激有關。」

「那麼，觸覺呢？」

「佛教有佛珠，天主教、伊斯蘭教也有念珠，人在祈禱或修行時，手指來回不停撥弄珠粒，滿足了**觸覺**。此種宗教活動，乃為了使信徒和宗教神祕的感受產生連結。另一種較特殊的，是靈療儀式，古代的巫醫會觸摸病患，感知病氣，治療過程中並傳遞無形的氣給對方，藉此達到醫療的目的。」

婕妤仔細觀察過，劍軒給患者醫病時，經常會尋找穴道，指壓掌按，推動經絡，驅除病氣。她猜度，他的方法和現在提及的觸覺大有關係。

---

21 頂禮，又稱五體投地、五輪投地，指佛教徒對佛祖、菩薩、上座大德等的一種表示隆重敬意的膜拜禮儀。五輪或五體，指兩肘、兩膝和頭部。佛經中多有「頂禮佛足」的記述，合掌伏首跪拜之餘，並以頭觸佛足，表達禮敬。

22 五指禱告法（Five Finger Prayer），特別用於教導入門者或年幼孩童如何禱告。五根手指各自代表不同的祈禱對象（有地區性差異），先握拳，而後依序伸出拇指、食指，直至小指，同時口唸禱詞，例如常見的一種，拇指代表親友，食指代表教師、牧師及宗教領袖，中指代表政治當權者，無名指代表身心弱病者，最後的小指通常代表自己。

因為，替人推拿祛邪時，有如「氣功」的原理，自身必定會散發出「氣」這種能量，只要氣一進入對方體內，產生刺激，同時疏通阻塞的穴道，便能使患者的氣血循環功能恢復正常。

難道，他想要用這種方式喚醒昏迷者？

「老師，有人現在正昏迷，生命垂危。」婕妤有點失去耐性，「你不覺得我們要去救人，時間要緊嗎？」

「最後是，**痛覺**。」劍軒不理會婕妤，拉高嗓音，說：「也是最重要的一項。長時間跪坐於神像前，會從肌動覺轉變為痛覺的刺激。長時間步行也是，例如日本四國遍路[23]的修行模式，朝聖者身披斗笠、手拿念珠與持鈴[24]，儘管走得渾身酸痛，多長的道路都得忍痛完成。北美的弄蛇教派的儀式[25]，雖不崇拜蛇，卻以把玩蛇身來向人展示，神保護他們而不受蛇的傷害，實際上教徒被蛇咬，手部萎縮、缺了一隻手指的，大有人在。又，《新約聖經》記載，法利賽人修行時會刻意在衣服裡放入荊棘，令走路摩擦產生刺痛，以達到苦修的目的。台灣廟會裡跳白身[26]的人，

---

23 四國遍路，指朝聖者步行巡拜四國八十八箇所（四國靈場，即寺院）的儀式，探訪日本佛教真言宗祖師空海（弘法大師）所行過的修行地，行程總長約一千兩百公里。現今四國遍路的目的，不限於宗教性修行，還包括祈求去病消災、家眷平安，及追尋自我、心靈療癒、觀光等。

24 持鈴，朝聖者手上的鈴。誦經時可搖鈴，鈴聲能去除朝聖者的煩惱與雜念。

25 弄蛇教派（Snake Handler），屬五旬節教會（Pentecostal churches），由基督教傳教士George Went Hensley於一九二〇年代所創，信徒遍布阿帕拉契山徑（the Appalachian Trail）森林地帶，甚北傳至加拿大等地。依心理學教授Ralph W. Hood，及記者Julia Dui研究探查指出，因蛇咬而死亡的案例統計數字約九十至一百例；亦曾有許多新聞報導過弄蛇教派的受傷案例。

26 白身（台語發音），又稱「法仔」、「狂爺」或「（敲）王爺」。白身的意義，原指八家將出軍時，家將的神祇因應時地需要而降駕於人（神祇抓乩），以保護家將成員的安全，有制煞、示威、開路、護駕等作用，由於經常有駕前捉惡鬼的橋段，

拿神明的法器或兵器刺身砸頭，像用大鋸劃舌、嘴穿銅針、拿角棍[27]敲到自己全身流血不止，以向眾人證明神靈附體，顯示神威，達到不察痛覺且刀槍不入的狀態。」

「對耶，」婕妤回想起幼時，曾看過乩身表演，「我覺得他們的動作好殘暴喔，真的不會痛嗎？」

「他們表演時有時會口噴米酒，而酒有消炎與麻醉作用，甚至有人起乩後拿啤酒瓶砸頭，酒淋全身也有相同的效果。我所知道的乩身，現場通常會有幾名法師隨時看著，可能怕真的出事吧。據說真正的乩童，神靈退駕後容易止血、不會留下傷痕，乩身的身體則多半比較嚴重，會有後遺症。

「至於妳問痛不痛，此即是主觀的感知了。假若會痛，既然拿人鈔票於廟口操寶，即使有痛也得忍著演完。然而，無論是否感知痛覺，我們可把這種狂熱的儀式視為追求民間信仰的神祕體驗，或顯示神力深不可測，或表現自己不在自身之中，已然被外物附身；痛感並非他們進行儀式的目的，反而是說明他們自身發生了劇烈的轉變。」

婕妤思考著劍軒的話，腦中躍出一個問題：如果走路時不當心踢到東西，感覺到疼痛，究竟是腳在痛，還是心在痛呢？

---

[27] 角棍，道教法器，形似狼牙棒，長棍上有許多尖刺或三角形刀片，有手柄可持握。

因此外在形象顯較兇惡。一般而言，乩身不穿龍虎袍或馬裙，不執黑令旗，大都穿圍兜（視為戰甲），於腰間綁上紅布條，手上執香及法器，據說其跳演的淨身、除煞、操寶、止血、退乩等過程，需要「法仔鼓」的神力來輔助。乩身非正統的陣頭，和正規的乩童不同。

回想以前讀過的醫學護理教科書，腳上的皮膚有痛覺神經，神經受到刺激，將訊息傳至脊髓、大腦，所以終究是大腦的經驗告知內心這種感覺就叫做「痛」吧？——婕妤想弄明白劍軒說一大串話的立論中心何在。

「為什麼你說痛覺是最重要的？」

「痛覺不限於生理上的，心理上的痛苦、悲痛、折磨也是——痛，是活在世間最普遍的感知，宗教上被認為是最容易引發神祕體驗、抵至某種境界的途徑。因此，我考慮採用**以魄喚魂**的操作方式……」

「以魄喚魂？」

婕妤要問下去，劍軒卻閉起眼陷入沉思。

此時，擺在烤肉架上的竹筒突然發出連續嗶嗶啵啵的聲響。

「啊！」她閃避發燙的飛灰，大喊：「城哥，火太旺了！」

「這叫做——」劍軒傾耳聆聽竹莖爆裂的聲音，雙眸依然闔著，隨口脫出：「ㄅ一ˋ ㄈㄤ要出現了。」

「ㄅ一什麼？」婕妤心生好奇，問：「老師，你說什麼？」

「且慢……」劍軒寬闊的肩膀忽然抖動了一下，緊接手指不知在掐算什麼，又墜入他自己的思緒中，喃喃自語：「難道是……網網天數，早有安排？」

婕妤當然不明白劍軒腦袋裡醞釀什麼樣的奇思怪想，不過她早習慣他無視旁人，忽地保持沉默或破口大笑等怪異的舉止。

「我今日會乍然生起料理竹烤飯的念頭……」劍軒勉強吊起眼蓋，瞅了倉城一眼，「你又像冒失鬼一樣衝來我家要我幫忙。」他將視線轉向婕妤，續道：「然後……妳哥又正在處理尚未偵破的縱火案……巧合嗎？……這一切……假若……嗄……是這樣嗎？……」

「阿軒啊，你又想到什麼呀？」

「有股……極其不詳的預感湧現……」劍軒答畢，立刻起身，皺著眉頭又道：「我去三樓打坐。你們倆好好待著，等妳哥的回訊。」

第三章

超級瑪利抓好時機，飛越庫巴魔王的頭頂，腳一落下，踩到斧頭，橋斷了，魔王掉入岩漿，順利拯救了公主。小義只花了一個半小時，又破了所有關卡。

他一手壓住任天堂紅白機中間的彈簧退帶杆向前推，一手從插槽抽出卡帶，在電視前仰躺發呆，忽然感覺好無聊。學校今天派的作業，他都寫完了，只差一篇作文未完成。

怎樣才叫做「家人」呢？——

他覺得老師出的題目好難。

假如題目是〈我的家人〉，對小義完全不成問題——爸爸在外面工作認真又負責，他的朋友來家裡作客時都會稱讚他，許多人很敬仰他；媽媽是家庭主婦，廚藝高超，每天把他和妹妹照顧得無微不至；妹妹很野蠻，肯定是爸媽給她生錯了性別，放假時妹妹老愛跟他搶玩電動，她喜歡的雪人敲磚塊，小義看不上眼，不知那有什麼好玩的，他覺得不夠刺激，根本比不上超級瑪利和魂斗羅。

作文紙上光描寫家人，小義能盡情揮灑的字數一定超多。可是，他現在上了五年級，老師要所有同學寫一篇議論文〈家人是什麼〉，他卻不知從哪裡寫起，半點頭緒也沒有。

「小義，」媽在廚房喊：「洗手吃飯嘍。」

「喔……」小義慢吞吞地爬起來，把紅白機收進櫃子。

「動作快點！」

「好，聽到了，來了啦！」

「我們兩個先吃。媽等一下還要去補習班接你妹。」

小義來到飯廳，餐桌上擺滿了菜，其中一道是他愛吃的鳳梨苦瓜雞，淺黃的湯汁和香甜的氣味不禁令小義唾液開始泌流，他趕緊去洗手，擺好碗筷。

「爸今晚不回家吃嗎？」小義坐在自己的位置上問。

媽掀開電子鍋，盛了一碗飯給小義，說：「他工作忙，要明早才回來。我知道，你們父子都一樣，愛吃這樣菜。」媽指著那鍋雞湯。「這鍋沒吃完的，我會放冰箱冰好，等他早上回來再熱。你爸值勤很辛苦，你要多留幾塊肉給他。」

「好，我知道。」

桌上除雞湯外，另擺上四道不同的菜色。小義抓起筷子夾一塊沾了沙拉醬的涼拌竹筍，放進嘴裡咀嚼，問：「媽，為什麼爸都不跟我們說工作上的事情？」

「你爸做的工作常會碰上危險，他不想讓我們擔心。」

「爸很少休假，都沒帶我們出去哪裡玩。」小義的話飽含抱怨。

「有啊，上次我們不是去了墾丁？」

「上次……是一年多前了，隔好久。」

「你爸很用心在他的崗位上做事，辛苦工作賺錢，為了讓我們全家過安穩的生活，等你長大就知道了。來來，這多吃點。」媽夾了盤中的菠菜，送到小義的碗裡。「多吃，才能像遊戲裡的大力水手，手臂變粗，趕快長大。」

「我又不玩大力水手，那張卡帶是妹在玩的。」

「你今天玩好久，」媽微笑問：「功課寫完了嗎？」

「嗯……差作文還沒寫……」小義扒了一口飯。

「你不是最會寫作文了？」

「哪有！」小義遲疑了一下，說：「媽，問妳一個問題喔，『家人』和一般人有什麼差別？」

「怎麼問這個？」

「妳別管啦，我就是想知道什麼叫家人嘛。」

「唔……有血緣關係的就叫家人啊。」

「我跟妳還有爸都有血緣關係，我跟妹也有。可是，妳跟爸沒有血緣關係吧？你們兩人還是結婚生了我、生了妹妹，變成一家人了。要是有血緣關係就是家人，那不是亂……亂倫了嗎？」

「嘩！」媽拿著碗，下巴訝異得快掉下來，「你！你這小鬼頭竟連亂倫兩字都知道！」她收起下巴後，邊盛雞湯，邊在思索的樣子，然後把湯放在小義的面前，問：「小義自己覺得呢？你的作文，要自己先想吧。」

「我是想過……有困難的時候能幫助對方的就叫家人，可是，朋友不也是這樣嗎？他作業沒寫，我借他抄，這樣也算家人嗎？還有，我又想到，如果今天是我們同學在課業上遇到困難，老師也會幫我們，那麼老師幫助學生解決問題，好像也可以叫做家人，可是……我又覺得不大一樣……好難的問題……」

忽然間，客廳和廚房的日光燈熄滅，剩下飯廳天花板的燈還亮著。

停電了嗎？好像不是停電？是跳電嗎？——小義還沒反應過來，媽突然站起來，動作僵硬地，轉身背對他，彷彿定格般動也不動。

「媽……」

「……」媽沒應聲。

「媽？妳……妳怎麼了？」

「小義……你……你為……為什麼要讓……讓我失望……」

媽的話聲降成低嗚的慢速回音，像在哭泣般，非常不自然。她話講到一半，飯廳的燈光頓時熄滅，四周沉入一片摸不著邊的黑暗。

「媽、媽？」小義伸手不見五指，在黑暗中出聲大喊。

詭異的是，他聞到汽油味從前方飄來。他想離開座位，全身卻無法動彈，宛如有好幾隻無形的雙手緊壓制大腿及肩膀。

「媽？……媽？妳在哪……」

聲音還未完全流出喉嚨，桌面剎時燃起青藍的火焰，迅速化成黃紅色的烈火，朝桌腳、椅子蔓爬……母親不知何時坐到他的正對面，依舊背對著他，僵住不動，像當機的電玩畫面，隱約好像聽見她在嘆氣，但聲音相當低沉。

小義揉揉眼睛仔細看，她的長裙、衣服一下子爬滿了炙烤人的紅焰，腰背開始冒白煙，嘶嘶爆響聲不斷……

「媽！媽！快逃！」

濃煙急劇擴散，嗆入小義的鼻內，他忍受不了燒焦味，快要無法呼吸，感覺椅邊的火舌已經向上延燒到身體，貪婪地舔舐皮膚。

「咳咳……呃……媽……」

他用盡力氣，以快把內臟咳出的聲音再次高聲大叫。

剎那，他背後傳來低沉的聲音——

〔接力比賽的時候，你是怎麼跑的？〕

林昊義虛脫般吶喊了啊的一聲，隨即驚醒過來。

冷汗濕透了背部及後頸，大腦仍舊半停留於怪異的火場中。

用力喘口氣之後，他才領略自己做的是虛實錯亂交疊的惡夢。夢境喚出沉睡許久的記憶碎片。

昊義摸了摸床邊的矮櫃，把手機抓到眼前。時間顯示，凌晨五點半。算一算，真正入睡只有四個多小時。他嘴巴乾渴，精神疲乏不振，卻懶得爬起來喝水，想重回溫暖的被窩，繼續補眠。

這時，手機響起。志偉打來的。

「咳呃……」昊義聲音乾啞，「喂？」

『學長！又……又發生了！』

「要說就說清楚點。」

『又有人縱火了！』

昊義聽完，眼睛馬上睜亮。這次真的完全清醒了。

他急切地問：「在哪裡？」

今夜的縱火案，同樣發生在右新圖書分館外圍區域，已是第三起了。

第一件，發生在高捷生態園區站出口附近停放腳踏車的區域，三月九日深夜兩點左右，五、六台腳踏車燒成枯黑的鐵架、車體變形，路人見到火勢，通報消防隊至現場處理；接著相隔五天的第二件，犯人燒光了右新分館前方的三座靠牆花圃，植物全毀，犯案時間是三月十四日半夜兩點十九至二十五分，同樣有民眾報案說發生火災，但沒人親眼見到犯人的蹤影。

由於這兩次縱火，時間都是凌晨兩點多，且發生地點皆於圖書館正前方，因此分局偵查隊依時間和地點推斷後，認定此為連續縱火案；加上鑑識人員的採證比對，犯人的縱火手法皆是拿汽油類的促燃劑潑灑後直接點燃，可予佐證應該是同一人犯案。

一般來說，台灣的縱火犯所選擇的犯案物件，大多以汽油為主。汽油引火快速，且成本低，去一趟加油站便可取得，正因為如此，追查時比較無法從縱火劑的來源著手。

第三次犯案，離上次只隔三天，也就是剛才約兩小時前的事。半夜三點多，置於右新分館一樓箱型冷氣機的三座外接散熱器遭焚毀，正好和管區警員加強巡邏的時間點錯開，所幸未釀成巨災。

「鑑識人員到了嗎？」昊義對著手機問。

『才剛來十分鐘，現在用電子鼻[28]在驗，汽油的可能性很高。』志偉在現場，附近充斥吵雜的人聲。『我說啦，學長，包準同一個人做的啦。』

「要跑過氣相層析才準。」

昊義的做事方式向來滴水不漏。雖然電子鼻可初步篩驗促燃劑的類型，可是將樣本送到鑑識中心，經過氣相層析法檢驗明確的成分比例，再和前兩案比對之後，結果一致，才能更準確地判定是同一人犯案；即便犯人手上的汽油有好幾種來源，從促燃劑成分比例或許看不出所以然來，但說不定能發現除了汽油以外的其它物質摻混其中，進一步找出犯人移動的軌跡。

「周邊的監視錄影器呢？」昊義又問。

『正在請人調出來看。上次的畫面上新聞了耶，放火的人這次應該更小心了啦。』

犯人的運氣有如天助，第二次才被監視器拍到。彷彿第一次犯案時，犯人刻意躲避監視器的範圍。

而兩天前，分局竟然沒有和協助偵辦的刑大這邊討論，第一時間擅自給媒體監視器影像。新聞一炒熱，現在連Youtube都可以搜尋得到。昊義認為，公布縱火犯的身影讓民眾能獲知犯人特徵，確實對破案有幫助，但消息一傳開，也很可能導致犯人改變犯案手法，例如改變縱火的地

28 電子鼻（electronic nose），一種模擬人類嗅覺功能並可於現場直接偵測火場縱火劑殘跡的電子儀器，可檢測複雜的揮發性化學成分。獲知結果的時效上較氣相層析法快，但目前實用上無法如氣相層析法準確，且無法辨識某部分縱火劑。

點，這麼一來，便難以早日追捕犯人歸案。

不過，今夜第三次犯行，證明了犯人的目標無疑是圖書館。按常理來說，連續縱火犯為避免暴露蹤跡，多半不會在同一地點犯案才是。犯人的目的是什麼？圖書館跟犯人有仇嗎？——

昊義心想，自己得換一條思路，改從犯案動機去思考。

數台監視器拍到的畫面，反覆播放，早已刻入昊義的大腦記憶區。

犯人身穿深藍色長褲，黑色的連帽外套蓋住頭部，口鼻貼著灰白色口罩。按身體的骨架看，應該是男性。

他開來一輛藍色貨車，停車後先從駕駛座出來，走到覆著墨綠色帆布的後車廂，取出一個在加水站可買到的ＰＥＴ水桶。當然，裡面裝的是助燃劑，縱火用的油料。接下來，他提起桶子，一步步走到花圃，朝好幾株植物潑灑桶內的汽油，點火施行犯罪。見火勢變大，他不忘將桶子帶走，動作迅速地跑回車內，立即把車開走。從停車到離開，全程不超過六分鐘。而且，車體前、後兩端的車牌號碼故意用不透明的黃色防水膠布貼住。

事先準備了油桶，又意圖掩蓋車輛行跡，顯見是預謀犯案。

奇怪的是，犯人的身影既然上了新聞，電視和網路上都有相關報導，自然會引起警方及民眾更嚴密注意這塊區域，可是他今夜又大膽地在同一地方縱火，動機究竟是什麼？

從三椿犯行的日期來看，間隔愈縮愈短，下一次又會是什麼時候？——

昊義隱隱感覺，接連的火勢將愈燒愈急。

昊義回到刑警大隊和保安大隊合署的辦公大樓，召集手下王志偉，以及從另一分隊暫時派過來支援的偵查佐楊鼎漢，三人針對連續縱火案，開了一次簡單的小隊會議。分配完調查任務後，他走出辦公室，去吸菸區解癮。

他獨自坐在板凳上，嘴邊叼了根還未點著的藍寶馬香菸，靜靜地朝天空濃重的雲團發楞。

才上午八點，已經開始要享用今天的第三支菸，他察覺自己這兩天面對的壓力不小。吸菸有礙肺活量及體能，他不是不清楚，但只有在吸入一支零點七毫克的尼古丁時，他的腦袋才有辦法放空，把屍體、證物、嫌犯等煩人的工作暫時通通拋開。

突如其來，一隻握拳的手伸過來。

嚓喀……火星在他眼前閃爍，火焰瞬即燃起……

有那麼短暫的一、兩秒，瞥見黃色火焰的當下，他的胸口一陣緊縮，立刻舉起自己的右手將那隻手猛地揮掉。

那隻手緊握的打火機被拍落，彈墜至地面。

「啊，分隊長……」昊義看清楚視線內的對象，是他的頂頭上司盧通貴。

「怎麼？只是派你那組人協援分局一下，不爽啦？」分隊長一臉笑盈盈的，彎下身要撿起打火機。

「不，不是……對不起……」昊義趕快站起來，也同時彎腰，搶先拿到分隊長的打火機，遞還給他，補上理由說：「單純是被嚇到了。」

「銜著菸卻不點火，怎樣？發呆想女人啊？」

分隊長眉頭緊皺，從口袋掏出一包黑豆仔[29]，抽出一根。

「沒……」昊義立刻拿自己的打火機替他點火，也順便點燃了自己唇邊的菸。

「媽的，現在哪地方都禁菸，車站幾公尺之內不能抽，啥跟啥的……」分隊長坐下來，吐了一口白煙，額頭的皺紋一下子鬆開，嘴裡仍繼續發牢騷：「也不想想你們有跑外勤的人到處查案，工作壓力那麼大，是吧？」

昊義點點頭，嗯了一聲，應和分隊長細碎的怨言。

刑警不但要處理公文，還要偵辦刑案，達成上頭要求的績效評比，近年來愈來愈少警察有意願當偵查佐。不過，昊義從基層警員幹起，便立志成為刑警，在分局不斷累積功獎，而於一年多前升上警佐一階。陞遷一個月後，他即被調到刑大偵二隊第五分隊，職務並調整為小隊長。

雖然仍不由他接案、不用像分隊長得扛責任、大隊開會時也不必直接對上頭報告，但手邊增加了不少文書業務，還必須準備資料定期參加講習班，而辦案方面，除了像先前在分局一樣得輪值、去現場查案，又得經常跟在新人偵查佐身邊，指導他們熟悉辦案。工作量一時變得繁重許多。

「喂，你不說話，我會以為你一個人抽悶菸，是對我不爽還是……」

「沒有，我沒事。」

---

29 黑豆（仔），即台灣某些吸煙者對瑞士進口菸「大衛杜夫」（Davidoff）黑色系的俗稱，有時亦稱「黑珍珠」。

吳義不喜歡休息的空檔還得和人對話。他規定自己一天之內最多只能抽半包菸，因此讓身體吸收尼古丁的時刻顯得特別寶貴。

「縱火案，查得怎樣了？」分隊長問。

「分局那邊在查貨車。另外，拍到的畫面應該有助釐清犯案動機。」

「媽的，天曉得動機是啥！」分隊長手指掐著菸，嘀咕說：「手腳動得快點。你知道的，媒體報出來，市長也看到了，上面有壓力，盯得緊。好加在，現在三次了都沒傷亡。要是犯人提高犯罪層級，出人命了，到時他媽的媒體不知道會怎麼指責我們！」

三天前，犯人第二次縱火後，右營分局請求刑大這邊出人協助偵辦；本來人手不足，刑大接案後還來不及指派偵查佐過去分局支援，不料分局內部即洩出監視器畫面給媒體，引發社會大眾關注。這麼一來，刑大不得不立刻介入，和分局共同偵辦。盧通貴一拿到燙手山芋，馬上勒緊破案時限，交付給吳義去辦。

「鑑識中心等一下會送資料來我這裡。」吳義將菸頭朝盛裝沙土的鋁盆中捻熄，轉頭說：「分隊長，我先進去了。」

「好、好、好，好好發揮你在前一個單位的本事兒，我要沒記錯，你今年三十一，不過小我十歲而已。年紀小，升那麼快，不簡單。你早點破這案子，立了功，我好好記你一筆。不然技正[30]又要私下找我泡茶，你也知道他那個人表面上……」

[30] 台灣現今各刑警大隊，普遍的編制是由「大隊長」坐鎮指揮，並有一名「技正」和一至兩名「副大隊長」輔助職掌隊上業務。

分隊長對著空氣碎唸的聲音被昊義拋在背後。

待在刑大，只要能破案就好了——

昊義想的，不外乎是阻止眼前犯人的進一步行動。自己身為刑警，受表揚、嘉獎或擁有什麼樣的功績，並無法遏止更多的犯罪發生。

社會上的犯罪越多，經偵辦而破案、立功的比例也會增加，可是這並不代表警察的功獎會使犯罪的數量減少。換個想法，反而是因為社會上有更多的犯罪產生，讓警察有更多功獎可領，那麼說警察的使命是「打擊犯罪」，昊義有時認為挺諷刺的。他想做的，只是藉職權「維護社會秩序」，和功獎沒什麼關係。

但不知為何，辦這樁縱火案令他心中微微產生抗拒感。

犯人的行為揭起圖書館周邊民眾的不安，確實擾亂社會秩序，昊義很清楚自己該盡早解決這宗簡單的案件，但這兩天他無故接連失眠，變得心神不寧，似乎有什麼沉甸甸的重物壓在他的肩上。不管看過多少慘狀的屍體，他從未像現在一樣，感到莫名的負荷，直壓心頭。

昊義回到辦公室，腰桿才靠住椅背，手機的LINE便傳來婕妤的訊息——

【哥，能請你幫我查一樁燒炭自殺的案件嗎？】

【沒空！】他打字速度很快。

【拜託了！劍軒想要透過你幫忙別人，你也幫幫忙吧！】

婕妤回的速度也很快。

【那個怪咖……】

【一點也沒錯，我跟你的想法一模一樣。在別人眼裡看來，他真的很怪，怪斃了。可是，你別忘了你欠他一份情喔！:)】

【……】

昊義附帶傳給她一個無奈的表情圖案。

他第一次跟宋劍軒碰面大概是兩年多前，之後也只見過他兩、三次而已。那個衣物穿著奇特且行為舉止怪異的男人，的確幫忙解決了幾件案子；其中一件發生在動漫展的殺人案，最後劍軒令凶手最後願意吐實、坦白一切。昊義確實有拖欠的人情得還。不過，一直拿這項人情來說嘴，要求昊義屢次幫忙，也實在太超過。

可是，既然是婕妤在一起工作的對象，昊義總不好拒絕。婕妤是他現在唯一的親人，他不忍再見到那個曾一度失神落魄的妹妹。而且他注意到，自從婕妤去劍軒那邊工作之後，精神狀況改善很多，面容也有了朝氣。

他猶豫了半分鐘，傳了訊息過去──

【案件發生在哪裡？】

六年前，昊義辦完喪事，回到分局偵查隊上班的第一天，接到鐵路局警察的電話。他跟隊長報備後，匆匆趕往高雄火車站。

傍晚五、六點，前站人潮擁擠，計程車往來推進。

昊義快速經過一樓的山崎麵包店，踏上電扶梯，麥當勞的商標雖然和他慢速交錯，薯條的鹹味也飄進他的鼻腔，但他沒有心情用餐。他恨不得腳下的鍊輪轉得快一點，直接送他到剪票口。

「我是警察。」他向剪票人員出示刑警證。

「喔喔，」一名穿著制服的警察走過來，說：「你是那位小姐的……」

「家屬，我是她哥。她現在人呢？在第幾月台？」

「走，跟我來。」警察請剪票人員讓昊義通過，帶領他步於人行天橋上，邊走邊說：「我們不想把事情搞大啦！可是，她再來會跑去哪邊，我們不放心，所以我想說請家屬帶回，這樣就好啦。」

「抱歉，給你們添麻煩了。」

「沒啦沒啦，她有煩惱要趕快解決啦，沒出事大家都好啦。」

昊義忘記了那名警察的長相，也忘記自己走下去的是哪座月台，他只記得婕妤呆滯不動地坐在月台最末端的一張長椅上，她四周除了一名站務人員，沒有其他乘客流動。昊義快跑過去，接近她時突然放慢腳步，因為他發現妹妹垂著頭、駝著背，無光澤的髮絲隨風亂飄，掩蓋了她的表情。她手指啣住的髮圈彷彿隨時會掉落地面，而癱軟的身體則像是紙片般，可輕易被吹落月台。

「小好？」昊義喚了一聲。

婕妤沒動作，仍面朝水泥地。

「小好？妳在做什麼？」昊義抬高音量。

她不改額頭和地面的角度，站起來轉身，頭頂對著看顧她的站務人員，虛弱地問：「我……我可以走了吧？」

站務人員聽完昊義報上身分，轉頭對婕妤說：「快跟你哥回家吧。」婕妤如酒醉般蹣跚移動，走沒幾步差點跌倒，昊義箭步似上前攙扶，沒想到被她揮動的手肘推得老遠。她頭垂低低的，孱弱的肩膀和昊義錯過，繼續抖動身體朝前走。

「妳有向站務人員和警察道歉嗎？」昊義在她背後厲聲問。

婕妤頓下來，隔了很久才說：「……不……起……」

月台對面的哨音發響，即將有火車進站。昊義幾乎聽不見妹妹在說話。

「妳說什麼？」

婕妤轉頭面對昊義，無精打采說：「對──不──起──」

「不是對我！」昊義有些惱火，也有點驚訝。婕妤的臉色暗沉，雙眼無神，宛如被逮捕的罪犯。他不知道妹妹為什麼變成這樣。

「你……你也是警察……跟你道歉，一樣吧……」

「小妤，妳在說什麼啊！妳到底怎麼了？媽才剛走，妳為什麼要跑來尋短，造成人家火車站的麻煩。」

昊義的母親從沒抽菸，卻罹患肺癌，醫院檢查發現時已經是肺腺癌第四期，癌細胞擴散到上半身骨頭；後來化療進行了三個月，不見起色，生命終究過不完第四個月。兩週以來，兄妹倆都在處理母親的喪事。

「原來，我是麻煩。」

「我沒這樣說。我現在是命令妳……」

「哥，你說話……好像爸。」

「爸？」昊義一聽到，心頭莫名火大，「跟他有什麼關係？都二十幾年前的事情了！」

「爸的事，你不會……感覺內疚嗎？」

「內疚？妳在說什麼？」

「媽早知道了，你最怕的……」婕妤的表情凝滯，僅有嘴唇隨吐出的話音上下抽動，「她、她一直說不出口，結果還是把話藏進了棺材……但是、但是她那天躺在病床，很不舒服，很痛苦，她脫口跟我傾訴，她那個、她心中長年的，那種痛，不只是癌細胞帶給她的，更多是心裡的刺……」

「媽……她說了什麼？」昊義的心臟加速怦跳。

「你自己心裡清楚。」婕妤說完，嘴唇緊抿。

不知從什麼時候開始，昊義隱約察覺，自己不再受母親的疼愛，和她的關係從國中之後變得更差，動不動就和她起爭執。每年，母親只記得要給婕妤過生日，主動帶她上街去買蛋糕、衣服和禮物回家，可是昊義的生日卻無家人聞問，什麼慶祝都沒有，就連自己高中畢業前，提及未來想去讀警大，母親也是擺出一臉隨便他的樣子。所有的母愛似乎在瓜分後，全給了妹妹。昊義的印象中，自己仍是小學生的時候，母親並不是這樣的。

昊義雙手搭住她的肩膀，用力搖晃，問：「她到底說了什麼？」

婕妤的眼眶頓時盈滿淚水。「我答應她，最後一刻會在她身邊，我會陪她，但是……」她忽然略帶鼻音，抽著淚涕說：「我、我沒有做到……我……我很內疚……」

火車進站，車輪與鐵軌間的高音煞車聲，蓋過了婕妤微小的啜泣。

記憶至此中斷。

那天傍晚之後，大約經過一星期，婕妤辭掉了醫院的工作。昊義沒再聽婕妤說到母親的事，他知道婕妤的精神壓力遽增，為避免勾起妹妹想了斷生命的念頭，至今為止也沒機會追問。

此刻，昊義的LINE再次收到婕妤的訊息。

妹妹要他幫忙調查的燒炭案件，發生在三民區建工路附近的巷子裡。

同時間，志偉莽莽撞撞衝到昊義面前，大喊：

「學長！學長！圖書館的主任要找偵辦人面對面私下聊事情！」

「什麼事？」昊義的視線離開LINE。

「他說是急事！」

「什麼事不能用電話說？」

「對……我這邊其中一台紫外線消毒機有點故障……是，對，麻煩你們廠商過來保養一下……」

上午十一點，分館主任江宏山一邊講電話，一邊微笑招手，請昊義和志偉進辦公室。裡面格局不大，靠門的上方裝設了一台監視攝影機。一張稍寬的辦公桌置於內面角落，桌上擺滿了文件、電腦螢幕和電話，辦公椅後面放了一台印表機及成排的書架，裡頭的書籍和資料夾整齊靠攏，桌子對面的牆上掛了張西洋畫。近門的這頭充當會客室，沙發和矮桌是新的，看來一塵不染，門邊的牆壁有一台桶裝飲水機。

江宏山鬆弛電話線，談話接近收尾。他一張長形臉，下巴微尖，戴一副銀框眼鏡，說話聲略帶高音，文質彬彬的。據昊義所知，他今年四十八歲。

「好、好，謝謝！」他笑笑掛上電話，站起身。身高比昊義矮了半個頭。「來、來，請進。」他請兩位刑警扣住門。

志偉闔上門，隨口問：「原來圖書館有紫外線消毒機喔？」

「對，一本書籍經手無數的讀者，總有必要消毒一下。」宏山笑答：「現在全台沒幾間圖書館有附消毒設備，我們右新圖書館有考量到這點。」

門板叩一聲靜止，宏山即刻把手上的一疊資料砰一聲打在辦公桌，笑臉瞬時消失。「我真是不知道你們警察是混什麼吃的！」他破口大罵：「犯人接連三次在我們這裡放火燒，你們連人都抓不到嗎？」

昊義可以理解身為設施負責人的不安，但還是為他的變臉訝異了幾秒。他趕緊安撫，回應：「江先生，我能明白您的心情。我們加派了警力在圖書館周圍巡邏，也正盡力追查中，現在已經掌握到犯人的特徵。」

「什麼犯人特徵？那是媒體爆料後，你們才知道的吧！」宏山再次發飆低吼。

志偉傻笑，表現和氣地說：「其實我們很拚……」

昊義的右手立即做出手勢，擋掉了志偉的話。

他向前走兩步，說：「我們絕對有信心逮捕犯人，所以一聽到您有事想找警察談，馬上就趕來了。只不過……」昊義直接切入話題，問：「我很好奇，有什麼事情是不能在電話裡談的？」

宏山緩緩縮起身子，低著頭，拉開抽屜，抽出一張A4紙張。

「這個……」他鼻子抽了口氣，把紙遞給昊義，說話的口氣一時放軟。「花圃被燒光那天，就三天前，事發後，我下班去停車場，發現有人在我的擋風玻璃上面夾了這張紙。」

【江宏山　給了你兩次看見巨鶴的機會　你看到了嗎？】

昊義戴上乳膠手套，拿取紙張。紙上的文字是用打字的，格式橫排置中，分成三行。字體黑色，採標楷粗體，大小幾乎佔了三分之二紙面。整張紙幾乎沒有折痕。

「這是警告吧？」宏山問。

「……」昊義沒回話，試圖從文字間找出蛛絲馬跡。

「上面寫的兩次，指的是這把月來的縱火次數吧？」

「嗯，我必須進一步求證……」昊義輕捏紙張的一角，命志偉回車裡拿證物袋。志偉跑出去後，他轉頭問：「你想過可能是誰打出這張東西給你？」

「怎麼會沒想過！我要是知道，就不用麻煩你們跑來一趟了。」

「為什麼當天沒有馬上報警？」

「我怕啊，上面點了我的姓名，兩次機會，什麼嘛？感覺像有個精神病在監視我的一舉一動，我還有個女兒，哪敢隨便報警！所以今天早上才下定決心，才請你們來找我啊！」

「這巨鶴兩字是什麼意思？你清楚嗎？」

「我、我不知道……」宏山壓低音量。

「第一次縱火之後，你沒有收到類似的文字？」
「沒有。」宏山搖頭。
辦公室的門突然又開了，一位個頭矮小的短髮女孩衝了進來，叫道：「爸！」
她面容清秀，穿著牛仔吊帶褲，揹了輕巧的水藍色背包，看似國中生。
「妳先到外面等，去找書看，爸爸等會載妳回家。」
宏山走到門邊，似乎有意把她推出去，轉頭對昊義說：「這是我女兒。」
「今天沒去學校上課？」昊義問。
「對，她有事……」
「爸！」女孩一臉緊張。
「小純，妳怎麼了？」
女孩的臉色發青，震顫的手指間挾住一張純白的紙張。
「爸，你看！」她將手上的東西交給宏山。
「這……這在哪發現的？」
「你的車，前面，擋風玻璃……」
昊義貼近父女兩人，瞧見上面的文字——
【江宏山　一切還沒有結束　罪行全交由青藍的巨鶴予以淨化！】
紙張的大小，使用的字體、顏色、格式，和昊義手上的那張一模一樣。
三行冷酷的粗體大字，整齊排列，彷彿犯人縝密的心思。

女孩的視線轉移至昊義手上的那張紙，喃喃說道：「又一張，巨……巨鶴……」

「妳看得懂這兩個字的意思？」昊義問。

「我……呃……呼、呼……」

忽然，女孩劇烈喘氣，抬起手撫按起伏不定的胸口，不過五秒鐘她全身一陣虛軟，癱倒下來。

「小純、小純？」宏山立刻彎身半跪，手臂撐住女兒的肩膀。

女孩仰躺在長沙發上，過了五、六分鐘。

這段時間內，昊義從宏山口中得知她名叫江靜純，十五歲，今年國三，離國中教育會考還有兩個月；宏山不想要影響女兒即將參加升學考的心情，所以這三天一直瞞著她，沒跟她提到犯人留下的紙條。

「不用我叫救護車？」昊義問。

「小純這種狀況不是身體上的問題，她等一下就好了。」

「真的不需要我直接送她去……」

「不需要！」宏山斬釘截鐵地怒吼。「你們警察給我聽好了，和這間分館相鄰的正是小純就讀的學校，放學後會有很多學生來這裡的閱覽室讀書，包括小純也是，他們都會待到晚上九點左右關門前才離開。」宏山可能因為見到女兒現下的狀況，漲紅了臉，朝昊義劈哩啪啦發洩憤懣，「要是傍晚到閉館的期間，犯人蓄意縱火，結果傷害到這些孩子，你們警察能負什麼責任嗎？——你回話啊！說啊？——萬一我女兒變成受害者，你身為這案子的調查人，你能負上這個責任嗎？」

昊義仍在分局偵查隊時，並不是沒遇過比江宏山還要不講理的民眾，他遭受指謫的當下，總會先想起自己掛著人民褓母的頭銜，然後試著站在對方的角度看事情。此刻，犯人明指出攻擊的對象是江宏山，而身為人父，憂慮女兒的安危，實在正常不過。

「江先生請冷靜。」昊義沉住氣，說：「犯人的兩張警告，是一條可追查的線索。」

「偷偷摸摸放火燒……」宏山掌擊了辦公桌兩下，氣得唾罵道：「如果是因為我的關係，那乾脆針對我來啊。」

「江先生，我知道你現在很恐慌，想到自己和女兒的安全。正因為這樣，你一定得老實告訴我，你曾經跟這裡的讀者或員工起過口角、有過什麼衝突嗎？」

宏山對空楞了一下，答：「沒有，員工也不可能，大家在一起工作，彼此都很愉快，就我知道的，大家應該沒吵過什麼架。讀者大多是附近居民，我想不到有誰會怨恨我。」

「那麼，離職員工？」

「有誰會跟我不合，我真的想不到。就算是來來去去的國中生，來這裡當志工、累積服務學習點數，我也都照規定辦理；我對待他們，就像是自己的小孩一樣。」

「那……停車場有監視器嗎？」

「我昨天調出來看過了，我車子停放的地方沒拍到。」

昊義回憶縱火犯的特徵：男性，開著藍色貨車，後車廂棚架有帆布覆蓋，單獨行事、犯案迅速，火一燒開便立即閃人，沒跡象顯示他有時間在江宏山的車上放置警告紙條。因此，犯人很可能另找時段重回現場，或許喬裝成一般民眾也說不定。

線索太少了！——吳義暗忖。

看樣子，似乎只能仰賴志偉緊急送去鑑識中心的兩張紙上，看能否找出微物證據。吳義現在只知道，紙上的文字，恰好宣告了犯人的動機。至於「青藍的巨鶴」，指的是什麼？藍色、巨型物，是指犯人駕駛的貨車嗎？江靜純看到兩張紙上的「巨鶴」兩字，剎那間換氣過度、暈倒，她會跟縱火案有關嗎？那麼，又跟「淨化」有什麼關係？江宏山真的毫無隱瞞嗎？

「爸……」

沙發上的靜純，眼眸微開，逐漸恢復意識，嘴邊叫喚父親，手腳一抖一抖地挪動姿勢，硬坐起身。她把手伸入沙發旁的小背包，無力地掣出一瓶礦泉水，一個沒抓穩，保特瓶噗咚跌落地上。

宏山輕步跑過去，蹲下來拾起水瓶，為女兒打開瓶蓋，遞給她喝，一面語氣柔和地說：「小純，別擔心，不會有事的，我等會馬上載妳回家休息。」他伸手輕撫女兒的頭頂，「可是我還有話要跟警察叔叔說，乖，妳先去外面等一下。」

靜純的身體向後緊縮了一下，遲疑幾秒後，才點點頭，然後站起來，像洩了氣的輪胎，一手握著瓶子，一手扛起背包，慢慢拖步出了門外，和剛才衝進門的樣子判若兩人。

「你女兒，她走得動嗎？她真的沒事？」吳義憂心地問。

宏山沒應聲，呼出沉重的一聲鼻息。

吳義察覺他有難言之隱，於是追問：「真的嗎？江先生，請你為了女兒想想，犯人的紙條上寫到『青藍的巨鶴』，對你真的沒有特別的意義嗎？如果你隱瞞了什麼，要偵破這起案子，勢必會花上加倍的時間，到時你和你女兒的安危，我們警方……」

「我……」宏山打斷昊義的話，卻欲言又止。他屁股一沉，癱坐在沙發上，仰頭盯著天花板。

昊義和他面對面，也坐了下來，再問：「江先生，你一定知情吧？」

宏山重新面對昊義，深吸一口氣，緩緩吐出，說：

「我現在要說的，不希望有人到處張揚。」

「你請說。」昊義期待他揭露可能破案的線索。

江宏山囁嚅道出：

「小純——她，不是我親生的女兒。」

※ ※ ※

小純是我哥江宏民的女兒。

說起來話長，你真的想聽？

好吧，我再強調一次，接著要說的，我希望你們警察能保密。畢竟是家醜，不是多光彩的事。

該從哪裡講起呢……從我哥開始說好了。

我哥比我大兩歲，他五年前死了，只活過四十五個年頭。

他差不多三十二歲的時候，跟一個叫劉麗香的女孩子結婚了，當年和一般人比較，可說是晚婚。那場婚禮辦得可風光了，擺了好幾十桌。我大嫂，小我哥五歲。他們婚後一年，生了一個兒子，取名叫泰川；隔了大約一年多，又生了第二個小孩，泰川的妹妹，江靜純。兄妹倆差一、兩歲。

看在我眼裡，哥成家，總算穩定下來，不會再當浪蕩子。

我怎麼說他是個浪蕩子呢……這得要從我的家庭說起。

我老家在台南歸仁。我爸江茂財以前在地方上可說是非常有名望的權貴，講白了，他靠的是祖產打起來的聲望。他若是不做布料進口生意，其實光吃祖產都有辦法一生享福享樂，不過他仗著跟農會關係不錯，買下了一堆田地，自己當地主，租給農民去種釋迦。

你果然也清楚。對，歸仁的名產是釋迦。近幾年地方上固定會辦「釋迦節」活動。

後來，我爸跑去選里長，連任過好多屆，所有人對他老是鞠躬哈腰的。

對外他總是謙恭有禮，是鄰里眼中有錢有勢的老好人，可是對自己小孩的教育方式，從小貫徹的就是打罵教育。大聲斥責是常有的事，藤條伺候是家常便飯，跟現在教育界呼籲的「愛的教育」完全不同。

實際上，在我們那個年代，打小孩是很稀鬆平常的事。只不過，我爸除了會打小孩，他也會打老婆，只要一有看不順眼或不高興的地方，就照三餐打。

我記得——其實也不是什麼大事——就只是我媽去市場買菜不小心掉了五十塊，她一回到家就被打。畢竟家中經濟都是我爸掌權，我媽沒什麼地位。

還有一次，親戚辦婚宴，我媽因為精心著裝上妝，晚了些時間出門，跟我爸到會場時，遲到了二十分鐘，結果從婚宴回來後，我爸關起房門就開始打我媽。她後來從房間出來，兩隻手臂瘀青，我看得一清二楚，衛生紙堵著她一邊的鼻孔，一陀紙全染上了血紅。其實，你應該也知道，台灣的婚宴不按時舉辦，常有人遲到，沒什麼大不了，不過因為我爸是大人物，遲到讓他感覺很沒面子吧，所以他拿這理由打我媽，很正常。

當年那種打老婆、打小孩的環境，現代的年輕人是無法想像的。

你說我？

怎麼說呢……我在家是比較乖順的小孩，被打過沒幾次，倒是我哥就不一樣了。

他從小學起，經常跟同學調皮搗蛋，也不愛讀書，每次一闖禍，回家就是挨打。不知道是不是被打久了，他的個性變得非常叛逆。上國中之後，他經常蹺課、蹺家。

我還記得，他有一次蹺家，在外面跟人鬼混了兩天，最後被警察攆回家，讓我爸很掛不住沒面子。

可是，我爸越是打他，他越不想待在家裡面。

繼續讀書？……啊啊，他怎麼可能！

我哥國中畢業後，沒心升學，開始到外面去做工，這件事搞到我爸都想跟他斷絕關係了。

對，他什麼粗活都幹過。他一路輾轉到高雄，什麼砂石場啊、鐵工場啊、還是港口貨櫃倉庫搬運的工作，他都做過。我想，他天生應該是屬於體力勞動型的人，比較不怕什麼粗重的活。不像我，我是比較會讀書的那一型。

我哥在高雄工作了一段時間。

你知道的，六、七〇年代台灣經濟起飛，各間工廠訂單接應不暇。我哥去工作那陣子，台灣老早過了那段黃金時期。不過，以他的體力，他不是找不到工作，也不會存不到錢，照理說應該是這樣。可是嘛，他年紀才剛過三十，卻一身落魄回到我們歸仁老家，說自己愛喝酒，偶爾跟工廠裡的弟兄來場豪賭，結果把身上的積蓄全賭光了。

你問我，我爸怎麼想？

我爸看他窮個精光，又知道原因之後，當然氣炸了！

可是，天公伯好像不忍心看我爸再拿著籐條狂抽打一個大小孩，所以我哥回家後不過兩夜，天公伯就讓我爸心肌梗塞，馬上歸天了。

我媽喔？

唉，若拿我哥跟我相比，她是比較疼我哥的，成天寵著他，講難聽一點，那根本叫做溺愛啦。她也不想想我哥對他們倆老那麼叛逆，可從小到大什麼好東西不都分給他，哪有我的份！總而言之，我媽看大兒子好不容易回家，不是像先前只有過年過節才回來一、兩次，所以什麼事情開始順著他的意思，他要去喝酒就縱容他喝得一身爛醉，三更半夜才給酒友送回來，在門口發酒瘋，弄得左鄰右社都知道大兒子回家裡窩著了。加上我爸一走，沒人管得動他。

啊？你是問，他的酒錢從哪裡來？

哼，這問題簡單，我爸名下不是一堆財產嘛，他來不及立遺囑，按法律規定，留下的由我和我媽、我哥均分。不過，政府拿走的遺產稅高得嚇人，稅率二十幾趴，結果三個人分一分也沒幾個錢。

我原先很擔心我哥會待家裡坐吃山空，最後還可能得跟我媽伸手要錢，給鄰居看笑話。我哪料得到，他兩年後居然結婚了。以他的條件，錢都快花光了，竟然能找到一位長相標緻的美女——我大嫂劉麗香。真不知他上輩子怎麼修來的福氣。

我？

我沒結婚。十幾二十年前，我媽有找媒人替我湊成對，可是總覺得對方不是理想的對象，而且我工作也忙吧。我爸走了以後，我原先接下他進口布料的生意，想擴大規模，到高雄來開公司，可是……唉，幾年前經營不善，乾脆收一收，可能我沒做生意的頭腦吧。後來，我去考高普考，走圖書資訊管理，本來我以前大學就是讀歷史系的，對這方面比較感興趣。

繼續談我哥吧。

我在高雄做生意的時候，大嫂一嫁進來，搬入歸仁的老家，跟我哥、我媽一起生活。那時候我哥手頭沒什麼錢，而且婚宴辦那麼大，也耗掉了不少，反正我媽就是寵我哥。我勸過，婚禮別那麼鋪張，他們偏不聽。

總而言之，他們夫妻倆婚後經濟拮据，泰川和小純出生後，養小孩要錢，也是負擔。不過，只要嫂子肯打電話向我開口，我還是會幫忙，多多少少匯點錢過去幫忙。

可是嘛，我實在看不慣我哥淨是成天窩家裡不去找工作，光會喝酒，一副沒碌用的模樣，後來他竟然學我爸，開始動手打嫂子，像是，邊打邊數落她在外面換工作啊、換男人啊、沒盡到帶小孩的責任啊，諸如此類的荒唐事，根本不是事實。

說個題外話——我是從書上看來的——據說施暴的人常會把自己的行為歸咎給受暴人。我想，我哥就是這副模樣吧。

大嫂麗香是很堅強的女人，打電話來跟我開口借錢，在電話中幾乎不會跟我抱怨什麼。她唯一跟我哭訴過的一次，是她帶小純從小兒科回來的時候，大約八、九年前吧——醫生檢查發現，小純罹患輕度自閉症，大嫂找不到人可以商量，也缺錢給小純治療，不知道下一步該怎麼辦。

我最近看到有項統計說，家庭發生暴力事件，不光是經濟出了狀況，如果有家人罹患慢性病，那個家也很容易發生家暴。我覺得，統計還蠻準的，至少我哥的家庭就是這樣。他成天待家裡，見女兒有病，心情自然煩躁起來了吧，開始責怪大嫂，然後無法無天的，每天對嫂子揮拳頭，也開始打兒子。

更糟糕的，六年前，我哥有次對泰川施暴，把他的腿打斷了。

唉，原因還用問嗎？

一定是喝酒啊。哼，我哥酒後連自己兒子也不認了。

從那時開始，大嫂每星期都得帶泰川去復健。

電話中，大嫂帶著哭音跟我說，小孩忍痛，不敢跟她講，後來真的痛到不行，走路都沒法好好走，她趕緊帶孩子去醫院急診。就診的結果，韌帶嚴重撕裂，而且左腿膝關節附近的骨頭移位，已經超過事發一週的黃金治療時期，後續能夠進行治療的選項，只剩下動手術，好像是叫什麼創建、還是叫微創手術[31]什麼的，總而言之，比較先進，可是不便宜。

31 微創手術（minimally-invasive procedures/surgeries），主要使用內窺鏡及各種顯像技術，而盡可能縮小傷口、讓患部加速恢復、減少術後痛楚、降低感染風險的外科手術。

我人在高雄，除了錢，其它實在無能為力，幫不上忙。

你問，後來嗎？

唉，手術嘛，動是動了，可是術後的復健過程不大樂觀，費用也不是一筆小數字。偏偏那陣子景氣差，我布料的生意每況愈下，公司剛收起來不久，手頭實在也沒幾個錢能夠幫她支付復健費。

其實我哥打老婆的事情，鄰居左右都知道，我媽也管不動。我猜啦，嫂子一直默默忍耐，期望我哥有天會改變，不想把事情鬧大，所以一再給他機會。十之八九是這樣沒錯。

不過，好像從小純被發現得自閉症之後，大嫂就有心要帶小孩離開那個家。後來，你想想嘛——兒子十歲，腿斷了，好不起來；女兒九歲，有輕度自閉，把自己封閉起來；然後，丈夫又成天喝酒，動不動就是拳頭以對——她壓力真的很大，會想結束夫妻關係，算正常吧。我也曾經真心勸她，對我哥那種廢物就做得乾脆一點，去驗傷、去尋求法律途徑，這樣對小孩也好。

後來不知怎麼的，她跟小孩住進一間小木屋，同樣在歸仁，稍微偏僻一點，我去過兩次。她原先還不願意告訴我地點。我是覺得，我哥要怎樣過日子，那是他的事了，可是我擔心大嫂和兩個孩子的生活，所以硬是從她口中套話，至少我得知道他們住哪裡。她一說溜了嘴，對我千交代萬交代，絕對不可以讓我哥知道。

要是我沒記錯，她搬進木屋，大……大概是五年前，一月份的事吧。

可是，唉，住進去時間不到兩個月就出事了。

※　※　※

「出了什麼事？」昊義問。

「就悲慘的事啊！」江宏山嘆道：「……我哥可能是跟蹤小孩吧。」

「跟蹤？」

至此，昊義仍不清楚江宏山所述事件和「青藍的巨鶴」有什麼關係。

忽然，口袋裡的手機震動，他看了一眼，是三民第二分局的號碼。他對江宏山示意，說：「不好意思，我先接個電話。」

宏山做出恭請的手勢，隨即站起身，去飲水機倒茶。

「喂？」昊義走到門邊。

『義哥！』

「你是……？」

另一頭的聲音聽起來很熟悉。

『認不得我的聲音囉。』

「是……大錫？」

『Bingo，答對了。』

「你怎麼打電話找我？」

潘大錫先前和昊義在同一個單位處理刑案，資歷當然比較淺，年紀也比昊義小六歲，不過一般勤務、查案等各方面表現都頗認真，有人事消息傳出，預定大錫會於後半年調到刑警大隊。

『義哥，你不是要查一對男女燒炭自殺的案子嗎？」

「對，我想簡單了解一下狀況。」昊義恍悟，問：「案子在你們管區？」

『是的，志偉學長剛打來問，我正好接到電話。想說直接跟你說一聲。』

「嗯，才昨晚的事情吧？」

『是的，所以偵辦人員還沒把案情記錄做完，但是有現場照片和那名曾姓死者的遺書。』

昊義心想，妹妹婕好說得真準。他再次確認，問：

「那個叫曾德榮的，真的有寫遺書？」

『是，我可以先把影本傳真過去給志偉學長。』

飲水機前，盛滿水的紙杯從江宏山手裡滑落，地板弄得一片濕漉。他隨口喃喃：「唉，笨手笨腳的……」然後他又立即從紙杯架抽取了新的一個。

昊義對大錫說：「嗯，好，麻煩你了。」

『義哥最近在刑大那邊還好嗎？』

「嗯，還可以。等你調過來。」

昊義擔心分館主任等太久，現下暫無時間和大錫聊一番閒話，手邊的縱火案終究比較重要，於是他趕緊結束話題。「我現在有案子要處理，回頭再說。」

『好的，義哥要保重喔！掰！』

昊義掛掉電話，走回沙發，對江宏山說：「不好意思……」

江宏山替昊義和自己各倒了杯茶水過來。
「沒關係，你剛才進門時，我話真的說太重了。」江宏山坐下來，語氣軟化許多，說：「我知道，你們警察其實也是很辛苦的，好多案子要辦。來、來，喝茶。」
「謝謝。」昊義手指輕掐紙杯，問：「我們說到……跟蹤，沒錯吧？」
「對，我哥啊，他大概是在學校附近偷偷等自己的小孩放學，之後跟蹤小孩，找到了大嫂住的小木屋。」宏山拿起水杯，咕嚕咕嚕一口飲盡，接續說：「我剛才講過了嗎？我要麗香用法律途徑處理，有吧？」
「有，你有提到。」
昊義在腦海裡簡單歸結一下——江宏民時常對家人施暴。八年前，江靜純被診斷有輕度自閉。然後，六年前，江泰川被父親打到腿部受傷，雖動了手術，復健過程不順利。
「後來，大嫂她真的採取行動了。」江宏山吞了吞口水，語氣沉重地接續說：「她打電話給一一三，想要聲請保護令。」
一一三保護專線，是免付費且二十四小時皆有專人服務的電話專線，連結至每個縣市政府的「家庭暴力及性侵害防治中心」，簡稱「家暴中心」，主要服務的範圍包括家庭暴力、兒童保護、性侵害等。關於家暴問題的服務對象不分男女老少，其中的業務尚有福利服務諮詢以及相關法律諮詢。
這些全天候待命的社工，會於線上提供問題答詢，或轉介適當的醫療、輔導、警政等相關機構去協助。換句話說，無論一一三專線接到的是需要保護的案件，或是緊急發生的案件，他們都會通報案發地的家暴中心，或通報當地的警政系統去處理。昊義先前待在分局時，這些雖然不是他的業務，但他略知一二。

「然後呢？」他追問。

「我第一次去探望大嫂時，那天正好也有社工去木屋探訪。社工當場讓她填了一張叫ＤＡ量表[32]的東西。」

「ＤＡ量表？」

「我沒記錯的話，叫什麼危險……危險評估量表的問卷，評估像我嫂子這種受暴人置身在危險當中的程度，主要目的是給法院裁定，看是不是該發出保護令的參考。我記得分成兩種。一種是非婚暴類型，像親子、兄妹、婆婆或媳婦那類關係的評估；另一種就是夫妻關係的危險評估，對象當然是配偶或前配偶。

「總而言之，主要有六道問題，像是我哥過去一年內對我嫂子身體施暴的次數有沒有增加？我哥有沒有曾用掐脖子、按頭入水、開瓦斯或其它方法讓我嫂子不能呼吸？有沒有威脅要殺她啊？我哥有沒有違反她的意願，強迫發生性行為啊？有沒有跟她說，要死就一起死？……詳細內

32 危險評估量表，Danger Assessment Scale (DAS)，共六道問題評估受暴者可能置身危險的風險。二〇一〇年之前持續修訂，例如增加五題，包括「他有無在一週內四天及以上喝酒到酒醉？」「他有無成年後打過家外的人？」「有沒有包含您在內，兩個及以上之人曾看過他兇起來脾氣就無法克制？」「他最近一年是否失業或就業不穩定？（後者指最近一年就業時間不到半年或將失業，不含退休）」「他有無曾因精神問題或酗酒吸毒去醫院？」增題部分，不論婚暴或非婚暴案件均得填答，惟婚暴案之答題僅供參考而不計分。內政部家防會不斷修訂ＤＡ量表，原量表後於二〇一〇年八月演進成「台灣婚姻暴力暨親密關係暴力危險評估表」（Taiwan Intimate Partner Violence Danger Assessment，TIPVDA）。

容我記不得了。總而言之，六道問題，每題一分。得三分的，屬於**中致命危險**；得四分以上，才是**高致命危險**。」

「填完之後呢？」

「結果，嫂子只有得兩分，居然只被列為**低致命危險**！怎麼會有這種沒道理的區分法嘛！分數不到的人，就等著被另一半打死嗎？」

「所以她沒請到保護令？」

「不，後來有人要她再去醫院驗傷，她把驗傷診斷證明呈交給警察，先拿到了地方法院開出的**暫時保護令**。可是，她要拿到**通常保護令**，必須等候法院開庭[33]。」

「結果呢？」

「結果就、就……」宏山吞了吞口水，說：「唉，悲劇就發生了。」

※ ※ ※

那真是一場悲劇。你沒問，我不會提；要是小純在場，我也會閉口不提。

剛才我講過了，我哥跟蹤小孩，追到木屋，知道嫂子住哪裡後，便去騷擾她，硬是要她和兩

33 台灣現行民事保護令共分三種：緊急保護令、暫時保護令、通常保護令。通常保護令，法官須開庭審理調查。緊急保護令和暫時保護令，法官可不經開庭審理而直接核發，並於通常保護令核發或駁回時失效。受害人可自行聲請通常保護令和暫時保護令；緊急保護令則須由主管機關（例如家暴中心）、警察或檢察官代為聲請。

個孩子回家。

她報警，警察一到現場，我哥就乖乖的裝作什麼事情都沒發生。你們當警察的應該知道，只要施暴者在案發現場沒異狀、沒有攻擊性，你們也拿他沒轍，只能一再勸說，是吧？

悲劇發生的那天，我印象很深，五年前的三月十四號。

嫂子打手機給我，時間差不多是晚上七點多。

我人在高雄市，接起電話，問：「大嫂，怎麼了？」

「小叔……我好怕……」大嫂很驚恐地說。

「妳沒事吧？」我問。

「你、你哥喝得醉醺醺的……提著酒瓶闖進來……現在他人在客廳……」

我趕緊說：「妳上個月不是請到暫時保護令了？打電話叫警察先過去啊！」

「我打了……偷偷用手機打的……他剛才把室內電話線扯斷……」她抽著鼻涕，聲音斷斷續續的，「他一進來……把我踹倒……問……問我……」

「他說了什麼？」

「他說……問我是不是偷他的錢，不然我怎麼有錢住這裡……一直罵三字經，怪我去聲請保護令……我、我好怕……」

「大嫂，你先別怕！」

我試著保持冷靜。要是我也慌了，她會變得更恐懼。然後，她語不成聲，接著又緊張地說：

「他……酒瓶摔碎……還拿碎瓶子作勢要刺泰川，說我如果敢叫警察過來，他就要把……

把兩個小孩打死……他說那是他的小孩，他有權利要怎麼做就怎麼做……嗚……我好怕……怎麼辦？我該怎麼辦？……現在他賴在客廳不走……阿山，我好怕……好怕……不敢到外面喊救命……我怕小孩會被……嗚……」

嫂子嗚咽不斷，聲音顫抖個不停。雖然我們是在講手機，我卻能感覺自己好像看到她的眼淚一直在流。聽她這麼一說，我也急了，馬上動身去車庫。

一般來說，女人總會發揮本能保護小孩，應該會馬上帶小孩離開現場，可是泰川的腿受傷，行動不方便，她不可能丟下泰川一人只帶小純逃出去，所以只能待在裡頭，等警察過來吧。

她又邊哭邊繼續說：「我偷偷來小純的房間講手機……怕你哥聽到……我剛打了專線給家暴官……家暴官說他正在執勤……他會馬上派巡邏的過來……你哥的樣子……他、他人要上樓了……我……我真的、我……我好怕——」

馬上，通話就被切斷了。

什麼？你問我緊不緊張？

我當然緊張啊！我立刻回撥電話，響了幾聲就進入語音留言系統，我又再撥一次，結果電話轉為關機狀態。二話不說，我火速從高雄市這裡開車出發，上了高速公路，花了快一個小時抵達歸仁。路途上，我實在擔心我哥會做出什麼蠢事，所以持續打手機給嫂子，可電話另一頭還是關機。

想不到，快抵達小木屋時，遠遠看到有濃煙冒出來。我加速往前，發現消防車與警車都擋在門口，一群人在附近圍觀。我從人群的縫隙中仔細看，想知道到底出了什麼事，心中不祥的預感越來越強烈。

後來，消防人員敲我的車窗，要我別再靠近。

我一下車，看見連結著消防車的長水管一路牽進了嫂子住的地方。

黃澄澄的熊熊大火從她家的門口、窗口連連噴發出來。兩層樓木造平房的上方天空，染成了一大片火紅。

對，我哥死在火場裡。

我大嫂，也是……葬身大火之中。

負責承辦家暴案的警察，後來要我指認屍體。警察那邊也進行了調查，我哥和大嫂，兩人證實都被燒死了。

你問，火災的原因嗎？

瓦斯發生氣爆。警察調查後，以意外結案。

兩個孩子是吧？

泰川，不知怎麼的，失蹤了……對，失蹤，從此以後不見他的下落。

至於小純，幸而逃過一劫，得救了。

當時她才十歲，看她一人無親無故，怪可憐的，所以事發後，我決定收養她，幫嫂子繼續扶養她成人。

唉，警察先生，我說了那麼多家醜，實在不希望有人張揚，你懂吧？

談回現在，在圖書館周邊縱火的犯人，寫到「青藍的巨鶴」……

這該怎麼說呢？

悲劇發生後，小純接受了心理輔導。其實到今天為止，她一直都有定期去做心理治療。每一、兩個月去一次，諮商費用不便宜，可是我……對大嫂的死，唉，我也許感覺很內疚吧……所以，我擔起照顧她女兒的責任，期望能修補小純的心靈創傷。這是我該做的。這點錢，不能省。

現在你應該明白，為什麼她今天請假沒去上課了吧。因為，早上我載她去和諮商師會面，然後要她自己搭捷運回來圖書館。

問題是，小純五年前一開始接受諮商時，她提到……

一件很奇怪的事……

諮商過程，小純說，她曾經看過一隻全身羽毛是藍色的、身形會變得很大的鳥，出現在家裡，在我哥的身後……

對，諮商師告知我的。

她說的鳥，現實中一定不存在，應該是她幻想出來的，可是那個幻想，讓她非常害怕，只要一講到或問到那隻鳥，她就會怕得說不出話來。最糟的狀況，是像今天你親眼見到的，她會緊張到換氣過度。

我認為那是童言童語，可是到現在，總覺得怪怪的。而且，小純後來沒再提到她的幻想。

你是問，寫恐嚇紙條的犯人為什麼會知道小純的幻想？

這我就不清楚了。

不！不行！我反對你去給小純問話。我不想增加小純的心理負擔，強迫她回想不愉快的事了。

小純的諮商師嗎？
唉……好吧，我給你聯絡方式。

第四章

昊義離開圖書館時，已經是正午時分。

他打手機給偵查佐楊鼎漢，想調出五年前的意外案件。

鼎漢比昊義年長十多歲，待在刑大五、六年了，人稱「大漢」，職級和昊義同高，個子稍矮，但手臂孔武有力，聽說調查方面是老經驗，尤其是牽涉毒品查組或幫派暴力犯罪的案件，上頭多半會要他負責重要任務，或指派他為調查組[34]組長。

『時間是二〇一〇年，地點在歸仁？』鼎漢問。

「對，死者兩名，江宏民和劉麗香，死於火場。」

『哪個ㄐㄧㄤ？怎麼寫？』

「江河的江，宏偉的宏，民眾的民。他是右新圖書分館主任的哥哥……」昊義交代完姓名，說：「大漢，你調資料後先印出來，放我桌上。」

34 刑事案件依現場任務需求，一般將現有人員（擔任警戒任務者除外）分為「調查組」和「勘查組」。調查組由刑警大隊長、偵查隊長或資深偵查人員擔任組長，率同所屬人員負責現場及鄰近地區之調查、搜查、訪問、觀察；勘查組由鑑識中心主任、鑑識課（股）長或資深鑑識人員擔任組長，率同所屬人員以科學技術與方法負責現場勘查、採證、研判犯罪事實。

『OK！喏、撲拉伯輪——』鼎漢爽快地用台式英語發音回應。

「上午的偵查會議，有什麼新線索嗎？」

昊義這麼問，是因為他剛才要鼎漢去右營分局那裡開會。

『啊他們這邊就還在查有過縱火前科的。』

「有結果嗎？」

『還在查啦……啊對，小隊長，有件小事講一下好了。圖書館有個姓陳的女員工偷偷說，大概十幾天前，好像這個月的五號還六號，那時掉了一筆錢。』

「錢不見了？」

『好像掉了五萬塊錢，後來又找到了。』

「誰的錢？」

『啊就分館的一部分經費。本來放在分館主任那邊，收在公事包的樣子，然後錢不見了，主任找得很急，私下問了兩、三個員工有沒有看到錢，那個姓陳的小姐也幫他找了半天。』

「怎麼找回來的？」

『丟掉錢的隔天，陳小姐一上班就很關心地問主任。主任跟她說錢已經找到了，不用擔心，當沒這回事就好。是說五萬塊，我覺得還不算大錢啦，啊只是公家的錢，弄丟了，傳出去不好聽，要追究責任的，所以後來有找回來，大家就當沒發生過。』

「聽起來，和縱火應該無關。」

『啊我也是這樣想，就芝麻蒜皮小事啦。這邊有什麼線索，我會再馬上跟你講。』

昊義結束跟鼎漢的通話。

他沒有胃口，一坐進車內，便關起車門，打開空調，腦中不斷思索——

五年前發生在歸仁的火災，和近來圖書館接連的縱火案有關嗎？江泰川行動不便，何以消失在火場？他至今行蹤不明，到底去了哪裡？監視錄影器拍到的犯人身影，他能夠搬動油桶，行動正常，不可能是江泰川；即便推測他的腿已經復原，犯人真的是他，又該怎麼解釋他的犯案動機？他為什麼要針對江宏山，留下恐嚇紙條？

江靜純十歲時，因為家中的不幸，精神遭受打擊，製造出不實的幻想。而，木屋發生氣爆前，她的叔叔江宏山趕到現場前，她經歷了什麼？看見了什麼？又，那場火災，真是單純的意外嗎？

火災，這個關鍵詞，盤繞在昊義堅硬的腦殼下方，頓時喚起共鳴……

他將手伸至後頸，一股劇烈的腫脹感有如毛蟲從後腦蠕動爬上頭頂。

〔嘶嘶——〕

車內，有紙在燒的聲音嗎？

他檢查左右，沒有物品燃燒。不可能。只有他一人，在這悶滯的空間內。

〔嘶嘶嘶——〕

聲音再次傳來。他懷疑，是睡眠不足的關係嗎？

〔接力比賽的時候，你是怎麼跑的？〕

低沉的話音衝進他的腦際。胸口突然生起一陣緊揪的痛。

頭好痛！而且，好熱！——昊義突然感到全身不對勁。汽車空調明明打開了。

〔不准回頭！〕

回頭？……是誰？誰在說話？……

不！不可能的！為什麼？……事情經過了這麼久……

昊義認為自己早有辦法面對的。

剎時，口袋裡的手機大幅度震動，將昊義推回現實。他呼了一口氣，掏抓著手機，像逃離山崩的落石般奔出車門。他把手機貼住臉頰，按下通話鍵。

「喂？」

『學長，我人在鑑識中心啦，請沛瑩姊急件處理喔，結果出來了，你要我說嗎？』志偉興沖沖說著。

「什、什麼？」昊義的後腦還在抽痛。

『犯人留下的A４紙張啊……喂？喂？學長？你還在吧？』

「我在聽。」

『嘻，真的要我說嗎？』

聽志偉的語氣，不知道他在高興什麼勁。

「別廢話，快說！」

昊義隔得老遠也能見得志偉一臉笑呵呵的模樣。他料得到，志偉這傻小子，只要和鑑識中心那位新進的女孩見面，便開心得合不攏嘴。

『沛瑩姊說哦，第一張紙條，只採集到兩種不同的指紋，拇指在正面，食指和中指相對在背面，還有哦，兩種指紋分別一大一小，殘留微量的汗液，換句說啦，應該只有江宏山和他女兒的指紋。另一張同樣是那兩人的指紋。』

「找不到第三人的？」

『好像沒有耶。這是重要證物吧？應該要找父女兩人取指紋，再比對確認一下才能寫報告吧？』

「好，你來做。為了盡早破案，江宏山應該會配合。我等會一點半要先去精神科問案。」

『還有還有啦……兩張紙材料一樣，上面的字可能是用一般的影印機，確定是同一台機器。』

「同一台？怎麼能肯定？」

『沛瑩姊發現的哦，那兩張紙的右下角，同樣的地方都有一個扁扁小小的歪歪的三角形。』

「三角形？」

『對啊對啊，大概一平方多公分大小的汙漬。』志偉說著，夾帶了幾聲呵笑。『沛瑩姊很厲害哦，她說每一台機器印久了，像影印機的玻璃片啦、或轉動的滾輪啦就會髒掉，髒的地方沒清乾淨，印出來的紙張就會有碳粉汙漬殘留，會出現在同一個地方。』

「來源太廣。」昊義知道，未鎖定嫌犯及其活動範圍前，查紙張、碳粉原料，經常是大海撈針，更不可能從汙漬找出是哪台機器。於是，他又問：「ＤＮＡ呢？」

『像唾液那種殘留的生物跡證喔？沒有耶。』

「那兩張是廢紙……」昊義內心塞滿遺憾。

犯人的兩張紙條，難得拿到手，他卻沒法從中找出相關的線索。

『學長，你吃了嗎？我跟沛瑩姊在一起吃哦！沒有她介紹，我都不知道附近的巷子有好吃的麵攤，她特別跟我說哦，這家店有……』

「你們吃吧。」他沒心情聽志偉廢話，再補了一句：「吃完先辦正事。」

他切掉手機，坐回車裡，用力深呼吸，甩開剛才腦中的雜音。等心情平靜下來，他看了手機一眼，心想和對方約定的時間快到了。

然後，他發動引擎，準備前往「永寧身心科診所」。

冷氣不會太強，溫度調得剛剛好——昊義進來不到一分鐘，手臂上黏膩的汗液即時蒸發，變得清爽起來，感覺室內空調於濕度上應該有特別調整過。

診間寬敞，微帶橙黃的照明充足，牆壁刷得白亮，四面牆上各自掛置兩盆青綠色的植物擺設。兩座乳白色的毛墊沙發呈ㄏ字排立，位於室內的正中央，一座是雙人沙發，另一座是可供躺臥的長沙發，整齊地放上兩只腰枕和寬面式頭枕。可活動的靠背椅及沙發圍起來的空間，擺放著橢圓形的透明茶几，上面除擱有一盒抽取式面紙以外，無其它任何雜物。

診間另連結一塊突出的方形空間，用壓克力透明板包圍，高度只到昊義的胸膛。內牆裝置好幾層高的大木櫃，櫃子不深，裡面放的盡是一隻隻像玩具公仔的小巧立體模型，有樹木、動物、汽車、船、房屋、戰車、潛水艇等，也有各種像牛仔、公主、和尚、巫婆、矮人等小人偶。

敲鍵聲停止。女人的手指離開電腦鍵盤，從窗邊的辦公桌站起身，翩翩走近昊義，坐上了靠背椅。她穿著黑色的上班族長褲，腕上戴著一隻看似名貴的手錶，邊併攏雙腿邊說：「待會有一節預約，案主兩點十五分會進來，所以不能跟林警官……貴姓林，是嗎？」

「是。我、我來向妳請教一件案子。」

「你好。我剛在忙資料，不好意思。」她打直身體，恭敬地說：「我正式介紹一下，我是這裡的諮商心理師，姓戴，叫戴秀蘋。稱呼你林先生，可以嗎？」

「嗯，我都、都可以。」

昊義難得陷入舒適的雙人沙發，臀部一時被黏住了。一坐得舒服，全身反而有點不自在，手腳顯得僵硬，舌頭也頻頻打結。

「我不能跟你講太久，只能到兩點。」

眼前的女人，擁有一張鵝蛋臉，柔聲的話語中帶著一股堅定，略給昊義一種壓迫感。

他剛才在診間外問過護理人員，得知戴秀蘋今年約三十六、七歲。此外，診所規模不算大，有兩位精神科醫師，分別是院長和院長的兒子；另配置一名臨床心理師，以及四名諮商心理師和三名心理諮商員輪值。護理人員統稱他們是心療師。

「所以，林先生，你今天到這裡來，想跟我談什麼？」

「電話中剛有稍微提到，關於一名叫江靜純，妳的……」

「抱歉，」戴秀蘋直接打斷話，說：「我有保密義務，不可能告訴你案主的隱私，這也是諮商的基本倫理道德。」

態度真直接，這不就白跑一趟了？——

昊義吸一口氣，拉起腰桿，雙手撐膝，謹慎地說：「假如跟犯罪有關，妳也不打算配合警方調查？」

「我的當事人犯了罪？」她回話的反應迅速。

「有沒有犯罪，是由我們判斷。」

「這麼說好了，」她的口舌伶俐，語調平定得絲毫不露情緒，「我的工作是諮商，幫助案主處理家庭問題、學習障礙、生涯規劃，和持續性的心理困擾。若我的當事人真的涉及刑案，我才能跟你討論下去。」

「假如……」昊義沒料到她那麼固執，一時停話，仔細想了想又說：「假如是阻止即將發生的犯罪呢？」

「即將？」她的眼神左右飄移了一下，神色頓顯不安。

「對。換我這麼說吧，妳口中的當事人，近期很可能是犯罪的受害者。」

昊義覺得自己沒說錯。犯人縱火、恐嚇，目標雖是江宏山，但下一步犯行可能波及江靜純，令她成為受害人；倘使她安然無事，江宏山不幸遇害，而無其他親屬繼續照顧江靜純的情況下，難道不也算是另一種形式的受害嗎？況且，犯人喜愛用火，即使目前無人傷亡，局部的火勢終究招來了女孩對過去的陰影。無論怎麼說，昊義都認為，犯人對女孩的傷害已然造成。

「受害？誰要傷害靜純？」戴秀蘋睜大雙眼。

「案件仍在偵查。我是警察，也有保密義務。」

昊義反將了她一軍。不過，今天不是來論輸贏的，於是他放低姿態，接著說：「殺盜偷搶不可犯，是遵守大秩序。但是，去麥當勞時多抽兩張衛生紙，路上撿到五十元銅板沒交去警察局，反收進自己口袋的小奸小惡，勉勉強強都在大秩序的容許範圍內。」

「林先生，你想說甚麼？」

「警察保密，是以維護社會大秩序為前提。但社會百態，範圍很大，什麼樣的人都有，也都有自己的處事原則、自己的道德觀。我雖是警察，卻也是普通人，不是什麼原則或道德觀都懂。妳有諮商師的倫理道德，我也有辦案的原則，不如我們各退一步，一起設法阻止即將發生的大惡，妳覺得怎樣？」

戴秀蘋視線低垂，遲疑一會才直視昊義，重新以鄭重的態度回應：「假如我們今天要談案主，接下去的談話內容當作沒發生，可以嗎？」

「成交。」昊義點頭。「我沒來這裡找妳問過江靜純的事……現在，我們可以開始談她了嗎？」

「你想問甚麼？」

「妳當靜純的諮商師多久了？」

「大概五年，從她家出事至今。」

「我記得，她原本住台南歸仁，所以妳那時候也在台南？」

「我怎麼感覺，」戴秀蘋的鼻頭抽了一下，「你有興趣的對象不是靜純，好像是我？」

「別誤會。」昊義察覺她的戒心很重，連忙解釋：「懷疑他人，雖然是我的職業病沒錯。可是，我現在只是想了解靜純接受諮商的背景而已。」

「我五年前，在台南的成大醫院接下她這名個案，經過和她五次面談後，我離開了成大，來高雄和朋友一起在這裡工作。幾個月後，靜純的叔叔正好同樣搬來高雄，打電話聯絡上我，又將她送來診所。」戴秀蘋說話如連發子彈，語氣略顯不滿。「關於我，這樣的回答，你滿意了嗎？或者，你想連帶認識我的家人？」

昊義自知，面對防禦心極重的人，不快點問及重點，恐怕對方會失去耐心。於是，他從江宏山說過的話當中，擷取跟江靜純有關的部分，來回說了一遍。短短兩分鐘，戴秀蘋多次微微點頭，表示昊義得知的情況，和她進行諮商時所收集到關於個案的資訊，兩者沒有太大偏誤。

「她為什麼沒辦法描述火災當天的詳情？」昊義問。

「情緒障礙，是個人內在因素。父親長期的暴力，是遠因。家人死亡的創傷，是近因。三種因素加在一起，導致靜純抗拒面對那場意外；只要我一提到火災，她便會讓自己從現實中抽離。」

「妳有治療她嗎？」

「治療，不是我的工作。」戴秀蘋眼梢飛揚，語氣充滿自信，「我做的，是讓來訪的案主認識自己、了解自己的問題，而我必須**共感**，必要時給他們力量，適時給予妥當的建議，讓案主自己行動起來，解決問題。」

「共感……是什麼意思？」

「簡單說，是同理心。」她張開手掌貼住心臟部位，解釋：「站在案主的角度考慮問題，理解對方的情緒、感受和思路。」

昊義聽完，覺得刑警和諮商師挺像的，只不過他要面對的是罪犯，不是接受諮商的人。

「我有點好奇，」昊義又問：「好好的女孩，怎麼會無緣無故想像出一隻現實不存在的鳥？」

「面對壓力，任何人的內心都可能發生變化，或大或小罷了。潛意識的想像，像是大型的鳥、藍色的羽毛、現身在家裡，一般人聽來很沒道理，不過這些想像的畫面、圖像，都有象徵的意義存在。而且正確說，是鶴，鳥類的一種。」

「鶴？」昊義假裝不解。他親眼見到，巨鶴兩字引起了靜純的恐慌。「她對妳說過嗎？」

「不。我是從靜純的沙盤得知的。」

「沙……沙盤？」

「我們診所的臨床心理師，曾對她進行沙遊治療。我和臨床心理師一起在她旁邊觀察過。」

「沙遊？那是什麼？」

「你轉頭看後面的那塊空間，櫃子上面是不是擺了很多模型道具？」

「對。我剛有注意到。」昊義再看了一眼。

「沙遊療法，是瑞士的一位心理學家[35]所創的心理治療法。」

「讓小孩玩模型嗎？」

---

35 此指榮格學派心理學家卡爾夫（Dora M. Kalff, 1909-1990）。卡爾夫參考英國克萊恩（Klein）學派精神分析師羅恩菲爾（Margaret Lowenfeld, 1890-1973）先前運用箱盒、玩偶和玩具給兒童玩，令其內心想法具象化的一種治療技術，並融合榮格（Carl Gustav Jung, 1875-1961）的集體潛意識（collective unconscious）理論，進而發展出「沙遊治療」（sandplay therapy）。

「大致沒錯，心理師會準備一個裝沙的箱盤，沙子越細越好，然後提供各種玩具小模型，還有石頭、樹枝、彈珠、棉花等小東西，放在櫃子裡讓孩子取用。」

「這麼多東西，小孩要做什麼？」

「我們會請孩子，用這些玩具在沙盤的界線範圍內做出一個他自己想要的世界。我們不會主動發問，也不會跟案主說話；我們會在旁邊靜靜觀察。由於孩子擺出來的場景可能會不停更換，我們有時會把他擺設的順序記錄下來，最後等他擺完，也會拍照記錄。」

戴秀蘋離開座位，走到辦公桌，從抽屜拿出五張照片，再回到椅上，將照片一張張排放在透明茶几上。每張照片皆是以七、八十度的視角由上朝下拍攝沙盤。有的沙盤內，汽車、房子依十字排列整齊；有的呈現茂密的樹林，和岩石、沙丘亂成一團，毫無秩序可言；還有的只是簡單的六塊灰白色貝殼，繞成一個圓圈；其中一盤，全是暗黑色的物件及笑得詭異的小人偶。

「這能看出什麼？小孩的心理狀態？」

「如何去解讀沙盤的意義，是我們的專業。」

「有點不可思議。」昊義拿起一張照片，注意到沙盤中的沙，被一條像河流的凹陷切成兩半，左右相當平均，隨口問：「擺沙盤，也會讓小孩玩水？」

「是的。有必要會加入少量的水。好吧……這樣說吧，人類本身的潛意識，無邊無界，就像小孩的想像力一樣。

「設置沙盤的目的，是讓孩子在適度的界線範圍裡，用比較具體的物體去呈現內心，我們稱為**心象**。採用沙粒這種物質，基本來說有兩種意義，一是容易引發孩子幼時玩沙的記憶，有助他們在情境中適度退化；另一是，用沙作為基盤，可以幫助他們聯結到萬物的根源，退回**大地之母**。這時加入少量的水，沙子會變得有黏性，像黏土一樣具有可塑性，便能引領孩子創造出心象。」

「這麼說，大人也可以玩吧？」

「當然可以，不過台灣目前臨床上大多用在孩子身上。這是一種新的技術，台灣十年前在台北成立了『台灣沙遊治療學會』，想要把這種技術推廣到台灣各地，現在台中、高雄，甚至東部地區都有沙遊教室……」

「等一下，妳剛說的**心象**、**大地之母**，我聽不太懂。」

「那是榮格學說的精華。」

戴秀蘋接下來講解的過程中，昊義可聽出她試圖說得淺顯易懂，儘管出現一些專有名詞，不太能理解，但簡單歸結一下是這樣的——

有位很有名的心理分析學者叫榮格。他主張，因為科學理性的蓬勃擴展，使得我們人類失去了自己和自然現象在情感上的潛意識認同，比如說，打雷不再是神靈憤怒的聲音，樹木不再是人類的守護神，蛇不再是智慧的化身，人類甚至認定石頭、植物、動物不會跟人說話，也不再相信它們能夠聽到什麼，更否定了它們可能傳達給我們什麼訊息。我們人類似乎失去了和萬物之間的連結，也失去了萬物的象徵意義。可是，我們的潛意識仍然有這些集體共通的象徵存在，多半會在夢境中顯露，或在製作沙盤時，無意識地表露出來。

而且，榮格認為，每個人的幻想都是源於自己早期的經驗，可以呈現個人的內在世界。他研究過許多童話、神話、民間故事和繪畫藝術，並從中去歸納出我們所有人集體共通的潛意識象徵。這些象徵組成的圖像和符號，他稱為**原型**。原型分好幾種，其中包括英雄、聖嬰、智慧老人、大地之母等等。

昊義當然沒有心理分析這方面的知識。他傾聽戴秀蘋的說明，內心禁不住呼嘆，隔行真如隔山。

「我不想說得太難。案主個人的經驗，會連結到這些原型，形成有情感成分的情節，組成有意義的故事。這樣說吧，案主製作沙盤時，其實也是在說故事。我們心療師便是從案主的故事，捕捉他們的心象世界，解讀他們到底在想甚麼。」

「好像很難，又好像懂了點，不過我覺得很有意思。」昊義放下照片，又問：「所以說，照片中的每個玩具都有意義，你要從中解讀？」

「正確點應該說，玩具的意義是案主給予的，而案主擺放玩具時的故事情節，才是心療師關注的重點。」

「那……大地之母的意義是什麼？」

「說起來你可能會覺得很玄，有點類似傳統道家學說的**陰**與**陽**。」

「道家思想？」昊義豎耳聆聽。

「意外嗎？榮格也研究東方的各種宗教。」戴秀蘋蹶然微笑，嘴唇又隨即收回一字形，說：

「大地之母，是具有創造出萬物生命的**陽性**概念，卻也是吞噬一切生命的**陰性**概念；它既屬**陽**，又屬**陰**，相當於提供一個平台，讓植物結果、動物生產，孕育所有生命，卻也讓腐爛死亡的所有生命再度回歸。」

「的確很像道家的自然循環法則。我認識的一個怪……一個人，他也經常談這些東西。」

昊義不禁想起宋劍軒。他暗忖，說不定戴秀蘋跟劍軒會很合得來。

「沙遊的基盤，那些沙子，就像大地之母。所有的人物、故事在上面創造出來，也在上面終結，生生不息。」

「說回來，」昊義話鋒一轉，問：「靜純提到的那種鳥，在她製作的故事中有什麼特別的意義嗎？」

「她的沙盤，擺置的物件很簡單。房屋在正中央，周圍有石頭圍成ㄇ字，還有幾棵樹在石頭的外圍。起先，她把兩隻羊放到房屋前面，然後把一隻羊收回櫃子上，另一隻羊埋在沙盤的角落。我覺得意外的是，故事後來的每一幕，她都會拿一隻張開翅膀的大老鷹，在房屋的上空飛來飛去。」

「老鷹？不是鶴嗎？」

「我後來有問，她說是鶴，不把那隻當老鷹看。那隻鶴有幾次著地後馬上飛到空中，也會重重地踩屋頂，可是大部分時間都在沙盤上面盤旋，而且沒有出現在最後的完成品。她說，鶴是攻擊房屋的怪物，牠來了之後，本來在一起玩得很開心的兩隻羊分開了，小羊躲進房屋裡，也就是她放回櫃子的那隻，另一隻羊媽媽逃到角落，挖洞把自己埋起來，最後悶死了。」

「死了？」昊義的眉心皺成一條線。

「靜純當時十歲。死亡，是那種年齡的孩子經常會出現的主題。加上她的父母雙亡，她會聯想到死亡，並不奇怪。」

「妳怎麼解讀她的故事？」

「房屋建在正中央，顯示她很看重家人，但石頭圍成有缺口的ㄇ字形，而不是封閉的圓形，可能表示一家無法團圓。小羊和羊媽媽玩得很開心，可見她之前受到母親的保護，本來擁有安全感。可是怪物來了之後，把她和母親拆散，她躲在屋子裡不敢出來，封閉了自己的心靈，而母親把自己埋進了土裡，以死亡的狀態回歸大地。

「至於那隻鶴最後消失了，可能對應到現實中的父親，也可能是指失蹤的哥哥，她不大願意提那隻鶴的故事，所以我不是很肯定。不過，鶴經常在空中飛，很少踏回地面，可能意味著後來她和原生家庭的連結非常脆弱。」

「她只做過一次沙遊嗎？」

「當然不止一次，我記得她製作過四、五次，我剛說的是距離家庭變故最接近的一次，後來幾次她擺在沙盤上的物件愈來愈複雜，她關注的焦點從家人轉移到叔叔、同學老師，詳細狀況不是幾分鐘可以說得完的。」

「妳覺得她有改善嗎？」

「這是當然的。」戴秀蘋眼中閃動著慧黠的光芒，「靜純和我一起設定的目標很明確，她也擁有想要改變的動機，像我上個月給她建議，可以找機會跟比較親近的同學出去玩，後來，前一陣子紀念二二八事件有三天的連假，同學邀她去墾丁，她就鼓起勇氣答應了。她搭上了同學父母的車，一天來回，逛了墾丁大街、去船帆石海邊吹吹風。她跟同學玩得應該還蠻開心的，因為今天早上來諮商時，還向我特別說到去墾丁玩的事。」

「聽起來，妳們的關係很好？」

「靜純願意跟我說那麼多，是出自案主與諮商師彼此的信任關係，除此之外沒別的了。」

「她一個人和同學、同學的家人一起出遊，聽來她的自閉症像是好轉很多？」

「自閉症？……」她眉頭皺了一下，似乎在回憶什麼，隔了一會才說：「哦，她不是自閉患者。幾年前的那位醫生診斷錯誤，五年前我接手之後，就要她停藥了。」

「誤診了嗎？面對她的症狀，妳好像很有信心。」

「台灣很多學者、醫生對自閉症的了解實在嚴重不足，自閉症有很多種類型，光是見小孩不愛說話、個性內向，或不喜歡和同儕遊戲、相處，就誤以為小孩罹患自閉症，算是很常見的誤診，而且量表有時也做得不完整。」

「是嗎？這方面我倒是不清楚。」

「許多家長曾發聲抗議，認為自己的孩子走進醫院前是普通兒童，出了醫院後卻成了障礙兒童。另外，我聽過最嚴重的錯誤診斷，是將五歲以下兒童的過動症誤診為自閉症。簡單講，江靜純當初是被誤診了。她在行為上會表現畏怯、無法融入群體，真正的問題不是出在自閉症，而是家庭中的暴力。」

「妳是指她父親吧？」

「對，父親的暴力應該是她產生社交障礙、情緒障礙的主因。依據統計，在家暴家庭中出身的小孩，男性長大後成為施暴者、女性成為受暴者的機率頗高，我並不是說靜純長大以後注定會成為受暴者，可是我一直避免她往這種傾向發展。其實，在處理她的情緒方面，我們努力了很長的時間，我手上不只有諮商記錄，也累積了不少她的心理畫。」

「我不是懷疑妳的職業道德，不過妳手上這些資料、沙盤、繪畫，還有關於那隻鳥的事情，妳確定沒拿給誰看過，或跟誰講過？」

「不可能。」戴秀蘋斬釘截鐵地說。

「或者說……有其它管道可能取得這些東西？」

「不可能！」她不假思索地回答，看似快翻臉了，「通通歸檔保密，在我們診所裡。」

「好吧，不耽誤妳時間，如果我有問題，會再來請……」

「等一下！」她剎時瞪大眼，雙眸削出一道光，說：「我們私下交換情報，既然你問了不少，我也有問題要問——是誰想傷害她？」

「妳有興趣知道？」昊義問：「妳下一節預約時間不是快到了？」

「還有兩分二十秒。」戴秀蘋眼神犀利，腕上的手錶連看也沒看一眼。

昊義覺得自己賺到了。他當然不會和諮商心理師討論詳細的案情，只提到恐嚇紙條上的文字，連分館主任的姓名也沒洩漏。不過，雖然獲得和江靜純有關的許多情報，順道學了點心理學知識，但對於犯人縱火的動機，他仍是毫無頭緒。

離開身心科診所後，昊義回到刑警大隊。

辦公室沒人，他的辦公桌上除了靜置的兩小盆仙人掌、右前方永遠辦不完的一大疊卷宗以外，桌面還躺著三份資料：一是縱火案的相關文件；另一是鼎漢調出來的，那場五年前發生於歸仁的火災意外；再來，是大錫傳真過來的那宗燒炭案。

燒炭案的透明資料夾裡都是黑白複印的文件，其中夾了案件記錄表的封面，和內頁一張簡潔的案情描述。大錫提過，偵辦此案的刑警尚未做完紀錄。

昊義把資料抽出來，邊讀邊坐下來，再比對後面幾頁附件的現場勘查照片。查證時間是昨天，三月十六日星期一晚間十一點；查證單位是三民第二分局偵查隊。

現場是民房，一棟老舊公寓，旁邊是一間醫館。

燒炭的房間，從不同角度拍了四張照片，格局呈長方形。從房門走進去，左側是牆壁，床鋪在右手邊。再繼續翻看附件，其中一張照片，死者曾德榮衣裝整齊，躺在雙人床上；另一張照片是化妝台，靠窗，桌面除了面霜、口紅等化妝品，正中央放置一只凸隆的白色信封，以直式文字寫著「遺書」兩個大字，用簽字筆手寫的。然後，後面的資料沒了。

怪了，現場勘查組怎麼沒把遺書從信封裡拿出來再拍一張？遺漏了嗎？——昊義記得，大錫說他有複印死者的遺書。於是，他再翻一次資料夾，還是沒找到。

他拿出手機，按下志偉的號碼。

『喂，學長，我人在圖書館啦，剛取完江宏山和江靜純的指紋，很快會拿去給沛瑩姊比對……』

「我不是要問你人在哪，而是大錫傳真過來的資料。」

『在你桌上哦。』

「他有傳死者的遺書過來嗎？」

『有啊，我一起夾在資料夾了。』

「奇怪，我沒看到……」昊義一手繼續翻找桌面。「好，沒什麼事了。你弄完趕快回來。」

昊義一掛掉手機，鼎漢舉著雙臂，展露驚人的二頭肌及三頭肌，搖搖擺擺走了進來，和平常一樣上半身只穿吊嘎，臂膀上的蛇樣刺青非常顯眼。

「熱死人了……」他嘴邊嘮叨著，邊用濕毛巾擦脖子。

昊義隨口問：「大漢，剛才有沒有人動過我的桌子？」

「我哪清楚呀，小隊長，啊你的桌面最整齊了，誰敢動哩。」鼎翰扭扭脖子，像是想到什麼，又說：「啊，分隊長剛來巡了一回，說我們毛巾要掛就掛好……」

「分隊長進來過？」

「對呀，他在你的座位附近晃了晃，給我們唸了幾句就出去了。」

昊義瞬間起立，再問：「現在他人呢？」

「去抽菸了吧。」鼎翰聳聳肩。

昊義快步衝出辦公室，往陽台的吸菸區方向走去。

遺書不可能憑空消失，會是分隊長取走的嗎？如果是，堂堂的長官為什麼會關心小小的一樁燒炭案？

第五章

昊義來到陽台，見分隊長盧通貴咬著菸屁股。

他遠遠瞄到昊義，便招手說：「來來、來，我有話跟你說。」

「分隊長，」昊義開門見山問：「昨晚三民區建工路附近發生一件燒炭案，你知道嗎？」

對方把嘴邊的菸弄熄，拿出菸盒，抽出一支，用牙齒咬住後，手指再抽出一支遞給昊義，無視他的問題。

昊義掌心向外表示拒絕。

「喂，你又不是不抽菸的人，要你陪我抽一根，不行？」

「分隊長，我現在沒心情抽，來陽台是有事要請問。」

「噯……」分隊長把菸收入盒內，碎聲道：「人啊，要學著變通啊。」

「變通？什麼意思？」

「你喔，」分隊長點燃嘴上的那支，吸了一口，爽快地呼出白霧，「縱火案還沒查清吧。怎麼有時間管他媽分局的小案子？」

「我只是出於熱心，幫忙我一個朋友而已。」昊義即時編一個理由。

分隊長揮揮手，說：「燒炭、縱火，兩件案子看樣子是無關的吧？」

「我認為燒炭自殺可能有疑點，有疑點就必須釐清，不能草草結案。況且，有受害人還在昏迷狀態，我只是查一下，準備向負責的偵辦人員提出參考建議而已。」

「你要熱心管別人局裡啥狗屁倒灶的人、的事兒，我不會過問。不過啊，我接下的案子，你得先辦……」

「一人死亡、一人昏迷。」昊義板起一臉嚴正，「容我這麼說，分隊長，兩人的人生不是什麼狗屁。」

「喂，你現在是怎樣？第一天幹警察？不想聽話，哈啊？」分隊長接連反問，又說：「我提醒你，幹警察，首重的是服從組織！」

昊義想反駁，警察不為組織而存在，而是為了維持社會秩序。燒炭自殺，現代社會屢見不鮮。男人拉著女人一起死，一定有原因；沒找出原因，社會上同樣的悲劇只會重複發生。可是，面對上司告誡的語氣，他將推到喉嚨的話又吞了進去。

分隊長再吐了一口煙，「你先把自己的事兒做好再說吧。」

「是，我清楚自己在做什麼。」

「告訴你，名為曾德榮這人的底細，你就別插手追查下去。反正，他的同居人看樣子也醒不了了。」

「你……」昊義驚覺不對，「你怎會知道他叫曾德榮？」

對方沉默不說話，食指抖了兩下彈掉菸灰。

於是，昊義大膽問：「他的遺書，是不是在你手上？」

分隊長把頭撇開，停頓一會才說：「是又怎樣？那不是你首要該查的案子！」

「我既然接觸到案子，就會把它查個清楚。」昊義挺直腰桿，理直氣壯正色道：「不管是一件、兩件，還是大案、小案，只要在我手上，它最後就不會是懸案。」

「現在怎樣，哈啊？你是在對我說教？」

「不是⋯⋯」昊義試著沉住氣。

「有的案子，動用他媽的多少人力，查一輩子也查不出來。你沒想想你爸？」

「我爸的案子跟現在無關。」

「現在分局那邊的燒炭案，讓他們寫寫報告、做做資料，趕快結一結，把案子移交給檢察官，這麼他媽簡單的事兒你不會？」

「如果是你拿走我桌上的資料，請你現在交還給我。」

分隊長啐了一聲，一臉惱怒，站起來邊掏口袋，邊說：「我警告你，你喔，想再獲功獎、想再升上去，就得知道事兒有輕重。身子不懂怎麼他媽調整軟硬，不會變通，這種他媽的態度對你沒好處。」他抽出折得皺巴巴的紙塊，和勘查組拍下的照片，握在手上。

「分隊長，請還給我。」昊義伸出手掌。

「我交給你的縱火案，要是幹不好，不趕快給出一個結論，我就把你調回去，你就他媽別想在這裡混了！」說完，他重重地將那團東西打上昊義的手心。

昊義認為，燒炭案非同小可，分隊長一定知情，否則不會關注這種小案。

「為什麼要偷拿？」旲義問。

「偷？講得真難聽，我只是看看而已。你當真要查，隨時可以再叫那邊複印一份出來。」分隊長轉身背對旲義，壓住音量說：「事兒有輕重——記住我這句話。這封遺書，你他媽的半個字都不准給大眾、給媒體知道，聽到沒？」

旲義緊握遺書，頭也不回走離陽台。

遺書上究竟寫了什麼？——

他邊想邊回到座位上，立刻攤開縐折的紙張，逐句仔細閱讀。

曾德榮死前的親筆手書，特地用傳統直式信紙，浮於紙面的字體十分端正，文字間偶見污漬，還有寫錯後劃掉的刪除線。

才讀到開頭幾段，他瞬時隱約明白，分隊長為什麼要他別管這樁案件。

外界越少人知道內情，對警界越不會造成傷害。

※　※　※

給世人：

這封信將成為我的遺書。

此刻面對以下我想要記錄下來的內容，也是我對自己這一生的反省與自白。

面對眼下發生的一切，過往的所有該從何寫起？又有必要寫嗎？倘若把我一生的故事寫成回憶錄，或出版成書，又有多少人願意閱讀負罪之人的文字？況且，我不過是微不足道的小人物，我的存在僅能成為時間洪流中的一粒微塵，做過的事，加總起來對這個我所身處的社會實際上毫無貢獻，又有什麼好寫的呢？

我此時心中百感交集，不知該從何說起。不過，木炭已經買回來放好了，在我踏上黃泉路之前，請老天爺原諒我於此世間貪留的片刻，讓我好好交代所有的遺言吧。

我實在感到羞愧身為將死之人，實在愧對很多人啊！

記得自己年輕的時候，胸中有滿腔的抱負意欲實踐。可是，現在的我怎麼了？我到底變成了什麼樣的人？社會對於我做出的蠢事又會予以我這一生什麼樣的評價呢？我當時所做的究竟是正確的，或是錯誤的抉擇呢？從那時算起，數年以來，我的心不停糾結著、掙扎著，尤其這幾天，更是讓我自覺，自己犯下的錯誤毫無可赦之處。

今天發生的一切，都該從我一開始的願望說起。

想當警察，是我從小的願望，不是那種專抓罪犯的刑警，而是能協助解決家庭糾紛，預防犯罪發生的警察。

因為我是在家暴中長大的孩子。

父母相親結婚，生下大姊、二姊和我，我是家中老么。家中大小事務由父親掌盤。從懂事起，我便眼見父親動不動向母親和姊姊們出手毆打，任何事情都得聽從父親的口令，只要不遵照他說的做，不論理由是什麼，必定飽受他的老拳。

像大姊升上初中三年級，想畢業後去五專讀會計。她一直想離開家，去都市工作賺錢。父親知道後，狠狠打了她一頓，命令她一整天跪在祖先牌位前反省。他主張女孩子書不用讀太多，要讀就去讀護校，將來才有機會攀上賺大錢的醫生，盡早嫁過去，日子才比較好過。這是沒辦法改變的，鄉下地方，兩性平權的觀念不如都市進步，父權觀念始終很重。

母親存了不少私房錢，全拿去跟會[36]，結果有一天，會頭捲款逃走，母親的存款全部拿不回來。倒會的事情被父親知道後，他拿掃帚把母親從廚房一路打到客廳，打得她半死不活，趴倒在地哀嚎連連。好在有鄰居通報警察過來處理。老警佐一進來，威風凜凜，制止父親的動作，訓了父親一頓；然後，警佐攤開兩隻掌心，緊緊抓住母親的雙手向上拉。

我躲在房門邊，從微開的門縫瞧。警佐的那雙手讓人感覺好溫暖。

雖然警佐沒有拿法律強制介入我們家的問題，最後不了了之，但這是我第一次見到有人教訓父親，彷彿警察是為母親和姊姊們所受的委屈打抱不平。

我想成為警察，便是從那天開始的。

往後的時光，我確實一步一步朝夢想邁進。

三十多年前，我從警專畢業，依成績分發到南部鄉下的小派出所，接著在南部各地分

36 此指「民間互助會」，民間流行的一種小額信用貸款型態，具有賺取利息與籌措資金的功能。參加互助會，法律上稱為「合會」，俗稱「跟會」或「標會」。互助會成員多半是鄰親好友。

駐所和警局輾轉調任服務，不成器原先不過是一名小不成器的警員，每天執行基本勤務，在此期間並強逼自己愚拙的腦袋努力讀書進修，準備特考。後來老天眷顧，我進入偵查隊，處理刑案業務，開始跟從學長們四處奔走學習，也辦過幾件殺人案。

三十五歲那年，我的警銜升至警佐一階。那時正好是一九九八年，也是《家庭暴力防治法》在立法院剛通過三讀之時[37]。台灣因應家暴的立法方面可謂非常進步，全亞洲第一部家庭暴力防治法就誕生在這塊土地上，而催生出這套法律的，是一件警界著名的刑案，那是距離法條通過的前幾年，發生於台北板橋一樁鄧姓婦人因長期承受家暴而最終殺夫的案件[38]。

一九九九年，全台各警察分局偵查隊皆設置一名「家庭暴力防治官」，簡稱「家防官」，民眾口中經常稱為「家暴官」。我便是所屬分局的家防官。局裡長官任命我接理家防業務時，儘管當時同事們普遍不認為那是多麼重要的工作，但我在心中時時告誡自己，我的肩上擔了一項重任，一定要竭心竭力去幫助受暴力威脅的每戶家庭。說起來不是什麼富麗堂皇的理由，可能只因為我是在那種家庭中長大的小孩吧。

37 《家庭暴力防治法》於一九九八年五月二十八日經立法院三讀通過，同年六月二十四日由總統公布實施，此後並將每年六月二十四日訂為「家暴防治日」。

38 此指發生於一九九三年十月二十七日的「鄧如雯殺夫案」，鄧女因長期遭受丈夫虐待，趁丈夫熟睡時將其殺害，事後出面自首，受審過程中，獲社會婦女團體關注並聲援。二審法院判鄧女有期徒刑三年六個月。此案令社會大眾開始重視家庭暴力問題。

警政署刑事警察局這幾年更是重視家防問題。我離開分局的前幾年，各縣市警局全面成立「婦幼警察隊」[39]；另外，上頭也參考台東縣警察局將口碑不錯的家防官制度向下延伸至派出所的方式，除原先各分局偵查隊的家防官之外，二〇〇八年再於全台派出所或分駐所各設置一名「社區家庭暴力防治官」。

家防官的任務不單處理家暴問題，性侵害與兒少虐待等案件，以及暑期向民眾宣導的青春專案，同樣都是家防官得做；由於家防官編制於各警局偵查隊，而偵查隊本身屬外勤，原先就有其它勤務得進行，例如巡邏、出勤裝備維護，及一般刑事案件偵查或緝毒等業務，因此家防官通常是兼任，工作繁多，而家防官所掌理的少年或婦幼保護問題也經常被偵查隊邊緣化。我就在如此負重的勤務下，與其它單位的家防官及社區家防官彼此網絡支援，持續接觸發生家暴的家庭。

然而，所謂清官難斷家務事，身為家防官，能為發生問題的家庭所做的事情實際上是有限的。

處理家暴，往往需要透過警政、司法、社政、醫療、衛政、教育等各方的合作，才有辦法根絕家庭裡可能發生的各式各樣例如肢體暴力和性暴力事件，但十多年前各部門資源尚未充足，而且大半各自為政，溝通網絡極為蕭疏。儘管前年[40]政府另獨立出「衛生福利

39 一九九〇年，警政署刑事警察局於各縣市成立「女子警察隊（組）」；二〇〇二年，將其更名為「婦幼警察隊（組）」；二〇〇五年九月全面成立「婦幼警察隊」。

40 本作時間設定於二〇一五年，故此處的前年指二〇一三年。

部保護服務司」，設法集中並妥善運用各種處理家暴的資源，但有位仍在警界的朋友告訴我，溝通窗口和業務執掌權屬的爭議還是很多。

我其實可說是在這項勤務中堅持得比較久的警官，即使上頭組長有意好幾次想將我調動至其它單位，有意讓我升官，我仍然希望留在這塊領域繼續服務。我後來也成為種子教官，帶領即將成為社區家防官的新人，指導他們處理業務、親臨現場實習。

這項工作最大的問題是，政府無法構築出專門負責家防的體系，所以社區家防官經常換人做，婦幼隊的承辦人也時常更換。社會局派出的社工更是一天到晚見到新面孔；處理家暴問題的社工只做一年多，就算是資深的了，很可怕的現象。我辭職離開前夕，最讓我感到擔心的，無非是防治家暴的體系裡，具有實務經驗的人愈來愈少。

許多家防官網絡中的戰友或新進人員常常向我訴苦，說刑警局預防科上頭的業務長官每換一位，就搞出一套荒謬的、治標不治本的宣導新花樣，浪費紙張與人力資源，基層但長官覺得很重要，搞得基層人仰馬翻，而幾個月後，最長一年多，長官調任，拍拍屁股閃人，留下爛攤子，真正重要的事情沒做，徒耗損社會成本，卻少有貫徹至終的全面性策略。這些承辦業務的長官對處理家暴毫無經驗，根本沒有實地做過家暴防治的工作。

例如說，警政署曾要求基層警員至發生家暴的家庭門外釘置巡邏箱，認為此舉能因員警加強巡邏而減少家暴再度萌發的機會。但警力分配不足，勤務吃緊，警察本身需要巡察的治安死角已經夠多了，如此的政策不僅稀釋巡邏治安的重點地帶，對於防治家暴再發根本毫無效果，再說現今高樓大廈那麼多，巡邏箱多半置於路旁或樓下，迫使執勤員警爬上樓巡簽並不合規定；況且家暴發生的時刻，不一定正好是員警巡簽之時，相對人[41]也並非一週七天、一天二十四小時隨時都在打人，他總有狀況比較平和的時候。上頭的長官真有認真思考過基層執勤的實際情況嗎？

我自行請辭之前，那時二〇〇九年，警政署統計全國發生的家暴案竟達三萬多件，其中女性佔八成，而單就高雄市[42]來看，總數高達三千四百多件，位居全台之冠。然而，其中未通報或「低空飛越通報線」的案件更是不勝其數。所謂「低空飛越通報」的意思是，抱持大事化小、小事化無的員警可能採取技巧性吃案，例如回報指揮中心「只是一般夫妻口角糾紛」，以致家防官、社工、醫療等單位未能即時介入處置。發生家暴的家庭，位居第一線的警員實際上無法全數追蹤，直至家暴愈演愈烈，等快要鬧出人命時，整個家庭已經快要破碎了。

不過，我認為基層警員會吃案，也許不能太責怪他們。

我們的法律面對第一時間發生的家暴時，立即區分出角色，例如將先生視為相對人、太太成為被害人。假使不是很嚴重的爭吵，或是先生和太太互毆的情況，我們總是直接以誰受的傷比較嚴重，來判定被害人的角色該由誰扮演，反正，你要驗傷醫生就驗傷，你要報案警員就受理，醫院和基層警力一切按程序規定辦理，大半不會干預太多，無法去真正

41 相對人，指家庭暴力事件中的施暴者。

42 二〇一〇年十二月二十五日，直轄市高雄市與高雄縣合併為一新直轄市，仍名為「高雄市」。文中此處的「高雄市」，指原直轄市高雄市。

了解一場家暴的肇因何在。

而警員在警校裡沒有受過專門的訓練，我記得頂多只有上過性別平等、婦幼安全的課程，空有理論，因此他們執行勤務時遇到不太嚴重的家暴問題，不知如何處理，只要沒出事，乾脆不去多一事不如少一事。

這份工作做得愈久我就愈能明白，面對不同的人，得用不同的方法去解決，只有從實務中學習才能靈活運用手上的資源。對警方來說，有時運用強制逮捕等強硬的管制手段是絕對必要的，否則一時的家暴未處理，後續很可能衍生成一樁命案。

我曾聽過其它轄區一位社區家防官所遇到的一樁非常極端的悲劇：先生長期毆打太太，太太聲請保護令之後，先生竟然到家中把兩個孩子關起來，燃放瓦斯後，點燃香菸；結果先生死掉，兩個孩子全身嚴重灼傷。後來那位太太反而被親友責罵：「妳如果不去請什麼保護令，先生會死嗎？小孩會變成這樣嗎？」我聽到這類慘事，總是感慨萬千。

我的工作，其中一項業務，便是協助被害人聲請保護令，特別是「緊急保護令」，我幾乎得二十四個小時隨時待命。有好幾次我半夜接到電話，得馬上從床上爬起來見被害人，得知被害人身處於急迫危險的家暴中，我就必須在四小時以內，傳真給地方法院以聲請緊急保護令。即使是在法院非上班時間，我也得立刻用專線聯絡法警室，通報專事家暴的法官，請他馬上核定開出保護令。

然而，保護令不是萬用符。家暴問題基本來說必須考量被害人和相對人雙方立場，真的不如想像中簡單。

例如我曾遇過一個案例，太太報家暴案，先生不知情，直至他收到法院的開庭通知，才發現太太聲請了暫時保護令，心都涼了，對家庭的感情一時降溫，也不再關心小孩。

還有一例是，太太聲稱被打，我協助她聲請了暫時保護令，她拿到之後，又繼續和先生一起過生活；接到了法院的開庭通知，她又偷偷收起來，不敢讓先生看。結果先生沒出庭，相當於棄權，沒機會向法院辯白，雖然法律上可以抗告，但先生也不懂得法律知識。後來，只有被害人出庭的情況下，法官便直接採納被害人提供的證據。訴訟過程一面朝被害人倒，無法讓相對人和被害人對質。被害人所說的是否真實，我有時仍是存疑的，畢竟第一線警員抵達家暴現場時，相對人常常已經離開現場，只能依據被害人的陳述做筆錄。

我曾問一位社工，相對人為什麼不知道要出庭或沒心出庭？他回答我：「相對人是警察在管的，我們管不到。」他覺得，警察握有強制力，能處理有暴力傾向的相對人，連帶告知相對人的權利。而社工大部分只能做被害人的部分，本來就比較接觸不到相對人。然後，這位社工向我緩緩道來，說他有一名同事去家訪被害人時，相對人正好也在家，先生知道太太找社工來，馬上出手打太太，竟然社工也一起挨揍。

所以說，要處理被害人和相對人雙方的問題，沒有固定往往是經驗判斷，沒有一定的通則，像第一線警員面對家暴，何時該用強硬手段處置那些拿槍拿刀、或情緒上起伏極大的相對人，又同時能保護被害人，每一步都需要謹慎的判斷。

然而，警員強硬的脅逼作為只能達到立即的效用，例如說警員到現場，降低了被害人身體上所受的傷害，但相對人多半因害怕警方的強制力，可能在當下離開現場，心中卻滿懷怨恨，想著「妳怎麼可以叫警察來抓我？」「妳告我家暴，好，我不打妳就好了。」家庭氣息看似回歸平和，實際上相對人開始採取冷漠且疏離的態度，對家庭毫不理睬，什麼話都不想說、什麼事都不想管，如此反而演變成精神傷害，或稱「冷暴力」，說得嚴重一點，叫做「精神虐待」。

家暴的成因事實上非常複雜，一言難盡，有時是相對人本身的情緒障礙，受到從小到大生長環境背景影響，有時是受到現在經濟景氣低迷導致失業，他情緒低潮，只能藉酒精抒解壓力，但酒後行為便失去控制，不知道自己在做什麼。

很多種家庭型態，很多種外力因素，很多種不同個性，便造就出很多種家暴的成因。

我因而必須時時與社工、醫療單位保持密切聯繫。無論我兼顧偵查隊的刑事業務有多麼繁重，身為家防官，我責無旁貸。相對人後續的心理輔導，或就業輔導，以及戒酒、戒毒等等，我認為這些與家防官的工作同等重要，也是現今被制度忽視的。警力與法院介入家暴事件時，只是令家暴暫時中止，已然碎裂的家庭需要更多的社會及醫療協助，才能徹底清掃地面四散的碎片，不再扎傷家庭中的任何一份子。

但，上面的話寫得好聽，也只是我心中的理想吧。我自願離開警界前所處理的那樁家暴案件，決定了我往後的人生，也註定了我今日的死亡。

※　※　※

讀到這裡，旲義仰起頭，揉揉眼睛，休息片刻。

他終於了解，分隊長為什麼要他別插手，讓分局低調處理，盡快結案，千萬別扯上媒體。曾德榮帶同居女人一起燒炭自殺，若媒體知曉他以前曾任家防官，這絕對會成為警方的醜聞。

然而，令旲義不解的謎團是——他自殺的動機是什麼？

婕妤向旲義提示，曾德榮強硬地逼迫同居人一起死之前，可能曾去過很多廟裡問神，也可能和同居人有金錢上的糾紛，而且他死前三天，還將家門鑰匙吐露給熟人知道。因此，旲義懷疑，自殺的背後會不會存在更大的謎團？

手機震動，旲義接起電話。

『義哥，我大錫。你看過遺書了嗎？』

「正在讀，還沒看完。」

『我現在要去長庚醫院做人臉辨識，想說你對這件案子有興趣，要不要跟我一起過去？』

「你去申請了？」

『這邊的案件承辦人要我去押領機證，機子我等一下就會到手。』

大錫說的是M-Police警用行動電腦。去年二月高雄警方各單位陸續收到兩百多台專機，機子除了有GPS定位可連結勤務指揮管理中心，裡面還安裝一款警用電腦軟體，可即時查捕逃犯、毒犯、中輟生，及查詢失車、贓車等記錄。值得一提的是，其中有一套人臉辨識系統，即影像辨識軟體附帶相片比對功能，能透過3G網路連結警政戶口資料。只要將人拍照上傳至辨識軟體後，最快幾秒、最慢五分鐘即能和即時行動平台的更新資料比對，顯示該人的身分。

先前有失智老人走丟，身上沒證件，便有警員使用M-Police辨識出老人的身分。其功能甚可擴大到在地震、颱風等災難時昏迷民眾的身分確認。然而，這套系統功能強大，卻引起了立法院的疑慮。立委認為，連結戶政系統已違反個資法、侵害人民隱私，只要握有專機的警察皆可查詢任何有登記戶口的人，資料一覽無遺。而目前警方依「警察職權行使法」蒐證拍攝，僅限集會遊行，或其它像去年三月太陽花學運時期的公共活動，只要警員判斷對公共安全或秩序有危害之虞時，即可拍照錄影，但民事或刑事方面，警方針對特定個人拍攝肖像，並沒有明確的法律授權。

不過，現在有一名身分不明的女人躺在醫院，很可能是失蹤人口。運用人臉辨識系統找出她的身分，釐清事件背後真相，昊義認為於情於理都大於法。

「好，我跟你過去。」昊義說完，想到了曾德榮的遺書。

他對家防官的業務不熟，於是趁機問：「對了，大錫，你跟你們分局偵查隊的家防官熟嗎？」

『偵查隊家防官？義哥，去年組改了，你忘了？』

「不太有印象了，不過好像有這回事。」

從前至今，昊義處理的幾乎是暴力犯罪及兇殺案，對家防業務的變動了解不多。

『原本家防是包含在刑事局預防科的婦幼安全業務裡，去年組改後，提升至防治組下設的婦幼安全科辦理[43]。簡單說，婦幼工作由刑事局向上拉到警政署辦理。至於基層部分，以前家防官

---

[43] 二〇一四年一月一日組改實施前，隸屬警政署的「刑事警察局」（刑事局）下設預防科，預防科包括婦幼組、少年組、宣導組、一六五及詐騙諮詢中心、綜合規劃組；前兩者協調督導全台各警局婦幼隊及少年隊，指揮各分局偵查隊辦理業務。組改後，警政署下設「防治組」，防治組包括婦幼安全科、民力科、戶口科、查尋管理科；婦幼安全科協調督導全台各警局婦幼

是像我這種偵查隊的刑警兼任，要跑外勤、又要兼做家防業務；現在家防官已經移到各分局防治組，變成內勤員警，只做行政了。』

「你為什麼這麼清楚？」

『我們偵查隊的家防官之前懷孕跑去生小孩，上面要我幫忙代理幾個月業務，做一陣子當然熟了。』

「我以為家防官大多是男性。」

『不是喔，家防官男女都有，是男是女各有好處。如果是男的，比較能約制有暴力傾向的相對人，因為相對人大部分也是男的；要是女的家防官，比較能安撫情緒不穩定的被害人，處理被害人的部分。』大錫頓了一下，問：『義哥，你因為看到曾德榮是家防官，才會問我這些事吧？』

「嗯。有點驚訝，他以前居然是警界的人。我讀他寫到的，覺得家防官要做的事情很多。去年組改後，家防官的業務狀況應該有改善了吧？」

『其實組改也有組改後的問題。原本，婦幼保護政策由刑事局來管，基層編制在偵查隊的家防官工作壓力大，就像遺書上寫的，他們的工作常會被偵查隊邊緣化，不被重視；現在，家防官專職於各分局防治組，能有更多時間和行政資源好推動上級交代的政策，但是，麻煩來了。』

「什麼麻煩？」

隊，指揮各分局防治組辦理業務。

『家暴往往牽扯到刑案。以前，家防官就是刑警，發生家暴、性侵，或是相對人違反保護令，他可以和偵查隊上的同事馬上去現場處理，刑案的偵辦與通報、控管都由偵查隊一手包辦。但現在組改後，按照權責劃分，偵查隊只負責當下發生的婦幼刑案，案件後續控管則由防治組家防官負責。

『所以現在的狀況是，外勤刑警辦家暴案，有時候找不到家防官填通報表。因為家防官變成上班制，不用加班，如果婦幼刑案在週末發生，家防官可能要等星期一上班才會知道。有的刑警找不到家防官，乾脆省掉通報的步驟，家防官到頭來不知道有案件發生，沒法追蹤發生家暴的家庭，後續相關的處理當然更不用講了。』

「聽你這麼說，分局偵查隊和防治組的溝通協調還得改進。」

『是啊。而且，家防官有時候必須做夜間訪視。以前家防官在偵查隊時，辦婦幼工作還可以領刑事加給和超勤[44]，辦家暴業務，功獎很多；現在組改後，有的分局不想給家防官請領加班費，功獎也減少，升遷的速度變慢，所以處理家防問題的人才，一直流失。而原本比較有經驗的家防官，很多寧可選擇繼續留在偵查隊，不願意轉任防治組做內勤，因為沒有好的待遇。』

昊義思忖，受家暴者多為女性，曾德榮在父權的壓制中長大，加上家中有母親和兩個姐姐，也許因為這樣，比較能了解受暴者的感受。依遺書內容所寫，他做了十多年的家防官，處理過很多家暴案，累積了許多經驗，本身又有熱情，後來究竟是遭遇了什麼案件而請辭不幹警察了？

---

[44] 此處的「超勤」，指員警的「超勤加班費」，依「警察機關外勤員警超勤加班費核發要點」辦理。

昊義簡單和大錫結束通話。

他想要儘速把遺書讀完，再趕到長庚醫院和大錫會合。

想不到，接續讀沒幾個字，內容令他心中猛然一驚……

※　※　※

但，上面的話寫得好聽，也只是我心中的理想吧。我自願離開警界前所處理的那樁家暴案件，決定了我往後的人生，也註定了我今日的死亡。

那家暴案的被害人是一位約四十歲的太太，名叫劉麗香。

首次見到她，是在台南的成大醫院。

那天我休假，同事掌到成大探望一位在勤務中受傷的同事，離開時經過外科門診，看到她在樓梯間，膝著屈，手肘抵住樓梯扶手，掩面哭泣，又不敢哭得太大聲，有如被豢養的牲畜般，她的眼裡充滿一股隨時會被人宰殺的委屈神色。

我感覺不對勁，走上樓梯，輕喚：「小姐？妳沒事吧？」她看到我靠近，立刻站直，手掌抹掉眼淚，緊抿嘴唇，隔了幾十秒鐘才朝我硬裝出微笑說：「沒事……沒事的。」她回話的瞬間，我注意到她的額頭左邊有一塊明顯的瘀青，左臉略帶浮腫，上唇有大約一公分細黑的撕裂傷還沒完全癒合。

「妳來看外科吧？醫生看過診了嗎？」我關切地問。

「不、不是我……是……是我兒子……」她的表情充滿異樣。「沒事的，謝謝你的關心。」她閃避我的眼神，很快走下樓，沒多久推動一張輪椅離開外科。輪椅上坐著一個男孩子，他手上拿著一杯手搖飲料，左腿膝蓋及小腿包裹了一層厚紗布。

我呆立原地，直至母子倆消失在我的視線範圍。可能是因為我的業務，我心中不知為何產生一股莫名的不安，於是我跑進復健科，拿出刑警證件，詢問那對母子的事情。一問才知，男孩叫江泰川，兩星期前剛動過手術。

我依長年培養出的直覺問：「看母子的模樣，你們不會懷疑是家暴嗎？」

外科門診護士請我去急診室，要我過去說他們那邊比較清楚母子第一次就診時的情況。

明明是我的休假時間，沒必要為無關己身的人奔波，但我第一眼見到她，便想到我的母親，可能她和我母親有點神似吧。而我一看到坐在輪椅上的男孩，便莫名想到我自己，只是我的運氣比較好，小時候家中父親的暴力沒那麼嚴重，否則我也有機會被打到斷手斷腳。或許，真是幼年的記憶引領我走去急診室。再說，我當上家防官後，便立下宏願，不能對暴力的受害者見死不救。

剛才的問題，我再詢問一次。

急診的值班護士仔細向我解釋，男孩動外科手術的三天前，中午的時候，那位母親滿頭大汗，像才剛登山越嶺之後的樣態，肩背上扛著小孩突然衝進急診室，說小孩的膝蓋痛到連走不能走，同時她的肩膀和臉上都有傷。院方當然意識到可能是家暴個案，馬上通知一樓的社工部派人過來，但當時母親滿面淚水，她的心應該全在小孩身上，情緒也不穩定，只一再哭喊，求醫生快點救救小孩的腿。

急診醫生看完診，護理人員也拍照存證，而社工等她比較平靜時，問她是否願意開立驗傷診斷證明？她做不出決定。後來護理人員拿個案通報單請她填，她雖然有能力自己書寫，可是想要尋求協助的意願好像不高，護理人員只好口頭問她問題，代她填寫，但一問到案發經過，她除了流淚，又說不上話，嘴邊擠出來的，只剩下「希望小孩能好起來」、「拜託，讓小孩今後能好好走路」、「我想帶小孩回家休息」。

通常，如果被害人自己沒有受助意願，院方也無能為力。沒有詳細的案發經過、或缺少相對人攻擊方式的陳述，社工也無法按規定在二十四小時內詳實通報家暴防治中心，只能在她和小孩離院前，給予衛教文宣及相關的救助資源。

我懷抱無奈走出醫院。

身為家防官，我真的什麼都幫不了那對母子嗎？

內心這麼想著，好巧不巧，我突然瞥見那對母子在公車站前等候。

我走上前問好，她和小孩同時轉頭看我。然後，我報上了自己的姓名和工作。她看似有點緊張，對我輕輕點頭，可能小孩在身旁，也可能她剛才在樓梯間悲傷已經宣洩完畢，因此未表現難過的模樣。男孩原先皺起臉，眼神略帶驚恐，似乎對我心有戒防，但沒多久側眼察覺可能是母親認識的人，便稍微綻開靦腆的笑容，繼續捏著飲料杯。飲料已喝完見杯底，他仍低頭咬弄吸管。

一問得知，歸仁鄉沒有大醫儀器先進的大醫院，劉麗香又只有機車，不好載輪椅，所以母子倆只能搭公車從歸仁來台南市看診。巧的是，歸仁剛好也是我服務的轄區。我一聽之下，請求她稍待片刻，她的表情仍顯露疑惑的當兒，我馬上跑回停車場，把自己的車開出來，停到母子身邊，請兩人上車。

劉麗香面有難色地客氣推辭，但我仍是迅速打開後車門，扶起小孩的肩胛骨，小心將他移入後座。她難以拒絕我的好意，踏身前來幫忙。好不容易把小孩送進車裡，輪椅也折好放置後車廂，這時她一臉滿懷感激地說：「謝謝警官，真的很不好意思，真的……謝謝……」

「芝麻小事，別放心上。」我同時暗示她：「需要幫忙，要懂得開口。」

載母子倆回家的路上，她坐旁邊，話不多，幾乎都是我在說話。途中，我在一家五十嵐停了下來，問小孩愛喝什麼，立刻下車去買兩杯手搖飲料。排隊等了一會兒，回到車裡，我把飲料遞給後座的小孩時，瞥見劉麗香的眼角流下一滴淚水；她不敢看我，也沒看後視鏡，只低下頭，忍住泣音說：「要跟、跟叔叔說謝謝……」

「謝謝叔叔！」小孩有禮貌地收下飲料。

下車前，我把自己的姓名和電話草草抄在一張便條紙上，塞到她手中。我說：「這是我的專機，妳好好留在身邊，有任何困難，直接跟我聯絡。」她接過手，將紙片對折整齊，然後雙掌抖著，緊緊交疊按壓紙片，說：「今天，真的很謝謝警官！」

「都是小事，不用謝那麼多次。」我想起小時候阻止父親施暴的那名老警佐，多回應她一句：「只要有人，就會有手；只要看得到手，便能找到一雙願意抓住你、不讓你倒下去的手。」

我感覺得出來，或許這段時日從沒人真正關切她和小孩的生活吧。載送母子的一路上，我並沒有直接問到她是否遭受家暴、是否正承受莫大的壓力。我只問，小孩的傷勢如何？先生關心小孩的傷嗎？醫生給了什麼建議？術後有沒有什麼得忌口的？醫院有給過相關的救助資料嗎？

每人的個性不同，家庭狀況也不同，只要細心觀察和照顧，盡量考量對方的處境，了解對方的難言之隱，受暴者終有一日自然就會敞開心房、願意開口了吧。

曾有人一聽到被害人想離開先生，馬上教被害人怎麼離開，提供過多的救助資訊，但被害人其實還未完全做好心理準備，此時給予過多的訊息，反而會讓被害人心生惶恐、內心舉棋不定，或許還會產生不當的壓力，覺得退縮、反感，最後使得被害人對於繼續停留在夫妻關係的想法更加湧現心頭。若是要救助我不希望自己幫助他人的手段如此拙劣。

我坐在駕駛座，眼見母子離我愈來愈遠。劉麗香推輪椅進家門前，駐足回頭，再向我點頭喃喃說了什麼，我聽不清楚，但從嘴型判斷，應該是附上一抹淺笑的「謝謝」兩字。

警局繁重的勤務下，首次遇見劉麗香的記憶，很快便隱匿在腦海中。

大約經過了四個月，農曆除夕的前兩天，我在警局接到派出所社區家防官的電話，他說現場有位女性想聲請保護令，可是堅持要一名叫曾德榮的警察，也就是一定得要我辦理，如果給其他家防官受理她的案件，她都不放心。

我有預感，匆忙趕去派出所，一看到人，果然是劉麗香。

她眼睛和我對上，下一秒失了冷靜，立刻跪了下來，對我說：「警官，對不起、對不起……是、是我不好，對不起……」她連續道歉了好幾聲。

「怎麼了？快別這樣！」我要她快點起身。

「對不起，我、我把你的電話搞丟了……」她泣訴著，滿面淚漣漣。

原來，她先生有次喝酒，對她和小孩施暴時，無意中發現我給她的那張便條紙，一下子就把紙揉爛沖進馬桶裡，還問她這男的是誰、是不是她在外面勾搭的客兄。她寧可被打，也不敢回話，擔心先生會以為她去找警察來破壞家庭。明明不是她的錯，她卻表現非常自卑，把問題都怪在自己頭上。

等她情緒恢復冷靜，她才說自己找過一一三婦幼保護專線，社工曾到她現在住的地方，請她填寫ＤＡ量表和家暴通報單。社工建議她，如果要聲請保護令，最好直接找管區內的家防官。

為了讓她安心，我決定親自負責她的案子。

細問後我才明白詳情。她承受家暴超過十年，兒子泰川的腿傷也是先生江宏民造成的，幾乎都是他酒後的暴力，施暴的原因表面看來單純，應該不難處理。她還告訴我，她曾去醫院驗傷，但醫護人員驗不出傷，甚至懷疑她說謊，讓她感覺很不舒服，因此她不太敢再去醫院治療。我很高興她終於坦言說出自己的受暴歷程，此為被害人建立自信的第一步。

我隨後帶她去醫院驗傷，同時調出泰川的傷勢診斷書，準備好資料呈交給地院。

由於她已經逃離江宏民的生活範圍，沒有立即性的危險，而通常這種案件只能聲請「暫時保護令」，暫無必要聲請「緊急保護令」。暫時保護令可不經法庭審理的步驟，由法官依書面證據審酌直接核發，但視同聲請「通常保護令」，核發後必須等候開庭。

許多人或許會覺得不公平警察動不動就建議被害人聲請保護令，對相對人來說不公平，他們認為家庭紛爭往往是兩造互動而產生，未深入了解家庭背景，又在被害人未有立即危險的情況下，便即刻給相對人開出保護令，多半會令相對人心生怨恨。但身為第一線的接觸者，眼見被害人遍身傷痕、每夜每日飽受恐懼，不知何時會再挨打，我能忍心看受害者與加害者繼續共處於同一屋簷下生活嗎？

當相對人說出「我沒有打所有的孩子，只有打其中一個」、「小孩是我的種，我高興怎麼管教小孩就怎麼管教」，或是講出「不論妳跑到哪個地方，我都會把妳找出來，到時候妳就慘了」的威脅話語時，我能不為被害人擔心嗎？像幾年前新北市一名少女被母親的同居人長期性侵，後來少女未及時受保護即被殺害[45]，若這般可預防卻不動作的憾事一再發生，社會大眾又能夠安心嗎？

45 此指二〇一一年一一月發生的許川殺人案，凶案地點於新北市三芝區。許男涉嫌自二〇〇六年起長期性侵同居人的未成年女兒；少女直至二〇一一年九月報案。許男要求少女撤告未果，於兩個多月後入侵少女住處將她勒斃身亡，並於現場故佈疑陣成自殺案件，而後許男落網，依性侵及殺人罪被起訴。二〇一五年，監察院提出糾正案，指出被害人當年九月報案時，淡水分局受理員警未陳報家防官提供安全防護措施，且市政府社會局家防中心社工員未依法通報家庭暴力事件、未依規定訪視聯繫被害人、也未協助被害人聲請保護令，兩單位有嚴重違失。

江宏民一案的情況，以及上呈的證據，我有自信劉麗香能拿到保護令，應該會很順利。以一般狀況來看，江宏民屬於低危險高再犯，依《家庭暴力防治法》規定的流程，法官應該會裁定他去完成「處遇計畫」，到醫院門診進行戒酒治療。雖然醫療單位在執行上並不具強制力，但為了保護劉麗香，我叮嚀自己一定會嚴密追蹤訪視。要是他喊著沒錢去醫院戒酒，我也會極力為他爭取專案補助計畫的資格，他將別無選擇，只得乖乖定期去門診才行。

然而，劉麗香找我的那天是二月十一日。二月十三日是農曆除夕，法院案件於農曆年前會塞車是常有的事。法官核發暫時保護令，可能得等二月底，此令我感到有塊大石沉壓於心，經常到她住的附近巡視。

好在二十四日我拿到了暫時保護令，立刻去劉麗香的住處親自交給她，並告知她等候通常保護令開庭通知。通常保護令的開庭時間約三週至一個月不等，只要撐過這段時間，她就有機會訴請離婚，徹底脫離江宏民的暴力。

偏偏她和孩子們就在這段時間內出事了。

那晚七點多，我接到麗香的電話。

「警官，我先生他、他……硬闖進來……」她的聲音顫抖，說江宏民闖進去後，待在客廳不願離開。

當時我人和同事在遊藝場內取締賭博電玩，正要押負責人回警局偵訊。從遊藝場到麗香的住處至少也要將近二十分鐘，已經來不及了。所以我掛上電話後，請勤務中心派巡邏警員先過去，並跟同事說一聲後，自己開另一台車火速趕往現場。

現在想想，當時我不應該一個人逕自前去的。

麗香和小孩們住的木屋位處歸仁崙子頂段較偏僻的地方，地勢稍高，四周都是農地。當我衝到現場，發現巡邏警員還沒到。我下車走到門口，敲門喊人好幾聲，前來開門的是江宏民。

他滿身酒臭，一見到我，抓狂似地雙手擒著我的領口，將我推入家中，我一時反應不及跌倒在地。「我是警察！你安分一點！」我向他大喊，一面站穩腳步，同時聞到一股濃重的瓦斯味。我頓然想起，促成《家庭暴力防治法》的鄧女殺夫案，對太太施暴的先生，曾開瓦斯桶威脅要引爆殺害全家，而在其它許多家暴中，相對人失去理智擄著家人引燃瓦斯，連自己性命都豁出去的極端案例，皆時有聽聞。

江宏民此刻也想把事情鬧大，搞到不可收拾的地步嗎？我心跳加速，心想著眼前的狀況一定得趕緊請求支援。

突然，我眼角瞥見他手上抓著尖銳的碎裂酒瓶，朝我的方向猛衝過來。

我嘗試攫奪酒瓶，可是來不及，馬上側身閃過他的攻擊，他轉身時，我立刻出腳一踢，正中他的右手腕，酒瓶飛落至廚房的角落，但他無意停止，像隻發瘋的怪物，另一隻手朝我繼續揮拳，我趁機使勁抓扣他的手肘，阻止他施力。

兩人交纏扭打時，他不停喊：

「你要破壞我的家庭是不是？」「你搞什麼，害她不能回家！」「都是你教壞我老婆的！」

劉麗香楞坐在樓梯旁，雙眼失神，手足無措，看著我們兩人打架。

長期酗酒的人氣力容易殆盡，怎麼可能打得過警察？但我當時沒想那麼多，只想要保護自己、樓梯口的女人以及她的兩個小孩。

兩個男人彼此揪扭，從客廳一路到廚房，我注意到他的眼神從我身上移至砧板上的水果刀，他正要伸手執取時，如此情急之下，我的腳忽然踢到了剛才落地的酒瓶，於是我不自主地彎腰撿取，一挺起身便朝他的方向不顧一切地用力一揮，鋒利的玻璃緣角正好劃上他的頸部，他動脈裡流動的血液霎時淌流而出。

一道極深的橫向傷口。

他很快用右手摀壓脖子，上半身顫動地轉了半圈，不過幾秒之後，全身再也站不直……

當我見到他的胸前鮮血淋漓，淋灑在流理台上……

我才意識到，我動手殺人了。

最後他倒在廚房的地板上，血液繼續從脖頸泊泊冒出。他的意識恍惚，神態比酒醉還不堪。

對，趕快叫救護車。我這麼告訴自己，嘗試讓自己保持鎮定。

我跪在江宏民旁邊，雙手緊壓他的傷口，急忙地面朝麗香，大喊：「快打一一九！」

她依然站在樓梯口，盯著廚房內流著大量血液、掙扎抽動著身體的先生。女兒靜純站在她的身後，沒命似地尖叫，啊一聲又一聲的高分貝嘶喊。看麗香受眼前景象的刺激，精神變得毫無反應，我稍抬頭望向客廳的電話線，線路已經被扯斷，亂纏成一團。手機呢？對，我的手機在車子裡。於是，我迅速衝出屋外，打開駕駛座車門翻找手機。

在此慌亂之際，房屋裡突然傳出一聲轟雷巨響。

瓦斯氣爆了。

隨之而來的是危險的火勢，急驟延燒整間木房。

怎麼辦？我慌了。

我不但殺了人，還招致氣爆意外。但，我不能於此現場範圍內被目擊。

於是，我奔逃了。

至今為止，深沉哀慟的悔恨與歉疚從未自我的內心抹除。我不但未拯救麗香與她的兩個孩子，還親手斷絕他人的生命。沒有人前來審判我、制裁我。我，成了負罪之人，再也無力繼續擔當警察這份工作。

我選擇離職，也決定終身帶著汙穢的罪惡繼續活下去。

然而，與我相伴數年的愛人，今天竟然發現這件不堪的往事。她硬逼我去自首，我不願意，只因我貪圖這五年來的幸福與平靜。沒多久之前，我們為這件事情發生了口角，我實在不能保證自己不會再奪走愛人的性命。

總之，我過往的覆轍讓自己無地自容，眼前的幸福亦已消逝不回。我必須結束自己的生命，才能替自己犯下的命案贖罪。

等會，炭火將燃起，縫隙將緊閉。我也將踏上黃泉，扛上罪業平靜地接納自己的死亡。

世人啊！我不奢求你們原諒我不仁的殺人過錯。

也不敢奢望你們讚賞我曾對社會付出的薄力。

神明啊！我唯獨祈求祢赦免我的靈魂、淨化我的心靈！

請讓我的來生不再犯下銖兩悉稱的罪行！

罪人　曾德榮　絕筆

于二〇一五年三月十六日

第六章

歸仁崙子頂段的火災，其死者——

・江宏民（夫）：五年前，四十五歲，死亡。

・劉麗香（妻）：五年前，四十歲，死亡。

兩人的孩子——

・江靜純（妹）：現年十五歲。

・江泰川（兄）：五年前失蹤。若仍活著，現年十六歲。

昊義翻看調出的資料，包括火場鑑識及遺體狀態，並依據江宏民的弟弟江宏山所述，以及曾德榮——處理劉麗香家暴案件的家防官——所留下的遺書內容，將相關角色的基本資料列出，思考彼此的關連。可是，總覺得手上好像缺了一塊拼圖，又說不出那塊拼圖的圖案，無法完整建立事件的全貌。

其中的關鍵人物——

・曾德榮：前家防官，五十二歲，於昨晚的燒炭案中死亡。其同居人此刻正昏迷躺在醫院，身分不明。

曾的遺書，也是自白書，坦承寫道自己誤殺了江宏民。難怪盧分隊長偷偷拿走遺書，極力避免讓外界知道這樁醜聞。江宏民倒地死後，隨即發生瓦斯氣爆意外，導致劉麗香死於火場。不過，江泰川呢？為什麼現場沒發現他的屍體？江泰川行動不便，有辦法逃離氣爆嗎？

當年，又是誰協助劉麗香和孩子們搬進木屋的？

此外，近期的縱火案犯人應該是男性，且行動自如，其恐嚇紙條明白指出，他鎖定的對象是——

・江宏山：圖書館右新分館主任，現年四十八歲。收養哥哥的小孩江靜純。

犯人並於紙條裡提到「青藍的巨鶴」，該名詞曾出現於江靜純的幻想。而且依據諮商心理師戴秀蘋所說，江宏民對家人施暴時，江靜純即已「看過」這種東西。

到底是怎麼回事？——昊義的左手按住太陽穴，苦思不解。

他右手握著滑鼠，將火災案偵查報告的頁面向下拉，見到身兼偵查員的曾德榮被編在調查組，而將全案報告移送至地檢署的是一名叫盧國翔的偵查隊長。

昊義仔細讀了一下，發覺死者的相驗報告和遺書內容比對，似乎存有疑點。

依照片來看，死者一男一女，遺體外觀皆呈火烤的焦黑狀。

驗屍後發現，江宏民的口鼻及支氣管內有些許煙碳痕跡，可見火勢蔓延時，他還未斷氣；雖然現場找到的碎酒瓶上，血液跡證已被大火毀滅，但他的頸部確有切割傷，傷口頗深，邊緣凹凸不平，屬不規則的撕裂痕，研判凶器非銳利的刀器。因此，應該和曾德榮遺書所述的酒瓶一致。

然而，劉麗香的呼吸道卻未發現煙碳痕跡，很可能氣爆大火前，她已經氣絕。更奇怪的是，她的腹部上方有好幾道傷口極深的穿刺傷，傷口不大，呈橢圓形，切口一端較尖細，判斷凶器應該是單面刃，例如一般家庭使用的水果刀，但現場找不到符合切口形狀的刀具。

換句話說，劉麗香的屍體狀態，和曾德榮遺書提到的情況根本不符。

全案最後竟然以夫妻爭執互傷，其中一方燃放瓦斯導致氣爆意外作結。檢察官認定雙方皆死亡，予以不起訴處分。

「啊小隊長，看你臉皺成一團，這樣不行啦！來，跟你說，這樣容易老。」楊鼎漢不知何時來到昊義身旁。「不過也好啦，男人越老越有行情，越把得到妹，啊你是在煩啥？」

鼎漢向來最會拿話題和別人攀談。可能因為他年紀稍長，檯面下非公開場合，和職級比他高的人也很有話說。儘管他有時話講得不著邊際，口氣和語調卻常能給人安心、放心的感覺，就像老道的長輩提供過來人的經驗，這是昊義的觀感。

聽鼎漢這麼關心地問，昊義將自己查到的資訊和腦中的疑惑，一五一十陳述給他聽。

「這樣喔，」鼎漢彎折左手臂，向後摳自己的背部。他的皮膚似乎在癢，他邊抓邊說：「我想想喔……」

「對了，大漢，縱火那邊你查得怎樣了？」

昊義指的是，右營分局管區附近曾涉嫌縱火的前科者名單。

「那四個男的哦，火燒那幾天，通通都有不在場證明，我全問過查過了。一個還在讀高職，另外兩個今年上大學了，都乖乖在唸書，他們當年不懂事，血氣方剛的只想發洩，對周圍的人不滿，看地上有東西就黑白燒；啊年紀最大、二十八歲那個，他的案底離現在起碼十年了，已經有家室，伊ㄟ某實在有夠水，女兒最近剛出生，幸福的不得了，他應該不至於再次犯案。」

「前科犯這條線也斷了……」昊義對自己說話，感覺突然好想抽支菸。

「別灰心啦！」鼎漢舔舔嘴唇，說：「小隊長你剛跟我講的，我是跟你一樣感覺怪。如果曾德榮誤殺江宏民，劉麗香被燒死，啊她肚子應該不會有刀傷，更何況氣爆前她就死了。所以，我是這樣想啦，有沒有可能是江宏民先拿刀殺害了劉麗香，然後曾德榮到現場，跟江宏民起衝突，不小心拿碎酒瓶劃了他脖子一刀？」

「嗯，說得通，可是……刀子不見了，江泰川也不見了，該怎麼解釋？難道是曾德榮把刀交給江泰川，讓他拿去哪個地方丟掉了？他的左腿有傷，能走去哪裡？這樣做又有什麼意義？」

「啊如果兇手是……江泰川？我想想喔……」鼎漢再次摳抓背部，臉上浮露舒服的表情後才繼續說：「他爸拿刀殺了他媽，江泰川一看，火氣上來，拿碎酒瓶殺害了他爸，接下來曾德榮到場後，要他趕快逃跑，逃得越遠越好，所以說喔，遺書內容是亂寫的，為了保護他，這樣合理吧？」

「刀子的問題還是沒解決。兒子帶走了父親殺害母親的凶器，有意義嗎？」昊義忽然想到一種可能性，「除非……母親也是江泰川殺的……」

「啊動機咧？」鼎漢搖頭。

「嗯，他沒理由殺母親。」昊義說完，立即嘆了口氣——的確，劉麗香生前，帶江泰川去看醫生、動手術、做復健；他會起殺意的對象，應該是長期對家人施暴的父親才對。

昊義朝這方向思考，又一念頭閃過。在場還有一個可能會對江宏民起殺意的人。他的女兒，江靜純。可是，她那時才國小四年級，假使她想拿玻璃割劃父親的脖頸，光是身高矮小、氣力不比大人這兩點理由就甭說了，況且她又患有自閉症，能於氣爆大火後倖存下來，已經是奇蹟。

需要更多線索——昊義心想，眼睛重新注視電腦畫面上的照片。

兩具焦屍，他愈看愈不舒服，喉嚨莫名生出燒焦的異味，後頸又是一陣陣脹痛傳來，痛感迫使他閉眼咬牙，忍不住屈身。

「小隊長，你哪不舒服？」鼎漢輕拍他的背。「你昨晚輪值後，是不是沒睡好？來，我跟你說，年輕人太操，這樣不行啦！去寢室休息一下吧，我年輕的時候啊，常……」

這時，志偉毛毛躁躁衝進來，一路叫喊：「學長學長！我查到了！」

昊義雙肘撐桌面，勉強振作，「快、快說……」

偵查筆錄記載，五年前事發的木屋，土地所有權人是一位建設公司的老闆，姓陳，他當時人在醫院。警員問他，劉麗香和小孩怎麼會住進木屋裡，他說自己完全不清楚，木屋早很久沒人使用；那塊地本來是一片荒草雜生的樹林，他二十幾年前買下來後，砍掉林木，改作農地出租，承租的農人於是在土地邊緣蓋了那間木造房屋。後來農人不種田了，田地和房屋便一直擱在那裡沒動，陳老闆也沒時間處理，所以根本不知道有人住了進去。

可是昊義認為，一定有人暗中幫助劉麗香。或許此人掌握一連串謎團的線索。

「陳先生四年多前過世了，那塊地的所有人變更，現在登記在他老婆莊琇琳的名下。」志偉拿著資料，興奮地說：「我請歸仁那邊熟識的人調查，就是我警校同學的爸爸啦，也是警察，快退休了，他說莊琇琳和劉麗香以前是國中同學，還有哦，二十四年前劉麗香曾經去警局報案過。」

「什麼案？」

「被壞人跟蹤，陪她一起去報案的就是莊琇琳。小案子，時間過了超久，所以只留筆錄，電腦沒建檔，那時候辦理的警察就是我同學的爸爸啦，他說劉麗香哦，年輕時長得超級漂亮，他幾年後得知那次火災，看到死者姓名，才聯想到是劉麗香，留下很深刻的印象。好好一個女人這樣子死掉，他覺得超可惜的。」

鼎漢可能瞧昊義不大舒服的樣子，代替他問：「啊志偉，那個姓莊的，現在人在哪？」

「戶籍遷來高雄鳥松，在澄清湖那一區。我打了電話，她兒子接的啦，說莊琇琳大約兩星期前住進了長庚醫院安寧病房。」

「她病了？」昊義稍感訝異，想起自己母親在過世前，也曾考慮申請住入長庚的安寧病房，但當時床位不夠。

「對呀，胰臟癌，末期了，什麼時候都有可能走。」

「嗯，好，我現在馬上去醫院問。」

昊義說完，屁股趕緊撤離椅面。不料，一陣暈眩襲來，令他整個人僵住不能動，只能重重喘氣。

「學長？」志偉蹲膝蓋，挑頭觀察昊義，說：「你臉色發白耶，好像快死掉的樣子喔？」

鼎漢的手刀飛切而過，猛力拍了志偉的後腦一下，「你欠人電啊你！去你的啥死掉！小隊長人家需要的是休息！」他將志偉一把拉開，對昊義說：「啊我說真的，你不要逞強，叫這小子去問就好。」

「我……我沒問題的……我要去的地方是醫院，死不了，別擔心。」昊義強笑了一聲，假裝無事。「大漢，你幫我把曾德榮的遺書複印一份，送去大樹區給我妹，她那裡沒裝傳真機。」

「啊為啥要……」

「我妹跟一個叫宋劍軒的怪咖在一起工作，說實話，我不大喜歡那怪怪的傢伙，不過他和我妹，兩人曾經協助我辦案，你可以信任他們，跟我妹重述所有案情。」

「你妹他們要做啥？」

「曾德榮的同居人，也就是那昏迷的女人，和莊琇琳同樣在長庚醫院，我妹他們打算喚醒她。」

「啊是真的能醒來？」

「不知道。要是她能甦醒，應該能給出案情的線索。仔細想，人要自殺，通常會交代的是自殺的理由。曾德榮的遺書中，對於自己的工作和劉麗香的家暴，寫得十分詳盡，可是他跟同居人燒炭自殺，卻幾句話草草帶過，很不自然。另外，我也猜，曾德榮生前或許有跟同居人無意間透露過什麼，換句話說，那女人可能知道些什麼——可能是曾德榮心中的祕密，也可能是江宏民和劉麗香兩人死亡的真相。如果她能醒來，應該能釐清案情。」

「學長，那我要做什麼？」志偉問。

「你去找曾德榮自殺案的偵辦人，可以的話，跑一次燒炭現場，或許那裡有什麼遺漏的線索。」

昊義踏入病房，裡面有兩張床。

靠門邊的床位躺著一名沉睡的老人，鼻孔插著氧氣管，像白漆塗過的嘴唇微開，沒意識有人走進來；另一張床位靠窗，四十六歲女人平躺於上，是昊義要問話的對象。

她的鼻孔同樣插上管子，不是氧氣管，是鼻胃管，她的眼皮彷彿吊著重物，雙眼半開直直凝視天花板，臉色比旁邊的老人好一點，但腹部隆凸像懷了小孩，下肢浮腫嚴重。

昊義輕步向前，她的頭部抽動了一下，稍挪角度，視線移至昊義身上。

「妳好，我姓林，是……」刑大兩字正要從昊義嘴邊脫出。

「等一下，你先別說！我猜……猜猜看……」她講話緩慢，聲音低得好像喉嚨生繭，然後邊說邊舉手抓遙控器，按下按鈕，抬高床頭。「你是……檢察官？警察？是嗎？」

「我負責偵辦一樁案件，有問題想請問妳。」

「哎唉，我知道的，昨天半夜有人跟我說過了。」

「半夜？誰？」昊義疑惑問道。找到眼前這女人，才不到一小時前的事。

「麗香，我的老同學。」琇琳低頭，哼笑了一聲，胸腔起伏的頻率加速。

「劉麗香？」昊義摸不著頭緒。

「是啊，好久沒見到她了。不是夢哦，是她的魂魄，來我的床邊說話。」她講話的速度轉快，視線隨即朝窗外瞥了一眼。「呵呵，看來我活在世上的時間不多了。」

剛才在病房外，護理師簡單告知昊義，說患者莊琇琳體內的腫瘤已經從胰臟轉移至肝臟、腹膜、肺臟等部位，前些日子開始服用幫助食物消化的藥物，可是進食量少，吃了就吐，現在單靠鼻胃管攝食，體力一天不如一天，醫生也預告她不剩多久時日。昨晚，她全身疼痛不堪，每四小時打一支嗎啡針止痛，直到早上，狀況突然好轉，因此醫生減少了劑量，但此刻她的頭腦不一定處於完全清醒的狀態。

昊義順勢切入主題，問：「聽說妳們是國中同學？」

「……」琇琳的表情近似恍神，繼續盯向窗外。

「五年前，妳還有跟她聯繫吧？」昊義再問。

「我……我恨她！」

※　※　※

恨她，理由是什麼，我說不上來。

年輕的時候，麗香唉，天生的美人胚子。我什麼都不是。一想到她我就火，我問過自己，這算嫉妒嗎？可能吧。不過到頭來，呵呵，她嚐到了惡果，果然是紅顏薄命啊！

你要我從頭說？

好，我就講明了吧，反正我再活也沒幾個日子了，她做鬼有膽就來取我的性命好了。

她是別人家的養女。

對，我清楚得很，就是養女！她從小怎樣我不清楚，我是上國一才認識她的。

我和她讀的是公立國中，男女合校、分開上課。在班上，看她性格安靜，不愛講話，一副聖女嫻淑的，裝模作樣。她朋友不多，呵，我看就只有我肯屈身當她朋友而已，還有啊，傳聞另邊男生班啊，一大群男生愛她愛得要命，但也看得到、吃不到，反正他們後來給她取了「冰山美人」的綽號，學校老師也待她特別好。

嘎？我怎知道別人對她好？

哎唉，我就是知道啦！麗香一天到晚收情書，我坐她旁邊怎會不知道！

大家以為我跟她感情很好，講真的，我會跟她做朋友不過是可以沾點光罷了。

我們導師是女的，有一天導師找我去辦公室，要我好好關照麗香，跟我講了一堆話，說她寄住在親戚家，養母逼不得已照顧她，養父每天一看她就倒彈，她很不討喜。我問為什麼，導師閉了嘴，拍拍我的背，要我幫幫忙，分擔她的工作，要是麗香學校生活上有什麼狀況得馬上跟她講。哼哼，要不是導師對我不薄，我才懶得跟麗香深交，更不可能假日常找她坐公車去台南市逛街。

全班只有我肯跟她密切往來，我還常常花錢請她吃東西咧。講真的啦，她本來就該感激我的。

我想去中山公園晃晃，去吃擺在市圖總館門口下方的黑輪攤、香腸大腸攤，她就得陪我去；我愛吃國華街永樂市場的米糕和石精臼蚵仔煎，她也得乖乖陪我去。反正假日我要去哪逛，她就得聽話，好好當隻跟屁蟲緊黏在我身邊就對了。我說向東，她絕不敢往西。

欸，你用那什麼奇怪的表情看我？我用錢交朋友，錯了嗎？

她真要有本事就去認識更多朋友啊！

我告訴你啦，國中三年，她就只有我一個朋友，我可知道她不少事。

她各科成績平平，和我一樣，可是她的自卑感重得要命。長得那麼漂亮，就仗著一張臉討大家喜歡，竟還對我說不知道將來的路怎麼走，怕找不到工作，擔心東擔心西的，那不是矯情是什麼！這款女人長大後注定跟我阿母同一個樣！

你問我阿母？哎唉，有什麼好講的，她就水性楊花啊！

我小時候她一天到晚怨嘆我阿爸沒錢買車、買不夠化妝品給她用，假日也不帶她出去玩，老拿阿爸跟親戚的老公比較，整天抱怨日子不知道怎麼過下去，結果到我唸小學四年級，阿母有天就跟別的男人跑了，再也沒回來過，後來請律師送來離婚協議書，我阿爸氣得要命，說簽就簽……唉，甭講了，阿母根本沒在意過我這個女兒的存在。

所以我和麗香同班三年，每次越看她，就越是覺得她跟我阿母真像極了，都是靠臉蛋在勾引男人的那款類型。

三年過完，畢業那天，還是導師託我送畢業證書到她家的咧。

對，麗香沒參加畢業典禮。畢業前，她常常請假。

反正我到她家門口按門鈴。她推開鐵門，在門縫中左顧右盼的，匆匆把我拉進去，又趕快推門上鎖。

台灣那陣子，整個社會亂得要命，我們畢業前夕，有個姓鄭的，叫鄭……哎唉，鄭什麼的，我現在忘記名字了，反正就是很有名，搞政治的，跳出來要求政府終止戒嚴，他好像沒隔幾年就拿汽油自焚死了[46]。所以我對麗香開玩笑問：「妳搞台獨喔，在躲誰？」

「別亂說話……」她小聲嘀咕，解釋說：「一個雜誌社記者，很煩人。」

這話勾起了我的好奇，我問：「為什麼要躲記者？」

「很多原因……」她低頭，又裝模作樣的，不對我說實話。

我也懶得知道那麼多，直接把裝著畢業證書的長條桶遞給她。她這時開口了，「我要出去工作一陣子，不待在台南了。」

這話可讓我驚訝了，我又問：「妳不是有去考高中聯考？考不好喔？」

「我想賺錢，存夠一點再去讀書。另外，暫時離開台南，避風頭。」

你問我，她要避什麼風頭？

我當然問了，她還是沒答，只簡簡單單幾句話對我告別。那年……時間是……離現在有二十……二十九年了……絕對沒錯！

你一定覺得奇怪，我怎麼會記得那麼清楚吧？那是因為啊，我從小就喜歡吃蚵仔，那年好死不死的，南台灣的蚵仔被污染成綠色[47]，新聞報好大，結果我想吃，去到哪間店通通不敢碰，唉。

---

46 此指鄭南榕（1947-1989）死亡事件。鄭於一九八四年創辦黨外運動雜誌《自由時代周刊》，於一九八六年發起行動，主張政府應徹底解除戒嚴。一九八七年七月十五日，政府宣布解除達三十七年的戒嚴。鄭於一九八九年一月收到台灣高等法院地檢署之傳票，被控涉嫌叛亂，他不滿其指控，行使抵抗權而不出庭應訊，以抗議政府當權掌控與台獨運動相關的言論自由；同年四月七日上午，他於台北市「時代雜誌社」內引燃汽油自焚身亡，現場並引起氣爆大火。

47 此指一九八六年發生於台南縣市（今台南市）及高雄縣茄萣鄉（今高雄市茄萣區）海域的大規模污染事件。位於高雄與台南交界的二仁溪兩岸的五金業者，將焚燒、酸洗、電鍍五金等工業過程的重金屬廢液未經處理即直接傾倒於溪中，導致海口處反正我見不到麗香，就跟吃不到蚵仔一樣，感覺怪怪的。

啊？然後嗎？好，我繼續講。

我也不是就這樣從此跟她斷了聯絡。經過六年，我才再跟麗香碰面。

我是在百貨公司認出她的。她那時候在做化妝品專櫃小姐，二十二歲，變得比以前更漂亮，還很會化妝。為了要跟她攀談幾句、交換電話，我還跟她交關買了一整套資生堂保養品咧。

後來，我們約出來吃東西聊天，我才知道她畢業後在外地打零工賺學費，兩年後回到台南，去私立崑山高職唸美容科[48]。聽她說啦，美容科是剛設立的新科別，將來會越來越熱門的樣子。她說，畢業前她參加技能檢定，拿到了丙級美容技術士證照[49]，現在可以一個人獨立在外面工作生活。我也跟她說，自己畢業後去唸會計，現在在一家建設公司上班。

你說什麼？跟蹤那件事哦？

欸，你們警察真厲害，這麼久的事情還能翻出來問。

事情是這樣啦。麗香有天下班後打電話給我。好像是以前一個追新聞的記者在她回家途中跟蹤她，發現她住的地方。

她恐慌地說：「我不敢出門，怕他騷擾我……」然後，要我陪她去派出所報案。

我們去做筆錄時，她改口只說對方是男的，不想講明是記者。

的牡蠣因大量吸收銅離子，於牡蠣體中濃縮累積，漸而轉變為綠色的「綠牡蠣」。

48 台南崑山高職，即現今崑山高級中學。一九八八年增設美容科。

49 一九八五年，丙級美容技術士執證照開始發照，美容科學生在學時即可參加美容技術士或美髮技術士之技能檢定。

沒人沒身分的，警察當然不可能立案，只能敷衍一下，跟她說會加強巡邏，特別是巡她家附近時會多多注意。

出了派出所，我問，記者憑什麼追著她不放？

啊，那時候她終於吐出實話，講了自己的出生背景。果然跟我猜的沒錯，哼，家庭有問題！什麼問題哦？呵……

麗香呀，是殺人兇手的女兒！

你一定不知道吧，大概四十年前，有過一件轟動全台灣社會的竹林焚屍案。案件發生時，我年紀還小，只聽大人說過。麗香跟我吐實話後，我特別去圖書館翻報紙，還真有這檔事。

麗香的阿母叫蘇媚英，當時二十……差不多二十六、七歲吧。我有找到蘇媚英被上了手銬的照片，臉長得漂亮沒錯，跟麗香同一個樣。那蘇媚英的先生啊，叫何宗坤，大她十歲，年紀三十八、還是三十九的樣子。

反正呀，報紙上寫說，蘇媚英不到二十歲就嫁了過去，想不到何宗坤在家喜歡打老婆，在外面也愛玩女人、搞外遇。蘇媚英長期被先生毒打，有一天忍不下去，半夜竟拿刀刺死先生，刺了超過二十刀。欸，我講真的，殺人、刀子刺那麼多下，就夠變態的了，蘇媚英竟然還把屍體載到深山的竹林裡焚燒，你看看，這樣夠不夠變態？

結果有村人目擊，跑去報案，不到半個月就破案了。證據擺在眼前，法院一下子判蘇媚英無期徒刑。

麗香當時大概八歲。她啊，就是在這款母殺父的變態家庭長大的。

後來，她被寄養在阿母的妹妹那邊，也改了姓。難怪說啦，養母養父不喜歡她這款衰鬼。記者會跟蹤她，我猜應該是對這款家庭的小孩有興趣，想挖掘她的成長經歷。呵，要是長大後的麗香被報出來，這下一定很有趣！大家不都愛看這樣的小孩長大會變什麼樣子？大家不都嘛會好奇說，這款小孩長大會不會也是變態？

嘎？什麼？你是要我怎樣？要我、要我去同情她？

欸欸，這世間愈來愈多人做服務業，哪家公司的老闆不是看臉在用人的？不要說女人的臉蛋啦，男的也好，身在台灣社會，你如果破相、或斷手斷腳的，有人會雇你去做業務哦？去面對人群哦？想得美啦！麗香喔，光她長得漂亮，又會打扮得光鮮亮麗的，就是比別人還多的優勢了，哼，我要同情她什麼！

她就是靠這點，才有辦法勾上地主的大兒子，跟他結婚的啦！

對，叫江宏民，這名字沒錯。

她是沒說過自己愛錢啦，不過你用屁股想也知道嘛，她打扮自己不就是想勾引有錢的男人？雖然我用猜的，十之八九穩是這樣！可是，報應啦，她跟她阿母走上相同的命運，同樣被先生欺負。到最後，夫妻倆還不是被燒死了！

你問，我怎麼知道她被江宏民打？

就國中同學跟我說的啊。一個叫廖彩玲的，畢業後去讀護校，當上了護士，她以為我跟麗香感情很好。有一次我去彩玲診所那邊找醫生看病，她就問我知不知道麗香要去驗傷的事，還懷疑麗香可能被家暴，要我多多關心，就是那時候我才知道的。

嘎？麗香死掉的地點，在木屋……這……我……

土地確實登記在我先生名下……

我不想說那件事……

欸，五年前不已經結案了嗎？你們警察就什麼都要問到底是不是？你沒看到我快死了嗎？

你說那什麼鬼話？她被先生揍，所以我我……我開始同情她？

我……我……

嘎？你、你你你說那什麼……真正沒有朋友的人是……是我？

我……我才不……

※　※　※

「我……我才不是你說的那樣子！」莊琇琳激動地大喊。

昊義曾和幾名狡詐的犯人交手過。人心的灰暗，他不是沒見識過。

從剛才至此的問話，他聽得出，莊琇琳是個除了劉麗香以外沒其他好友，且內心極其寂寞的女人。她把麗香當成是增加自我優越感的活人工具。只要麗香爬得比她還高，她內心便會萌生嫉妒，想觀賞她從高處摔下來的過程；但是她又不能讓麗香挫敗到離開自己的身邊，如此便凸顯不出自己的優越。所以昊義推測，麗香遭家暴的那段時間，莊琇琳肯定和她見過面，而且將自己先生名下那塊荒廢土地上的木房借給麗香使用，讓麗香能暫時逃離家暴。

「妳主動借她住的地方，是吧？」昊義繼續逼問：「因為，妳不能沒有麗香，妳不能失去她，不是嗎？」

「我、我……我不承認！那、那……那只是一間爛房子而已！」莊琇琳講得十分激動。

「爛房子，借給她用，是事實吧？」

「對！對！是事實沒錯！我想看她那麼漂亮的人竟然會落魄到那款地步，只能住破破爛爛的地方！哼，你想怎樣？我有犯了什麼法條嗎？」

「沒有，妳完全沒有錯。」昊義故意順她的心回答。「再說，妳是在做好事。」

「對嘛！我不是同情她，我是在行善，你這樣講就對了嘛！」莊琇琳消了氣，直言：「麗香結婚後，她工作忙，要照顧小孩。我們不常聯絡，每隔幾個月，兩人才抽得出時間去咖啡館坐坐。六年前，我先生去成大醫院體檢，結果驗出胃壁的什麼腺體生了一顆腫瘤，哎唉，惡性的，不知道手術醫不醫得好，我得去醫院照顧他。後來十……十二月底，有一天我去醫院，碰巧見到麗香一人在大門附近徘徊。」

「她在那裡做什麼？」

「什麼都沒做，就坐在椅子上哭。我趕快向前打招呼，看看她是又怎樣了。一問她，才證實彩玲沒騙人，麗香被先生打，呵，連她兒子也被打得慘。我當然沒跟她說自己先生得胃癌的事，這事她不必知道。」

「所以妳就把房……那間爛房子借她用了吧？」

「對，隔了一個月左右，那時是一月中還是月底吧，她趁小孩學校放寒假，帶兩個孩子離家出走，在那裡過了一小段安穩的日子，除了我，沒人知道。」
「江宏民沒有報警找人嗎？」
「呵呵，說來這可有趣了。他知道老婆跑掉，沒有報失蹤，但是到了大概二月中，小孩快開學前，他找老婆找到我家來了。」
「妳和江宏民見過面？」
「對，他搜尋麗香的通訊錄找到我。」
「妳跟江宏民說了實話，講出了麗香暫住的地方嗎？」
「沒有。除了在麗香的婚禮上我有見過他以外，跟他根本不熟。」
「那他找不到人，妳怎麼回應的？」
「我給他指了一條路。」
「路？」
「我啊，呵呵，對他說過的那句話，我印象可深得很。」莊琇琳這次的笑聲異常冷冽，「我對他說——你怎麼那麼笨！等二十二號開學後，去跟蹤小孩放學的路不就得了！」
「妳……」昊義倒抽一口氣，啞口無言。
莊琇琳明明知道江宏民是有暴力傾向的危險人物，她一手安排麗香逃離家暴，卻又用另一手將危險推至麗香面前。
「欸欸，怎樣？你那又是什麼眼神？我犯了什麼法條嗎？」
「……」

得知這些資訊，暫時夠了——

昊義默默離開病床，不願再多問下去。

依據曾德榮的遺書所述，假使麗香在二月二十四日拿到暫時保護令之後，能在木房待到通常保護令開庭，那麼法庭證據有利於她，將有機會和江宏民徹底隔離，三月十四日的那場大火也很可能不會發生。但事與願違，江宏民在莊琇琳的指示下偷偷找到麗香。

昊義篤定地想，站在法律上，莊琇琳沒有犯罪，但她絕對是火災悲劇的推手。

手機嗚嗡響起。昊義走到病房門口，後腦突來一陣緊繃。他一手闔上病房的門，一手摸進口袋裡，即刻掏出來接聽。

『義哥，我大錫！你到醫院了嗎？』對方講話速度加快。

「我已經在醫學大樓了。」昊義問：「昏迷的那位，人臉辨識做了嗎？」

大錫此刻也在長庚醫院，正為曾德榮的同居人辨識身分。

『我就是要說這事情。』大錫的聲音急迫，語氣顯得慌亂，『不好了，我現在不知道怎麼處理。』

「發生了什麼事？你人在哪？」

『我在醫學大樓五樓，在神……神經外科第一加護病房。你來就知道了。』

「我在十樓。我現在下去。」

昊義正要切斷通話，胸前忽然悶滯起來，不到兩秒鐘即轉成一股猛烈的乾嘔。他來不及伸手摀住口，忍不住朝通話口嘔了一聲，不料身體狀況變得更嚴重，腦袋一時眩暈，眼前先是出現螺旋狀擴大的閃光，接著光圈消失，眼幕蓋上了動態的灰色布簾，顏色愈來愈昏暗……暈亂恍惚間，他只剩下耳朵脆弱的功能，聽到手機另一頭的聲音……

『義哥？你那邊好嗎？……喂？義哥？……義……』

最後，連耳朵也失去了功用。

「小義？」

「……」小義默不作聲。

「小義？你有在聽我說話嗎？」

媽在廚房呼喚著，帶著不滿的訓誡語氣。

小義終於不情願地回應：「有啦，聽到了啦！」

「你怎麼能這麼跟你爸無理取鬧？快！快去跟他道歉。」

「好啦！」他一臉不爽，拖著步伐離開客廳。

小義上了樓，走到陽台門邊，隔著門縫向外瞄了爸爸一眼，不敢推開門。

爸正站在陽台小空地，兩隻手肘倚著欄杆，屈著背靜靜地抽菸。曬衣架立於他身旁，全家人的衣服都掛在橫桿上。小義想起，媽每次晾衣服時，嘴裡都會抱怨說衣服上面有菸味，可是她一見到剛值勤完的爸爸跑去那裡抽菸，總是敢怒不敢言。

媽老是對小義說，爸的工作很辛苦，身為他的家人要多多體諒包容。但是，小義不能理解，為什麼爸和自家人相處的時間那麼少？有時候，小義覺得，爸爸不像家人，反而比較像是房客。

今天傍晚，爸爸結束輪值一回到家，小義就吵著要爸帶他去園藝資材行買盆器和種子，因為學期末要繳交一份叫做「創意盆栽」的作業，他必須準備一盆植物，拿到學校定期觀察記錄。

比起飼養小動物，小義更喜歡栽種植物。他不但會親自動手種植，還時常從學校圖書館借植物圖鑑回來研究。陽台上便有他細心呵護了兩年的巴西鐵樹、剛種三個多月的八角金盤，以及五盆不同種類的花卉。

「很急嗎？」爸爸的問話聲帶點疲憊。

「對！」小義狂點頭。

「急，叫你媽帶你去買。」

其實並沒有很急。學校規定，只要這星期之前，捧著盆栽去給老師登記就可以了。

小義會要求爸爸載他一起出去買材料，只是想讓爸爸看到，自己在種植方面很行、懂得很多。單純是小孩成就一件事之後，想藉自己光榮的成績，吸引大人注意力並獲取大人褒獎的一種表現罷了。

像去年小義校慶那天，爸爸居然到場，還為他加油。聽到爸爸在操場旁的鼓舞呼聲，他卯足了全力，像獵犬般緊咬住接力棒，向前狂猛地衝刺。比賽結束後，小義贏得爸爸的激賞，說小義真不愧是他的兒子，小義真的覺得好開心。

可是小義察覺到，這幾個月來爸爸一臉心事重重的樣子，對他的回應都很冷淡。今天也是。

「作業怎麼不提早做，拖到現在？」爸爸的語氣充滿責備。

「我現在就在做了呀！」小義生氣地回答。

整個星期，難得能和爸說上幾句話，小義不願放過機會，緊接著懇求說：「爸，媽她不懂啦，你跟我去買比較好。」

「我也不懂你那些作業。現在時間不晚，叫你媽帶你去就好。」

「我不管啦！」小義開始耍性子。

「林昊義！」他吼了小義的全名，放大音量說：「你作業來不及交，現在跟我吵什麼啊！」說完，他轉身背對小義，站在原地重重嘆了一口氣，即使離他很遠也能聽見低沉的鼻息。

爸爸沒有回頭，也沒有回應什麼，便上樓去了。

媽媽要小義去跟爸爸道歉。小義爬上樓後，在陽台門邊躊躇不決，想把門推開也不是。

突然，小義不注意時，門被打開了。

「站在這兒做什麼？」爸爸問，他嘴上殘留濃濃的菸味。

「沒、沒有……」小義垂下頭，小聲說：「爸……對不、對不起……」

「理由呢？跟我道歉的理由是什麼？」

「我、不知道你……你工作完很累……對不起……」小義的下巴垂得更低。

「抬起頭，看著我！」爸爸嚴厲地說。

小義緩緩照做。仔細看爸爸，他眼睛很紅、覆滿血絲，像是熬了好幾小時沒睡的樣子。

「我說，」爸爸口氣變得和緩，但表情依然嚴肅，「跟別人道歉時，要誠心看著對方的雙眼，你已經小學五年級了，這點規矩不能不知道，懂嗎？」

小義聽完，正眼對向爸爸，誠懇地點頭嗯了一聲。本來以為爸爸會再教訓他一頓，不料，爸爸伸出大手掌，按住小義輕巧的後腦，一把拉過去用力貼住胸膛，來回搔撫他的頭髮，聲音清亮地說：「很好！你這樣，才是我的乖兒子！」

「爸，你……」小義的頭被爸爸牢牢地擒住，鼻孔快被浸滿汗水的上衣阻塞，「你沒洗澡，好臭！」

「臭小子，你成天玩土玩沙的，我都沒嫌你髒了。」爸爸哂笑一番，說：「走，現在，我載你去買你要的東西。」

「真、真的嗎？」小義驚訝得合不攏嘴。

「你不是很急嗎？」

小義用力點頭後，跟爸爸說那間園藝行的地址。

兩人走到樓下。媽媽勸爸先休息，說：「你真的不去睡一下？」

「媽，」小義哀喊道：「真的沒有很遠。我跟爸會很快很快回家吃飯的。」

「我也一陣子沒陪他了。」爸爸拍拍小義的背，回應媽媽：「妳不是還要去補習班接小妤嗎？……我看，妳今天別煮了，我們全家一起去外面吃吧。」

後來，小義上了車，坐在爸爸旁邊。

畢竟是下班時間，市區的交通閉塞。不過，一路開到郊區，平闊的道路上沒幾輛車，預計很快即能抵至目的地。

擋風玻璃內，兩人的臉上灑滿夕陽的紅霞。小義望向窗外，發現天空的雲彩色澤多變，天邊的一朵帶狀雲彷彿爸爸抽菸時口中呼出的煙霧，熟悉且親切。車子愈往前開，天色愈變愈暗，雲霧逐漸模糊不清。

爸爸將駕駛座的車窗打開一半。風灌進車裡，小義感覺好涼爽。

「爸，」小義問：「當警察那麼累，你不會想換輕鬆的工作嗎？」

「嗯……」爸爸頓了一拍，反問：「你喜歡玩超級瑪利吧？」

「對啊。」

「超級瑪利最後要打的敵人是庫巴魔王，那隻惡龍，記得嗎？」

「記得。可是，爸，庫巴是烏龜，背部長刺的龜，不是龍啦！」

「好啦好啦，總之能打敗庫巴的只有超級瑪利，是吧？」

「對啊，他很厲害。」

「小義，再來聽仔細了。」爸爸打著方向盤，繼續說：「這世上跟遊戲一樣，充滿許多關卡。有很多人就像庫巴，有的像庫巴的手下，他們會綁架公主、做很多壞事，不過也有人天生就擁有強大的才能，注定會成為超級瑪利，突破重重關卡，最後戰勝庫巴。」

「這跟你的工作有什麼關係？」

「我也是得對付壞人的，大部分時候得動頭腦去破案。我手上獲得的，只有警局發給我的鬱金香，會吐火的槍。每次只有抓到壞人，才能得到蘑菇，才能長大，累積更多的辦案經驗。」

「感覺不太一樣。」

小義心想，無敵星星跑到哪裡了？

「說實話，是不同沒錯，但我認為，最不一樣的地方，就是超級瑪利有很多條命吧。」

「我覺得……你每天都很累……」
「因為我只有一條命在操啊！」
「那……那你不換工作？」
「小義，你不覺得，老爸我一定有什麼天生的才能嗎？」
「唔，我想想看……」小義對比超級瑪利，思考了一下，答：「很會抓壞人？」
爸爸眉毛上揚，微笑說：「你很會推理喔！搞不好，你也有我的遺傳唷。」
小義朝爸爸的方向轉頭。從側邊看，那張冷靜且充滿威嚴的面龐，好像一座沉穩佇立於遠方的高山，小義認定自己要爬上去真的很難，長大之後鐵定沒辦法像爸爸一樣辛苦地當一名警察。
汽車來到十字路口，園藝行在沒幾步路的轉口。此時，小義仍然注視著駕駛座的車窗那邊。
忽然間，一輛淺黃色的車子朝爸爸這頭開過來，沒有要減速的樣子……
「爸！危險！」小義緊張地呼喊。
車頭不停逼近，在車窗的範圍內變得越來越大……
不超過三秒鐘，車頭直接強猛地碰一聲撞上小義座車的車體後方，玻璃窗迅即轟然碎裂，後車的金屬也扭曲變形，伴著嘎吱嘎吱的斷裂聲……
小義緊緊閉上眼，驚覺前座在快速滑動轉圈，不知繞了多久，而他的身體也不知被強大的引力晃到哪裡去，世界彷彿失去了重心……
終於，轉動平息下來。小義努力撐開眼皮，但頭腦感覺暈眩、十分想吐。等他稍回神，他發現自己仍坐在原來的位子上。

駕駛座外後方的車殼已經不成原來的形狀，猶如金屬製的水餃皮，被捏出數不清的皺摺。小義朝左邊撇頭，看見爸爸的額頭在滴血，腰部更是嚴重，有一根長而扁平的金屬片，像是硬接上去的，自爸爸的腹部凸出來，褐紅的鮮血不停淌流到大腿和坐墊上，座位下方頓時漫成一片血泊。

爸爸的眼睛沒睜開，但嘴唇還在微微蠕動，喉嚨好像發不出聲音。突然，他咳了一聲，血沫噴到方向盤上，隨後以蚊蚋般的虛弱聲喊道：「小、小……小義……你……你……沒事……事吧……」

小義正想回話，駕駛座外頭出現一叢人影……

仔細看，那男人身形瘦小，理著平頭，戴著灰白色口罩。他朝駕駛座探了一眼後，馬上轉身離開。

「救，救救我爸……」小義無力動彈，要男人別走。

經過約半分鐘，男人再次回來，手上提著白色的ＰＥＴ水桶。

小義再次喊：「救……救我爸……救救我……」

男人不理會小義的呼聲，他打開桶子，朝引擎蓋潑出液體，不斷從車頭灑到破碎的擋風玻璃上，再向駕駛座移步，將桶口對準車窗。

小義還來不及反應，液體已經狂濺到自己和爸爸身上，車座裡頭揮發出濃濃的汽油味。

「你……」爸爸掙扎般開亮眼，對男人說：「是你……」

男人一言不發，從身上扳出一枚精緻的打火機。

爸爸轉頭回來，彷彿用生命將燃盡的最後氣力對小義大喊：「出去！」

「爸……」小義意識仍舊恍惚，但他直覺男人的動作非常危險。汽油加上打火機，他可以想像接下來的畫面。

「快出去！」

「我動……動不了……」小義前後扭動身體。

「讓、讓開！」爸爸咳著血，卻硬是挺起身，痛苦地撲向小義那邊，將右邊的車門打開，又說：「快、快出去……」

「爸……你怎麼辦？」小義忍不住哭了。

「你、你是我驕傲的、我的乖孩子……快……快聽老爸的話……」

小義猛甩頭說不要，可是立刻被爸爸的腳踢出車殼。

「跑！」爸爸狂喊：「不准回頭！」

小義回望父親一眼，火已經燒起來了，黃紅色的火焰從車前燈快速蔓延至駕駛座。

「爸！」

他眼見爸爸的臉部表情扭曲，身體浮起火舌，向上迅速延燒，不久後，皮膚冒出白煙，傳來嘶嘶爆響。

然而，爸爸仍強忍燒灼似地，睜大眼睛，對小義嘶吼：

「接力比賽的時候，你是怎麼跑的？……快跑！」

小義弄不清方向，只能朝火源的反向，手腳使勁向前划動、狂奔，同時間，他的雙眸也不停拋出淚水……

「義哥？……義哥？……」

現實的人聲，數次呼喚昊義。他有氣無力地睜眼，全身虛軟，感覺自己躺在軟綿綿的床上，眼角似乎掉出了溼滑的淚液。

他盯住頭上的白燈，腦中的火燒車畫面依然定格於心。他猛然悟察，剛才的一景一幕並非虛幻的夢境，而是真實的記憶——被自己長久丟失的記憶。上演的記憶，宛如黑暗中突亮的光源，他現在全看清楚，也都串接起來了。

當時，年幼的昊義逃沒幾步路，不小心跌倒後，眼睛接收的畫面好像被大幅剪掉，爬起來時人已經在醫院裡了。

醒來的第一眼，母親顫抖地抱著婕妤，背對著躺在病床上的他。

父親死了。死因是，遭人蓄意撞車、放火謀殺。由於父親並非於值勤時死亡，不算殉職，無法獲得國賠，母親和兩個孩子的生活一時陷入困頓。父親的葬禮上，他的許多同事來慰問，也在母親面前立誓要抓到兇手。

但是，誓言終究抵不過稀少的證據。

火燒車現場，十字路口未設置監視攝影機。警方雖然在汽油桶上採到兇手的指紋，資料庫裡卻無從比對。兇手駕車逃逸，肇事車後來被丟棄於荒郊野外，查出來也不過是輛贓車。

昊義能獲救，全仰賴靠近路口的園藝店老闆。他是事發時唯一的證人。

老闆聽到撞擊聲後，即刻跑出店家，發現有人在焚車，另看到昊義倒在距離火燒車約二十多公尺遠的地方，於是趕緊打電話叫救護車。可是，老闆沒有見到逃逸的那張面孔，他只向警方供述，說兇手戴口罩，根本看不清楚。

能伸張正義的有力證據，隨同兇手一起消失無蹤。至今仍是懸案。

約從那時起，母親便開始冷落昊義。

六年前，妹妹在火車月台上向昊義吐露的事情，他現在都能拼湊起來了。

媽罹癌，直到死前，都還怪著我吧——

昊義內心此刻充塞著懊悔。假如那天，他沒有無理地要任性要求父親載他外出，父親也不會活活被燒死，慘到連屍骨都不能見人。

另一方面，「火焰」也從那時起成為昊義的恐懼。每當他瞄見火焰不期然映入眼眸，車體著火的畫面即會以秒速閃爍於腦際，接著他便會隨即閃避火源，但他之前總是想不起，父親死亡當下的景象。

如今，關於父親的記憶重現，是因為手上在辦的是縱火案嗎？——

昊義甩甩頭，想讓自己清醒一點。腦袋不經意猜測，或許是同樣的ＰＥＴ桶、犯人同樣戴灰白色口罩，加上他當警察到現在初次經手縱火案——這些加總的因素令過往的記憶碎片因此被重拾起來了吧。

「義哥？你搖頭了嗎？可以動了？你清醒……醒了嗎？你聽到我說話嗎？」

大錫的方形臉佔據了昊義的視野，嘴巴持續叫喚著。

「我……在、在哪？」昊義的喉嚨乾澀，全身畏寒。

「長庚醫院。」大錫一臉關切，說：「義哥，你昏倒了。醫護人員把你抬來急診室。」

「我躺、躺了多久？」

「到現在，半小時了。你是不是太累了？」

「我沒事。」昊義挪動上半身想坐起來，後腦又是一陣抽痛。

「義哥，你先別動，躺好休息一下。」

這時，志偉往病床方向直衝過來。他夾克的拉鍊沒拉上，下擺像超人的披風向後飛揚，嘴裡慌張地叫喊：「學長學長！你你你沒死吧？」

「現在……你以為，跟你說話的是誰！」

昊義說完，有點懶得再回應志偉，伸手往後揑抓頸部緊繃的肌肉，這才察覺自己手背上插著軟針，流著輸液的透明管連到頭頂後上方的點滴。他只得放棄下床的念頭，肩頸再次貼住枕頭。

大錫簡單提及昊義昏倒的狀況後，志偉才喘口氣，稍微平靜下來。

「我在燒炭自殺的現場，找線索找啊找的，一接到大錫的電話，超緊張的啦。」志偉邊說，手心邊伸進夾克裡取出兩個證物袋，說：「學長，我找到奇怪的東西。」

兩袋子裡裝的，都是燒過而未燃盡的不成形扁平殘片，邊緣焦黑。乍看下，一張是普通三乘五尺寸的照片，另一張是紙條。

照片燒到只剩下三分之一大小，背景拍得有點模糊，前景人物比較清楚，可見得跪坐在木板上的兩個人緊靠在一起，一人摟住另一人的腰身，但兩人胸肩以上的部分已經燒盡，無法得知這兩人是誰；至於紙條，燒到剩一部分截角，殘缺的斷片上以新細明體寫著幾個字，能看清楚的只有「生要死，決定權也在我手」、「備好五百萬，等候通」兩行。

「這……在哪裡找到的？」昊義貼近證物。

「學長你不是教過我，要多多觀察細微的地方，人家丟掉的垃圾也不要放過嗎？」

「家庭產出的垃圾，鑑識人員最容易忽略——我的確說過。不過，我很意外你沒忘記。」

「沒忘沒忘，學長說的我不敢忘啦！所以啦，除了燒炭的房間外，我也翻遍了整間公寓的垃圾桶，後來我就在廚房角落的小鐵桶裡發現啦。」志偉得意洋洋地呵笑，繼續說：「鐵桶原本蓋著的，我一打開，啊，通通都是燒完的紙灰。我撈啊撈了一下子，就只剩這兩張東西了。」

「志偉學長，你好厲害！」大錫彎腰觀察紙條，說：「缺的地方拼起來，完整的紙張應該不大，好像是一般A4。」

「紙的大小不重要啦，你們看！」志偉指著紙張的右下角。

上面有一個扁小且歪斜，約一平方多公分的三角形汙漬。

昊義將證物袋一把搶過來，拱起肩膀仔細看，嘴裡唸著：

「志偉，這不是你中午在電話說的……」

「對啊對啊！」志偉不等昊義說完，答：「一模一樣！」

圖書館連續縱火案的犯人所寄出的兩張恐嚇紙條上，也有相同的汙漬。

這到底怎麼回事？犯人威脅分館主任江宏山，以及曾德榮燒炭自殺，兩件案子是有關連的嗎？曾德榮是受到犯人威脅才選擇自殺的嗎？

昊義的身體一時熱了起來，頭腦又開始轉運。

案情逐漸明朗。昊義從照片與紙條殘缺的字串推測，犯人可能恐嚇曾德榮，並向他勒索五百萬，而犯人手上握持的把柄，應是曾德榮於五年前誤殺江宏民一事。

大錫突然插話，說：「義哥，你講手機昏倒之前，我也有很重要的話要說。」

「曾德榮的同居人……對，要做人臉辨識……」昊義摸摸腦袋，回溯記憶。「我想起來了。你說不知道該怎麼處理，要我趕快過去。」

「是的，我想，我們分局的偵查人員可要大忙特忙了。」

「到底什麼事？」

「我用辨識的機子跑了兩次，系統都出現同樣的結果，然後我在加護病房現場仔細核對，真的沒有錯。」

「失蹤人口嗎？」

「不。是死亡人口。」

「你說什麼？」

「跟曾德榮同居的女人，名叫劉麗香。」

第七章

四周是泥土翻動時湧出的新鮮氣味。

在炎陽下完成鬆土後，川仔全身汗水淋漓。汗液蒸發快速，吸汗功能良好的薄棉短袖上衣沒一會兒便由濕轉乾，陣陣的汗臭味令他不禁扔下鋤頭，打起赤膊。他喘了幾口氣，撫揉左腿累積的酸疼，然後一屁股坐在土地上，腦中想到兩天前的那通電話內容。

這時，阿嬤遠遠地扛著菜籃，朝他的方向大聲謾罵：

「賠錢貨！給我站起來做代誌！」

他知道阿嬤不是故意的，但仍是聽她的話，趕快立起鋤頭撐地站起來。

阿嬤快八十歲了，依然健壯硬朗，大概是因為她從年輕至今都在這塊偏僻的田裡工作。一輩子做體力活，加上鄉下的空氣清新，比都市好很多，吃的也不腥不油，身體自然不差。

約二十年前，阿嬤的丈夫過世後，留給她一筆錢和一塊土地，她開始一人獨居，那時還有辦法種稻，後來有次傷到肩膀，活動能力變得稍差，嘴上也嫌勞累，於是她改種A菜、莧菜、韭菜、地瓜葉等青菜類，有時兼種容易生長的四季豆；反正她多年來守住自己的小房宅，一塊說大不大的五分[50]地躺在自家後院，不耕白不耕。阿嬤的這些事，是阿欽後來告訴川仔，他才知道的。

就川仔所知，這地方的大部分年輕人都搬到都市上班工作了，除了自己以外，大概只剩阿欽一人可稱得上年輕，他上個月剛滿二十四歲。其餘住在鄰近的成人都比他大二十、三十歲以上。要說這裡是遼闊一大片的「老人村」，川仔也覺得名副其實。

川仔一直認為，阿嬤的生活孿孤單的。他幫阿嬤種菜，看照她，在她身邊作伴，是他能做的，也是他唯一能過的生活。

他和阿嬤很少出門。若要他勉強用跑的去找離家最近的鄰居，也得花上至少二十分鐘腳程，更不用說附近的地形盡是田野、荒地和迂迴的坡道，家戶彼此間的聯絡非常不便。一年到尾，只有農曆過年初一或初二，阿嬤才會坐上阿欽的車，出家門去人口密集的市鎮中心，前往大廟拜拜求平安。至於川仔，他除了偶爾跟阿欽去人車較多的路邊賣菜，平常更沒有出門的理由。

他的記憶中，這段時間曾來找阿嬤聊天的只有三人，他都不認識，全是附近六、七十歲的老人；他們來這裡的次數，光靠十隻手指也算得出來。也許是阿嬤的家位於陡坡頂端，少有人會費力爬坡上來吧，川仔這麼猜想。

他扛起鋤頭，瞄到一台藍色貨車開上來。

車裡的阿欽，探出頭來，朝阿嬤揮手喊：「許婆，菜收完沒？」

阿嬤提起手臂擦額上的汗水，揉揉眼睛，認出對方後才回應：「今天幾號？我嘸知影你現在

50 分，土地面積單位。1分地，約293.4坪。

會來捏！你來得太早啦！」

「我人都到了，」阿欽邊說邊停好車，「有多少我拿多少啦。」

阿欽是唯一最常跑阿嬤家的人，一個月大概會來三、四次，主要跟阿嬤批菜去賣，有時候幫忙買肥料和農藥過來。如果沒有他，整座田地的菜不知該往哪裡銷。

「上次你放我這的塑膠籃，我去拿。」阿嬤說著，邊匆匆走向倉庫。

「免趕啦！」阿欽說完，轉頭對川仔喊：「來，你來搬肥料。」

「好！」川仔點頭，放下鋤頭，打赤腳走出田。

阿欽下車，繞到後車廂，說：「川仔，整袋很重，你卡小心咧！」

「阿欽哥，沒問題啦。」川仔拍胸膛。

「我是擔心你，嘸知你的腳還會不會痛？」

「這點重量，我不會凍未住啦。」

川仔把袋子扛上肩，施力點放右腿，一路搬進倉庫。阿欽也幫忙扛了另一袋，跟在川仔後面。這時，阿嬤動作靈活，拎著兩個大大的空籃及一捆塑膠繩，和兩人擦身走過，到田邊整理收割好的蔬菜。

兩人進倉庫放好肥料後，川仔轉身打算去搬下一袋，阿欽從背後攔住他，說：「等等！」

「阿欽哥，安怎？」

「你阿嬤……她有變嚴重嗎？」阿欽小聲問。

川仔的臉垂了下來，點點頭。

「許婆喔，她要去給醫生看啦！」阿欽勸說：「我聽說現在有延緩症狀的藥可以吃。」

「真的有效嗎？」

「好像多吃南瓜、多喝玄米茶也有效。我查網路看到的啦。」阿欽拿出手機，手指滑動找資料，「等……你……等等……」

川仔跟阿欽講過阿嬤的狀況。她原先對待川仔很親切和藹，平時更不會突然對人講出「乞丐人家的囝仔」、「賠錢貨」或「我白養你了」、「整天在我這裡白吃白喝」之類的難聽話；可是這半年，她有時候會對川仔變臉，罵一些莫名其妙的話，但沒幾分鐘又恢復正常，當什麼話都沒說過一樣。

比如有次，川仔吃飯時伸筷子夾盤中的五花肉，阿嬤坐在對面，忽然撇開他手上的筷子，甩了他一巴掌，破罵：「飼老鼠，咬布袋！你真有好膽吃肉！」或是，像剛才在田裡工作時一樣，阿嬤無故冒出一句惡毒的話。

隨著臉色突變的頻率增多，加上阿欽聽來的消息，川仔才逐漸明白，阿嬤變臉時不是在對他說話，而是在回憶她幼年時的自己。阿嬤的精神會出現時間錯亂，可能的原因就是阿欽猜測的，輕度老年失智。

據阿欽聽說，阿嬤出生時家境貧困，沒多久就被原生父母賣給大戶人家，做別人的童養媳，於此期間，她做過很多苦活，受盡公婆的狠毒虐待，動不動就遭受嚴苛的懲罰，還曾有過一星期持續勞動卻沒飯吃的悲慘體驗；然而，她長大正式嫁給對方的兒子後，精神上依然飽受夫方家人、親戚的歧視。全村都有聽聞阿嬤一路苦過來的生活。

以川仔的性別，和他現在生活的年代來看，他自然不能體會，阿嬤小時候當人家童養媳得面對的經歷與痛楚；他當然也不清楚，並非每個童養媳的命運都很悲慘，那時的女孩子能否被賣到好家庭，純粹是運氣。他只覺得，阿嬤的人生很孤單、很可憐。

「川仔，」阿欽盯著手機，嘴邊問：「你老爸會不會回來？」

「我、我爸？」川仔上半身頓時往後縮了一下。

「欸，看你剉一跳，怕啥米？」

「沒啦……我……我嘸知他、他在哪裡……」

「許婆現在身體不好，有辦法聯絡上就跟你老爸講一聲。」

「好，我知……」

川仔聽阿嬤和人聊天時提過，她有個兒子叫世彬，在外討生活，離過兩次婚，可是從沒見他回家探望阿嬤，也沒聽他打電話回來過。

約五年前，川仔開始在此地生活後，阿嬤便把他當自己的親生孫子對待。一有人見到川仔，問起他是誰，阿嬤就會說，他是世彬和外面不知哪個女人生的小孩，生完之後養不起，所以扔回老家給她帶。由於川仔的腿跛，在鄉下地方被看成是「破相」，阿嬤的傳統觀念即認為他生來沒福報，跟大家說他沒必要去上學讀書，在家學習務農就好，反正只要會種田，一輩子不愁會餓死。

於是，祖孫兩人足少出戶，加上會爬坡探訪的人希罕，沒人發現川仔的真實身分。而，不知從什麼時候起，川仔真的把這裡當成是自己的歸屬地。

不過，阿嬤的身體一定會越來越衰老，她現在的精神狀況也顯現異常，川仔不知道自己是否有一天又會失去家人。能否繼續在這裡住下去，也成為他內心的隱憂。

阿欽和川仔、阿嬤合力將菜搬上車，聊了幾句之後，車就開走了。

川仔喝口水，回到田裡，才準備繼續翻土，阿嬤突然在另一頭叫喊：「川仔，我……」

「阿嬤，妳講啥米？」川仔遠遠地回應。

「錢啦！我沒找錢給欽仔啦！」

阿嬤的腦袋真的變得不靈光。她上次忘記找三百塊給阿欽，剛才也同樣忘了，兩次錯誤令她垂頭喪氣，緊掐著手上的鈔票。她向來把錢算得很清楚，不願意欠人情，川仔很清楚。

「阿欽哥不會介意，妳麥煩惱那麼多。」

川仔勸阿嬤下次再補給阿欽，她卻連同今天的金額，總共八百塊，硬推到川仔胸前，堅持要他送去阿欽家。他不是不願意幫阿嬤做事，只不過阿欽家距離這裡要走三十分鐘路程，即便現在人衝過去，阿欽可能也不在家。

「阿嬤，下次啦，」川仔安慰她說：「下次我會幫妳記著。」

剎時，阿嬤從一臉焦慮的表情轉成面紅耳赤，嚷叫：

「你知不知影自己的身分！你嫁來我這，敢不聽話，我就讓你沒飯吃！」

川仔不想讓阿嬤難過。他接下八張百元鈔票，前往阿欽家。

去程大約三公里，對他來說不是問題。他曾忍著腿痛，走過更遠的路。

五年來，川仔晚上有時會失眠。

躺在紋帳內，他寧可凝視眼前的黑暗，也不願閉上眼，沉入回憶的惡夢，再見到那隻會飛的怪物。然而，怪物的生命力旺盛，每每縈繞在川仔的腦海中，狂妄地嘎嘎嘶叫，高頻的聲波像一口貼近耳殼的喇叭淩厲地傳出，猛烈擠壓耳膜，蹂躪他的聽覺；怪物有時還會化成龐然大物，在半空中展開巨型翅膀，先威嚇一陣，然後任口中啣上的那顆青藍色火球直直墜落，將大火施放於他過往的家。這時，地面遂燃起一片火紅的烈燄，白煙也像巨形蘑菇狂躁地向上冒升，火勢如同會成長茁壯的球體般愈滾愈大，最後焚盡所有能稱為家的東西，奪走他的一切。

家？到底什麼是家呢？——

他常在黑夜驚醒，逼自己不去思考這個問題。

五年前，他在田埂上奮力踏步，縱使汗流浹背，膝蓋骨像被大針戳弄般劇痛，他也沒停下來。好不容易走到廢棄的古井，他氣喘吁吁，顧望四周無人，便使勁推開壓在井口上的方形石板，將手中的罪惡擲入其中，落地後砰一聲傳來回音，井底是乾涸的。他撫著膝蓋，忍痛繞了井口半圈，將石板推回原位。

沿原路折回，朝家的方向掙扎地移動腳步，但當他抵至家門不遠處，眼前所見，怪物早發揮強大的威力，牠的火球已經吞噬了整個家。他楞在原地，淚水從眼角滑落，此時有股無形的力量將他硬生生推離。他明白的——他得逃走，逃離那個曾經被他稱為家的地方，不管多痛，他得一直逃、一直逃、盡可能一直逃下去……

半路上，他又渴又餓，痛感漸轉為麻痺，視野內的兩側風景，街燈、汽車、機車、行人等所有物體，漸變為黑白對比的剪影。這邊是哪裡？那邊又是哪裡？他不用問、不想問，因為都不重要了。他得沿途忘掉原先的歸屬，嘗試抹除所有回憶……

不知走了多久，他赫然發現，有一叢灰黑的人形踩在他的腳步後方。他內心生起不安全感，於是加快行走，但那人持續在背後跟著他。

不久，黑色的人影張口，問：「小弟呀，你要去哪？」

他沒有回話，邊走邊回頭望了一眼，對方體型龐大，步伐蹣跚。他轉頭回來，繼續向前。

「小弟，你的腳在痛嗎？」

經對方提醒，川仔才感覺自己的膝蓋腫起來，刺痛令他不由得停下來，肚子早餓得咕嚕咕嚕叫。

對方跟上來，問：「你餓了吧？」

「嗯……」川仔揉揉酸痛的小腿。

「你看，前面有一家麵攤哩，我帶你去吃吧。」

「我、我沒錢……」

「我請你呀，走吧。」

對方拍拍川仔的肩膀。掌心不是冰冷的。

川仔仰頭，對方的年紀看起來比爸爸小，但因為自己肚子空空的，眼冒金星，佔據幾乎全部視野的那位叔叔，他看不清，唯一注意到的，是叔叔的眼神充滿藹然的光芒。

兩人走了幾步路，來到麵攤。那是一間平房，店裡面沒半個客人。

叔叔找了一張空桌，要川仔坐在他對面。

「給你點湯麵，好不好啊？」叔叔問。

「好……謝、謝謝叔叔……」

叔叔離開座位，向煮麵的老闆點餐，然後去冰箱拿了兩罐蘋果西打，回來坐好。接著，他打開其中一罐的拉環，從桌上取了兩只玻璃杯，於杯中倒出金黃的氣泡，「你很渴吧，來，先喝、先喝吶！」

「謝謝叔叔……」

「真有禮貌吶。你叫什麼名字啊？」

「……」川仔不敢說，碰到杯身的手指縮了回去。

「沒關係沒關係，你會渴，先喝！」

叔叔將杯子朝川仔的方向輕輕推過來。

假使川仔說自己不渴，絕對是在說謊。於是，他本能的飢渴令自己抓起杯子，將杯內的液體咕嚕咕嚕一口喝光。他覺得，這是自己喝過最甜美的飲料。

叔叔給他的杯子再倒滿，問：「你家在哪？住這附近嗎？」

川仔搖頭，答：「我……我沒有家了……」

「沒有家？」叔叔的語氣很驚訝。「你迷路了嗎？」

「嗯……」川仔點頭，馬上又搖頭，改口：「不是……」

「沒有家，這可麻煩了呀。不然等一下我們吃飽，叔叔帶你去警察局，好不好啊？」

川仔想起自己扔入古井裡的東西，一時之間，手指從玻璃杯面抽回來，猛力搖頭，加大音量說：「不！我不要！」

「你該不會，做了什麼壞事吧？」

叔叔一問，川仔內心揪上一回，表情驚恐，壓低頭不敢直視對方。

「你先別怕吶，老實說，叔叔也做了壞事，和你一樣呀。」

「叔叔……你也是？」川仔緩緩抬起頭。「叔叔做……做了什麼壞事？」

「說來羞愧哩，我呀……偷偷對你說，我背叛了好朋友。」叔叔的音量變小，嘆口氣，停頓一會才說：「朋友很重要的哩，一個人在外呀，有的朋友會幫忙你很多事情，就像家人一樣。你可別學叔叔背叛朋友喔。」

「叔叔，你為什麼要背叛朋友？」

「要我講清楚，一時半刻也說不完吶。倒是你呀，現在怎麼辦呢？」

「不知道。」

「你不想去警察局，我帶你去找爸媽，如果……」

「不行！」他手腳緊綳，說：「我……我想上廁所……」

叔叔替他問老闆廁所在哪裡。老闆一手抓起竹製長網杓，把熱騰騰的麵條甩乾，一邊指方向說：「繞到外面，走八、九步往左看。」

「去吧。」叔叔說。

川仔走出門口，往平房的側邊小心踏步，等自己的身影消失於叔叔和麵攤老闆的視線內，立刻加快腳步，鑽入平房旁邊的小巷，頭不回地往前直衝。他不知道巷子通往哪裡，一見岔路便隨意選方向走。

由於當時還沒上國中，才十一歲的他，認為警察的存在只有兩個功能，一是指揮交通，另一則是抓壞人。要是自己一被警察抓到，一定會被強迫供出他所看到、所做過的一切。

籠罩在黑暗下，小腿根疼痛不堪，他的手掌對膝蓋又撫又撐，雙腳沒命似地踏過好幾片田地，走過的行徑不知不覺接上一條寬闊的大路，每輛機車、汽車、砂石車恍若奪命般的速度，令他的身體畏縮地靠向路旁的大水溝，繼續前行。

車燈來回閃爍，從川仔身旁迅雷般掃過。他低著頭，又不時擔心地回望，怕後方的來車直直撞上自己，又怕跛行的步履一個踩不穩，落入溝裡。

忽然，砂石車不經意叭了好長一聲，他嚇了一跳，眼淚差點奪眶而出。

膝蓋很痛，全身也愈來愈無力。

此時，一座小公園若隱若現自遠方左側的地表浮起，川仔覺得自己可以暫時在那裡停一下，並設法遠離危險的公路。可是，當他好不容易提步到了前方，卻發現整條長長延伸的道路上沒有紅綠燈。

自己所站的地方，到不了對邊的公園。除了橫切馬路，沒有其它方法。

川仔朝左方顧看，確定機車道沒車，鼓起勇氣踏了出去……

雙腳一穿越機車道，兩台高速飛奔的汽車從胸前閃過，接續而來的車輛發出叭叭響的高音，他定在白色虛線上動彈不得，向前或退後都不是。

怎麼辦呢？——

他卡在中央，拚命思考，緊張得冷汗直下。

突然，他靈光一閃，直直盯住公園的全景，然後閉上眼在腦中想像——溜滑梯頂部裝飾的屋罩裡，有一罐蘋果西打等著他。不管如何，他都得切過白線和雙黃線，直抵公園才行。

他吸口氣，往前跨步，一步一步……

前車燈的聚光打在左臉，他裝作看不到，明明喇叭聲應該朝他大響，但耳朵竟然聽不見，接下來燈光改變，照向右臉，他刻意忽略，只聞到香甜的汽水味，連膝蓋的疼痛也消失了。視覺、聽覺、嗅覺、觸覺等各種感官接收到的訊息在腦中大火沸騰，混雜成無秩序的一鍋滾滾熱湯，又彷彿一股無形的力量貼附於肩背，於上空緊緊夾住他的身體，帶領他飛過路面……

終於，他抵達公園入口。全身安然無恙。

可是，感官知覺重新回到眼睛、耳朵等部位的當下，身心突然有一股沉重的疲憊感，又渴又餓的本能感覺也跟著回來。

川仔拖曳步伐，向公園走去，然後伸手爬上溜滑梯。手臂的汗水讓他差點沒滑下去，接著他進入小小的屋罩裡，碰一聲全身躺倒。

他改換姿勢，疲頓地仰躺，發覺眼皮一時好沉重……

不過，他決定要開始享受了。在腦中，他拉開罐環，倒入玻璃杯，一口一口慢慢啜飲杯中金黃色的汁液，品嚐自己努力後的獎品……

忽然間，川仔正解渴之際，老闆端來了一碗湯麵，表面冒散出熱騰騰的白煙，感覺好溫暖。

他再仔細看，不只湯麵，老闆另送上一盤小菜。

盤中物讓川仔好熟悉，他口水都快流出來了。

九層塔炒杏鮑菇。媽最常做的菜。

他不禁微笑，拿起筷子夾了一小片，很快地放入嘴裡。咬了一口後，菇體吸進的鹹味醬汁噴散在舌頭上，多咀嚼幾次後，逐漸於嘴裡融化、消失，果然是媽媽的味道。

筷子從盤內夾起一片又一片，接連送入嘴中……

最後，只剩下自己眼角滲出的淚液，味道比媽媽的菜還鹹。

至今，川仔仍然不知道，自己是否該感謝那股引領他橫越路面的力量？

那沖盈全身的無形能量，宛如從自己的內在湧出，灌注至頭部、手腳等身體各處，又好像從外面哪個不明的地方，強行侵入他的體內，迫使他失去對外界的感官知覺、失去了控制自己的能力，而且這樣的體驗不只一次。

若要他精確描述自己的感受，可能不容易。他的感覺非常複雜，大抵上接近激憤的情緒，像被火焰灼燒一樣，全身發燙、頓生高熱，而腦中的顯影，多半是父親拉扯母親的頭髮時，以及父親拿粗硬的棍棒狠敲他左腿時的各種情景，歷歷在目，難以消滅。

如果川仔可以挑選出生的家庭，他絕不想要有一個會對家人動手的父親。可是他別無選擇，束手無策，只能眼睜睜見父親動用暴力，並任憑自己內在的怒火愈燒愈旺，變成一股莫名的、帶有毀滅性的力量充斥全身。

他有時會轉換想法，覺得自己彷彿能借此無名之力，做到任何難以達成的事情，就像自己毫髮無傷地飛越了寬大的公路。不過，力量降臨全身上下的同時，他也會感到恐懼，因為他無法控制這股能量，更無法輕易對人訴說。

如此自我壓抑的心情，大多出現於夜深人靜的時分，有時甚至混進夢境中，所以這五年來，他偶爾會失眠，也常從夢裡驚醒。

他懷疑，妹妹曾提及的東西，是不是真實存在？

她說，那東西出現在家裡，像巨大的鳥類，是一隻羽毛美麗的火鳥。

他原先不相信，認為那只是妹妹幻想出來的怪物，可是當他感受到怪物的力量，他不得不承認，這世上可能存在著一般人難以見到的東西。

不管如何，現在的他，慶幸著自己撐過來了。

五年前，川仔離開公園後，又繼續逃，漫無目的走了好幾天，直至餓昏倒地，不省人事。眼睛睜開後，他便發現自己躺在安穩的環境裡，許婆在身旁照顧著他。後來，許婆又供他地方吃睡。

那趟漫長的旅程，他終是抵至終點，來到這裡和許婆生活在一起。

許婆對川仔的態度就像家人，而他也有心把她當成是自己的阿嬤。

川仔在蜿蜒的柏油路段上踽步向前，見到了路標。

一根看起來像被颱風吹到歪斜的電線杆，上頭直貼著一張破爛的長條紙，寫了「耶穌會赦罪」五個大字。離杆柱不到三公尺處有一條砂石小路，拐進去後可直通阿欽家。川仔停了一下，心想就快到了。

他從未自己一個人來這兒，會記得位置，是因為阿欽有次帶他去賣菜之後，直接開車過來，衝進家裡拿出一罐自家醃漬的越南酸泡菜，請他帶回去跟阿嬤一起吃。阿欽說，那罐泡菜可以夾土司、麵包，配飯吃也不錯。川仔帶回去吃過後，覺得很下飯，泡菜的味道特別，帶點檸檬味，湯汁有種濃濃的魚香，可是阿嬤說她不喜歡。

川仔走在砂石路上，路旁的雜木擋住了烈陽的射線，微風掠過身體，像在給他降溫。不久，阿欽住的平房出現於川仔眼前，只差十幾步就到了。

房子前方是一塊水泥地，中央有一座鐵架，發成褐黃的一片片高麗菜綁著絲線，排列整齊地掛在架上，三盤扁平的圓形竹編篩子在鐵架旁邊，上面擺滿新鮮的白蘿蔔，正接受陽光曝曬。

川仔不見貨車停靠在側邊的紅磚牆。

阿欽哥還沒到家吧？我該把錢交給誰呢？——

他正感到困惑時，忽然間，注意到有個人倒在水泥地的一角。

那是誰？——他跑過去仔細看，是一位婦人，留著散亂的長髮，皮膚黝黑，嘴邊有唾沫流出，動也不動的。

川仔彎下腰，搖搖她的肩膀。可是，對方沒有反應。

他直覺認為，婦人可能是阿欽的媽媽。

「阿姨？阿姨？醒醒啊！」他呼喚了幾聲，還是沒用。

川仔不知道該怎麼辦。他跑進房子，在客廳朝每個方向大喊：「有人在嗎？有人在嗎？救命！有人昏倒了！」
不過，這裡顯然只有他和婦人。
川仔沒有手機，即便有手機，也不知道阿欽的電話。於是，他快速掃視整間客廳，搜尋看看有沒有電話，但是找也找不到，他又跑向房間，房門卻是上鎖的。這時，他靈機一動，回到婦人身旁，摸向她身穿短褲的口袋，果然在她身上發現手機。
他很快攫出手機，拿在手上。雖然他沒用手機打過電話，不習慣怎麼操作，但阿欽曾多次拿給他滑過網頁，憑印象多少知道螢幕介面上有什麼東西。終於，他找到了如何撥號，按下了一一九。不過，正要撥出時，突然他又意識到，自己不知道阿欽家的地址……
怎麼辦？——
他轉而找尋電話簿，心想不管三七二十一，隨便按出一個號碼就是了。
當下，川仔看到了「我的欽兒」排在電話簿的第一個號碼。
他趕緊按下去……隔了幾秒鐘，對方接起來，說：
『喂，阿母？』
「阿欽哥！」川仔朝通話口吶喊，內心焦急萬分。
川仔坐在貨車裡，在枋寮醫院的停車場等待。
他聯絡上阿欽後，打了一一九，報上了地址。沒花多久時間，救護車一抵達，他便隨阿欽的母親去醫院急救，後來她人確實醒了，但身體非常虛弱。她剛醒來時，阿欽正好匆匆趕到，聽醫生診斷，似乎得住院檢查，於是阿欽立即給母親辦理住院手續。川仔不願意在醫院待太久，所以阿欽一到場，他馬上跑出來，坐上貨車，祈求裡面平安沒事。

過了一個多小時，阿欽回到車上。

「阿欽哥，你阿母還好嗎？」川仔問。

「阿母太操勞了。」阿欽勉強笑了一下，隨即收起笑容，說：「唉，現在嘸知是啥米病，可能是肝的問題吧，醫生講的。光是急救、住院、醫藥費……很貴，後續可能要幾萬……」阿欽發動引擎，又笑笑說：「先免煩啦！我等一下還要拿阿母的衣服過來醫院這……我先載你回去，不然你阿嬤會操心。」

川仔感覺，阿欽看似堅強的笑容是偽裝出來的。

「阿欽哥，你老爸人在哪？」

「免講啦！講到伊，我巴肚就一把火……」

雖然阿欽嘴邊說自己不想講，但好像無處發洩似、不說不暢快地，邊開車邊把家裡的事全都一次傾出。川仔之前從不知道阿欽家的狀況。

原來，阿欽的母親阮氏翠英是越南配偶。

翠英嫁來台灣後，才發現先生只有高職畢業，每月賺不到三千塊，婚後田地放著不耕、成天不去工作，把她當成是傳宗接代和養活全家的工具。很快地，翠英一年後生下了阿欽，其後的生活幾乎全靠她一人照顧阿欽，還得在外奔波打工，支撐全家的經濟，不僅如此，她回到家中，先生還會對她施予酒後暴力。

川仔聽到這裡，內心浮起一股似曾相識的感覺。

「所以說，他們離婚了？」川仔問。

「哪有那麼簡單就離婚！」阿欽用不爽的語氣回答。

他打著方向盤，繼續說下去。

翠英當初來台，最主要想找一份好工作，希望能多賺點錢，好寄回越南老家補貼家用，但當時的外配都是持旅行證或外僑居留證入境，停留時間一到，必須先出境後，由先生同意再申請入境。翠英怕被踢出台灣，而且難以接受和仍在襁褓中的阿欽分隔兩地，因此，她只得乖順地每天忍耐被先生罵三字經、甩巴掌、扔電扇、拋椅子；就連公公也站在先生那邊，認為翠英只會把錢寄回越南，甚至和先生聯合起來指責，罵她「死越南」、「越南鬼」，說她是來台灣騙婚的。

阿欽慢慢長大後，他才從母親的口中得知這些苦楚。

「聽我阿母講，她生下我後，身體虛得很，放菜刀在枕頭下面，結果被我老爸誤會。」

「菜刀放枕頭？」

「啊，對啦，你嘸知啦。」阿欽解釋說：「阿母越南那裡有一款習俗，就是講咧，查某人生產完身體虛，怕有不乾淨的東西會靠近，所以會在睡覺時，在頭的下面放菜刀，算是一款保護。習俗嘛，每個地方攏無共款，但是我老爸嘛嘸知、嘛不會尊重，以為阿母要殺他，結果打她打得要死！」

接著，阿欽又劈哩啪啦說了好多話。

不過，川仔才十六歲，關於婚姻仲介，以及翠英共花了七年申請歸化、終於取得在台身分證[51]的幾部分，聽得不是很懂；他只覺得，阿欽父母兩人的婚姻很奇怪，翠英不像人，好像是被賣來台灣的商品，而且她來了之後，人不生地不熟的，還得重新學習語言及在地風俗習慣，真的很辛苦。

翠英的身分證到手，再也無法忍耐，去醫院驗傷，拿證明向法院聲請離婚。一審法官卻認為，和翠英相對比較，先生身體壯碩有力，假使先生曾拿電扇、椅子主動扔擲攻擊，翠英受的傷不可能那麼輕，以證據不足為理由駁回聲請。

至此，川仔內心為翠英打抱不平——被孔武有力的人打，就一定會傷重嗎？不會有受傷輕微的狀況嗎？而且，一般人丟東西都不可能百發百中了，更何況是有在喝酒、意識模模糊糊的人？法官應該把焦點放在「行為本身」，而不是「行為造成的結果」吧？可是，法官沒辦法回到事發現場，好像只能看結果。沒傷、或看不出傷，怎能確定先生真的有施暴？受了傷，又怎能確定那個傷是先生造成的？

川仔聽阿欽繼續說，得知翠英再上訴，找更多證人出庭，雙方鬧了很久，終於離婚成功。不過，阿欽的父母離婚後，仍是住在一起。離婚，似乎只是確保翠英的先生不敢再隨便打罵她，儘管他後來在家還是常抱怨，說翠英心機很重，一拿到身分證就不聽話，拿家暴當理由離婚，說自

51 依現行《國籍法》規定，東南亞外籍配偶登記結婚後合法居留持續三年以上，且每年有一百八十三日以上居留之事實，始可辦理歸化國籍證明書；再居留一年（不得出境）、或二年（每年居住兩百七十日以上）、或五年（每年居住一百八十三日以上），始能辦理定居取得身分證，並須放棄母國國籍。故此，取得身份證最快流程時間為四年。若遇離婚或喪偶，則須比照其他外國人歸化條件，居留滿五年才能申請身分證。

己根本是被騙婚了。

「你老爸今天不在家？」川仔問。

「我阿公死了後，伊就搬出去跟別的查某同居，在外頭五年了。現在剩我跟我阿母倆過生活。」

「你嘸知伊人在哪？」

「我卡ㄟ知？就算我知，我也不會找伊幫忙阿母的代誌。」阿欽嘆氣，又大聲說：「找伊沒效啦！現在阿母的病要花錢，伊嘛沒錢啦！」

川仔猜想，阿欽的母親可能因長年累積的勞累而病倒，躺在醫院需要醫療費，阿欽應該找不到地方籌措錢款，所以他表現得比平時焦急煩躁。

「不管安怎，川仔，今天非常感謝你。沒你及時發現，阿母的命可能就救不回來了。」阿欽伸出右手，拍按川仔的肩膀，把他當成親弟弟，爽快地說：「上次也是，沒你殺那條蛇，我早就歸天了。」

阿欽說的是好幾個月前，自己在田裡差點被毒蛇咬的事情。當時，川仔及時看到那條蛇在阿欽的腳邊，雙手立刻一把將他推開，然後又迅速抓起鐮子，毫不留情地猛力敲打蛇頭，救了他一命。

「阿欽哥……」川仔猶豫是否說出口。

「安怎？」

「我……」

「有話就快講啦！」

「你……你急需的那筆錢，我有辦法幫忙弄到手。」川仔的語氣肯定，又逐漸轉弱，說：

「可是，我需要阿欽哥幫忙……」

「你有辦法？」阿欽訝異地問：「川仔，幾萬塊不是小數目，你要從哪生出來啊？」

「……」川仔說不出話。

「我不會跟你阿嬤借錢喔，她現在有失智的症頭，自己可能嘛有需要用錢。」

「不是阿嬤。」川仔搖頭。

「不然你吶ㄟ有錢？」阿欽問。

川仔點頭，心中遲疑著，不知道該從哪裡說起。

自己其實是從很遠的地方逃過來的，該不該跟對方講實話呢？

他話還未脫口，阿欽突然打方向燈，轉向內車道，最後停到路邊。

「阿欽哥，你怎麼停車停在這？」

「川仔，我一直想問……」阿欽頓了一下，說：「你不是阿嬤的孫吧？」

「你、你怎麼會……」川仔撇頭，屏息凝視阿欽。

「我早就知了。你還記得五年前，你在阿嬤家醒過來的代誌嗎？」

阿欽娓娓述說。原來，那天發現川仔的人是阿欽。

他在去阿嬤家的路上，看到了川仔昏倒在地。

那時川仔已經好幾天沒吃東西，尚有氣息，但意識不太清楚，因為他餓到沒力氣走路。阿欽將他扛上車，本來打算送醫院或警察局，可是和阿嬤碰面後，她一看到川仔，馬上說：「伊是我的乖孫啦！在外頭玩，野了一天！現在餓到袂動，給人送回來，真是見笑咱！」然後，她趕緊要阿欽幫忙把川仔抱進房間躺好，又很快進廚房煮了一堆吃的。

「我早就在懷疑了。」阿欽說。

「為什麼阿欽哥……你沒報警？」

「每一個人活在這個世間，都有苦衷，我攏知。我後來，感覺你的本性不壞，有你跟阿嬤鬥陣作伴生活，安捏嘛好。」

川仔此刻的心情非常複雜，眼淚快奪眶流出。阿嬤和阿欽兩人的恩情，令他不願離開這個可稱做「家」的所在地。但是，兩天前從阿嬤家打出去的電話，強迫他得面對過去。

現在，阿欽需要用錢、阿嬤可能也得看病，川仔有意採取行動，他想好好回報兩人。

「川仔，我問你一件代誌，你要老實跟我講，麥講白賊。」

「啥米代誌？」

「上次你跟我去水底寮賣菜。你遇上的那個人，是誰？」

阿欽大多會在水底寮夜市附近找一處路邊停車、掛上菜價牌，開始喊價，賣完後常會順道帶川仔去保安宮拜拜，但有時夜市或市場附近人多車多，阿欽會改去人和村的小巷，或十七號公路旁直接擺車。

他現在問的事情發生於四天前。當時，在水底寮南興休息站附近，那個人認出了川仔，後來因為時間緊迫，對方匆匆寫下了自己的手機號碼，交給川仔，請他務必打電話過去。

「那……那個人？」

川仔故意重複阿欽的問話，實際上是不確定自己該不該向他坦白。

「是你認識的吧？」阿欽追問。

川仔吸了口氣，下定決心，一字一句開始述說。

不能對家人有所隱瞞——他明白，自己得說出過去的所有真相。

第八章

婕妤一手端兩個盤子，一手捏著幾張紙，爬上三樓，繞過陽台。一推開拉門，見劍軒四肢呈大字形張開，悠哉地橫躺在疊蓆上。

「老師，別睡了！」她邊脫掉塑膠拖鞋邊喊：「快醒醒！」

劍軒閉著眼，隨口回應：「人若未睡，又如何能醒？」

「我哥請手下一位叫楊鼎漢的警察送來了。」婕妤把曾德榮的遺書放在紅柚木矮桌上，再將疊滿三月紅[52]的盤子置於旁邊，另一盤用來裝果皮和籽，「他還跟我說了很多案情。我剛送他離開。」

「阿城呢？他還在吃嗎？」劍軒懶懶地問。

「哪有人會吃上好幾個小時！」

「他——我不敢保證。」

「我們早收拾完了。」婕妤發現桌面正中央只擺著一本破舊的書。「我剛才不是送上來兩筒

52 台灣每年最早成熟的荔枝品種，於三月成熟，故名「三月紅」，其籽比五、六月盛產的「玉荷包」大，表皮較不粗糙，顏色偏黃，略帶酸味。玉荷包是高雄市大樹區名產。

飯給你？城哥那時就吃飽，說到客房裡等你準備好，順便小睡一下。看他整晚沒休息，挺累的樣子。」

「休息一下也好。」劍軒翻身側躺，手肘搭貼疊蓆，掌心撐著蓬頭亂髮。「我有預感，我們今天會很忙。凡事得當心。」

「預感？……」婕妤偏頭不解，又問：「對了，你早上說那個ㄅㄟˋ……ㄈㄤ的，那是什麼？」

劍軒閉口不語，連睜開眼睛都嫌懶的模樣，只伸出手指按著桌上的舊書《山海經全本》，輕叩了兩下。婕妤認得這本書，應該是他從二樓書庫中挖出來的。

現存《山海經》共十八卷，這本經典普遍被認為是先秦古籍，內容記述許多古代神話、地理、動植物、礦物、巫術、醫藥、民俗等各方面的先民知識。劍軒的這本書頁中夾了一只木製書籤。婕妤攤開書籤那頁，把書本轉向，挪過來看清楚，是〈西次三經〉一章。

「看我畫線的地方。」劍軒隨手抓了一粒三月紅。

【西二百八十里，曰章莪之山……有鳥焉，其狀如鶴，一足，赤文青質而白喙，名曰畢方，其鳴自叫也，見則其邑有譌火……】

婕妤試著解讀句意：古代有一座名為章莪的山脈，其中居住著一種鳥叫**畢方**，牠的外形如鶴，不過只有一隻腳；體表呈青色，覆有紅色的紋路，鳥喙是白色的。只要看到牠出現，代表……？

「其鳴自叫也，是什麼意思？」婕妤問。

「牠自己的鳴叫聲，就是這種生物的名字。」

劍軒微開眼，說完即剝開三月紅，放入嘴裡咀嚼。

「這個字我不會讀。」

「譌，音同額，《康熙字典》看成是**妖**的訛字。換言之，譌火即是**妖火**。」劍軒半垂眼皮，吐籽於盤中，續道：「一見此種生物，代表該地可能要發生火災了。」

「原來畢方是這種神話生物，感覺不像是神聖的火鳥。」

「的確不是。具有神聖意義的啣火之鳥，應該出自布農族神話。」

「台灣原住民？」

「嗯。台灣日治時期，佐山融吉主編的《蕃族調查報告書》[53]，記載了一種叫**凱畢奇**（kaippichi）的神鳥，依據不同的口傳記錄，也有人稱之**凱畢斯**（kaipisu）或**凱畢希**（kaipishi）。」

「神鳥？」

「傳說布農族祖先渡海來台時，現今的平地仍浸於一片汪洋裡，只有高聳的山峰露出水面，他們爬上高山，派遣凱畢奇鳥去索取火種，學會了熟食和夜晚照明。

「不過，故事有其它版本。久遠以前，台灣發生大洪水，大家往山上逃難，一批人到今日的玉山，另一批抵至卓社大山[54]，可是卓社大山上的人在逃離過程中忘記帶火種，於是決定向玉山

---

53 《蕃族調查報告書》於大正四年（西元一九一五年）編成，由當時台灣總督府「臨時台灣舊慣調查會」出版，主要編輯人物包括佐山融吉、小島由道、平井又八和河野喜六。

54 卓社大山，台灣百岳之一，屬於中央山脈，位在南投縣仁愛鄉。

上的人借火種，他們先後派了五種鳥去取火，前面四種都失敗了——回程途中，意外把火掉落大海的、被風吹滅的、鳥尾過重浸在水裡而導致火熄掉的，還有飛速過猛被火焚身墜溺的。最後，只有凱畢斯鳥成功將火種啣於嘴中帶回，令部落重見光明。

「因此，布農族對這種鳥非常敬重，視之為神鳥，和畢方截然不同；部落中甚至留下禁忌，只要有人獵殺凱畢斯鳥、或模仿牠的叫聲，必會招致身穿的衣服自燃。」

「原來，凱畢斯和畢方都把火種啣在嘴裡，而不是全身帶火的鳥呀。」

「傳說中全身帶火的，我在《台灣風俗誌》[55]讀過，和畢方同為不祥之物。書中記載，台灣存在一種會於黑夜時現形的火鳥，此鳥停翼處即有厄火發生。此外，據說**火德星君**常和火鳥一起現身，若是火德星君在某戶的屋頂插上火旗，這家也必遭火災，而且只有高僧和道士可見得火鳥與火旗，一般人看不到。」

「火德星君？」

「或稱**火德真君**，俗稱**火王爺**，是道教信奉的火神，方位屬南，乃南方之神，掌管天下一切火物。話說，古人將二十八星宿分成四大星區，分別是東青龍、北玄武、西白虎、南朱雀，堪輿學則各以左、右、前、後四方向定出分野。巧的是，屬南的朱雀，不僅對應道家五行學說的火，也正好是**鳥類**。故言，火德星君常和火鳥一起出現，其來有自。而且……」

55《台灣風俗誌》，日人片岡巖所著，大正十年（西元一九二一年）出版，是台灣日治時期研究台灣本島各地舊有風俗習慣之極具價值的巨作，亦為現代研究臺灣民俗之重要史料。

「好好好，老師夠了，」婕妤兩臂交疊在胸前畫叉，打斷劍軒的話，說：「我知道你超有學問的，可是我們剛才是在談畢方吧。牠還有出現在其它典籍嗎？」

「唔，沒錯。」劍軒皺起眉頭，宛若召喚記憶般，再朗朗出口：

「畢方除了在〈西次三經〉裡有提及，於〈海外南經〉也再度被提到，上面記載，畢方鳥在東方，青水之西，只有單足。而各家說法不一，例如《韓非子》[56]中有提過，傳說黃帝所乘坐的蛟龍戰車，畢方即伺候於旁側。

「不過，我認為《淮南子．氾論》[57]中的敘述較為可信，它提到：木生畢方。可說畢方鳥是一種**木精**，由木所生，棲居於林木之中。事實上，此自道家木火土金水五行理論中木生火的觀念而來，亦即畢方出於林木，是一種啣火之鳥，代指**火**的概念。」

「等一下，」婕妤再次打岔，問：「有沒有可能，畢方是一種**鳳凰**？」

「不，畢方為精怪之輩，與聖獸鳳凰相異。若我沒記錯，東漢時代發明渾天儀的科學家張衡，他曾寫過《二京賦》[58]，其中〈東京賦〉也有提到畢方，形態則和剛才提及的不同，為兩足一翼，喙口常會啣火，在他人家中作怪，導致災厄。無論拿何種文獻來分析，鳳凰的身形都較龐

---

56 《韓非子》，古代中國先秦時期法家代表人物韓非的著作，其中包含民間傳說與寓言故事。

57 《淮南子》，原書名《鴻烈》，西漢淮南王劉安及其門客所編，共二十一篇，內容廣博，包括政治、哲理、天文地理、自然養生、軍事、上古神話、軼聞等皆有論述，以先秦道家的老莊思想為主，並納入陰陽家、墨家、法家及部分儒家思想。

58 《二京賦》，東漢張衡所著，被視為漢賦的代表作之一，分成〈西京賦〉和〈東京賦〉兩篇，以此兩篇讚頌漢代國勢隆盛；前者描寫長安城的奢華與虛榮，後者描寫洛陽城的儉約與禮儀。

大，難以寄宿於林木之中。」

倉城突然出現在拉門旁，喊道：「哎呀呀，荔枝採收了呀。」

「城哥，你醒啦。」

「甜不甜？我來嚐嚐……」倉城滿臉興奮的表情進和室坐了下來。

婕妤回到話題，問：「老師，那你早上怎麼會提到畢方？」

劍軒遲疑了一下，回應：

「我的看法認為，畢方乃出於竹林或木林之中，牠是一種——聲音。」

「聲音？」

「我們用火烤竹莖時，溫度曾一度偏高，竹筒不是發出了——嗶啵——的迸裂聲音嗎？」劍軒起身正坐，模仿了一聲，接續道：「現在你知道**嗶啵**兩字是狀聲詞，而在歷史長河中，**嗶**的聲母與韻母留存下來，但**啵**的唇音，產生語音上的變位通轉，由**ㄅ**轉變為**ㄈ**；最後這種爆裂的聲音ㄅㄧㄅㄛ，逐漸變換為我們現在所聽到的ㄅㄧˋㄈㄤ，加上《山海經》所述，其鳴自叫也，所以畢方此種生物應該暗示著火警之聲。順道補充一點，中國神話學大師袁珂[59]在說明畢方時，也指出畢方是一種聲音，和我的看法相合。」

「原來，難怪你會說——畢方要出現了。」婕妤恍然大悟。「語音原來會通轉，會改變。」

---

59 袁珂（1916-2001年），本名袁聖時，專門研究中國神話的國際知名學者，其著作於香港、台灣均多次出版及翻印，並譯成多國文字於國外出版，且其研究作品被中國、日本、美國、新加坡等國收入成為教科書內容。

「其實，以拼音為主的英文，類似的語音變化更明顯，例如weave和web，尾音v、b皆是唇音，彼此互轉，因此你會發現，兩字的意義『編織』和『網狀物』有相關性，又如ferry是『渡輪』，其實和bear『攜帶、運載』的概念相關，起頭音f、b亦為唇音，也是彼此互轉。

「事實上，中文的破音字也有類似的現象，例如**彷徨**的第一字讀ㄆㄤˊ，**彷彿**讀ㄈㄤˇ。ㄆ、ㄈ互轉。**扒皮**和**扒手**是另一例。而形聲字就更多了，**門派**的派，**把脈**的脈，或者**撇**、**憋**、**幣**三字都是類例。」

「哇，老師，跟你相處了六年，我不知道你也研究語言耶。」

「語言方面的知識片鱗，我可沒研究。」劍軒伸手將桌面的書闔上，倒地就躺，口中碎唸：「我只不過是前陣子在網路上，偶然看到一位名叫舟動的業餘語言研究者，他當時在圖書館要開授和語言學相關的『英文單字記憶』課程。我想看看他究竟懷有多少本事，就一個人到場去旁聽。結果，當天在場的聽眾，加上我僅寥寥十幾人。」劍軒吐露瞧不起人的口氣，「唉，顯然，他的課程內容若非少有人聽得懂，即是他本人太沒有舞台魅力了。」

「我沒聽過這個人耶，真有你說得那麼糟？」

「聽他沾沾自喜，自誇說會寫什麼推理小說的，還寫了兩篇作品去投稿一個叫台灣推理什麼鬼協會[60]的。」

60 此處指「台灣推理作家協會」，前身為「台灣推理俱樂部」，乃二〇〇一年由推理作家既晴發起組織；二〇〇三年，為鼓勵台灣推理小說創作而開辦「人狼城推理文學獎」；二〇〇八年，組織更名為「台灣推理作家協會」，並將該徵文獎項更名為「台灣推理作家協會徵文獎」；二〇一二年，協會完成社團法人登記。

「對語言有研究，竟然也會寫小說呢……」婕妤想像著劍軒口中的人物是什麼模樣。

「我當場問他投稿結果，他自己才不好意思，嚅囁結巴說兩篇都被淘汰，落選了。唉，他想當推理作家，肯定沒實力、也沒天份。」

「你有他的聯絡方式嗎？」婕妤好奇問。

「當天課程結束後，我上前去跟他討論一些問題，他似乎對我存戒心，然後給了我一張名片，不過我回來後不知丟到哪兒去了，可能在我的寢室吧。」

「是嗎？我有時間幫你找找。」婕妤嘆口氣，說：「真可惜，你應該保留聯絡方式的，或許哪天有機會，你可以提供素材，讓他能把你遇上的各種特殊經歷寫成精彩的小說呢。」

「有什麼好寫的？唉，隨便。」劍軒的語氣非常不屑。

坐在矮桌一側的倉城，默默啖食三月紅，等劍軒與婕妤說到此，整盤幾乎全進了他的腸胃，快解決完了。盤內現在只剩兩顆放中間，其它地方疊滿了皮和籽，而他指上還掐住一顆，一剝好皮，便將咀嚼中的果肉吞入肚腹，直接將手上的再彈入口中，汁液差點沒吐出來。

「老師，這麼說回來，你怎會有預感，好像今天會有什麼事要發生一樣……」

劍軒閉口不語，任焚燒的檀香持續縈繞於室內。婕妤不知他的思緒又隨著焚香的白煙飄往何方。

「喂，老師？」

「唉……」劍軒擰起眉心，沉重地說：「畢方引火，絕非善物，若附於人身，恐招致大難。」

「附、附身？」

「沒錯。外形如鶴，體色青藍，僅具一隻腳的木精。牠口中所啣之火一旦落下，火勢遂立馬蔓延成災。今日，我腦中特別浮現如此的景象，此乃不祥的徵兆。」

婕妤很好奇。劍軒對外自稱「靈術師」，他本身該不會真有什麼靈通的技能吧？她想追問下去，手機頓時響了，是哥哥打來的。

昊義詳細講了案情的進展，尤其提到曾德榮同居人的身分。昊義說，曾德榮殺了她丈夫，五年來很可能一直替她掩飾身分，近來受到恐嚇威脅後，反過來拖著她一起自殺。

『劍軒他真有辦法讓劉麗香清醒過來？』昊義問。

「他……」婕妤看了旁邊一眼，劍軒又閉眼平躺在地，答：「我想，他應該會盡力吧。」

『犯人是誰，現在還不清楚，可是她握有重要的案情。不用我說，加護病房外面現在全是警察，每個人都很在意她是不是醒得來。如果劍軒做得到，我會想辦法清場。他做不到的話，以後有事別想要我再幫他。我是刑警，不是供他使喚的小弟！』

「哥，聽你的聲音，你好像很累……」

『我沒事。』昊義頓了幾秒，說：『對了，等這案子結束後，我有話想跟妳好好談。』

「什麼話？」

『跟爸媽有關的……』昊義靜默，對通話口呼了氣，又頓一下才說：『反正，現在妳先別想那麼多，我也得把這案子處理好，先這樣。』

婕妤通完話，看倉城抽了張衛生紙摩擦手指。

他擦了擦嘴，隨即開口：

「哎呀，阿軒吶，你不是答應幫我了嘛，我們可以出門去長庚了吧？」

澄清湖，舊名大埤湖或大貝湖，是高雄第一大湖，也是鳥松區著名的景點，位於長庚醫院附近。風景區內建有三橋八景[61]，其中一景為「曲橋釣月」，建築主體即是「九曲橋」，向前直行，可抵至兩層樓高的豐源閣。今日午後的陽光微溫，不時掠過的清爽闌風，給碧綠的湖面增添閃耀晃動的粼粼波洸。由於並非假日，此刻幾乎無觀景者於九曲橋上來回走動。

倉城坐在不遠的湖畔，大口享受著他剛在景區外圍攤販買的兩張蔥油餅。婕妤提了一大包用具，陪劍軒佇立於橋面的一處迴折上，向他重述宛如橋體般的曲折案情。

簡單說，三件案子彼此互有關連。其一，五年前的瓦斯氣爆死亡案，江宏民與劉麗香這對夫妻倆命喪火窟，兒子江泰川在火場失蹤，女兒江靜純被叔叔江宏山收養；不過現已查明，麗香並未身亡，而是和前家防官曾德榮一起生活了五年。其二，曾德榮昨晚強行帶麗香一起燒炭自殺，結果他身亡、麗香昏迷；他在遺書中坦承五年前誤殺江宏民，而兩人最近很可能被人勒索五百萬。第三案，是近幾天發生於圖書館的連續縱火案，江宏山也受人威脅，依犯人留下的紙條物證顯示，和勒索曾德榮的是同一名犯人。

破案是昊義的工作，婕妤當然知道。可是，劍軒在處理昏迷患者之前，堅持要先知道她的身

61 澄清湖內的「三橋」指九曲橋、鵲橋、吊橋。「八景」指梅隴春曉、曲橋釣月、柳岸觀蓮、高丘望海、深樹鳴禽、湖山佳氣、三亭攬勝、蓬島湧金。

世背景及近期遭遇。據吳義說，麗香幼年時，母親殺夫並焚屍；她結婚前是化妝品專櫃小姐，曾經讀過美容科。

婕妤推測，或許因為她擅長化妝，五年間能藉專長掩飾自己的身分。倉城另提到，曾德榮去醫館做過針灸、推拿，而麗香從沒去那裡看過病，沒刷過健保卡，自然沒留下就醫記錄，所以大家全然不知她一直隱藏身分。

「我把我哥查到的詳情歸結完了，患者的資料也夠多了。」婕妤問：「你現在總有頭緒去救人了吧？」

「什麼頭緒？」劍軒半垂著眼皮，凝視著一處混濁的湖水，隨口答：「妳剛有說話嗎？」

「老師，真受不了你耶！」

劍軒出門後，依然和平時一樣，踩著淡黃木屐，穿著千日不變款式、頗似合氣道服或日式劍道服的一套白衣黑褲，經腰帶緊束之後，他高挺且略帶魁梧的身材真有如訓練有素的日本劍士，只差腰際沒配上刀鞘。不過，他剛才踏進澄清湖後，不巧被一位正在巡察的警衛給攔了下來，若非婕妤跟在後面解釋，看劍軒一身怪異的裝扮，警衛還一直誤解，覺得他是不小心從長庚醫院那邊的精神科跑過來的患者。

「雖然我哥正在清場，我們怎麼不進醫院，先去病房外面等？」婕妤問。

「此地空氣清新，觀賞湖面的陰陽融滙，亦是樂趣。」

「我提這包東西很重耶。」

「先放下，就不會重了。」劍軒不緩不急地說：「別那麼沒耐心，即便妳哥準備妥當，我們仍得等待。」

「等什麼？」

「時辰。我們即將進行的，講究運氣同化。今是乙未年，陰曆一月底，主氣與客氣皆屬厥陰風木[62]，再考慮患者的身體狀況，我推算出來的時辰以酉時[63]為佳。」劍軒指向岸邊的倉城，說：「我向阿城說過了，他也應該清楚，所以他此時能忘憂大咬蔥油餅。」

婕妤瞧看倉城那邊，真心感覺，進食時間確實有時段之分，但他的進食是餓了就覓，似乎和時辰扯不上什麼關係。

「那遺書……」婕妤換了話題，「對你解決病案有幫助嗎？」

「目前看來，內容不可盡信。」

「我讀到比較有感觸的一段，是寫劉麗香曾經去醫院驗傷，醫護人員讓她感到很不舒服。我還真沒想到，有人遭家暴受傷，結果去醫院又再受傷一次。」

婕妤以前在急診部待過。同事處理過因家暴要驗傷的受害者，但她從沒遇過。

「西方傳來的醫療體系，即當代的主流醫學，本質上帶有強烈的父權特性。」

---

62 此段落指中醫學原理的「五運六氣」，又稱「運氣學說」，乃氣候變化與疾病關係的學問，基本原理採陰陽五行和干支系統，加以運算分析而得，屬於醫學氣象學、時間醫學的範疇。「五運」分有主運和客運，經推算分析可得平氣、太過、不及、勝復、鬱發（前三屬正常，後二屬異常）五種；「六氣」分有主氣與客氣，經推算分析可得少陰君火、太陰濕土、少陽相火、陽明燥金、太陽寒水、厥陰風木六種。

63 酉時，午後五點至七點的時段。

「跟父權有什麼關係？」

「當今所謂的西方醫學，其發展大約始自文藝復興時代，十七、八世紀啟蒙運動起，西方醫學快速成長，去除了抽象的、不可量化的神祕學，而以實證、可量化為主要特徵的科學觀逐漸成形，而後形愈壯大，至今構築出非常細緻的分門，例如人體解剖學、生理學、細菌學、藥理學、免疫學或遺傳學等等。」

劍軒說的神祕學，也許可拿東方老莊的玄學當樣本。而所謂抽象、不可量化，大概是像陰陽五行、天干地支、星宿宮垣等先人計算並分析出來的結論，至於先人的計算公式是怎麼來的，可說是難以理解的神祕世界；西方科學則截然不同，必得使用精密的儀器，求取精準的數據，像是每一立方公分紅血球含鐵質一毫克，又如醫生寫病歷時，體溫幾點幾度、血壓多少毫米水銀，都必須記錄清楚——婕妤這時慶幸自己天天跟劍軒在一起相處。他剛吐出的這點程度的觀念，婕妤覺得不算難。

「同樣的，」他繼續說：「西方醫學診斷時，強調要有理性、實際的依據，臨床治療也要有看得清楚的證據。任何身體上能測得的異常數值，隨機組合起來都可以成為一種病名。例如說，高乳糜血症被歸類於第一型高脂蛋白血症，高載脂蛋白血症歸於第二型[64]，第二型又分成A、B兩種亞型，除我以上所舉的高脂蛋白血症，目前尚有另外三型，以及未被分類的家族型和後天繼

64 高乳糜血症（hyperchylomicronemia），先天性酵素缺乏，造成體脂肪代謝異常。高載脂蛋白血症（hyper-beta-lipoproteinemia），先天性脂質代謝失常，血液中β-lipoprotein的濃度過高。

發型；而像貧血也是，什麼地中海型貧血、巨母紅血球性貧血、葉酸缺乏性貧血、鐵質缺乏性貧血，尚有自體免疫所導致的……」

「老師！好，夠了！」婕妤發覺自己不打斷不行，問：「你想說什麼？」

「嘖……」劍軒不悅地咂舌。「我想表達的是，由西方科學衍生出的醫學早已被**疾病化**——亦即，身體於任何時空的不同狀態，都被歸屬成一種特定的問題，並賦予各種疾病名稱。看似非常理性、非常有秩序地羅列出各式疾病，但人體的每一部分彷彿都被各項數值、數據給取代了。」

「你的意思是，醫生懷疑患者有糖尿病，就要他去驗血糖數據；懷疑是高血脂，就去驗膽固醇和三酸甘油脂。什麼病症都用數據去驗，我沒理解錯誤吧？」

「沒錯。而且，我沒料到，原來妳是有頭腦的人。」

「呃……」

「人到了醫院，就像被切割一般，分解成各式各樣冰冷的數值。接續，妳想想，倘若有人遭到家暴，受暴者到醫院去，醫療人員會怎麼做呢？」

「當然是治療啊。」

「問題是，哪裡受傷了？」

「被傷害的部位啊，還有……呀，我懂了！是心……」

受暴者承受的，不單是**身體上的傷**，還有**心靈上的痛**——婕妤突然理解，痛感難以被量化成精準的數值。腳趾踢到硬物，紅腫或流血了，真正痛的地方不是腳趾，而是心。但是，醫生能看到的表象，只有紅腫的部位和淌出的血液，能採取治療的手段只有消腫及止血，即使在處方箋上開了止痛藥，也只是暫時阻斷神經傳導。

「故此，」劍軒不等婕妤思考消化，續說：「現今的醫院無法同時給予受暴者於身體和心靈上的療癒，受暴者會主動去醫院，大多將此過程簡化成——取得驗傷診斷證明的途徑。我不知道是否有人做過統計，但受暴者取得驗傷證明後，再去醫院複診的機率應該不高。」

婕妤又問：「這跟父權有什麼關係？」

「如方才所言，西方醫學的發展受到生物實證的限制。加以西方執拗地對於理性的追求，連臨床知識、醫學技術，都強調必須能在實驗室裡重複驗證，自然會影響診斷與治療方式，形成一種可標準化、可複製、可普遍再現的統一模式。只要是某種疾病，便有相對應的治療方式、有程序可循。因此，當受暴者走進醫院，進入了架構早已被設定好的診療驗傷程序，他們於是成為機械化流程中的物件，像棋子一樣恍如沒有自我、失去安全感。

「醫生給受暴者診療後，未考慮受暴者的心靈狀態，武斷地表明**有傷**、**沒傷**；且檢驗無傷的狀況下，甚有醫者直接予以受暴者道德評價，主觀判斷受暴者至醫院的居心叵測。諸如我上述種種，可謂——醫療體系將手上握有的知識當成權力，蠻橫地於受暴者面前操演。」

「我想想喔……也就是說，受暴者大多是女性，她在家遭受的對待，和去到醫院得到的待遇，都是一樣的，都有濃厚的父權思想，我這樣理解沒錯吧？」

「嗯。可以確定的是，妳不僅有頭腦，也有足量的腦細胞。」

「老師，你到底是稱讚我，還是在……呃，算了……」

反正劍軒吐不出好話，別問算了——婕妤轉回思考家暴的問題。她想起一則新聞專訪報導，指出台灣目前家中的受暴者，至少有六、七成都是女性或小孩，且近十多年來原住民、外籍和中國配偶的受暴率高過總人口受暴率。

「為什麼這幾年的家暴事件增加了那麼多？」婕妤感慨說道。

「不是**增多**，是**本來就很多**。」劍軒隨口回應。「古早以前，男人打老婆、處罰妻妾，被視為正常且合理的行為。」

「是這樣嗎？」

「人類自有文字紀錄以來的數千年，表明了世界各處，絕多數是以父權社會為導向。」

「西方社會的男性施暴應該沒很多吧？」

「妳錯了。東、西方皆然。深深影響歐美社會的基督教，其聖經中的《舊約‧申命記》即記載了律法，男人若能證明新婚妻子非屬處女之身，他便可將妻子帶至岳父的家門口，而全城的人都有權朝這名妻子丟石頭，相當於眾人進行公審，將她砸死都沒關係。古羅馬時期，男人擁有體罰妻子、甚可殺死妻子的絕對權力。中世紀歐洲也存在許多紀錄，例如在西班牙，丈夫殺死通姦的妻子，無罪；在法國，丈夫可毆打對自己不忠誠的妻子；而在義大利，妻子外遇，丈夫可拿鞭子重重抽她，此後由司法體制將她放逐三年。西方如此，對應到傳統中國古代社會，亦有**浸豬籠**的私刑懲罰。」

「我好像聽過這名詞，可是印象不深……」

陽光受漸厚的雲層阻擋，擦過臉頰的風愈來愈涼，婕妤感覺氣溫降低了。她看向近橋身的湖面，似乎有什麼東西在游動。

「**浸豬籠**，又稱**沉塘**。古時中國，丈夫只要認為妻子有外遇，便會將這對通姦的男女關入豬籠或竹籠裡，在籠口處綑以繩索，先吊起來，然後慢慢投入河中，活活將人浸死，即使沒有明確的通姦證據，或根本是莫須有的罪名，妻子也必須順從地承擔死亡；另有一種狀況是，社會認定一對男女在沒有父母之命和媒妁之言下結合，便是苟合，這對男女同樣得遭受浸豬籠之刑罰。」

「可是，老師，」婕妤蹙緊了眉頭，困惑地說：「你說的是好幾百年前的古時候吧？」

「不到一百年前，浸豬籠依舊相當流行，至今仍存在中國的某些地區。」

「那近代的世界上，還有那麼不合理的事情存在嗎？」

「可多了。據傳，於十八世紀時施行工業化、且邁入資本主義的英國，其社會存有**拇指法則**，亦即丈夫可使用比拇指細的木棍毆打妻子，作為管教妻子的一種方式；依今日考證，那時的法律並未記載拇指法則，實際狀況倒是丈夫可予以妻子『適度的管教』。至於美國，延續了英國的法律概念，雖然各州從十七世紀中葉至十九世紀後期，陸陸續續將毆打妻子視為違法，但十九世紀時仍存有許多判例，認同丈夫有權以肢體管教、鞭打不適任妻子。

「例如說，一八二四年密西西比最高法院首度做出判決，指明丈夫在緊急備況中，可用拇指法則對妻子懲戒；一八八六年北卡羅尼亞州有法院甚至宣告，除非毆打行為造成妻子永久性傷害、或危及生命，不然無法認定丈夫的暴力成立。當然，美國從未立下可毆妻的法律，但將妻子當成是丈夫的財產，進而使丈夫擁有對妻子處罰和管教的權力，向來是以前法院判案時普遍存在的觀點。

「家暴問題會受到重視，乃因西方女權運動興起，時間起點不過約半個世紀之前而已。自此歐美有許多學者進行研究調查。我記得曾有文獻指出，家暴會發生在社會的各個階層，無論是用不同年齡、種族、宗教或社經地位等去劃分而出的階層，全都有家暴的案例。即便現代，父權體制下的權威，更進一步透過弱勢族群、移民人士等權力不對等的社會表現而出；以美國而言，黑人女性及移民女性，受家暴的比例，比美國本土的白人女性更高。身處東方的台灣，將家暴防治的概念，透過立法引入家庭裡，其起始點至今也不超過二十年。」

「原來從很早以前一直到現在，女人的地位這麼低，被打也不能怎樣。」

「把家暴的類型侷限於身體上的傷害，便是妳的無知。」

「呃……」婕妤無言，但也習慣了劍軒的說話方式。

「妳一定沒聽過**暴力控制輪**吧？」

「沒……」

「**暴力控制輪**[65]，是上個世紀八〇年代於美國進行家暴研究的學者們歸納出來的暴力控制型態。」劍軒在空中畫了一個圓圈，說：「輪軸的核心是權力與控制。外圍輪胎的部分，是身體虐待與性虐待。輪軸中間部分，各家說法不一，但基本上包括強制與威脅、忽視、孤立、迫使伴侶害怕，以及不斷貶抑、否認與責怪伴侶等情緒上的虐待，另有利用孩子脅迫伴侶、在經濟上剝削

65 暴力控制輪（Power and Control Wheel），指一九八四年於美國明尼蘇達州的杜魯斯（Duluth, MN.）當地，推動家暴服務處遇方案（Domestic Abuse Intervention Project, DAIP）的工作人員，經多次訪談受暴婦女後，研究並歸結出來的暴力控制型態。至今仍不斷修正輪中的各項表現。

伴侶、運用白人的權力、利用伴侶是移民的身分等。」

「孤立，是什麼意思？」

「比如說，不讓伴侶和朋友及家人往來。」

「經濟剝削呢？我先想想哦，可能是……指施暴者控制家中經濟，或是……不讓對方出去工作，這樣也能同時控制對方出外活動，對吧？」

劍軒輕輕點頭，說：「總之，所謂的暴力，不限於肢體上的傷害。以台灣而言，家暴法施行之後，許多施暴者的暴力轉變成——給伴侶精神虐待、以經濟優勢控制伴侶。即便要向對方出手使用暴力，也會有技巧地讓受暴者去醫院驗不出傷。不過……」

「不過什麼？」

「暴力與控制，是女性主義者提出的觀點。」

「還有其它看法？」

「家暴現象的成因，是眾說紛紜的謎團。」劍軒大大張臂，憑欄遠眺，說：「我的看法是這樣的——兩性的生理構造，可能是傳統上造成家庭權力不對等的因素。男性多屬陽剛之性，體能通常較女性佳，自古出外捕獵，或被徵兵打仗，皆隸屬於男性的工作；換言之，家庭中的生計由男性主宰，由他掌握著家中的經濟大權，男性因而必須學習『掌控』，甚至去『支配』家庭經濟的正常流動，其中的責任當然包括了人員——或說家中的人力——的流動和適任與否，由此衍生出權力的不對等。然而，現今社會趨於服務業為主的模式，女性可受平等的教育、做著和男性同樣的工作，也擁有了自主的經濟能力。當家庭中的男性發現自己的教育或社經背景不如女性，或因為社會經濟結構變動而失業時，若再加上社會化歷程所認知的『男尊女卑』觀念，便會開始感受到一股無形的威脅，自然會展現出更大的力量試圖去主宰另一半，掩飾自己浮現於行為表面的自卑。

「另外，若以生物學角度來看，男性站在家庭位置的上風處，他必須俯視看守著女性，確保另一半身懷的是他的基因，亦即採用他的精種，順利繁延他的後代；此一生物特徵，也會使男性在潛意識成為女性的『看守者』，加以其它複雜的外界因素，心態上逐漸演變成意欲『支配』女性的各種活動。」

「家暴的成因，真的好複雜。」

「原因確實很多，至今仍難以統整出一個明確的結論。另有人認為，夫妻雙方相處時的溝通不良，長期小小的爭執或衝突形成一種循環的週期，大多不易造成嚴重的暴力，直到某個時間點才引爆成嚴重的暴力。此外，外在社會上的暴力現象，透過電視或網路傳播，也可能助長家中成員以訴諸暴力的方式去處理衝突，各種看法都有。

「而如，施暴者若無法控制自己的衝動，或許自身有邊緣性人格或反社會傾向，也可能產生暴力。不過照理說，這類施暴者的施暴對象，應該不限於家庭成員，可能得從生物基因的層次去說明。研究遺傳基因的部分學者，主張人類有暴力、犯罪或殺人的基因，現階段已經發現，X染色體上的MAOA基因[66]，可以調控像是多巴胺、血清素、正腎上腺素等多種酵素，還有如存在

[66] MAOA基因，又稱為「戰士基因」（the warrior gene）。

於第十七號染色體中的SLC6A4基因，也會產生血清素轉運體[67]，可以調控血清素的傳導機制。當這些特定的基因發生變異時，就可能會影響身體的內分泌系統，最後導致神經系統發生異常，出現暴力或殺人的行為……」

「等、等一下……老、老師……」

「所以，第二代家庭暴力的發生，究竟是後天習得的行為，抑或先天的基因遺傳，此為學界爭議不休的話題。近幾年，比較熱門的討論是DNA的甲基化[68]，話說孕婦若是在懷胎時遭受家暴，腹中的胎兒基因表現便會受影響；我大致說一下DNA甲基化的過程，德國生物演化學學者海倫杭特於……」

「老師！你扯遠了！」

婕妤自覺，不制止他繼續說下去真的不行。

「一點都不遠。從各種角度去解釋家暴此一千古謎團，我尚有很多想法可……」

「我、已、經、懂、了！」婕妤故意加重每個字音。

她有時候覺得劍軒很了不起——上通天文、下知地理，他這些龐雜的知識系統不知是怎麼建構出來的？可是，知識從他嘴裡像流水般源源不斷地傾出時，他人耳裡接收之後所生的觀感，恐怕只會感覺他頗似宅男一枚。

67 血清素轉運體（serotonin transporter, SERT），可使神經元之間的血清素濃度保持平衡。

68 DNA的甲基化（DNA methylation），指甲基分子加入DNA，改變DNA的分子結構，並影響遺傳表現，但DNA本身的序列沒有變化。

婕妤認為，也許這正是劍軒個人的魅力所在。而且看他經常在自家的書庫裡走動，似乎從不停止學習，這點令婕妤非常佩服。不過麻煩的是，他只要一談起某一主題，口舌便滔滔不絕，偶爾的確會讓人覺得他非常多話——好吧，那也就算了，他還時常講一些給人目眩耳茫的東西，沒像他那麼勤奮學習的人肯定是聽不懂。長期下來，他與一般人的日常話題彷彿失去了交集。可以這麼說吧，會把他當成怪人看待，絕不只是外在而已。

現在，婕妤無奈的是，他又開始多話起來了。

「妳懂？——不！」他斜睨了婕妤一眼，「我光看妳的表情，便知妳不是很了解，暴力的代間傳遞或可用……」

此時，手機響了。

「嘖……」劍軒一臉悻悻然的樣子。

打斷他的長篇大論，電話來得正好——婕妤暗自慶喜，按下了通話鍵。

劍軒擺了張臭臉，隨即從口袋裡掏出曾德榮的遺書，再次閱讀。

「好，」婕妤對手機說：「我馬上跟他進醫院。」

陽光從雲朵的間隙射出，照亮了整座曲折的橋體。

剎時，劍軒的臉部皺成一團，浮露一副緊張的神態，將遺書一張張擋在眉目前，眼球快速繞轉。他原是面朝青綠的湖水，沒過幾秒又轉身迎向豐源閣，雙手迅速翻張。

最後，他居然索性臥倒在地，全身平躺於橋面上。

「……你要對劍軒有信心。他以前不是幫過你幾次嗎？」婕妤一面拿手機說話，一面朝劍軒揮揮手，想制止他怪異的舉動。

可是，婕妤轉念一想，不管旁人怎麼勸說，大概也阻止不了吧。她只好尷尬地轉頭朝四周左顧右看，注意橋上是否有其他人經過。同時，她腦中不禁胡亂想像著——待會有觀光客從劍軒身旁經過，雙雙拋出了驚異的眼神，這時她若解釋說，兩人正在拍古裝穿越劇……那肯定是世上最爛的藉口……

劍軒面迎高空中的太陽，一臉糾結，上唇和鼻頭都快黏在一起了。很快地，他手腳放鬆，表情轉為嚴肅，接下來打直雙臂，把紙張平置於臉部前方，阻擋著朝地表直射而下的陽光金線。

婕妤講完電話，蹲了下來，見劍軒放下紙張，闔蓋眼皮，全身大字形持續靜躺於橋上。

「老師……」婕妤推推他的肩膀，「你、你可以站起來了吧？」

「別吵！」劍軒喊完，回歸沉靜，彷彿將思緒全然浸淫於自然之中。

婕妤收手，不敢吵他，同時也無奈地不敢正視一對從旁快速掠身而過的男女……

隔了兩分多鐘，劍軒終於說話了。

「我見到了……唉……人類於此世間難以抵制之魔物……」

他緩緩睜亮眼，漠然面朝天空中一處龐然的雲氣，深有所感地說：「牠飛經之處，從起始至今日，帶來了多少災禍……」

「牠？什麼東西？」婕妤困惑地俯視劍軒。

「果然是——」他嘆了口氣，沉重答道：「畢方。」

※　※　※

昊義在一樓急診室躺不住，點滴還沒打完便起身，趕至五樓神經外科加護病房。志偉和大錫在他身後追走，勸他多休息一下，別太勉強身體。可是，昊義急於辦案，自然聽不進去，他馬上在病房區外頭，和三民第二分局的承辦偵查員溝通。

不久，雙方起了共識。如果劉麗香能醒來，她一定有助提供更多線索，讓警方能找出犯人、解決錯綜複雜的幾樁案件。

比較麻煩的是，探病時間早中晚各半小時，而現在才五點，要到晚上八點才開放探病；況且，如何暫時支開至今無能讓她甦醒的醫護人員，也是問題，因為劍軒將施行的治療方式，目前的西方醫學是不可能認可的。關於這點，分局偵查員說他會和現場協調。

談完後，昊義轉身，打手機通知正在澄清湖等待的婕妤。

「對，這邊差不多了。」昊義交代：「可是，不能太長，頂多給你們半小時。」

『好，我馬上跟他進醫院。』

「劍軒他……不會胡搞瞎搞吧？」昊義頗擔心，叨唸了一句：「人沒醒還好，要是出了事，人被你們這麼亂搞、死了，刑大和分局都得扛責任的。」

『哥，你要對劍軒有信心。他以前不是幫過你幾次嗎？』

「每次都拿這說嘴的……」昊義感到無奈，上午是劍軒那邊要他幫忙，此時兩人的立場反是顛倒過來。「快點過來就是了！」

他掛掉電話，雖然後腦仍是脹脹的，但心中不斷猜疑——

五年前有兩名死者，男女各一名。曾德榮在遺書中承認自己誤殺江宏民，卻又撒謊寫到劉麗香死於氣爆，而現在躺在病床上的正是劉麗香，那麼五年前腹部中刀、死於火場的人又是誰？

奇怪的是，曾德榮為什麼會跟劉麗香在一起？如果他想要掩蓋五年前案件的真相，有意包庇誰，對象只可能是劉麗香，或至今失蹤的江泰川。如果他要保護劉麗香，為什麼受人金錢勒索後，他要硬拖著她燒炭自殺？按常理看，若他清楚勒索者的身分，想繼續掩蓋五年前的案件，應該會設法除掉勒索者才對，他為什麼反過來選擇自殺？難道，他有什麼不能除掉勒索者的理由？

以犯人的角度來看，寫勒索信給曾德榮和劉麗香，理由很明確，因為那張照片中，雖然看不到臉部，但緊靠在一起的應該就是曾、劉兩人，也許犯人目擊到曾德榮誤殺人，並掩飾劉麗香的身分，以這件事當成把柄要脅金錢。但是，寫恐嚇紙條給分館主任江宏山，並連續縱火，動機就真的說不通。難道，江宏山也涉入了曾、劉兩人的罪行嗎？那麼，恐嚇紙條提及江靜純的幻想，又是怎麼回事？

犯人究竟是誰？……江泰川還活著嗎？

想到這裡，昊義眼見一張熟悉的面孔，分隊長盧通貴。他一副怒氣沖沖的模樣，快步朝他的方向走來。

「你在幹啥？」分隊長低聲問，表情歪曲不正，好像在抑制什麼。

「辦案。」昊義穩住心情。

「我再問一次，」他吼了出來，「你他媽的現在在幹啥！」

數名經過身旁的警察和醫護人員，都停下來朝兩人的方向疑惑地瞄了一眼。盧通貴激動的言語，突然令昊義明瞭一件事。

「我要請人來把昏迷者喚醒。」昊義說得很堅定。

「現在是怎樣？這案子啥時候歸你管了？」

「我看到的，三件案子互有關連。的確，我現在管定了。」

「你！……」盧通貴氣呼呼的，馬上把昊義拉到無人的樓梯間，說：「你馬上給我住手，聽到沒？」

「分隊長，我聽到了。可是，我不會就此停手。我會繼續查清楚。」

「哈啊？你敢不服從我的命令！」

「我如果今天不服從，」昊義把臉貼近對方，「你會害怕嗎？」

「你……你說啥？」

「我原本以為，你拿走曾德榮的遺書，是在意他曾經是家防官的身分，擔心媒體爆料後，對警界造成傷害。可是，看你追到醫院，現在站在我面前，我就知道，我想錯了。你擔心的，不是已經死掉的曾德榮，而是還活著的劉麗香。」昊義不等他出口，繼續說：「五年前的火場報告，偵查隊長姓盧，叫盧國翔，他跟你是什麼關係？」

「……」盧通貴眼神左右游移。

「你跟五年前的火災脫不了關係，我很肯定。要是我去查盧國翔是誰，也能查得到的。分隊長，你何不乾脆一點，跟我說實話？」

「我……我啥都不知情……」盧通貴全身蘇軟似的，向後一靠，背部癱住牆面上。

「你不知情什麼？」

「國翔，他是我大哥……」

盧通貴無氣力地招出事實。通貴十幾年前結婚，和未婚的大哥國翔直到五年前都還住在一起，並且兩人和曾德榮都在台南歸仁分局服務。三名警察感情甚篤。

有天，通貴的妻子帶小孩回娘家，預計要在娘家待上兩、三天。

通貴晚上值完勤，回到家，見到德榮和一名陌生的女人在客廳裡。女人神魂不定，衣服沾上血跡，德榮握住她的手不停說話安撫。那女人，就是劉麗香。

原來，德榮將家暴的被害人麗香帶出木屋，一時不知該如何安置她，所以向國翔求助，請他允許麗香暫時在那邊待一陣子。國翔答應後，得知氣爆發生，立即趕往火災現場處理案件，留德榮和麗香在家。

「我大哥任性的決定，」通貴搖頭，說：「讓那女的在我家住上了兩天。」

「曾德榮為什麼不直接把劉麗香帶回自己住的地方？」昊義問。

「他說，他的住處周圍太多人、太顯眼。」

「只有劉麗香？小孩呢？」

「一個留在火場，另一個失蹤不見了。」

「你沒問，那晚到底發生了什麼事？」

「哈啊？我怎可能沒問！」通貴挺起身，咬牙切齒頓了一下，說：「女的一直在房裡睡，很累的樣子。我大哥不想說，德榮也他媽的堅持不講！」

「他們兩人想掩蓋的，是劉麗香殺人的事實吧？」

「不，我想是失蹤的男孩子幹的，所以那女的，精神大受刺激。」

「怎麼說兇手是小孩？」

「德榮大我十一歲，啥都沒有就是很有正義感，做事也一副公正無私的，他不可能包庇殺人，還把殺人犯帶來我家，再說……」通貴吐了口氣。「調查匆匆結束後，德榮辭掉警察不幹了，帶那女人離開台南，我沒多問啥。我後來，升了職，被調來高雄，德榮來找過我幾次，我才知道他也在高雄。」

「他找你做什麼？」

「噯……他問了我好幾次啊，想查那男孩子的下落。」

聽到這裡，昊義推想——

江泰川殺掉對他施暴的父親，曾德榮身為家防官於心不忍，也同情劉麗香得承受人倫悲劇，所以保護麗香在先、替她安排新的生活，並在後來的遺書中把小孩的罪過給自己擔下來了。然而，隱瞞了真相，畢竟不夠格成為一名正義的刑警，因此他才會請辭吧。五年期間，曾德榮並沒有停止尋找泰川，也許他想親自說服小孩去贖罪。

可是，泰川殺人逃逸後，麗香不是還有女兒嗎？

昊義又問：「為什麼要安排劉麗香假死？是誰策劃的？是你嗎？」

「不是我！我啥都不知！」通貴慌忙解釋：「是我大哥幫德榮處理的！我也勸過，要他別犯下偽造文書罪，他就是不聽啊。」
「麗香不可能不顧女兒的死活吧？」
「喂，你這樣問，我怎可能他媽的知道啊！」通貴全身顫抖，說話聲相當激動，「那女的，我聽德榮說，她長期被家暴、女兒有自閉症，精神老早不穩定了。後來兒子殺了人，她當時精神已經徹底崩潰了，在我家哭說自己好累、好累的。你說說，她那種狀態怎樣子養女兒？」
「代替麗香假死的，」昊義嚴厲地質問：「那具屍體是誰？」
「我不知道！不干我的事兒！」
「把你大哥的手機號碼給我。」
「號碼？」通貴用鼻子哼氣，說：「怎樣，你要打去天國啊？」
「難道說……他……」
「他一年半前，騎警用機車追人犯，過程中被人誤撞，死了。」
聽完，昊義為之愕然。他心想，曾德榮與盧國翔都死了。死無對證，話都是盧通貴說的算。看來，只能等劍軒將麗香喚醒，才能給出完整的真相。
「我該說的都說了，你馬上給我在這兒打住！」通貴著急地說：「你不聽我的命令，我讓你一輩子要升職都升不上去！」
「分隊長，你在怕什麼？」昊義語氣轉嚴肅，別有深意地問。「假如你說的全是事實，你頂多只是窩藏麗香的共犯。如果你等一下阻止我朋友，那不就表示你心裡有鬼？」
「我……我還想繼續升上去！」

「雖然我們都是刑警，但我們各自選的方向可差真多。」

「說啥方向的？你要做啥？」

「我再來要走的路，是清查三件案件的始末，一絲不漏把證據找出來，總結移送給檢察官。」

「你……」一通貴表情羞愧得發紅，轉身背對昊義。隨後，他緊握拳用力敲牆，再轉頭過來，強硬地說：「告訴你，我……我會否認到底！那女的，要是醒來後供述，說她五年前躲到我家，我會堅稱自己跟老婆小孩一起回娘家了！我啥事兒都不知情！」

「你走你的路。」昊義堅定地說：「真相，會出現在我選擇的道路上。」

若以超級瑪利來比擬，他此刻感覺，自己拿到了無敵星星。

劍軒在拖什麼？怎還沒到？——昊義在第一加護病房區外面來回踱步。

剛才分隊長扭頭暴筋，肩膀甩了就走，此時陪昊義在等的，是大錫和分局偵辦人。志偉則是手上抓著幾只尚未拆開的醫用口罩，在自動門前晃來晃去。

自動門內，病房區呈寬敞的長條形，共有十床，護理站靠近門口，幾台裝上電腦設備及螢幕的工作車自由推行於長形的通道上。院方為避免發生交叉感染，採取分離式加護病房，一房一床，每間病房各有獨立的鋁門窗，透明窗外是工作台，上面放著成疊像是生命徵象紀錄、疾病嚴重度評估等護理記錄。劉麗香躺在通道最底端側邊的病房，內部不大，病床左右擺置各式儀器，除她之外若再塞進五人，空間便顯得擁擠。按規定，病房一次只能進去兩人探視。

「學長，」志偉問：「他們有說馬上過來吧？」

「時間有限，場地都想辦法清出來了。他們不來，我就斃了他們。」

昊義等得不耐煩，正把手伸入口袋裡摸手機時……

一名身材高大挺拔的男人從長廊的遠方一頭逐漸走近……

男人的身後左右追隨著一女一男：女性是婕妤，她手提白色布袋，袋裡不知道裝了什麼東西；男性體型臃腫，下腹肥胖，步伐晃晃然，婕妤說過他叫陳倉城。

走在前頭的男人，頂著一頭鳥巢般的亂髮，身著奇異的白衣及黑色馬乘袴，淡黃夾腳木屐穩緩踏地的每一步，聲音清脆響亮，好似存有回音，繞廊不斷。或許是走廊的燈光出問題，也可能是昊義後腦沉沉所生的錯覺，穩步漸漸踏近現場的男人，臉龐發出異常的閃耀光芒，神態如此莊嚴肅穆，全身上下透出一股凜然正氣，宛若親赴戰場，面迎一連串的謎團，和昊義上次見到男人的頹廢模樣截然相異。

宋劍軒，正是眼前這男人的名號。

一名據說絕不遵循傳統作法的靈術師。

大錫指向劍軒，朝四周的幾名警員喊：「看！他們到了！」

病房區的自動門朝側邊推動，眾人期待已久的一場召喚儀式將次展開。

終章之一

夕陽漸西落，天色轉昏紅，血黃色雲層後方的灰黑區塊，重重相疊，彷彿存有一股森然妖氣，蠢蠢欲動。

婕妤隨劍軒和倉城，進至醫院，走入電梯，行經長廊，來到加護病房區。

「希望你們真不是胡搞一場。」昊義再次叮嚀：「只能給你們三十分鐘，記住！」他說完，轉身向志偉交代，半小時之內不准醫生、護士或其他閒雜人等進入病房，隨後他穿上隔離衣，將消毒口罩拆封，自己戴上一只，另遞出了三只。

婕妤和倉城迅速戴上口罩，但沒有穿隔離衣。劍軒則表情凝重，將口罩和衣服退給昊義，二話不說，正步快速通過護理站，直直朝最底端側邊的病房前去，一下便開門，身影沒入門後。

「喂！」昊義喊：「你這傢伙……」

婕妤跟上劍軒的步伐，待倉城和昊義進來後，帶上房門，並上鎖，然後從白布袋裡拾出幾支夾子和一張寬大的深黑帷幕，披覆於方長的窗戶及門板，意圖擋住窗外透進的光線。女性患者仰躺不動，病房內頓時一片安靜悄然，除了她悶在氧氣罩內微弱且規律的鼻息，只剩電子儀器嗶嗶滴滴的聲音，連點滴瓶下方液珠的垂落之聲似乎都能聽得一清二楚。

「把機器的聲音關掉，並移除氧氣罩。」劍軒說。

婕妤聽從指示，走向液晶螢幕。

「等等，這……」昊義伸手阻止。

「哥，老師的儀式馬上就要開始。」婕妤推開昊義的手，關掉面板上的音效鍵後，也切掉純氧供應，移去氧氣罩，回過頭來輕聲說：「召喚劉麗香的期間，不管老師說了什麼，請你都不要作聲，也不要應答，務必保持絕對的安靜。」

倉城將椅子拉過去，坐到麗香的左手邊，將她的左臂從被毯中抬出，攤放於床墊上，然後伸出食指、中指與無名指三處指腹，輕貼於她的手腕外側，隨後並將指腹稍加施力，凝神地感受著麗香寸口的脈動，一會兒又再換右手，於脈位上採集身體的訊息。

「如何？」劍軒問。

「脈沉弦，雙寸俱沉……」倉城的手指於脈管上彈跳了數次，答：「還有，肝氣上逆，恐傷及腦神。」

劍軒移步至麗香的頸項，伸指按壓她的耳垂下緣，點頭嗯了一聲。他另一手可沒停，掀起她身穿的病服上衣至肋間，袒露腹部和肚臍，再從口袋拿出他特製的青草藥膏和一小包白鹽，先在肚腹抹上薄薄一層藥膏，逸散出濃厚的薑味後，取兩小撮白鹽填入臍窩並將之撫平。此處是神闕穴，乃神氣通行之門戶，一般不施針，只以灸法處理。

一見劍軒動作，婕妤立即從袋中取出幾粒艾草柱遞交給他。艾柱狀呈三角椎，大小如無名指第一指節，柱底直徑約兩公分。劍軒將一粒艾柱平置於鹽層上，然後拿香點燃艾柱，辛溫的氣味隨白色的煙霧飄散。

婕妤估計半小時頂多只能灸上兩壯[69]。

麗香因急性腦血管意外陷入昏迷，屬神志不明的病症。面對患者，主要進行召喚儀式的人是劍軒和倉城，婕妤只是位居掌理器具的輔佐角色。

出門前，劍軒指示她該準備哪些物品、到場後該如何操作，並引用《黃帝內經》[70]的幾句話提醒她，像是〈靈樞・天年篇〉的「失神者死，得神則生也」，〈靈樞・本神篇〉的「凡刺之法，必先本於神」等等。神，指心神、元神，她以前即有聽劍軒說過。

她覺得，劍軒大概把整本書一字一句都不漏地背下來了吧。

他常提到，「治神」非常重要，是一切醫療的根本；出自〈素問・寶命全形論〉的幾句話，成為他進行醫療時的核心思想。大致是說，針法有「治神」、「養生」、「知毒藥為真」、「制砭石大小[71]」、「知臟腑氣血之診」五種功用；很明顯地，在此處的「治神」也置於養生、藥物治療之前。某些人只把針灸視為「調氣」，只講求有無酸、脹、麻等針刺反應——劍軒反對這種粗糙的觀點。他認為「治神」為根本，光「調氣」是不足的。

69 壯，將艾草捏成一柱的計量單位。依艾柱大小決定燃燒時間，小型的一壯約三至五分鐘，也有較大的一壯約十五至三十分鐘。

70 《黃帝內經》，簡稱《內經》，現存最早的中醫理論著作，作者和成書年代不詳，相傳為黃帝和大臣們討論醫學的記述，經後人整理傳世共十八卷，分《素問》與《靈樞》各九卷。內容談及陰陽五行、經絡、病因、診法、養生、運氣等學說，奠定中醫學理論的基礎，影響其後的重要經典，例如東漢張仲景的《傷寒雜病論》、唐代孫思邈的《千金要方》等。

71 砭石，通指可用來治病的石頭。傳統中醫以砭石治病，例如安神、調理氣血、疏通經絡等，後採骨針、竹針，現今多採金屬針具。原文「制砭石大小」，意指「要懂得依據不同的病情，制取砭石的大小」。

未離開宅院時，劍軒又引用了許多古代醫者的觀點，說了一大串話，要婕妤謹記於心。可是，他口中那些艱澀的、需要花時間消化的內容，實在太多，婕妤只記得李時珍[72]主張的那句「頭為精明之府，腦為六神之府」，起碼她認為是重點——簡單說，若把人體比喻成川流，腦部肯定是川流的源頭，其內部存有元神，是精神、意識、思維活動的根源，在人體中具有主宰統帥的作用。

此刻，她從袋中捧出一只頗沉重的墨綠色小陶爐，小心翼翼提步穿過劍軒前方，繞過倉城定坐的位置後，手上的陶爐緩緩安放於床頭的左側。接下來，她取出一袋劍軒特調的香粉，細長的手指伸入袋中，動作輕慢地將粉末拈揉至陶爐裡，再引火點燃，任薰香微燒生煙，徐徐向上飄拂至麗香的頭顱。

香粉和艾草的氣味，是嗅覺。肚腹上艾柱的溫熱感，是觸覺。

劍軒早上說過的話，不禁冒現於婕妤的腦海——

人類去體驗神祕存在的過程，經常會透過數種感官，包括視覺、聽覺、味嗅覺、肌動覺、觸覺和痛覺。

「**魂**和**魄**，兩者不同。」劍軒有次這麼說：「動而營身，謂之**魂**；靜而鎮形，謂之**魄**[73]。」

婕妤當時聽不懂，說：「老師，解釋一下好不好？」

72 李時珍（1518-1593年），明代著名醫學家，其《本草綱目》是本草學集大成的著作。

73 出自《太上老君內觀經》。

「**魂**附於氣，屬無形之物；**失魂**，通常是精神方面的疾病。**魄**附於形，有物有質，形體因魄而成；**落魄**，通常是身體無法在適當的時機正確地執行功能。」

「**魄**，怎麼執行功能？」

「比如說飢則食、飽則止、感熱時踢開被子、受冷時取被覆蓋，皆屬魄的職責，亦是人的本能。一個有魄力的人，夜晚自動想睡，就寢後一覺到天亮，固定的時辰便自動清醒，該吃飯時吃飯，該排泄時排泄。但不知飢餓、不知熱冷、失眠、夜咳、連痛感都不分明，便是落魄。」

就婕妤的理解，**魄**司掌身體器官的自動運作，**魂**則是操控全身動運的意志。

現在，她領悟到劍軒要做的「以魄喚魂」是什麼意思了——

麗香的魂神，遠在它方；她的魄身，仍留於我們身處的這個世界。換句話說，器官依舊運作，神志卻已遠去，呈現魂魄相離的異常狀態。這時，我們的世界，反成為她的魂神難以踏回的領域。也許她的神志不願意回來，或不能回來，此時給予刺激，令魄身回歸正常功能，進而以魄喚魂，重新使魂魄相依，就是劍軒正在進行的儀式。

倉城拿出一盒針具，遞向劍軒，對他眨了眨眼。劍軒搖搖頭，沒有把針具接過手。

於是，倉城先取出三支針，將針盒交給婕妤後，撫觸麗香的手腕，隨即將一支針朝腕後兩寸，即前臂兩骨之間的外關穴直直刺入，另兩支的落點分別在少商穴，位於拇指末節的指甲旁側，以及中衝穴，位於中指內端近指甲處。兩穴皆是淺淺一刺，可見微量的血滴從穴點邊緣滲出。

「合谷穴，補針。」劍軒下指示。

倉城點頭示好，向婕妤取針。

婕妤將針交至倉城的指間。他眼神專注，右指捏住針身，探向麗香的手背，遲疑半晌，看準了拇指與食指間的虎口處，才以左指挾壓皮膚，謹慎地微傾針尖，從表面膚層斜斜刺進，尖端約有一寸即徐徐泯沒於兩掌骨的間隙。

接著，他移動至麗香的頭部側邊，再向婕妤依序取走一支支針，動作熟稔、力道適中，先後刺向鼻柱正下方的人中穴、鼻柱上端的素髎穴、和下唇凹溝處的承漿穴，並留針於上。三點連結而成的直線若往額頭延伸，彷彿將臉部切對半，左右對稱。

氣味、溫熱，屬嗅覺與觸覺。加上剛才的各種提針、斜針等針刺法，都屬痛覺。

至此，劍軒朝婕妤瞟了一眼。

她意識到——即將給予患者更多感官上的刺激了。

很快地，她從白布袋中翻出折疊得整齊的四方形深紫色衣布，平穩地捧過去交付至劍軒手上。

他一拿到手，瞬即將它朝半空甩開，如流瀑般向下敞開的紫衫布上，展示出一顆正五芒星的絕大印記，同時間發散亮銀色的閃爍光芒。緊接著，他將結實的臂膀套入衣管中，背後的披風翩翩飄逸，彷彿存有規律的氣波旋繞於施法者的四周。精緻的服裝，搭配肅穆的眼神，劍軒似顯露一股不凡的神采……

「拜託！你們這是在搞什……」昊義邊咕噥，邊做出又是苦惱又是訕笑的表情。

「噓——」婕妤的食指垂置於雙唇之間，要求昊義馬上噤口。

昊義一時悶住話音，臉頰有點歪斜，額頭起了好幾條皺紋。

婕妤聽室內恢復安靜，始從袋內取出三清鈴——柄端呈山字形的亮色黃銅法器——並用手指輕按鈴內的響舌，不讓它發出雜音。等待劍軒整裝完畢後，婕妤慎重地將三清鈴傳遞給他。

麗香遇人不淑，丈夫生前長期對她施暴，她逃離後，又遭曾德榮強拉去燒炭自殺，如今躺在病床上，魂神無法歸主，即便救不回來，婕妤也認為大家都盡力了。

不過，算至此刻為止，劍軒仍未施予震懾四方的召喚大法。從現在起，才要真正進入重頭戲。

叮呤——叮呤——

劍軒持柄，動作優雅地搖鈴，緩步踩地，向前移至麗香的額頭上方。

倉城抓起椅子退讓至劍軒的後方，婕妤也向後退一步，重新拾起針盒。

「劉麗香——」

劍軒立定於床頭，開口了，脫出的慢板低音恍如誦咒……

「劉麗香啊劉麗香——妳聽得見我說話吧？

「我是執業多年的靈術師，名叫——宋劍軒。

「妳——聽到了吧？聽清楚了我的聲音吧？」

陶爐內香粉的煙氣裊裊向上蒸騰，如數條白蛇激烈纏繞，持續撫弄麗香的眉間。三清鈴不停歇地叮呤作響，節奏規律且音色清澈，宛如長久流動的水勢……

在場的所有人，除劍軒之外，無人敢發聲。

「劉麗香！」劍軒突然擴開音量，「仔細專注聽我宋劍軒的聲音——」

聲壯如洪鐘，隨吶喊而呼出的氣息強而有力，似乎加快了艾草柱的燻灸，鹽粒上莫名生起澄亮的火光……

「妳，此刻困陷在自己的世界中，爬不出來，對吧？」

劍軒的語音依然保持獅吼之態，但吼聲漸拉成長音，穩定的拍數不疾不緩，集結成平淡卻又充滿張力的唱調，一字接上一字，皆愈益沉重、穩健，毫無鬆弛，猶若拽住他者的靈魂，又像要強勁地鑽破病房的牆壁，造成一種從未崛現於人間的高亢迴鳴……

「妳那裡是一片黑暗，對吧？

「好暗、好黑吶——

「劉麗香啊劉麗香——

「妳的世界，真是暗成一片，既狹小又見不到光啊——

「可是，妳知道的，妳很清楚自己必須爬出黑暗吧？」

若說劍軒的餘音繞房三、四周，絕不誇張。他的語言，儘管多次重複，但恍如音域漸次擴大的唄唱，於房內盤旋不絕。他的神情依舊保持悠然，立態不動如山，而振幅偏高的音勢彷彿和所有物質交融，甚或滲入他者的意念之中……

此時，他刻意放慢語速，轉成幽微柔和且令人眩暈的音量。

「我全都知道呢，劉麗香——劉麗香——」

叮呤——叮呤——叮呤——

不久，他將下巴貼近麗香的眉骨，對著額頭正中央的印堂處，伴隨著清脆的鈴聲，以極弱的震顫語調，來回呼喚麗香的全名……

「劉麗香——劉麗香——」

一瞬間，他的音調如猛獅奔馳，迅速攀上陡急的坡道，直至高點後，爆發出雷霆般、好似崩解世間眾多虛象的聲音，轟然嘶喊：

「劉麗香——正是妳，殺害了曾德榮！」

※　※　※

這傢伙瞎說什麼？她殺了曾德榮？——

昊義呆楞原地，不敢相信耳朵接收到的訊息，懷疑自己生了幻聽，應該是被藥粉濃郁的氣味及劍軒誦經般的語言哄騙了。他心中著生的第二個念頭，認定劍軒不過是瞎猜，他只是在拿道具胡鬧而已。

可是，麗香的兩張眼皮連續輕微抖跳了三、四次，好像對劍軒的話起了反應。

這時，陳倉城移步至床腳，急迫地說：「趁現在！瀉湧泉[74]！」他的目光不離腳底，向婕妤伸手，喊：「粗毫[75]！」長針一拿到手後，他立即掀開床被，裸露麗香的腳掌，然後用手扶住腳趾，朝腳底板中心凹進去的部位直直刺入，隨後輕揉針管數次。

---

74 湧泉，穴位名，位腳底板第二與第三趾中間凹陷，於足掌前部約三分之一處。

75 粗毫，此指針具的一種尺寸。毫針有各種長度、粗細不同的規格。

待長針定住後，倉城貼靠劍軒耳邊，輕聲問：「百會[76]放血？」

見劍軒邊搖鈴邊點頭，倉城朝婕妤的方向再伸手，說出指示：「中號三棱針。」

一根亮銀色不銹鋼、尖端呈三面刃的銳利針具，忽然出現在婕妤手中，不知哪時候變出來的，比剛才的幾根針還粗。她將三棱針，連同酒精棉，快速遞交出去。

倉城移至床頭，一手掐針，並梳開她頭上的髮根，另一手按壓頭皮，應該是在鎖定穴道。接下來，他屏氣凝神，像在聆聽響徹房內的規律叮呤聲，過了十秒後，他順著鈴聲的拍數開始動作，令手指上的針身靈活地彈跳，如蜻蜓點水般突刺頭頂幾點，其動作之快，昊義根本看不清究竟扎了五次，或六次，每刺入一下即立馬拔針，過程不超過三秒鐘。然後，倉城將針具遞回婕妤掌中，再以棉花貼近扎針處稍加施壓，吸附滲流而出的微量血液。

三人之間足具默契，動作毫不生疏，只有口令及器械的往來，卻交互搭配得天衣無縫。昊義感覺，自己雖然完全不懂三人在做什麼，但好像看了一場精湛又充滿動感節奏的醫術表演。

「劉麗香，專注聽著我的聲音！」劍軒再次出言：「曾德榮的遺書，起頭對於自己想當警察的動機，至後來談及處理家暴的工作經歷，所有細節皆鉅細靡遺，但是他終究說謊了，妳不會不清楚吧？」

難不成這傢伙認為，劉麗香是犯人？她有能力策劃這一切？——昊義突然覺得，劍軒好像在學警察辦案，擺出了一副偵訊犯人的口吻，句句厲聲威迫對方就範，偏偏這裡是加護病房，不是

[76] 百會，穴位名，頭頂正中央，即正中線和兩耳尖直上連線的交點處。

偵訊室；況且，麗香是躺在床上動也不動的昏迷者，假使現在要她招供，整幕情景不但不自然到了極點，更顯得非常可笑。

「遺書中，自五年前火災至今的生活，他半字不提，目的是為了隱藏妳的存在，我說得沒錯吧？」劍軒面迎床頭，接續說：「當我發現妳逼他自殺……」

「逼他自殺？」昊義聽不下去。這傢伙愈說愈離譜了。

「噓——」婕妤再次提醒昊義住嘴。

「妳會想和曾德榮同歸於盡，絕對是受到某人脅迫，對吧？」劍軒不停嘴，手中的搖鈴也沒停，語言與鈴聲組成協和的音色。「妳和曾德榮兩人，發展出超越家暴被害人與家防官的關係，然而，妳卻利用這層關係一直欺瞞著他，從未對他道出真相。他當初做出的犧牲，和他預期的不同。最後，你們彼此默許的約定終於破裂，他受到動搖了，我說得對吧，劉麗香？」

「約定什……」昊義話一出口，被婕妤瞪了一眼後，自己馬上抿嘴閉口。

「我對妳的事情，全都清楚著呢，劉麗香！」劍軒朝倉城揮手示意，再指向麗香鼻唇中間的那根針，又緊接說下去：「現在身處險境的人，是妳的女兒，沒錯吧？江靜純，她有危險了，對吧？」

倉城站到劍軒的對面，以拇指和食指捏住人中的長針，來回強捻。

「我的聲音，妳現在應該聽得非常清楚了吧？

「妳的眼前，仍然呈現一片黑暗，沒錯吧？

「妳或許會問我，我怎麼知道妳的所有一切，對吧？

「妳一定想問我，我怎會知道，是妳逼迫他自殺的，對吧？」

劍軒的一字一句皆以十足的丹田氣力清楚截斷，音調彷彿能攝人心魂，全然不同於昊義以前聽他說話的方式。至此，劍軒的話語愈說愈急促，鈴聲也愈催愈快，他一彎身，沉鐘般的話音愈是漸近麗香的額頭上方，似乎是想讓暗示性的語言迴響於她的耳際八方。

「妳想知道嗎？

「妳會想知道吧！妳肯定會想要知道吧！

「快點！快從自己狹隘的世界裡掙脫出來！

「快加把勁爬起來，把曾德榮的遺書，從頭到尾看一次吧！

「睜亮妳的雙眼！仔細再檢查一次他留在這世間的遺書！」

劍軒洪亮地喊完，傾刻收起喉音，中斷鈴聲。

這時，麗香的食指與中指瞬間抖了好幾下，原先緊闔的雙唇輕微震顫，遮蔽在眼皮下的兩顆眼球也快速轉動，奇蹟似地對刺激產生了反應。

遺書裡寫下了什麼嗎？──

昊義心裡存疑，但不敢開口問，因為他不知道儀式告一段落了沒。

倉城一手在麗香的面部揉針，另一手的指腹緊貼她的脈搏，一臉專心地感受著不止息的波動頻率。約過了一分鐘，他附到劍軒的耳邊，低聲說了一、兩句話。不過，昊義沒聽清楚。

「你留待此處觀察。」劍軒邊這麼回應倉城，邊把手中的器物傳給婕妤，一副準備要收工的樣子。

昊義忍不住問：「結……結束了？」

「是否真能結束黑暗的旅程，端看患者自己的造化了。」

劍軒一派輕鬆地回答後，掀拉黑色的帷幕，推開門走了出去。

昊義望向迅速離遠的肩背，紫披風上的銀白色五芒星顯得比剛進門時清晰許多。他追出房門，正想問個清楚，遺書上究竟提到了什麼？眼前所見卻是志偉和一名頭髮半白、穿著白袍的中年醫生糾擠成一團，而大錫拖住醫生的手臂，不讓他靠近病房。

「吼，她是我的病人！你們在……」醫生掙扎甩開，拍平衣袍上的縐紋。

劍軒在醫生面前停住，淡淡地說：「借過。」

「出事了你們要負責嗎？」醫生瞪大眼睛，嘶聲指責：「是你吧？是你在亂搞我的病人！」

「她很快甦醒之後，就不再是病人，更不是屬於誰的病人。」

劍軒的語尾沉著有力，說完隨即甩動披風，從醫生旁邊切過，腳步踩得相當穩。

※　※　※

確定計畫之前，川仔和阿欽兩人都沒來過高雄。

第一次，阿欽從屏東枋寮鄉沿著一號省道開，由鳳山進入高雄市區之後，因為不熟悉路況，車子開開停停的，拐了好幾次彎。走九如一路經科工館沒多久，向右彎到民族一路直行，看見天祥二路交叉口的綠豆湯店及斜對面的一家清粥小菜後，又彎向左方，終於遇抵博愛三路，見漢神巨蛋百貨屹立於眼前，兩人才鬆了口氣。阿欽邊轉控方向盤，邊對旁邊的川仔苦笑，抱怨說同一條不算長的路段居然有三種路名[77]。要不是他們停下來查Google地圖仔細確認，真以為自己走錯路了。

第二次，以及今日凌晨的第三次，他們選擇十七號省道，發現路程縮短許多，途中經過林邊大橋、東港大橋和雙園大橋，去程大約七十分鐘，即能接上高雄市寬闊的中山路，由南向北跨過高雄火車站之後，便可見博愛路段。雖然沿途碰上許多紅綠燈，但凌晨一點至四點左右，路上的車輛不多，來回一趟不會花掉太多時間。

今天他們回來後，時間差不多快凌晨五點了。川仔這兩天都在阿欽家睡覺。

由於半夜又開車又搬油桶的，阿欽躺在床上狂打呵欠，看來他的身體似乎吃不消。川仔躺在他床邊的睡袋裡，也感覺些許疲倦。

兩人尚未闔眼時，川仔問：「阿欽哥，你會不會後悔幫我忙？」

「我是在答謝你，是要後悔啥米啦！沒你及時救我老母、沒你的那筆錢，她現在就沒法度在醫院裡好好治療了。」阿欽以豪爽的態度說著。可是，話一講完，他面有難色地嘆息，問：「川仔，等一下醒來之後，你要安怎辦？你有想好了嗎？」

「嗯……」川仔發出沉沉一聲，回應：「不管怎樣，我不能拋下她一個人在那裡……」坦白

---

77 「天祥二路」由東向西接「新庄仔路」，再接「新莊一路」，可達博愛三路路口。新庄仔路早年於高雄市是左營區至三民區的重要道路，因都市計畫及道路重劃等故，現今該路段呈斷續貌。

說，他只能想著走一步算一步。

「你真的要做，我嘛袂放你一個人去。」阿欽的語氣堅毅異常。

「我只拜託你再載我去最後一趟，後面的代誌，我來做就好。」

「好啦，先麥講啊，好好睏一下。先睏飽卡要緊。」

阿欽說完，閉上眼側身翻躺，不到五分鐘，便起了鼾聲。

川仔試著放空自己的腦袋，但沉沉入睡前，心裡仍舊忡忡不安。

兩週前，他向阿欽訴說自己的過去之後，阿欽猶豫了好一陣子才答應幫忙。

兩人花了幾天擬訂計畫，將第一次實施日期訂在三月九日凌晨，於右新圖書分館外圍放火。

第一次純屬實驗性質，警告意味沒有那麼濃厚。半夜火燒腳踏車，除了不會造成任何人傷亡，也能趕在阿嬤天亮醒來之前回到家，更重要的，是去圖書館前方公園的裝飾大岩塊下方，取得阿欽母親的醫療費。川仔知道裝錢的信封壓在哪一塊下面。

第二次縱火，於三月十四日實施，結果那夜只燒毀花圃，做得不夠徹底，但確實達到警告效果。

至此，川仔認為計畫進行得勉強順利，人不知鬼不覺的，阿嬤也沒發現他半夜時分跟阿欽偷溜出去。然而，隔天十五日，發生了川仔料想不到的兩件事情。

其一是，近中午時，川仔如平常一樣和阿嬤在田裡做事，忽然間有個中年男人出現在家門口，他身邊還帶了一個年輕女人。川仔見阿嬤一副錯愕又笑得合不攏嘴的反應，心中生成一股異樣的預感。果然，他猜得不錯，那男人是阿嬤多年未歸的兒子許世彬。

家門前，阿嬤先是責備世彬好幾年怎麼都不回家，然後她引領男女兩人進屋。不久，廚房裡傳出鍋鏟碰撞的雜亂鏗鏘聲。

阿嬤的兒子回家，她一定很開心吧——

川仔蹲在廚房的窗外偷瞄，阿嬤手忙腳亂的，正準備煮一頓豐盛的午餐。

這時，世彬走進廚房，問：「媽，外面那個囝仔是誰？」

「沒啦沒啦，我就看伊苦憐啦！」阿嬤的音量怯弱。

「可憐？」世彬大聲追問：「他是哪來的野小孩？」

「沒啦，伊……」阿嬤匆促回答：「伊是我路邊撿來ㄟ啦！」

「妳講蝦毀啊？妳愛黑白撿東西就算了，我不在厝ㄟ時陣，妳擱黑白做啥款代誌啊？」

「伊住這沒差啦。」

「我現在欠人錢，沒法在外頭生活，所以已經打算帶秀蘭回來跟妳鬥陣住。妳先把伊趕趕出去啦！」

世彬說要趕走川仔的態度非常堅決，在廚房跟阿嬤吵了起來。

從那刻起，川仔認知到，這裡不再是他可以待下去的地方了。

他偷偷遠離廚房，靜默地回到田裡，彎下腰，用手指在最後的那排泥土繼續戳洞，將剩下的菜種一粒粒灑入其中，然後細心地埋起來。他完成後，雙膝不自覺墜地，眼神凝注著鬆軟的泥上，淚水無法控制地從眼眶釋出，彷彿全都滴落在播種處。他心想，自己雖然見不到這批青菜收成，但這是他最後能為阿嬤做的事了。

跪在地上良久，他用手背抹掉眼淚，隨後站起身，原地緩緩轉了一圈，朝整片田地望上一回，再不捨地看向倉庫、屋子，最後在內心深處對阿嬤道別後，頭也不回地踏步離開。他一點也不怪阿嬤，反而非常感激她五年來的照顧，而且他終於放心，因為現在世彬回家，川仔不用再一直擔心阿嬤罹患失智症而無人照顧的事情了。

他拐著腿，忍住自己再度失去家園的悲慨情緒，一路衝到阿欽家。

阿欽知道原委後，對他說：「你暫時住我家吧。」

這時，第二件讓川仔感到意外的事情發生。

阿欽家客廳的電視機正播送午間新聞，當中出現了阿欽朝花圃放火的影像。

「安怎辦？」川仔緊張地問。

「好加在啦！我有戴口罩，車牌也有貼上黃膠布，沒人看得清楚。」阿欽一派輕鬆，說：「你在後車廂幫忙搬桶子的時候，好加在也被帆布遮住，沒被拍到。」

「下次，我一個人去做就好。」川仔不想再讓阿欽冒險犯難。

「川仔，你是在講啥米肖話啦！」阿欽板出一張嚴厲的臉孔，「你原先的家人不安全，你要去救伊、要去警告對方，這我攏知。不過，我不能隨便你去送死！」

終究，今日凌晨，阿欽仍是為川仔犯下第三次縱火，從圖書館旁邊的操場潛入，燒毀了一樓冷氣機的散熱器。

川仔很感謝阿欽幫了那麼多忙，可是一想到他上了新聞，跟著被拖下水，內心便十分過意不去。然而，川仔請求阿欽睡醒後再載他去最後一趟，後續的事情，他要一個人完成。

「先睏飽卡要緊。」阿欽這麼回應。

午後兩點，川仔起床後，和阿欽在家吃飯。

「我知道你愛吃，多吃點。」阿欽在川仔的碗裡放了好多越南酸泡菜。

「謝謝你，阿欽哥……」川仔拌著飯，扒入嘴裡咀嚼。

泡菜始終沒變，即使川仔不小心落下幾滴眼淚，味道也不因此更鹹。

兩人吃飽後，共同將油桶扛上貨車。川仔也將阿欽借來的工具搬上去，並再次檢查背袋的扣環。

工具不銹鋼製，長度約七十公分，尾端的調節氣閥分出兩條橡皮管，以鐵絲纏綁在一起，最多能拉長至兩公尺，一條管線銜接到一小罐乙炔鋼瓶，另一條連接氧氣瓶，共同組合於輕便的塑膠背袋中。這是阿欽兩天前向國中同學借來的。對方是於金屬工廠工作的技術員，常會改裝焊切金屬的工具；加上網路都有這類金屬切割器的自製教學，甚或教學影片，內行人要重製改裝，並不困難。

「你麥搞錯兩款氣體的比例，小心使用……」阿欽口氣謹慎地說：「不過，尚好是麥用到……」

「我知。阿欽哥，咱出發吧。」

貨車開上了十七號省道，往北直駛。

路上，兩人之間彷彿相隔一層無形的薄膜，彼此說不出話來，氣氛悶滯。

開到小港區時，時間六點半了。

阿欽在沿海一路和漢民路的交叉口停紅燈，旁邊是正忠排骨飯，對面是安泰醫院。

這時，擋風玻璃外的斑馬線上，有位婦人由右至左慢慢推動一台輪椅，輪椅上坐著看起來約十歲左右的小男孩，他一腳打上石膏，一手捧住飲料杯，回望婦人，嘴裡不知在說些什麼。

川仔猜測，他們是一對母子吧？

男孩充滿稚氣的面容上滿溢歡樂的笑容，婦人一步步推移輪椅，一邊注意綠燈的秒數，一邊低頭聆聽男孩說話，也以笑容回應著男孩。

見到這幕情景，川仔思及自己的母親……

那時母親手邊沒錢，所以向醫院租借輪椅，好推送川仔去復健治療。輪椅的後輪有點損壞，推行時顛顛簸簸的，每當腳前方的路面出現明顯的坑洞，他身後的母親總會轉個小彎，以免他那動過手術的左腿遭劇烈晃動；來不及閃避時，母親會柔聲問他——「沒碰到腿吧？」「我太不小心了，你會不會痛？」

最令川仔難忘的是，自己要睡覺前，因為腿不方便動，母親的雙手恍如一對溫暖的厚實翅膀，正面展開後，撫過他的胳肢窩，在輪椅上緊緊擁住他，然後提抱他全身的重量，細心地挪到床上。

至今，川仔仍舊不能諒解父親。母親那天同樣辛苦去工作，不在家，而自己明明只是想分擔家事，因為遠遠聽到垃圾車的音樂，伸手去拾起地上的空酒瓶做資源回收，父親卻醉到以為他要偷喝酒，抓拿酒瓶便直接往他的小腿骨劈下去。他痛得倒在地上打滾。

「幹，敢動恁爸開錢買的酒？」

父親如中邪般狂聲嚷嚷，將他壓在地上，凶猛地踹他的側腰和屁股。

「爸！爸……」川仔苦苦哀求，「你……你不要再喝酒打人了好不好……」

「幹恁娘！你是我生的，輪不到你來教訓我！」

父親加重力道，一股勁連續踹擊，嘴邊叨著三字經。不久，川仔痛到分不出，父親到底隨手取了什麼堅硬的棍棒狂敲他的小腿。傳進他鼻腔的，除了父親滿身的酒臭，還有皮肉綻破後揮散出來的血腥味。他的臉頰俯貼地面，歪斜扭曲又模糊的視野中，妹妹跪在地板上，以相同的頻率前後搖晃身體，口中不停發出咿嗚的啜泣。

「啥米叫孝順父母，你知毋知影？幹！好膽教訓我喝酒！」

父親的情緒炸裂，不斷口出穢言。

那時的川仔沒有察覺，在可怖的暴戾下，自己的腳筋已經倏然斷裂，他只感覺好像骨頭碎裂、皮膚皴裂的強烈痛楚。一仰頭，父親粗壯的兩條腿根豎在面前、血紅的猙獰雙眼狂躁地瞪視著。自己便只能蜷曲成一團，以脆弱的手臂抵擋攻擊。他想逃走，腿又痛到使不上力，不能動彈。

不知經過多久，父親似乎打到過癮了，才終於停手。

後來，母親為川仔腿部的手術費，又向叔叔勉強借錢；可是，術後的復健費用實在太貴，她無力負擔。川仔每晚聽到母親打電話四處籌錢，好像還把她自己的保險解約，即使不划算，她就為了先拿到一筆解約金，急著給川仔做復健。

學校放寒假不久，母親匆忙收拾行李，帶川仔和妹妹離開原來的家，住進一間簡陋的木屋。

母親打開木屋，對兄妹說：「今天開始，我們暫時住這裡。」
「媽，好棒唷！」川仔問：「我們算是在度假嗎？」
母親點點頭。不過，川仔很快便發現，他們不是度假，而是逃難。
有天，那個曾經請川仔喝飲料的警察叔叔來到了暫居之處。川仔不知道警察叔叔的名字，印象中只記得他姓曾。他進門後，立刻把一只裝著一疊千元鈔票的信封交給母親。
母親將信封推回，說：「我……這我不能收。」
「小孩子復健要緊，妳先拿去用。」曾叔叔堅持要母親收下。
母親全身激動地顫抖，當刻跪下來緊抱叔叔的腿，失聲拚命大哭。曾叔叔很快蹲下抱住母親，拍她的背，講了很多話安撫她。
母親大概為了報答曾叔叔的善意，農曆除夕請他來木屋吃飯。為此，母親除夕那天準備了許多兄妹平時吃不到的菜餚，其中當然包括川仔喜愛的九層塔炒杏鮑菇。
叔叔赴約前，母親不敢開動，她也不允許川仔先偷夾菜。
儘管遲了一小時，叔叔還是終於到了。他一進門就說自己是抽時間過來，等一下還得回去值勤。母親表示不介意，一副非常歡迎他的語氣，不停在兄妹面前稱許他工作認真，話題繞著繞著又講到警察的辛勞。
接下來，大家在餐桌上邊聊天邊用餐，雖然聚在一起只區區一個半小時，但川仔真心認為，短暫的時光內，四人環繞起來的空間彷彿存在一種奇妙的氛圍，那是他自出生以來不曾擁有過的感覺——在此之前，吃飯只是因為肚子餓了，是生理需求，是為了存活下去而做的事，再沒有其它意義；他沒有和全家人好好吃過一頓飯，一起吃飯時也不曾像那樣開心地談天聊地。

「叔叔，」川仔不禁開口問：「你明年會不會再來跟我們一起吃年夜飯？」一問完話，他突然覺得，叔叔如果能夠取代他的父親，那該有多好。

再者，令他感到稀奇的是，母親用餐時居然笑了。她笑得自然又開懷，又有點說不出的微妙——那是川仔從未見過的笑容。

然而，時間無法暫停。四人圍爐的年夜飯，是川仔在那個地方所能擁抱的最後一段溫暖且甜美的回憶……

綠燈亮起。婦人已經和坐在輪椅上的小男孩，一同抵達斑馬線的另一端。

川仔甩甩頭，收起回憶，並擦拭眼角莫名流下閃爍的丁點淚液。

「川仔，我講啦，現在回頭還來得及……」

「阿欽哥，麻煩你，繼續開。」

為了不被阻攔，川仔已經想好了該怎麼做。

阿欽朝前方呼了口氣，然後打檔，令車輪轉動，朝昏暗的天際線駛去。

※　※　※

婕妤和劍軒從長庚醫院出來後，朝南騎上澄清路，原先準備返回大樹，但她剛才扛了一袋重物，在醫院裡又消耗了不少體力，肚子也咕嚕叫，所以她堅持要劍軒停下來先吃晚餐。

兩年前，靠近自強陸橋的澄清路段旁建設了寶業里滯洪池，目的為改善澄清路和義華路周邊區域於夏季大雨來時造成的水患，且配合都市規劃，池地周圍成為一座小型的生態公園，隨之而來的是鄰近地帶的開發及商機，因此澄清路上近來增加了不少中小型餐飲店。

婕妤本想找一間氣氛佳的餐廳，左右擺頭挑選之際，不料劍軒突然減速，騎到澄清路與澄明街交口，最後於一間號稱經營了六十年的汕頭陽春麵店前停下來，自顧自地喃喃說：「就這兒吧。」

與其說他是隨興，不如說是任性。

麵店老闆從電視機前起身，問兩人想吃什麼。兩人點了餐，隨意選了張桌位對坐下來。另外兩桌的客人吃得頗盡興的樣子，撈麵、夾滷味、舀湯裡魚丸的動作都沒停過，婕妤不禁愈看愈餓。還好老闆的手腳很快，沒多久便送上餐點，然後又坐回電視機前。

劍軒背對電視，一言不發，專注地一把把撈起瓷碗裡的麵條，送入嘴中，咀嚼幾口緩緩嚥下後，又從自己的湯裡夾出魚皮，不著任何沾醬，直接入口品味。

婕妤咬著旗魚丸，店家外的遠方似乎有救護車或消防車微弱的鳴笛聲驟然傳入她耳裡。

「老師，」她吞下丸子，問：「你把城哥一個人丟在病房看顧患者，這樣好嗎？」

「醬汁太鹹了。」劍軒好像裝作沒聽到。

「有沒有聽到我說話啊？我們跑出來吃晚餐，城哥現在肯定也餓了吧？」

劍軒喝了口熱湯，沒正面看她，倒冷冷地說：「阿城那人，餓不死的。」

「是這樣說沒錯啦，可是……」

「我該幫的都幫了，沒我的事了。」劍軒瞄了她一眼，以有如施展讀心術的口吻，說道：「你不是擔心阿城，而是替患者憂心吧。妳想確認我們做的是否真起效用，也想知道她澈底甦醒後，是否真能向警方交代一切原委，對吧？」

「呃……對、對啦。」

婕妤的內心像被劍軒一刀剖開，在他面前彷彿留不住半點祕密。

她又問：「我在想，我們離長庚還沒有很遠，等一下要不要折回去，包點吃的過去給城哥，順便看看劉麗香醒來沒？」

遠方不知哪條路上傳來一陣又一陣的警鳴聲。聽著聲音連續不絕，婕妤感覺自己的眼際，彷彿有成排的警車飛駛而過。

「今天吃麵，比較好消化，待會想活動做事，身體也輕便。」

劍軒沒聽到問題似的自個兒說著。

「老師？」婕妤出力叫喚。

「嘖，」劍軒撈光碗裡的最後一根麵條，嚼爛吞下肚後，提高音量喊：「麵身沒問題，醬汁調理得太鹹了！」

「老師！」婕妤急得身子向前傾，壓低聲音說：「老闆在旁邊，你……你太大聲了啦……每人的口味本來就不一……」

「道出事實，有何不可？」劍軒理直氣壯，旁若無人般嚷嚷：「平日飲食重鹹，又缺乏運動，患病且動不動服食以化學法萃取的西藥，難怪台灣被稱為洗腎之島。」

老闆忽然站起來，挺起鮪魚肚，朝他們倆的座位看了一下。

慘了，又得擋在劍軒面前幫他緩頰了——

婕妤這麼想，趕緊做好心理準備。結果，老闆是在找尋遙控器。他拿到手後，邊調高電視的音量，邊念念有詞：

「出事了出事了！咱高雄的大新聞！」

畫面上，女主播正在報導一則即時新聞。

『現在時間是七點二十五分，我們在這裡要為各位臨時插播一條最新的消息——高雄市的右新圖書館，此刻發生一起極為嚴重的歹徒挾持人質事件，現場狀況混亂，詳細情況還在了解中，不過我們新聞台已經派工作人員到達現場，傳來直播畫面……好的，我現在就把畫面交給當地SNG記者……來，筱莉，有聽到我的聲音嗎？……好的，請說……』

電視畫面切至圖書館現場外圍，右上角打上亮白色的LIVE字樣。

女記者站在道路的分隔島中央，背景是圖書館，周圍有好幾名穿著制服的警察匆忙移動。

『好，謝謝主播，是的，電視機前的各位觀眾朋友，我現在人呢，正站在這個佔地一千坪左右的右新圖書館附近，圖書館旁邊緊鄰的是右營國中。就是呢，這個、在這個高雄市的右新圖書館啊，有兩名男性歹徒，帶了好幾個汽油桶進入圖書館。現在呢，我們還不知道歹徒的身分。

『據傳呀，歹徒挾持了好幾名人質，可是呢，我們目前還不知道這個歹徒呢，為何呢，為何他要做這個挾持的動作。目前在這個現場，這個警方呢、警方已經準備請出談判專家，為了避免人質發生傷亡，他們接下來會試著與內部的那個歹徒取得一個內部聯繫的動作，也就是咧，讓這個雙方有辦法做一個談判的動作。情況現在呢，真的是非常緊張啊！我相信啊，觀眾朋友們的眼睛現在都有辦法看到，我現在人在現場，我的心啊，現在也都全部揪成一團！

『現在觀眾朋友們，可以看到外……哦，是、是、好，是的……』

記者的手壓住右耳，她戴的耳機似乎接收到了什麼。她聽完，很快又直面鏡頭，說：

『各位觀眾朋友，剛才有最新消息傳入，就是呢，現在觀眾可以看到我們現場，這個霹靂小組啊，也在此時抵達現場，正在做一個佈署的動作。由於歹徒進去沒多久之後好像已經呢，他已經釋放了好幾名人質，可是還有人受困在圖書館裡面，而且呀，觀眾朋友可以看到我們剛才獨家的重播畫面，很清楚的就是呢，歹徒命令了好幾名人質做出那個潑灑汽油的動作，所以現在整個現場，可說是非常緊張啊！

『我現在冒險站在圖書館的門口，給觀眾朋友做一個現場實況的轉播啊，實在是相當危險的動作！這是數十年來國內發生的最嚴重的人質挾持事件，電視機前的各位觀眾朋友呀，應該都可以感受到現場的這個呢、十分緊張的這個氣氛……』

劍軒打開自己攜帶的保溫瓶，緩緩啜飲了幾口冷泡茶。

婕妤指向電視畫面，高喊：「老師，你看！」

「真煩人的聲音啊，我才不想看現在的電視新聞吶！」劍軒頭也不回，露出一臉厭惡的表情，「現場直播記者於多方即時訊息的轟炸下，咿啊不停也就罷了。她竟然一直過度重複『這個、這個、那個』的口頭禪，還有『做什麼的動作、的動作』的，會不會講話啊？她以為自己的說話方式，即能令哪個觀眾跟著她一起緊張嗎？」

「記者的講話方式不是重點啦。你沒聽到是哪間圖書館嗎？」婕妤滿面驚訝，眼睛持續盯住畫面，邊說：「我哥目前在追查的連續縱火案，發生地點不就是右新圖書館嘛！」

劍軒聽她這麼一說，突然閉上眼睛，不知在思索什麼。

「我哥不是說他收到了犯人的恐嚇字條嗎？」

婕妤說著，視線未從電視畫面偏移，心想自己剛才聽見的幾陣警鳴聲從遠方呼嘯傳來，可能正是前往圖書館支援的消防車與警車。

劍軒蓋上瓶蓋，煞然斂起一臉肅容，以低沉的話音道：

「沒料到，妖物如此飛速現身啊。」

說完，他站起身來，用力伸展四肢後，便邁開大步，走出麵店，速步移至他的機車，戴上全罩式安全帽，雙腿立馬跨坐於上。

婕妤匆匆拿出錢包付帳。老闆找錢之後，她將銅板收入錢包，兩腿可沒停地緊追出去，也立即戴上安全帽，先攀住劍軒厚實的背膀，然後腳一蹬，在他身後牢穩坐好。

「小妤，妳聽好了——世間之萬物，相生相剋，運行皆不離陰陽五行。」劍軒扭動鑰匙孔，說：「犯人今日會選擇圖書館，冥冥中乃受**木屬之地**所吸引。」

婕妤摟住他的腰，問：「木屬之地？」

「坐好了。」

劍軒發動ＢＭＷ K1300GT重型機車，轉了幾下手把，引擎聲隆隆發響，準備上路。

婕妤隱隱感覺——事件尚未終結，自此刻起才是真正的鬥法。

半小時之內，右新圖書分館附近佈滿了六、七台警車，鄰側的博愛三路南下車道，自孟子路至曾子路段被警方用深藍色長條路障全面封鎖，只留北上車道可通行。封鎖範圍的邊界上，隨處可見橘紅色的塑製螢光三角錐立定於地。警車的鳴響聲不絕於耳，其中幾輛車身擋在路障的內側或外側。

此時雖然剛過下班尖峰時段，但由於博愛路是高雄市三條重要的南北向通行幹道之一，封鎖南下車道必然造成車輛阻塞。超過五名交通警察不停揮動手上的閃光棒，正試圖管制乍然壅塞的交通流量。

幾名經過北向車道的汽車駕駛人，好奇地從駕駛座探頭出來，朝圖書館方向望去，不知現場發生什麼狀況的樣子，其中幾輛汽車索性停在封鎖線外圍對面的機車道上，博愛三路三七六巷出口處一時被車身阻擋，一名交警跑過去要對方立刻開走。

這時，幾名機車騎士也停下來湊熱鬧，七嘴八舌討論著究竟發生了什麼事。不一會兒，人群被吸引過來，在封鎖線外聚集圍觀，北向車道旁的MAZDA展示中心及全聯福利中心前站滿了路人，越聚越多人，於每一棵行道樹下交頭接耳、互相推擠。

甚至有受好奇心驅使的民眾擅自穿越車道，成排佇立於博愛路的分隔島上，仰頭注視圖書館的每一樓層。有人不停隨手錄影，有人高舉手機拍攝，將照片立即上傳至臉書分享。

※　※　※

『離遠一點！』
『快點離開！』
『危險！不要靠近！』
四、五名穿著制服的警員，在封鎖線上大聲規勸圍觀的民眾，嚴禁他們踏入封鎖線內。
此外，兩台頂著紅藍閃爍燈的警車，緊靠於圖書館正前方巷道與立大路的交口，一名警員正在放置交通錐、幾名警員守在圍網前，迫切注意和圖書館共構的右營國中校區，特別是停車棚附近的動態。
另一方面，圖書館背後是國中操場，和圖書館相鄰，學生放學後若周邊民眾想要休憩或運動，一般可從博愛路這邊的藍漆小鐵門自由進入，不過現在此處成了危險地帶，遭警方徹底封鎖。一名警員堅守在寫著「南門」兩字的紅磚砌牆旁，嚴防無關人士靠近，並不時朝圖書館二樓仰望，也有警員和消防人員在鐵門處來回奔走，或在橡膠ＰＵ跑道上相互討論，準備移開操場上的足球網架，即將於圖書館的北面窗前架設大型的強力照明燈。
圖書館正面的捷運R15生態園區站二號出口自然也被封鎖起來。兩台救護車早已停佇於出口的外側待命中，車外的醫護人員，一位倚著車身，聽候無線電指示，另一名背倚擔架、坐在敞開的後車門邊，朝圖書館方向直直盯看。
不久，博愛路的封鎖路段上，有一台警備黑色箱型車抵達，另有兩台水箱消防車和一台化學消防車隨後緩緩駛進，團團包圍住圖書館的正面大門及側邊通閱車進出口。其中一組消防人員下車後，即刻走向捷運出口處，開啟了無線電接頭保護箱的紅漆面板，調整射頻電纜，另一組人馬牽拉水帶，動作迅速地接上了無線電接頭右側的兩組消防栓，隨時聽命。

『快！動作快！』

『報告！報告！』

『現在哪個單位在指揮？』

『是、是，現場這邊，請加派一組人員！』

爍亮的警示光芒、不規律的警鳴聲充斥現場，眾多警員和消防隊員左右走動，每人手上的無線電不時嚓嗤作響，彼此回報狀況。部分人員收到的指令不一，人群手腳紛雜，情勢顯得相當混亂。

消防局派出的廣播宣傳車，停在圖書館前方博愛公園的南側，不斷用擴音器呼籲民眾切勿靠近。

只要親臨現場的人，大體上都能感受到，此刻的局面是警消相關單位所面對的前所未有的經驗。以圖書館為中心點，雜亂的聲音及訊息迴繞於四周，令事態顯得更加窘迫，彷彿隨時有難以預測的狀況突發。

幾分鐘前，一名攝影師，隨同女記者突破封鎖線，立即被警方驅逐至捷運出口後方；另有三、四家記者，手持麥克風，面對鏡頭不時與主播連線通話，還有數名記者，開始採訪在馬路上圍觀的民眾；未被封鎖前，從捷運站口步出的路人，也被記者攔住、窮追不放。

現場甚至有少數攝影師，陸續低伏潛進博愛公園內，爬上低矮的林木，賣力地一手攀扶樹幹，另一手扛著攝影機，將鏡頭對向圖書館二樓的玻璃窗拍攝，亟欲取得最新畫面。想當然爾，各台SNG實況轉播車早就緊迫環伺於封鎖線外，而且各家媒體記者、公民記者不知何時皆絡繹不絕抵至現場，極盡一切手段接近圖書館，以搶先獲取第一手消息。

昊義在醫院接到消息後，立刻帶志偉趕往現場。車輛行至博愛路和崇德路口時，他見到前方人車塞得水泄不通，於是把車留在原地，和志偉一同沿博愛路朝北擠入人群，走向封鎖地帶。

他對守住封鎖線的警員出示刑警證，急切地步進管制區。這時，一組四名武裝保安警察從他身邊快步掠過，每位警員的頭部皆戴上全黑的偽裝頭套，肩上揹著加裝了激光瞄準器的MP5A3衝鋒步槍。他們每人腿上也繫貼掛式槍套，內嵌一把警政署配發的M5904自動手槍，和昊義此時帶在身上的相同。另外，制服背部印著「高雄市警局特勤中隊」幾大字，右臂處緊貼的臂章——一道閃電分隔成紅藍兩區塊的標誌——恍如令他們移動時更顯迅速。

昊義追隨保安特勤隊員跑起來，志偉也跟上腳步。

往前幾步後，昊義見到小隊長蔡清麟站在圖書館前方巷道的消防車旁邊，他體形壯碩，身穿模塊化戰術背心，手中緊抓圖書館的平面配置圖，在汽車引擎蓋上攤平，正和屬下兩組約八、九人研討部署策略。

清麟比昊義大五歲左右，但外貌看起來和昊義同齡。他們曾於一樁販毒案合作過。因為高雄市刑大和保大於同一棟大樓合署執行勤務，兩人不時會碰到面，彼此常會稍微寒暄幾句，關係算是點頭之交。

「制高組，」清麟問：「可以選定的位置呢？」

一名持拿SSG 2000手動狙擊步槍的組員回答：「後方操場空曠，找不到適合的定點；前方樹木阻擋，如果借用側面民宅樓層部署，視野在兩百公尺範圍外，目標物還是不明顯。捷運二號出口前的冷卻水塔場和垃圾貯存室上方，或釋壓通風井和進氣通風井上方平臺，應是現階段最佳的位置。」

「好，先就定位監視館內動態。」

正當清麟繼續說話時，有一組人朝這頭邊推車過來，邊大喊著要昊義讓路。昊義仔細看，手推車上面整齊擺放了好幾副手持防彈盾牌，恐怕是擔心犯人持有火力強大的槍彈。

等候清麟進行任務分配的空檔，昊義看見身旁的電線杆斜貼著一張「洲仔清水宮遶境安五方青竹符合境平安」，白色的長條狀符紙上有簡短的四言四句，其中一句是「四時無災」。他再朝電線杆的側邊角度看去，正巧是人質遭挾持的圖書館，想來的確倍感諷刺，但他趕緊換念，期望今天的收場真如符紙寫的一樣，不生任何災難或傷亡——不論是人質也好，警消醫護人員也好，大家能平安沒事，甚或犯人也能平靜地束手就擒，彼此安然結束這場陣仗。

清麟分組完，向昊義揮手，說：「喂喂喂，我說啊，刑大不會只派你一人來吧？」

「沒你們保大，單單我一人，怎麼可能達成任務！」

昊義走向前跟他禮貌握手，並表明自己是協助偵辦數日來連續縱火案的負責人，然後他問：「現在是誰負責坐鎮指揮？」

「再等等吧，現在群龍無首呀。中隊長先派我這隊過來勘查、部署和監看，後面肯定會有更多人力調過來。」清麟置於前車蓋的平面圖差點被一陣強風吹走，他抓好後繼續說：「大寮監獄不是上個月才剛剛發生受刑人挾持典獄長的事情[78]嗎？我們很多弟兄那時候在輪休的、沒班的，差不多全都銷假趕了回來支援。隔了一個多月，現在很多弟兄在補休，竟又來了這樣的大事，我們大隊長一時間肯定沒法調來那麼多人。」

「右營分局長呢？」

「他先擴大封鎖範圍，剛剛回局裡清場了，等上頭派人過來。」

「清場？」

「右營分局離現場近得很，預定會選那邊成立指揮中心，大家都在等市警局局長過來坐鎮，剛才也報請地檢署檢察官緊急趕過來了，他們人都還在路上吧。市長好像有收到通知了，非常關注現場狀況，她等等會公開發表聲明。至於分局長嘛，他當前只能派出這麼多人力支援。你們刑大的人呢？」

「看來，我們的人也還沒到，專業談判人員也應該在路上……」

昊義剛說完，突然間，圖書館兩層樓原先還亮著的燈光通通熄滅。

現場所有人員霎時皆往同一方向看去，呆滯了好幾秒。

清麟的顏面頓時發青，說：「歹徒故意斷電，機房停止運作……該死的，單一個人真有辦法做到那麼多事情嗎？」

---

78 此指二〇一五年二月十一日至十二日，發生於高雄市大寮區高雄監獄（俗稱大寮監獄）的挾持事件，六名受刑人挾持典獄長等人，並奪槍企圖越獄逃亡，結果六名犯人全都飲彈自盡身亡。

「剛才的狀況怎樣？」昊義問。

「歹徒有兩名，年輕男性，看起來像高中或大學生……」

右營分局偵查隊第一時間抵至現場，清麟現將偵查隊所了解的現場初步狀況簡單轉述給昊義——起先，兩名犯人將貨車開上博愛三路人行道，在圖書館門口直接停放，然後其中一名提著兩個油桶，另一名從後車廂拿出背式火焰槍，一起直接衝進圖書館正門。攜帶油桶的犯人，戴著帽子和口罩，看不清是誰；手持火焰槍的，沒戴口罩，似乎無意掩飾身分。兩名犯人一進去後，開啟火焰槍，馬上燒掉了展示區的幾本書，要求現場所有人別動，並要脅館員到外面貨車的後車廂搬汽油桶進去。

據目擊者指稱，每桶容積約六公升，有人看到汽油數量總共十二桶，也有人說是十桶。總之，當時的情況令人措手不及，因為普遍認為，歹徒選擇挾持人質的犯案地點多是郵局、銀行或一般超商，而且多以金錢為主要目的；沒人料到，居然會有歹徒挑選圖書館製造劫持事件，且現階段目的不明。

昊義打斷話，問：「你剛說單一個人，我現在聽到的是兩人。犯人到底有幾名？」

「怪就怪在這，等全部油桶搬進去後，兩名歹徒要求幾位人質開始灑汽油。每一架書架、期刊閱覽區，包括辦理借閱的服務台、兒童閱讀區的木頭地板，全都灑上了汽油之後，手拿火焰槍的歹徒，竟把槍口對著戴口罩的，脅迫他離開。」

「火口轉向自己人？」昊義驚訝地張大嘴。

「對。」清麟語氣肯定。「有目擊者聽他說：『拜託！拜託你快點回去，照顧你阿母！』最後，他態度變得很強硬，威脅說：『你不走我就燒死你！』雙方僵持原地的空檔，大部分人質趁機逃出，逃出來的沒人受傷，有的直接離開，回家人身邊，有的被記者纏住，只剩六人正在接受偵查人員問話。」

「所以現在貨車不在場，是戴口罩的開走了？」

「對。裡面還有多少人，我們不清楚。能知道的就是，連同犯人，他們通通集中在二樓。」

「犯人提出要求了嗎？」

「沒。我剛剛還看到有人在二樓圖書區和閱覽區灑汽油，南向的百葉簾也全都拉了下來，結果沒隔幾下子現在燈光全暗了。」

「人質只能從一樓正門逃走嗎？沒其它出入口？」

「你看……」清麟的手指在平面圖上游移，說：「建築物正門朝南。一樓東向有『通閱車進出口』，歹徒進入之後，進出口白色的門就上鎖了；一樓西向出口接右營國中校區，平常不開放，都是拉下鐵門的狀態；同樣西向的二樓出口，室外有樓梯，可向下通到外面一樓，但現在出口也是拉下鐵門的狀態。」

「只剩一樓正門可進入。」

「先讓歹徒冷靜一下，這樣也好。看來啊，現在只能耐心等待上頭過來下指示，不然我可不敢輕易下令攻堅。要是出人命，責任我擔不起。」清麟收攏下巴，又說：「對了，我剛剛忘了說，手拿火焰槍的，身體有明顯的特徵。」

「什麼特徵？」

「走路一跛一跛的，很可能是腿傷。」
「不會真的是……」昊義直覺聯想，並脫口說出：「是江泰川？」

※　※　※
「給我灑快一點！」川仔大聲命令。
靠西邊的閱覽區桌位上，擺放著凌亂的書本、書包，此時全淋上汽油，圖書區的一架架藏書也噴冒出味道極重的油氣。
會來二樓閱覽區自習的通常是國、高中生，平日下課後少說也有四、五十人。一大群學生今晚面對突如其來的威脅，原先不敢有動靜，但一看到兩人在一樓服務台前面起了爭執，便即刻趁機會從門口溜了出去。現在整間圖書館受挾持的人數只剩四人，且全體都待在二樓。
儘管二樓四周油氣揮發，川仔仍不時開啟氧乙炔火焰，以青藍之火警告眾人。他抱著必死的決心前來，絕不准行動失敗。雖然他剛才不願意將火焰槍對準阿欽，但他於來途中實在想不出什麼方法，好不讓阿欽涉入死亡的危險當中，只好出此下策。
阿欽哥，對不起！——向阿欽喊出「你不走我就燒死你」這句話之後，川仔抱存極大的愧疚。但是，同伴離去後，他甩掉了因愧疚而生的遲疑，現在更能放膽執行計畫。
眼見三名人質拿著空油桶走過來，他指向自備電腦網路室，說：「進去！坐好別動！」
一人緩步走了進去，而身上仍穿著校服的一男一女，忽然停步。

「進去！」川仔大喊。

「我……我想……」身形瘦弱的女學生囁嚅說：「我想上廁所……」

「廁所？先、先，妳先忍著！」川仔再次號令：「進去！」

這時，男學生趁川仔不注意，轉身低頭，朝他的左小腿猛力踢下去……

由於川仔的左腿部位有後遺症殘留，他痛得嗚嚎一聲，但沒有倒下，揉按了小腿幾下，勉強撐起膝蓋。

男學生看川仔一副站不穩的樣子，遂用力推打他的臂膀，直到他向後跌了一跤，背袋裡的兩罐鋼瓶碰一聲著地，然後順勢緊牽住女學生的手，一起往樓梯口的主題展示區跑去。

川仔左手撐地，以右腳為支點，迅速站起來後，一舉衝過去撲向男學生。女學生見狀，馬上抽回手，身體瞬間退縮，一步步逐漸遠離開始在地板上扭打糾纏的兩人。

「你！……你敢踢我！」

川仔拋下火焰槍，槍口下垂至腰際。接著，川仔的兩條大腿牢牢箝住仰在地上的男學生，再張大手掌激烈地壓住他的下巴，佔了上風。這一刻，川仔的小腿和膝蓋傳來異常的抽痛，整條左腿的神經緊繃，剛才被踢中的那一下好像被銳利的尖錐無情地鑽鑿，內心也隨之燃起一陣怒火。

「不准你踢我！」

川仔嘴邊口沫飛散，兇暴地怒吼著。他沒發現，自己的血管在皮膚表面脹得浮出青筋，體內宛如發起一股充滿暴戾的飆風狂猛吹襲，一秒一秒促使他失去控制。左手狠狠地刮了男學生幾個耳光，另一手掌持續緊掐，一心只想竭盡所有力量鎖住對方的喉嚨。

男學生的身體小幅度抽搐，嘴角滲出血滴，一副快不能呼吸的樣子。

「不……不要再……」男學生奮力掙扎，眼眶泛出淚光，喉頭擠出破碎的字語，聲音孱弱。

「不、不要再打、打……打我了好不好……」

剎時，過往的記憶如電光般閃過川仔的腦海。

他現在正做的，是父親曾經對他做過的事。

不知為何，川仔一時鬆了手，在男學生面前握起拳頭拚命顫抖。

出其不意地，一隻白色布鞋的前端對準川仔的左小腿猛踹了兩下。那是女學生的布鞋。

川仔嘴裡頓時迸出撕裂般的慘叫聲，痛感令他的身體朝側邊癱倒，隨後他的身子像條被烤熟的草蝦呈現不自然彎曲，口中同時發出淒厲的呻吟。

「快逃！」女學生拉了男學生一把。

兩人往外奔逃之際，川仔知道為時已晚，於是轉頭朝內，發現那名剛進網路室的人質身體前傾、曲起膝蓋，擺明一副要跟著逃跑的預備動作。

「你！」川仔邊站起來，邊用血紅的雙眼瞪著人質吠叫：「不要動！」

「不……不要殺我……」人質往後退，投以哀求的眼神。

「你別想逃！我絕對不會放你走！」川仔猙獰地走向人質，咆哮說：「不管你逃去啥米所在，藏在啥米所在，我攏ㄟ把你找出來！」

說完，川仔猛然驚覺，自己脫口講出的，是父親從前對母親吼過的話。

回憶如同一小叢火苗，又彷彿接觸到現實的油氣，一下子於心房閃燃成一片大火。他不禁雙手抱頭，心跳加速，精神極度緊繃，口中發出連續啊啊啊的狂喊，感覺自己好像無法掙脫宿命的枷鎖。

「不、不！不對！我、我……我不是他，我不一樣！」

他甩甩頭，大力呼喘，重新抓起掛掉在腰旁的銲炬，蹣跚地走向人質，將槍口對著他，說：

「江宏山，給我轉過去！進去！」

※　※　※

「嗚……我要進去！讓我過去！」

一名中年婦人，滿面淚水，試圖闖入警方的封鎖線，一面嘶聲哭喊：「我兒子……嗚……兒子他說要去圖書館讀書……到、到現在還沒回家！」

現場的其中一位記者，一聽到她泣訴，立即衝到身旁，把麥克風抵到她的鼻頭前，開始詢問；其他記者一看到這景象，紛紛叫喚攝影師跟著走，趨近她身邊，不到一分鐘，原先的一位婦人瞬間如滾麵團般，人人擠成一球。

記者們朝同一方向互相挨壓疊身，口中拋出一連串問題——

『請問妳兒子現在多大？』

『這位媽媽，妳兒子目前平安嗎？』

『請問妳現在正在掉眼淚嗎？』

『妳現在流眼淚是非常難過的意思嗎？』

『妳兒子成為人質之後，妳現在有什麼樣的感覺？』

昊義在拿手機撥打號碼時，順耳聽到這些白癡問題，不禁感到一陣光火。更何況——根本不確定小孩是否成為人質，記者們便直接把假設當成事實，接續問話，竟還進行實況轉播，簡直不可理喻。

「志偉！」他氣沖沖呼叫：「志偉？人是跑到哪去了？……誰來把這些專問廢話的記者給我通通趕出封鎖線外！」

「學長學長，你叫我？」志偉正在通電話。

「對，把他們趕出去，現在！」

「等一下，學長。這邊逮到人了！」志偉把手機面板正對昊義，「就是蒙面戴口罩開車逃離的那個！」

「在哪裡？」

「中山四路，小港機場附近。他好像忘了撕掉膠布耶。現在不是半夜，這時段把車牌遮蔽起來太奇怪了，被小港分局那邊的警察攔下來臨檢。」

志偉話才說完，特勤中隊小隊長蔡清麟結束手機通話，他置於左肩胛的無線電傳出聲音——

『鷹眼二號回報，兩名人質正從二樓跑下一樓！重複回報，一男一女兩名人質脫困，正跑下一樓！』

由於剛才圖書館燈光熄滅，正面南向的窗簾也被拉下，於是清麟即刻指派兩名隊員，分別於兩定點搭配狙擊手，嘗試以夜視望遠鏡監看，很快地在窗簾的縫隙間取得最佳視角，窺看內部狀況。現在從無線電得知，有兩名人質即將跑出圖書館。

「林昊義，局長非常關注現場狀況。」清麟提醒說：「再幾分鐘，他和我上頭的大隊長就會到場了，他們可能會採取速戰速決。」

「不跟犯人談判，直接攻堅嗎？」昊義緊皺眉頭。

「我們有精良的武裝，配備攻堅搜索夜視鏡，搭救人質絕不是問題。」清麟拍拍自己的胸脯。「我擔心的是汽油。裡頭全是油氣，槍林彈雨很可能引發大火，後果不堪設想。」

周圍聲音吵雜，昊義一邊聽清麟說話，手機貼在耳邊，另一頭傳來的仍是「無人接聽」。分館主任江宏山的手機號碼，昊義已經打了十幾通，音樂鈴聲都快聽到厭煩了，還是沒人接起電話。

他正打算放棄時，右營分局的一位偵查佐領著一名女子過來，簡單說明她姓陳，是右新分館的館員之一。

「麻煩妳，再跟他講一次。」偵查佐對陳小姐交代完，即匆忙離開。

昊義問她：「小姐，妳怎麼了？」

「警察先生，好嚇人捏！」陳小姐面色驚慌，急忙說：「我跟很多人一起逃出來的，今天遇上這事情，超級可怕的！可是我有事一定要跟你說捏。」

「不好意思，我要打斷妳的話，先請問一下，妳有看到分館主任嗎？」

「啊呀，你好厲害捏，怎知道我要說的？」陳小姐一臉驚訝。

「他人呢？」

「我匆匆忙忙跑出來，結果沒看到他，大家也找不到，手機打也沒人接捏，主任一定是還在裡面啦。」

「他人下午沒離開？」

「主任中午叫便當啊，跟女兒吃完飯，一點多送她回家，四點又進辦公室忙到剛剛，兩個壞人一衝就衝進來了，超恐怖的！還有捏，一個壞人叫我們灑汽油的時候，另一個還問我主任在哪裡捏。」

「他指名要找江宏山？」

「對呀！我就納悶了，想說我們分館最近怎那樣衰，一下子掉了錢，一下子被縱火好幾次，現在又被壞人衝進去，鬧到現在超級大的……」陳小姐朝左右顧看，然後走一步接近昊義，用手輕輕遮口，說：「好像都跟主任有關係捏……」

「妳知道錢不見的事情？」

昊義想起，鼎漢開完分局的偵查會議，提到江宏山先前遺失五萬元，後來又找回一事。

「對呀，你們警察不是有來問我嘛。我跟你們偷偷說了啊。」

突然，封鎖線外圍的群眾響起了接連的掌聲。

一男一女現身於圖書館正門，身形瘦弱的女生扶著嘴角滿是血跡的男生走出來，兩名警察和守在救護車旁的醫護人員小跑步過去接人……

剛才被記者包圍的那名中年婦人，情緒崩潰地哭喊：「嗚……那……那不是我兒子……他是不是還在裡面？……他人是在哪啊？嗚……」

不過，記者關注的焦點已經轉移至正門。好幾台攝影機不停抓角度，其中一名女記者站在鏡頭前，說：

『是，觀眾朋友們，是的，我們的現場畫面呢，可以看到呢，犯人又釋放了兩名人質，太感動了，這個畫面實在真的這個呢，讓我們非常感動啊！大家一定可以聽到呢，現場所有人都在為他們歡呼鼓掌，真是感動。欸……

『然……然後呢，大家可以仔細觀察，兩人身上穿的制服，我們可以知道呢，他們是學生，而且我們也可以判斷，他們一個是男生、一個是女生……兩人的這個神情呢，現在非常非常緊張，受到非常大非常大的驚嚇，大家看到他們的眼睛已經哭到腫起來了，是的，現在呢，我們可以看到，警察正在跑、醫護人員也拿著毛毯在跑……』

此時，全台各大傳媒與社群網站，幾乎全將焦點放在右新分館的挾持事件。媒體於現場同步轉播，許多人在臉書上瘋傳、轉貼現場照片和影片，噗浪上有人將事件每分每秒的發展做成時間軸，批踢踢也掀起一股烈焰般的熱潮持續延燒，無論是新聞頁面或Youtube影片下的留言，對於犯人的行事動機和接續行動，數不盡的網友及網紅名人皆密切關注，彼此討論不止。

若擷取現場畫面將之定格，可能少有人會察覺到——封鎖範圍外的博愛路機車道上立著一輛拉風的銀白色ＢＭＷ重型機車，其車主身穿異於常人的服裝，衣著貌似一名劍士。

他脫下安全帽，兩手向後撥了幾下蓬鬆的亂髮。身邊的女助手從機車後方的置物箱內，拿取他專屬的深紫披風，和他一同走向封鎖線。

一名警員對他和助手喊：「你們幹嘛？不能進來！」

他們垂肩橫越封鎖線，再挺起腰身，接著和警員發生推擠。直至另一名警員也前來阻撓之時，數名圍觀民眾始注意到這位服裝怪異的男人。

「你聽不懂人話嗎？不要妨礙公務！」警員邊推阻邊說。

他無視警察阻攔，猛地用手肘直向前逼進，舉步踏入管制區。

該封鎖點的互擠狀況，看來似乎只是圖書館挾持事件外的一段小插曲。然而，全台正注目這事件的所有人料想不到的是，這段插曲將隨即融進主旋律，替整首樂曲畫下結尾的音符。

※　※　※

「我哥叫林昊義，刑大的小隊長……」婕妤想辦法替劍軒開路。「我們要找他……哥！哥！」

她的叫喚聲好不容易傳到前方。昊義環顧左右，才終於轉頭。

「讓他們進來！」昊義跑過來大喊。

兩名警員聽命，原本展開的手臂倏然鬆垂，放人通行。

「你們來這裡做什麼？」昊義問。

「這個……要……要問他……」婕妤怯怯伸手往後指。

此時，站在昊義附近不遠的警察，對著手機說：「是的，我了解，是……必須以人質性命為優先考量……是，長官，必要狀況下，我會發出警告，並准許制高組動用武力擊斃歹徒。」

婕妤身後的劍軒似乎是聽到了這段通話，一把將她推開，挺胸站到她前方，大聲呼告：「等等！你們以為用槍擊斃，便能封住此等妖物嗎？」

「什麼？」警察摀住通話口，撇頭朝向劍軒問：「你誰啊？」

劍軒懶得自我介紹的樣子，只聳了聳肩。

昊義跟婕妤簡單說，講電話的是特勤中隊的小隊長蔡清麟，目前由他負責監看現場。接著，昊義轉身對清麟引介，「他叫宋劍軒，是我朋……不，他跟我妹一起做事。」

「喂喂，沒看到我在執行任務嗎？請他離開，別來攪局！」清麟轉頭，繼續講電話。

「聽到了吧。」昊義問：「劍軒，你到底來做什麼？」

「妖物乃叫名**畢方**。祛除畢方，豈是槍砲之類物可及？」

清麟掛上電話，用懷疑的眼神打量著劍軒，顯露反感的表情說：「畢什麼？妖不妖物的，在鬼扯什麼啊！」

「你不信世間存在妖物，此是你個人的無知。」劍軒態度自若。

「你到底想說什麼？」昊義搖搖頭，又問：「剛才你在醫院裡，說江靜純有危險了，是什麼意思？現場目擊者指出，犯人跛腳，我猜想他可能就是江泰川。難不成你認為，他會做出什麼對妹妹不利的事情嗎？」

「江靜純在裡面？」婕妤問。

「江宏山下午送她回家了。小妤，現在有危險的是她叔叔，他和犯人在一起。」

「一發不可收拾嗎？……」劍軒不理會眾人，逕自望向二樓，攢眉弄眼，似有所思地說道：

「凡受妖物纏身者，其身心遭受無形佔據，於冥感中能察知牠的存在，有時甚能目視到牠具體的形象。」

「局長快到了，」清麟脹紅了臉，斥喝：「誰把這扯著鬼話的人轟出去？」

「鬼話？哼，此次所遇，非鬼非靈，而是妖物，更精確來說乃精怪之輩……我現在所要說的非常重要，你們聽仔細了！」劍軒吸一口氣後，張口滔滔不絕，「畢方是一種**木精**，自遠古時期即存在，年齡已不可考。依我個人推測，極可能是人類開始聚集，組成固著不動的**家**之後，畢方從而出現於人類的世界裡。」

「請大家稍微耐心聽一下……」

見哥哥表情扭曲，清麟更是不朝這裡瞧上半眼，婕好自然心想——在場大部分人肯定當劍軒是跑錯戲棚的瘋演員。可是，她對畢方和這次事件之間的關連有些微興趣。至少聽劍軒說清楚再被趕出去，也不至於擾亂現場秩序吧。

於是，她轉頭提醒劍軒，「老師，你想講，能不能講得簡要一點？」

「東亞地區的人類進入新石器時代後，取食文明自採集、狩獵逐漸發展成農耕。依據近日人類考古學的證據顯示，於西元前約七千年至五千年期間，有一段從採集狩獵轉為農耕的過渡時期，那時除了採集野生資源，例如栗子或栓皮櫟等具有高澱粉的堅果類之外，同時也養殖動物、種植數量不多的穀類作物。往後的三、四千年，始逐步進入完全的農耕狀態，發展出傳統中國的商代歷史文明。而記載了畢方此精怪的《山海經》，即是取自先秦住民留下的口傳紀錄。

「既是農耕，即有田地。原始先民必須守住田地，以家庭為單位，定居於肥沃的土地旁。於是，人脫離了巢居與穴居，開始建築房屋，起始階段當然不會完全採用笨重的岩塊或石板打造居所，而是選用適合搬運的輕便材料，亦即木材、木頭或竹幹，製作半地穴式[79]的住家，後來的版築技術[80]更需要大量的木材，結果便是，樹林遭受人類過量砍伐。以道家五行學說來看，每一文字都有它的五行屬性，而《周易》早已載明，此**家**一字，即屬**木**。」

婕妤焦急地說：「老師，現在沒時間說那麼多了吧，你的重點是……」

「嘖，不要插嘴！聽我說完！」劍軒一臉惱怒，「你們真是太無知了！自以為動用槍砲，即能對付此種千年精怪。」他續道：「畢方，乃是木精，存於**木屬之地**。由於人類過度砍伐樹林、以林木建造房屋，家庭的數量雖然遽增，畢方卻苦無棲所，只得依附於家庭的建材或用品中，對人類隱隱抱怨不平。因此，每當家庭發生權力不對等，不斷產生紛爭時，畢方便會趁勢出來作怪——牠，正是令家庭中的暴力延燒成猛烈火勢的精怪。」

「可是，現在的房子都是水泥，不是木頭建造的，不是嗎？」婕妤問。

「沒錯。但，現代人失去了和自然萬物對話的能力，當然也失去了理解妖物存在的機會。若以榮格心理學延伸而言，即便現今都是鋼筋水泥建成的高樓大廈，畢方也早已滲入了我們的**集體**

79 半地穴居的主要材料為木材或竹材，支撐穴壁的牆體為木骨，屋頂多是茅草，保溫隔熱性能不佳，做為屏障和防禦的功能也較低。

80 版築技術，以木板或木棍為邊框造模，注入黏性較高的黃土，以木杵翻攪均勻，等待乾燥後，再將木板拆除。現今的混凝土技術，即源於版築技術。由於傳統中國商代（約西元前一千六百至一千一百年）發展出大量的青銅器，為木造結構的建築及版築技術提供了極大的便利。

潛意識之中，成為**家庭裡暴力的潛在象徵**。」

「啊，我下午才上了一課。」昊義忽然像是領悟了什麼，冒出驚訝的語氣，說：「暴力的象徵，會無意識地表現，像是睡覺時……在夢境中顯現出來……」

劍軒點頭，接著講：「而且，我懷疑，畢方促使東亞地區構築出強大的父權。之所以家暴的施暴者多為男性，其中原因可能亦是如此。」

「父權？」婕妤疑惑地偏頭。

「父權，興於父系社會，乃不容置喙的事實。新石器末期，約西元前七千年至兩千年這段期間，被當代部分的人類考古學家視為——東亞地區母系社會轉變成父系社會的過渡階段——正巧也吻合人類邁入完全農耕、開始砍伐樹林的時期。

「雖然目前學界對母系社會的存在與否，尚存爭議，但東亞地區陸續發現零星存在的母系社會——例如台灣的阿美族、卑南族，或中國四川、雲南地帶的摩梭人等，再加以創世神話中提及女媧造人的蛛絲馬跡——可看出早期的社會制度確實是以母系為主，至少我是如此相信的。只不過，進入完全農耕後，轉成制度愈益堅實的父系社會，發展出強盛的家庭父權、甚至是中國歷代的男性帝權。不得不令人合理懷疑，此和潛藏於家庭中的畢方大有關係。」

婕妤思考了一會——男性有可能為了鞏固政權，把女性曾主導社會制度運作的大多數相關紀錄抹煞掉了。不過，這可以說是畢方造成的嗎？劍軒會不會說過頭了？

「那……這跟江泰川挾持人質有什麼關係？」昊義呼一口氣，皺起眉間紋，一副不耐煩的模樣。

「話說回來，」劍軒頓時闔上雙眼，慎重地說道：「五行運化，木生火。火，具有四處蔓爬的本性。倘若畢方口中叼銜的青藍火球落下，將同時降下災厄，令人類家庭中的暴力燒燃不止。更令人懼怖的是，牠展開與生俱來的羽翼，逕自翱翔，有能力垂直飛越世代的阻隔，持續延燒至每個家庭，而暴力所生的火勢，尤其是發生於木屬之地的烈火，絕對會傳承於世代中無止盡地蔓延下去。」

世代？暴力會在世代間傳遞下去嗎？──婕妤疑惑地想。家，為木屬之地。造紙的材料是木漿，因此收藏書籍的圖書館，本質也屬木。要是等會大火一燒起來，後果將不可收拾。如果劍軒說得沒錯，他接下來打算怎麼做呢？

婕妤正要開口，昊義搶先問：「那……你到底想做什麼？」

「我話已經說完了。」劍軒睜大雙眸，目瞳內顯露出晶亮的水光。「存在於人世間的妖物終究是得被收服的。」

傾刻間，劍軒毫不猶豫地步向圖書館的正門。

※　※　※

「站住！等一下！」

昊義來不及攔住劍軒，整張臉發成鐵青色。

婕妤居然也緊隨劍軒的腳後跟，快步走上正門前的水泥階梯。

「裡面很危險！」昊義緊張喊叫。
「該死！他們在幹嘛！」清麟也發出大怒吼。
現場的偵查隊員、特勤中隊、消防隊員、醫護人員、圍觀群眾等，所有人的視線一瞬間全都對準正門，極目注視著即將進入圖書館的男女。
『快，鏡頭朝這裡。』
其中一名記者趁警員不注意，帶著攝影師屈身穿越封鎖線。各台記者的畫面也立即跟上，衝進封鎖區。
『各位電視機前的觀眾，我們現在捕捉到一個畫面，這個呢，我們現在可以看到呢，有一名裝扮非常奇特的男人，他身上穿白衣黑褲，像是日本的劍道服，他的身後緊跟著一名女子……現在呢，大家可以看到，女子將一件紫色的……是的，很像是披風的東西交給男人……然後呢，男人現在邊走呢，邊做了一個披上披風的動作，對，他披上紫色的披風了！觀眾們可以看到吧？看來呢，這對男女好像打算要進入圖書館，他們行進的動作非常迅速……我們不清楚呢，他們的這個目的呢到底是什麼，他們會是警方派出的支援嗎？我們此刻正在了解……』
兩人的身影在門口處消失了。
「趕出去！」清麟火冒三丈，直狂喊：「把記者趕出去！」
婕妤是昊義唯一的親人，他可不能任妹妹跟著劍軒胡來。
情急之下，昊義解開腰際的槍套扣帶，立即朝正門奔去。
「你！該死的，你也在幹嘛！」清麟嘶聲吶喊。

昊義邊往前跑，邊回頭對清麟說：「給我一點時間。」

「上頭和談判人員馬上要到了！」清麟緊握拳頭，用力朝車蓋敲了一下，「胡鬧！你們真是胡鬧！違反規定，誰要負責？」

「給我幾分鐘就好！」

清麟深吸一口氣，猶豫了一、兩秒，然後將手邊的一支無線電朝昊義的方向拋過去，說：「十分鐘！就十分鐘！局長待會人一到場，我就保不了你們三個人了！」

昊義舉起手一抓，掌心啪一聲恰好接到無線電。

「我去帶他們出來。」昊義急切地轉頭，朝向圖書館繼續奔跑。

他背後傳來清麟清晰的話音——

十分鐘內，歹徒若有任何危急人質安全的動作，清麟會直接下令狙擊。

昊義一衝進圖書館，一股強烈的汽油味撲上鼻尖。

通過電子防盜感應門，他站在入口處時，突然覺得胸口一緊，非常難受。

左方新書展示區的書架地板旁邊，有兩本書燒成灰燼，左方再過去一點的自助借書區，也有好幾本凌亂散置於地板上。他猜想是人群逃命時被直接丟棄在原地的書籍。其中一本攤開，封面朝上，書頁浸泡於一灘汽油中。

一樓人員應該淨空了吧？——他沒時間仔細確認，鼻頭緊皺，強忍著濃重的揮發味，轉向右方朝樓梯口的位置走去。

每一階的梯面上同樣淋滿了油料，彷彿跟昊義迎面作對。

他才踏上第一階，突然間，一條火蛇從上方延階梯一路噴燒下來，直逼他的雙眼……

他用手肘擋住火焰，一腳卻踩不穩，向後跌坐在地板上。

然而，凶猛的火舌毫不留情，猶如張爪般攀上了油氣，迅然爬至服務台桌上，開始貪婪地噬食桌面上的東西。嘶嘶爆裂聲接連發響。

眼看烈火如電光之速快猛地延燒，昊義動彈不得，全身一時僵住了……

〔快、快出去……〕

後腦緊繃脹痛。父親死亡的情景浮露於無色透明的高溫外焰。

〔接力比賽的時候，你是怎麼跑的？〕

昊義下意識想划動手臂，神經卻像是斷裂般，無法動作。

〔跑！不准回頭！〕

他腦袋暈眩，宛若坐在旋繞的汽車座位中，無形的離心力令他不禁乾嘔了幾聲。

好涼，手心好涼！──

他勉強低頭一看，手掌沾滿了汽油，揮發的油液正吸收掌心的溫度。

心頭一驚，他嚇得手腳發軟，身體像被困在駕駛座上，想動都也動不了。

父親是我害死的、母親到死前都沒能原諒我──

昊義無法克制自己的愧疚感。他明知道此刻該保持清醒，但過往回憶裡的父親好像滲透至當下的現實，身影模糊，和昊義同樣坐在地板上……父親的腹部被金屬刺穿，嘴邊咳著血，皮膚遭受火烤，燒灼的白煙不停冒出……

手邊的無線電忽然傳來狙擊手的聲音——

『鷹眼二號回報，二樓的目標物挾兩名人質至北方閱覽區，另有一男一女穿過火場，朝目標物方向接近……』

不行，沒時間了，再下去妹妹會有危險！——

昊義抬起頭，盯住樓梯口猛然的火勢，心想自己一定上不去。

怎麼辦？——

〔你是我驕傲的、我的乖孩子……快……〕

父親的聲音從旁再次傳入昊義的耳殼。

不管我犯了什麼錯，父親仍是為了保護我而丟了性命——

昊義一鼓作氣，奮力爬起身，告訴自己：

「我——我不能再失去我的家人！」

然後，他轉身往後衝到自助借書區，低頭繞過火勢愈來愈大的服務台。

剎時，二樓挑空的玻璃牆砰一聲碎裂，昊義就位於正下方，閃著亮光的大小碎片朝他頭頂直直飛來，他試圖壓低肩膀躲避，一大塊尖銳的玻璃卻從右手臂滑過，狠狠劃出一道傷口，鮮血馬上源源湧出，滴到地板上，和汽油暈成一片血紅。可是他不管，更不顧額頭也被小片的玻璃刮傷，忍痛也要進入行政辦公區，繼續往裡面跑，終於看到了分館主任辦公室的門牌，接著他轉動門把，門沒鎖。他記得，辦公室裡的門邊有一台桶裝飲水機。

果然，立置於飲水機上面的二十公升水桶裡，仍裝有八分滿的水。

昊義立刻把水桶拆解下來，閉上眼，將桶身高舉過頭頂，往身上潑水。

一下子，他的頭髮、衣服、褲子全濕透了。

現在，可以衝上二樓的火場了——

他抛下水桶，張開眼睛，用手指抹去眼皮上的水滴……視線逐漸清晰，腦袋也變得比較清楚了。

此時，辦公桌後方有一樣東西映入他的視野內。他走過去，仔細一瞧……

某個想法突然如電流竄入他的腦袋。

如果說是這裡……

一瞬間，他發現自己今天忽視了一處重要的線索。因為整天持續不斷的頭痛，關鍵證據出現時，他竟未能注意到犯人的疏失。不過，他現在已經能大致拼湊出一連串事件的順序。

『林昊義？喂？』無線電再度傳出聲音。清麟以急迫的語氣問：『昊義？快回應！一樓起火了，從二樓樓梯口燒下來的，你那邊狀況怎樣？』

昊義按下通話鍵，說：「快叫消防隊進來滅火。」

『我們制高組沒看到你，你人在哪？』

「我在一樓。分館主任的辦公室。」

『你沒事吧？』

「我沒事，可是……請你叫我的人手王志偉進來，還有分局勘查組。」

『你要他們幹嘛？』

「叫他們快點來辦公室就對了。不准火勢燒進來，務必保全現場證據。」

『證據？是什麼證據？』

昊義交代完那件必得保存好的東西後，即刻奔出辦公區，重新跑回樓梯口，佇立原地，挺起胸膛，做了幾下深呼吸，專注地面迎越燒越大的熊熊火焰。

他堅信，真相就在樓上。

隨後，他拔起雙腿，跨步前進，並逐漸加快速度，奔向他不再感到畏懼的油火之中。

※　※　※

閱覽區和圖書區之間有一塊未擺置書架和桌椅的小空地，地面上滿是汽油。只要隨時存在一丁點火星，這一區便會全面燃起大火。

川仔把江宏山帶至空地，呼叱命令：「對，趴下！給我趴在地上！」

然後，剩下四分之一桶的汽油，從空中垂直淋到江宏山身上，直到頭髮、四肢、襯衫和長褲充分浸濡油液後，川仔再次威脅說：「江宏山！你敢動的話，我就馬上活活燒死你！」

江宏山的後腦腫了一個包，額頭也在淌血。

這時，川仔隱約聽到靠樓梯口的另一邊傳來腳步聲。

「不要動！」川仔說完，轉頭朝玻璃牆望了一眼。

樓梯口走上來一個內穿白衣黑褲、外披紫色衫衣的男人，他身後跟著一名女子。

看起來……不像警察？他們是誰？——

川仔沒時間想那麼多，立刻跑過去幾步，朝這對男女喊：「別再靠近！」奇裝異服的男人，他的眼神銳利，而且沒有要停步的意思。

「你們聽到沒有！」

川仔再喊一次。男人依舊朝他的方向繼續走，女子同樣緊跟他身後。

既然他們不停，川仔豁出去了，將火焰槍對準室內側邊玻璃牆上的汽油，打開火口，青色的火光彷彿嗅及油氣，馬上往樓梯口飄移蔓延。主題展示區的各種木架、木櫃，一時間著上火焰，從樓上迅速延燒到樓下。

「你是江泰川吧？」男人大聲問。他的雙腳好像不怕周圍成長得越來越大的焰火，一直向前接近。

「你……你誰啊？別再靠過來了！」

「嘖，真是怪了！」男人的腳可沒停，他輕鬆自若地說：「怎麼今天每個人都要問我是誰？唉，好吧，我就再說一次吧。旁邊這位，是我的助手林婕妤，而我名叫宋劍軒——是來祛除妖物的靈術師吶。」

突然，北方外頭傳進噗吭一聲巨響，川仔轉頭看，他身後的一整排窗戶頓時射進強光。圖書館外邊的操場上，有人開啟了強力照明燈，朝二樓打光。

閱覽區的小空地上，兩人伏趴在地板上，動也不敢動。

川仔頭轉回來，關掉火口，退了幾步，慌張地說：「靈……靈什麼……你神經病！不怕死嗎？走開！」

劍軒表情鎮定，和婕妤一同越過火池，一步步將川仔逼退至小空地。

「別再過來，不然我就燒死他！」川仔將槍口抵住江宏山的腰背。

展示區附近的火焰宛如四處尋找氧氣，火勢變得愈來愈強，木櫃迅速燒成焦黑，濃煙向上紛飛不止。同時間，一片挑空的玻璃牆砰地忽然破裂，形狀不規則的大小碎片往一樓筆直墜落。

劍軒和婕妤定住腳步，和川仔相隔十多公尺。

「快把兩個無辜的人放了，」婕妤勸道：「這裡危險，你也快點跟我們一起離開。」

「小妤，」劍軒偏著臉說：「受妖物附身的人，是不會輕易說走就走的。」

「你在說什麼？別想阻止我！」

「我不是來阻止你的。」

劍軒用眼神掃視四周，眉毛猛然彈了一下，然後軟化口氣，說：「我是來原諒你的。」

「什麼？」川仔稍退一步。

「你聽不見嗎？外面所有人，都想逮捕你。可是我說——我要來原諒你了。」

「你……你說什麼？」

「這一切，」劍軒以迷幻人心的口吻說：「一切不是你的錯啊。」

川仔手上的火焰槍在發顫。

「江泰川，這一切真的不是你的過錯，我說的對吧？」

「你……」川仔內心掀起一陣慌亂，「你到底想說什麼？」

「父親，不是你殺的，沒錯吧？」

「你……你在亂說什麼！」

「動手殺你父親的人，」劍軒緩緩出言：「是你的母親劉麗香，對吧？」

「……」川仔激動得無法回話。

「江泰川，我是來原諒你的。」劍軒又說了一次。

「別亂說！我恨我爸！是我拿刀殺了他的！人是我殺的！是我！」

「你一直忘不了五年前那天發生的事，對吧？」

「是我殺的！不是我媽！是我殺的！」

血紅的回憶剎時從川仔的腦袋湧出……

那天，父親手拿酒瓶，醉醺醺的闖進木屋後，母親被他甩了一巴掌。

「幹，」父親像禽獸般嘶吼：「原來妳和囝仔藏在這！」

「哎唷，阿民，麥擱打伊啊啦！」阿嬤出現在父親身後。

「這個肖查人欠教訓啦！」父親不理會阿嬤的規勸，一把用力推倒母親。

母親很快爬起來，說：「你在亂來，我、我我要叫警察來喔。」

「有警察撐腰，妳現在生膽啊呴。」

川仔原先坐在輪椅上，父親走到他旁邊，看不順眼的樣子，馬上大吼：「閃啦！」父親粗壯的手，直接把他的輪椅拉倒。

川仔跌落地面後，父親直接躺在客廳的藤椅，賴在原地不走。

「媽……」川仔忍著眼淚，叫喚母親。

母親的淚水已經淌出，趕到他身旁，說：「沒事、沒事的……媽去打電話找人幫忙……」

川仔抬頭看，父親站在母親的身後，握起酒瓶高舉起來，忽然朝她的肩膀猛力地一次次來回砸擊。任何人都無法忍受這種疼痛，更何況是母親。她痛得淚流滿面，實在忍不住了，一路逃上樓梯，和妹妹一起關在房門裡。父親一臉惱火，將酒瓶往木牆一甩，碎斷成兩半後，好像打算追上樓去。

「我來跟伊講，勸伊乖乖回去咱ㄟ厝啦！」

阿嬤花了幾分鐘安撫父親，要他坐好休息，便慢慢走上樓。

不一會兒，樓上先是傳來敲門聲，接著阿嬤整個人從樓上跌了下來。

很快地，母親跨過阿嬤的身軀，發狂似奔下樓，到廚房抓起一把水果刀，又衝到客廳，對著父親哭喊：「我不要回去！我不要跟你們回去！」

阿嬤橫在階梯上，摸摸腦袋，見母親手上的刀鋒指向父親，立刻從樓梯口爬起身。「哎唷，妳拿刀是咧衝蝦毀啦！」阿嬤慌忙地嚷嚷，向前跑過去，從母親背後抓住她的手臂。

母親轉過身，雙眼失神，朝阿嬤的肚子猛刺了一刀，又一刀、再一刀，利刃每次一抽出，鮮血便如潑墨不斷，濺灑至母親的雙手和衣服。彷彿想把對方的肚腹挖開般，她殺紅了眼，口中直喊：「我不要回去！我不要！我不要！……」

阿嬤的身體向前屈，腰部以上震顫不停，口中源源冒出暗紅的血流，眼神驚恐得不知想說什麼，陣陣的血腥味瀰漫四周。最後一刺，刀刃深深卡在腹部。阿嬤用僅剩的一口氣，頓朝母親噴了一口血，什麼話也說不出，倒下了。那一刻，母親放開了覆滿血液的刀柄，任人向旁邊自然倒地，木板上淌出一灘深紅。

「幹！妳……妳衝啥小？」

父親使蠻力撇開母親，呆楞地看著血池中的阿嬤。

母親被父親強大的手力推向木牆，一頭撞上去，頭殼重重叩了一聲。

「妳……妳殺……殺我老母？」

父親頭一轉，張起怒目，正要責備母親的樣子。忽然間，他的脖子被橫向劃出一道深刻的傷痕。瞬時，那道長形傷口噴散出殷紅的血霧，他緊急用雙手摀住遭劃破的頸動脈，可是止不住泊泊的血流。血液不斷從他的指間泌淌，覆滿手背，胸前的衣衫沒多久便滴滿了一片猩紅。他不禁跪倒，雙眼瞪得大大的，直盯住母親手上的碎酒瓶。

從頭到尾，年幼的川仔在現場目擊到所有景象……

至今，兩具躺在血泊中的屍體，身上染滿鮮血且失去理智、一臉木然的母親，以及妹妹坐在樓梯口，陪襯著人倫悲劇的嚶嚶啜泣——歷歷的畫面依然時常浮現於川仔的腦海。

「我來原諒你了。」劍軒走近一步，柔聲地說。

「不要亂說！」川仔的胸膛強烈起伏，強忍著不讓眼淚流出來，狂喊：「是我殺的！是我！是……是我殺的……」

「不，不是你。當時的現場，找不到刀子。因為你——保護了母親，對吧？」

「不是我媽殺的……」川仔激動地搖頭，但眼眶裡的淚珠已經滑落臉頰。「人是我……是我……」

「江泰川，讓我來原諒你吧。」

「我……」川仔無奈自己阻擋不了劍軒的話語，不禁痛哭出來，「是我的錯，如果……如果沒、沒有我，我媽就不用被我爸……」

「不是這樣的。出生在那個家，不是你的錯吶。」

「我不想、不想我媽被警察帶走……」

「所以，你盡力保護了母親，對吧？」

「我、我……我拔走了……刀……」

事發後，川仔見母親仍坐地恍神，呼喚她也喚不動，於是他到阿嬤的屍體旁，不顧鮮血沾染到自己身上，使勁將肚腹上的那把刀拔除。儘管那時的年紀才十一歲，透過各種社會新聞及電視上的懸疑偵探卡通，他很清楚那把刀子是凶器。若不想要警察查出真相，只能把凶器藏起來，讓大家在現場找不到——這是純真的川仔於當時有意掩蓋母親的罪行，所能想到的唯一辦法。

當跛行出了木屋，在門前，他回頭望了母親一眼。隔著紗窗，他甚至下定決心，讓自己成為弒父的兇手也無所謂。

然而就在那刻，姓曾的警察叔叔在屋外下車，看見了他。兩人視線交會了數秒，川仔立即把刀子藏起來，一拐一拐地快步逃離。不知腳步踏了多遠，他終於到了印象中看過的那口古井。隨後，他將手中的刀子丟棄於井中，期望永遠沒人能找到它。

往後的五年，他隱瞞身分躲在鄉下地方，除了保護母親，也是為了逃避自己從阿嬤身上拔刀一事。他常想，如果那時打電話叫救護車，阿嬤的命是不是就能救得回來？他願意在鄉下和許婆一直生活在一起，陪伴著她、幫忙她種菜，多少是為了減輕自己犯下的罪過。

可是，罪惡深藏在井裡，也從此埋藏在川仔心底。

※　※　※

另一邊的火勢越燒越大，又一片玻璃牆受高溫而破裂。

婕妤雖然擔心火焰順油氣燒過來，但她仍然盡可能按捺住緊張的心情，靜靜聽著劍軒和江泰川的對話。

「這一切，不是你的錯吶。」

擅用語言做為武器的劍軒，不斷以幻惑的語氣重複這句。

泰川的態度不如剛才那麼強硬。他淚流滿面，說自己拔走了刀子。

令婕妤訝異的是——劍軒怎麼知道，泰川的父親是劉麗香殺死的？

如果是五年前的案件，又和當下的局面有什麼關係？

「不管、不管是不是我的錯……我都得結束這一切！」

泰川再施力將火焰槍口抵住人質的背部。人質伏在地上，全身潑滿了汽油。

「你，想屈服於妖物底下嗎？」

劍軒正氣凜然地喊道，和方才的口吻全然不同。

「只有這樣做，」泰川低頭盯住人質，「我才能終結一切不幸！」

「真是麻煩死了！」劍軒採取威脅的語氣問：「我非得逼出妖物，你才肯罷手嗎？」

泰川脹紅了臉，用手背抹去淚水，轉頭朝劍軒說：

「你……你沒看過那對翅膀！還有那顆青藍色的火球！」

「你果然看到了呀。」劍軒威嚇問道：「是那妖物正在控制你吧？」

「我能感覺得到……我也看得到……」

「當然，我相信你能。因為那是存在的，對吧？」

「那東西把我的家毀了！可是……也給了我力量！」

「我了解的。不過，那種東西——原本即不是我們人類該看到的東西。」

「在那個家，我一點選擇也沒有，我就是看到了！一直都看得很清楚！」

泰川的情緒激動至極點，彷彿光憑他的憤怒即可燃起熊熊烈火。

「所以我說，這一切不是你的錯吶。」劍軒的字句清晰，續道：「然而，你此刻如果臣服於妖物底下，一切將無法挽回。你想要一輩子受到控制嗎？」

忽然，婕妤斜眼一看，昊義蹦身於二樓。

他全身濕透，手上執槍，快步移動至劍軒身後，把槍口對準泰川，嚴厲地高聲喊：「放下！快，現在就放下！你有什麼話，對江宏山有什麼不滿，跟我回警局再說！」

聽昊義說完，婕妤意識到，趴在地上全身滿是汽油的是分館主任。

「快把兩人放了，好不好？」婕妤也向泰川勸喊：「火很大，真的危險，我們一起先逃離這裡，好不好？」

泰川停佇原地，受三人軟硬逼迫，終於把槍口從人質的背部撤離，隨後退了兩、三步，倒坐在一灘汽油中，一副準備束手就擒的頹喪模樣。

昊義壓低槍桿，仍步步謹慎往前。

婕妤慶幸終於結束了，也鬆了口氣，走向前想去攙扶兩名人質起身。

這時，劍軒突然閉上雙眼，大大展開雙臂，擋住昊義和婕妤的去路，說：

「你們兩個站住！」

「老師，你做什麼？」婕妤覺得莫名其妙。

「直接拿火焰槍衝進來，又留不住大多數人質，任其逃跑出去。如今大肆引來外界矚目的衝動行事，我怎麼想，都跟寫下恐嚇字條的犯人個性不合。」

「你在說什麼啊？」婕妤問。

「不要靠近！」劍軒說：「畢方——此妖物即將現身了。」

※　※　※

昊義手邊的無線電傳出聲音——

『鷹眼二號回報，目標物退步坐地，已遠離趴在地面的男性人質……』

『等等……現在，另一名趴地的人質起身站立……』

『人質站起來……朝目標物的方向走近！

『重複回報，另一名人質朝目標物方向走近！

『請給予指示！請給予指示！』

只要人處在火場邊緣，不用無線電通報也能見到這個不自然的畫面，加上四周令人幾近窒息的揮發性氣味，更令整體空間逸散出一股詭異的氛圍。

「妳是……？」婕妤眼愣愣盯住起身的女性人影。

她身形瘦小，穿著水藍色的短袖上衣，從容不迫地伸出手指，撢拍掉暗紅色長褲上的灰塵，接著彎腰欲攫取江泰川手上的火焰槍。

「放棄吧。」泰川緊抓銲炬，堅持不讓。

「哼，你也太懦弱，沒幾下子就放棄了，我真對你無言耶，哥。」

「警察都來了。放棄吧，小純。」

「叫你對著禽獸灑汽油，你也不敢，真是的。哼，我告訴你，要死大家一起死！」

指使江泰川縱火的人是妹妹江靜純。

不過，昊義並未感到意外。志偉中午告訴他，兩張恐嚇字條都採集到江宏山和江靜純的指紋。第二張字條，確實是她拿到手，闖進辦公室後，說是自己在江宏山的汽車擋風玻璃發現的；但是，江宏山擔心會影響她即將參加國中會考的心情，所以瞞著她，沒向她提過第一張字條的事情。再說，她一進辦公室，看到第一張字條後就昏倒了，不論是否假裝出來的，她都沒有機會碰觸紙張。因此，第一張字條不可能會留下她的指紋。再來，便是劍軒剛才說的，謹慎寫恐嚇字條和衝動實施縱火的應該不是同一人。

綜合看來，昊義認為合理的解釋是，恐嚇信是江靜純寫的。現在的情勢，更指明了她就是泰川行動背後的指使人。

「妳為什麼寫那樣的恐嚇信？」昊義的槍沒離手，指向她說：「我去找過妳的諮商心理師了。妳聽到巨鶴兩字，應該會恐懼、有壓力，可是妳卻在恐嚇字條上面……」

「喔，那個兩光心理師喔，我是真的看到了那隻鶴唷，可是我可不怕哩，我哥說的不錯，那東西毀了我的家，可是也給了我在這個醜陋的世間生存下去的力量。」靜純見泰川依然將火焰槍拿得緊緊的，只得退一步放棄。「至於什麼恐懼、壓力的，演給她看她也信，呵呵，真是夠了。」

「妳今天的目的是什麼？」

「燒死這傢伙咩。」靜純走到江宏山旁邊，臉上又是一抹冷笑。「你們要一起陪葬，呵，我可不介意。」

「果然是妖物著身。」劍軒嘆道：「妖鶴啣住青藍的火種，自恆久的遠古時代翱翔至今，給人類的家庭降下多少災難。牠飛到江宏民的父親身上，又著身於劉麗香的母親，再滑過江宏民和劉麗香的家庭，現在落到妳身上了。」

昊義回想諮商心理師戴秀蘋說過的，於暴力家庭中的小孩長大後，男性成為施暴者、女性成為受暴者的機率很高。

端看這兩戶人家：江茂財經常對妻子出手施暴，把毆妻當成家常便飯；蘇媚英則是終年飽受丈夫毒打，最後忍無可忍，舉刀刺死丈夫，並將屍體運至山林裡焚燒。江茂財的長子江宏民，和蘇媚英的女兒劉麗香，兩人婚後彷彿促成了如劍軒所說的更強大的火勢……而劉麗香，她在原生家庭的陰影下長大，記憶裡早種下了「受丈夫虐待」與「殺夫行為」的幼苗。她的行為完全自上一代複製過來。

「什麼妖不妖物的，呵，我躺在地上，從剛才聽你鬼扯到現在。」靜純的右手伸進口袋，掏出一只打火機，「就算妖物在我身上，那又怎樣？」

「不准動！」昊義眯起眼，手槍準星鎖定她的手腕。

「這裡汽油味那麼重……」靜純露出邪笑，說：「你打算對我開槍嗎？喲，不怕走火嘛！」

「打火機，給我放下！五年前歸仁發生大火，妳現在想重複做同樣的事嗎？」

靜純的眉梢輕微抖了一下。昊義注意到了。

「氣爆，果然是妳幹的。」

昊義推敲，泰川為了保護母親，攜兇刀離開現場，而曾德榮緊急到場，看見兩具屍體後，肯定也為了保護劉麗香，迅速帶她離開，暫時安置在同事盧國翔家中。如果曾德榮企圖掩飾屍體身分而引發瓦斯氣爆，他不可能留小女孩一人於危險的現場，應該會連同江靜純一起帶離。曾德榮當時內心應該相當慌亂，也許麗香情緒失控，他無力同時照顧母女，一心只想趕在其他警員到場前先保護麗香，而有意折回去處理命案。不料，他和麗香在盧國翔家中時，有人通報說木屋現場發生了氣爆。

而且，不論怎麼想，昊義實在不認為曾德榮會是那種在小孩面前燒毀屍體的刑警。

「是妳……」婕妤目瞪口呆，向靜純問：「屍體是妳燒毀的？」

「拜託喔，大姊，妳那什麼神邏輯，別亂瞎猜了嘛！我可沒興趣燒屍體咩！」靜純邊把玩手中的打火機邊說：「那酒鬼的喉嚨被劃開了，可還沒斷氣呢。我看他那時咳好多血，痛苦得要命，所以咩，我不過是把廚房的瓦斯爐打開，從他身上拿出一包菸，然後點燃其中一根，放在他旁邊罷了。」

「妳為什麼要這麼做？」

昊義無法想像，當年才十歲的女孩，居然把火當成是玩具一樣使弄。

「為什麼？呵呵，你是明知故問吧，那酒鬼天天揍自己的女人就算了，連自己生的小孩也一起揍，揍到小孩的腿都斷了，你覺得這種人還配當人家的爸爸嗎？他在一灘血裡躺倒時，我才領悟，原來我也能擁有強大的力量，不需要再依附那個只會成天動拳頭打女人的酒鬼，也不用依靠那個屈服在酒鬼底下的女人。哼，她竟然把我丟在現場，自己跟男人逃走了，虧我哥那樣用心，走路都走不好，還硬跑出去幫她把刀藏了起來。」

原來，她不但恨父親，也憎恨自己的母親——

昊義突然想起，靜純進行沙遊心理治療時曾排出的沙盤：鶴鳥在屋上盤旋，小羊躲進房屋，而羊媽媽逃到角落，挖洞將自己埋起來，最後在洞裡悶死了。

按照諮商心理師戴秀蘋提到的，沙盤基底的沙子是生生不息的「大地之母」，既屬陰又屬陽，象徵一切生命死去的回歸之地，也意味所有生命死亡後的新生。那麼，「羊媽媽把自己埋在沙土中死亡」的畫面，似乎也代表著「母親藉死亡獲得了重生」。

人在木屋現場目擊真相的靜純，她無意識擺排的沙盤，其實早已吐露出現場的真相了吧——不知為何，昊義此刻彷彿可以體會靜純的感受。

昊義無理的任性害死了父親，導致母親從此冷落他。母親的冷落和拒絕對話，他內心始終無法理解，也無法諒解。他一直很想問母親：「在家中，妳為什麼要把我孤立在一旁？」「妳為什麼對小妤特別好？」可是，他身上背負的罪惡感令自己問不出口。母親施予的更多冷落，只造成昊義無法說出口的更多歉疚，以及形成他往後更乖違的叛逆性格。母子關係，成了旋繞不止的惡性循環。

拿靜純的心態比照，她人在兩具淌血的屍體旁，眼睜睜見母親和曾德榮遠去，沒帶上她一起離開，心底一定更加不知所措。或許，她先是懷疑自己做錯了什麼，從此逐漸認定自己是有罪的，因為自己做錯了什麼，母親才會拋棄她。

她和昊義一樣，是寂寞且無助的孩子。

想到這裡，昊義莫名生起同情，不自覺放低槍身。

靜純抬起左手，用手指梳理自己的瀏海，俯視了坐在地上的泰川一眼，又轉頭說：

「我哥唷，他回來的時候，遠遠看到我站在爆炸起火的房子前面，可是我舉高雙手，揮動手掌，要他別靠近，然後你們一定想像不到的，我用體內強大的力量，隔空把他『推走』了。」她豎起右手拇指，貼住打火機小巧的輪形汽杯，「可是咩，我哥的意志太薄弱了，今天本來是要他為我做好這件事的，想不到你們來攪局，嗳，搞得還是我得親自動手。」

「放下！」昊義警覺不對勁，再度舉槍瞄準，大喊：「有話好好說！」

他一面盯住靜純的動作，一面想叫婕妤和劍軒先逃。
「噯唷，我不想說那麼多廢話了。」
靜純說完，拇指來回擦動汽杯，啪嚓啪嚓厮磨火石。
昊義扳開保險栓，再顧不了那麼多。
「妳……」婕妤追問：「妳到底想做什麼？」
「不干妳的事。」
靜純在分館主任身旁蹲下來，打火機混於蒸騰的油氣之中。
此時，劍軒開口呼道：「小妤，不要問！」
「什麼？」婕妤一臉困惑。
「小妤，千萬不要問！她今天指使江泰川於圖書館放火，並非挾持無辜的眾人，她的目標唯有一人，即是眼前的江宏山，」劍軒向前移動一步，正面迎對靜純，說：「目標就是他，我說的沒錯吧。假若這場火真燒得起來，絕非偶然，而是必然。我想，妳就把火花點燃了吧。」
「劍軒，你在幹什……」昊義的食指扣在扳機上，焦急地問。
他有意跨步奪取靜純手中的打火機，可是自己和她的距離至少有十步之差，實在沒自信能箭步衝過去阻止她點燃火石。
只能選擇開槍了嗎？小妤人在現場，難不成只能賭下去了嗎？——
昊義信賴自己精準的槍法，但不確定子彈衝出槍膛的瞬間，是否會早一步擦出火光。

※　※　※

婕妤聽劍軒不自然地任由對方點火，忽然醒悟——靈術師即將施法，展開一場逐妖儀式。

她悄悄移步，至昊義身後輕拍他的腰背，要他把槍放下。

「可是，江靜純，」劍軒表現得泰然自若，說：「我們幾個人葬送火窟之前，妳應該感覺到了吧。」

靜純皺起眉頭，笑問：「感覺到什麼？」

「那個形體，想跟妳最後再好好對話一次啊。」

「什麼？什麼形體？你在唬弄我嗎？」

「啊，對了，依妳的年齡來看，妳應該不清楚吧。」

「我要清楚什麼？」

「唉，還得我解釋，真是麻煩。」劍軒搖搖頭，轉向婕妤，搔著腦袋問：「那個……這個年代，形容小孩幼稚、無理取鬧又以為自己已經長成大人的詞叫什麼的，小什麼孩的……」

「小屁孩。」婕妤從容回答。

「沒錯，就是這個。」劍軒重新面向靜純，甩了甩披風，沉穩地說：「人有所謂**魂魄**，先秦時期即有**魂**三**魄七**的五行五數相配之說。約至東漢時期始出現三**魂七魄**的正式名稱，尤其於《靈書紫文》有詳細的記載。三魂七魄，妳應該耳熟吧？」劍軒沒打算停話的樣子，以流水般的速度續道：「往後至唐代，受佛教影響，三**魂**的順序略有差異。然而，那不重要，唉……因為妳現在不過是個無知的小屁孩吶！說得再多，妳肯定聽不懂，我嘛就說得簡單一點吧——人的三魂七魄，陷入昏迷時，名為**爽靈**、**胎光**、**幽精**之三種魂神，會以各種不同的方式脫離身體，四處遊蕩。」

「哼，什麼魂魄的？你又在鬼扯什麼？」靜純的眉頭蹙得更深。

「妳要說魂神是一種鬼魂，也無妨，會飄盪至四處的，確實與恍如氣態的鬼魂相仿，妳就如此看待吧。總之，倘若妳此刻點火，以後即不會有機會了。」劍軒拖著十分篤定的語尾。

「什麼機會？」靜純的拇指暫離汽杯。

「唉，真是無知啊。」劍軒笑著嘆了口氣，「妳的母親躺在醫院，現正陷入嚴重昏迷，這件事妳不會不知道吧？」

「干我屁事。」

「妳母親可全都知道吶。我來此地之前，在醫院裡給她進行了召喚儀式，已經將胎光、幽精召回至病床，可是唯獨爽靈之魂，始終無能喚回入體，反而一路上跟著我來到這裡了，唉，無知的妳，仍舊感覺不到嗎？」

劍軒頓時闔上雙眼，瞬即伸出雙手，開始比起「九字真言」的手印，以平淡、宛若唸咒般的話音說道：

「臨、兵、鬥、者、皆、陣、列、在、前——

「人的魂神一旦脫離形體的桎梏，其道心真性即可自在來去，穿越三界時空……

「所以，妳母親都知道妳所遭遇過的一切呀——」

劍軒說完，再次唸誦九字真言。一字一字，音量抬升，接續說：

「啊，江宏山對妳做過的事情，她都看到了——

「好多不堪入目的畫面！唉，真的好多啊！」

劍軒像是中邪一般，語調、口氣、口音全倏然轉成尖高的呼聲。

「你……你說什麼……」

靜純牙齒咬住顫動的下唇，上半身也忽然變得激動，開始晃抖。

「真是、真是可憐的孩子啊！」

「住……」靜純大喊：「住口！」

「啊，好清楚的畫面吶！」

「你住口！……住口！不要說了！」

「小純——可憐的孩子！」劍軒的喉嚨發出極不尋常的女聲。

室內的油氣濃度足以令空間中所有人的精神逐變迷幻恍惚，加以靈術師突高又漸進平滑的語音，猶如形成一股順暢的氣流，並幻化為攝人的雷電聲響，從高處重重劈下後，回音再散瀰漫於四周，不絕於耳，儼然構成一塊卓殊特異的靈動氣場，只有中咒者才能深覺並體悟的結界……

「鬼扯！鬼扯！鬼扯！你在鬼扯！」

靜純在劍軒塑形的場域中不停揮手、掙扎，彷彿想要自氣場中脫逃。

「我可憐的小純啊！嗚……我……我看到了！」

劍軒緊閉的眼角旁，彈指間竟然滲出了淚水。

「我不准妳說出來！我不准！快住口！」

靜純嘴裡近乎歇斯底里地嘶喊著，腳步朝劍軒的方向直奔。

「對不起！我不……我不該拋棄你們兩個……」

話音未結束，劍軒已淌下兩行熱淚。

靜純仍不及反應時，劍軒的涕淚即刻狂暴迸溢，宛若高漲的江波，又如氾濫成巨勢的洪流，一陣陣撲向靜純稚幼的心靈。婕妤再分辨不清，劍軒當下是在施法，抑或被什麼東西附著於身，藉機傳遞什麼訊息；她只隱隱感覺，假使青藍妖鶴當真存在，淚眼匯集的水勢會霎時掩蓋鶴羽，連鳥喙所啣的焰球也會隨之受撲蓋，激起火水急速相觸的嘶嘶聲響，有如靜純此刻劇烈的啜泣悲咽。

「呃……嗚……嗚……」靜純衝過來，砰然跪倒在地。

劍軒依然閉著雙眼，持續淌落淚滴，並且像突然失明般驚慌失措地摸空行走，沒踏幾步即被靜純的身形絆倒，整個人側臥在她身邊。

「媽——真的、真的是妳嗎？為什麼！為什麼！……」

靜純把打火機扔擲一旁，先是邊嚎叫邊使勁捶打劍軒的肩膀，直至無力宣洩之後，才伸手緊緊環抱他的頸項，源源掉下淚水，全身顫抖地說：

「嗚……為什麼妳……妳要拋棄我？……」

※　※　※

小純的泣訴恍似叫喚著川仔。

他急忙解開背帶、丟下火焰槍，爬起身往前走，想安撫妹妹。

警察收起槍，掏出手銬，迎面而來。

見警察走近，川仔以為自己即將遭逮捕。可是警察和他擦肩而過，扶起狼狽不堪的叔叔，說：「江宏山，我現在以恐嚇取財罪逮捕你……不，還有好幾條罪狀等著你。」

「什、什麼？」叔叔擦拭額頭上的血漬。

「偽造火場的焦屍報告並不容易，除了曾德榮和偵查隊長盧國翔動手腳之外，還需要家屬指認屍體，那個人就是你。」

「屍體燒成黑麻麻的，我哪認得出來？認錯人，不是我的錯吧？」

「你連自己的母親也認不出來？」警察提高嗓門。

「……」

「五年前的案件中，我一直覺得缺了一塊拼圖。仔細想想，溺愛著、始終護著小孩的母親，整樁案件都見不到蹤影，連小孩死去也沒出面認屍，實在奇怪。」

「我媽……她後來失智了……她在火災後就失蹤了，我有去報案！你們儘管去查！」

「要是我記得沒錯，你父親死後，留給你們一筆財產，你母親和你們兄弟兩人，每人可分到各三分之一。可是你覬覦母親那份，心想只要母親失蹤滿七年，就可宣告死亡，取得財產；另一方面，江泰川失蹤、你哥和你大嫂被宣告死亡後，你會收養江靜純，也是為了這個目的吧。」

「我今天是人質、是受害者耶！你說這些有什麼證據嗎？」

「我的人手已經在樓下辦公室了。」

「辦公……室？」

「你的辦公桌後方——那台印表機。」

警察說完，叔叔一時陷入沉默。

「你一定想不到，江靜純用桌上的電腦和印表機，打了恐嚇字條給你。而你也一樣，用同樣的印表機，印出恐嚇信件給曾德榮和劉麗香。這也是為什麼兩份恐嚇訊息雖然用不同的字型打出來，紙張上卻有相同的三角形汙漬。我剛在一樓，看到印表機上還擺著印出的一疊資料，每張紙上都有一樣的汙漬，所以叫人保全證據了。」

「跟我沒關係，都是她寫的！」叔叔指著妹妹說：「對，是她！都是她！」

「別小看我們警方的鑑識能力！」警察大吼，又壓低音量說：「文件就算刪除了，也會留下紀錄，到時看文件建立的時間，再比對辦公室上方監視攝影機是哪時候的畫面，就可以知道是誰了。」

「我要……我要請律師。」

「你當然有這個權利。可是，你已經脫不了關係了。五年前變造劉麗香假死的知情者，只有你、曾德榮、盧國翔和他弟弟。盧國翔車禍死亡、他弟弟一心想升官，唯一會拿這件事恐嚇曾德榮的就只剩你了。你現在把責任推給江靜純，真是可笑，她今天幹出這種事，再怎麼蠢，畢竟是小孩。」警察越說越激動，脹紅了臉，用責備的語氣問：「五年前家中發生變故，小孩能安然無事在木屋外面拍照嗎？小孩會向人勒贖五百萬嗎？她需要嗎？她拿到手不怕被查出來嗎？」

警察吐了一口氣，彷彿自言自語，緩和地說：

「跟我、跟每個小孩一樣……她需要的，只不過是家人不離不棄所給予的安全感，還有在心理上的起碼一點點的關愛。」

不知道妹妹是否清楚聽到了警察的話，她將流淚倒地的男人抱得更緊，由啜泣變成更淒厲的哭喊，不停叫道：「媽！——」

川仔勉強挺直身體，朝妹妹一步步走向前，回憶湧上心頭……

那天是連續假期的第一天，他和阿欽在水底寮南興休息站旁邊擺車賣菜，有個女孩從廁所的方向跑過來，她一眼就認出了川仔。

「哥！」她遠遠叫喚，眼眶泛起淚光，說：「我、我終於找到你了……」

她好像有很多話想說，可是同學的父母在另一頭等人。他們要去墾丁玩，中途來休息站找廁所。

「等我一下……」妹妹匆匆跟阿欽借了紙筆，記下了自己的手機號碼給川仔，拋出祈懇的眼神，「拜託，你記得一定要打給我。」

兩天後，川仔趁許婆睡覺時，用她的室內電話聯絡上妹妹，兩人講了將近一小時，但多半是川仔聽她哭泣。她說，叔叔成天肖想錢，這兩年還經常在半夜去房裡侵犯她，甚至拿五年前在木屋拍到的照片威脅——如果想讓母親現在隱姓埋名的生活過得好一點，妹妹就得乖乖聽他的話。更令她憤慨到難以接受的是，她最近在叔叔的電腦裡發現了恐嚇母親的文字檔案。

「報警吧。」川仔勸說。

『不可以！這樣五年前的所有事都會被……』

如果揭穿了，母親的身分勢必從世間復活。川仔心想，妹妹既不想見到拋下她的母親，可是又不想讓叔叔得逞，她心裡應該很矛盾吧。

『哥，你幫我殺了他。』

「殺人？我……我做不到。」

『我想活活燒死他！我要讓他反省自己的惡行再送他去地獄！』

「我沒辦法……」

『你是我哥，不是嗎？你不是我唯一的家人嗎？你如果不幫我，我這幾天就去自殺。』

「我真的做不到……」

『那我死了好了，』妹妹委屈地說：『反正我想死已經想很久了。』

「小純，不要衝動好嗎？」

『那你救我啊！從那禽獸手上把我救出來啊！』

像川仔這般年紀的孩子，他當然不懂妹妹的言語是一種情緒勒索，更不了解她實際追求的，是連帶自身的毀滅，而這種毀滅一切的心態是會感染的，尤其川仔和她是在同一家庭中長大的小孩。他挨不過妹妹強勢的要求，只能請她暫緩，給他幾天時間思索。接續兩天，他絞盡腦汁，甚至想出採取縱火去警告叔叔的方法；如果還有機會，他真的想讓妹妹逃脫現在的生活。

就在此時，阿欽的母親病倒了，需要用錢。一切彷彿順理成章往縱火的方向發展。

後來，妹妹從叔叔身上偷得五萬元。據說那筆是公款，叔叔很快便發現錢是妹妹偷走的。『哼，他上我的次數可多了，給我一點零用錢花，才五萬而已，算得了什麼？』妹妹得意地在電話中向川仔訴說，並告訴他，叔叔隔天自己掏腰包出來墊公款，沒人懷疑五萬元的下落，而她會依約，於三月九日第一次縱火的幾小時前，將錢壓在公園的岩塊下面。

縱火有了第一次，便有第二、第三次，每次隨妹妹愈益失控的情緒及自我了斷的怨念，無形的毀滅愈加勢不可擋。儘管欽仔從旁扮演看顧者的角色，多次勸川仔不要危險送死，但川仔內心無法擺脫「必須守護家人」的想法——不管事情怎樣發展，小純是我妹妹，我一定要去救她。

此刻，龐然的火勢在川仔眼前持續延燒，正是接近毀滅的證明。

妹妹緊緊抱住的男人說，有種具有飛翔能力的妖物會附著在人的身上。

他說的，和我看到的，究竟是不是真的存在現實當中？——

川仔覺得自己現在無法思考那麼多，他只是撫按著劇痛且幾近無力動彈的左腿，將全身重量直壓在另一條腿上，賣力一步步蹇曳向前，不顧額頭猛冒出的汗水滲入眼裡……

小純，不要哭！——

他內心竭力吶喊著，終於跛行至妹妹身後。

我來了！——

他使勁展開雙臂，宛如一對剛分離的初生幼翼，身體並蹲下來貼近她，同時敞開已經成長得厚實的胸膛。然後，他用身上這對充滿異常溫暖的羽翼，細心地包覆著她的身軀，恰似產後的母親將呱呱落地的嬰孩緊緊環擁。

我來保護妳了！——

不管世界上是不是存在那種妖物，他的想法依然堅定不移。

終章之二

房門推開至底，她這段人生記憶就此終結。

下一段記憶的新主人成了美芳。

記憶的起始點，她跪在客廳，兩掌朝上抬於胸前，顫抖的十指與掌心滿是鮮血淋漓。她的前後方各躺了動也不動的屍體，空氣中飄散著血腥味，暗紅的液體濺灑四處，在木製地板上構成狂躁、混亂的圖案，彷彿她當下的意識。這時的她，猶如從產道蹦出的嬰孩，對未知感到慌亂，卻也同時獲得新生。

隱約記得，推開樓上房門的人是婆婆。

婆婆陪同那隻怪物來這裡，執意要帶她和孩子回去那個如同監牢般的家庭。

糾結成一團的記憶中，她好像把婆婆推下樓梯，迅即一路衝來樓下，不知何時，手上好像拿著碎裂的酒瓶，又好像握上了利器，也許是廚房的刀具，總之這過程，她宛若受什麼無形的東西附著於身，待意識稍微清醒，眼睛對焦，只見地上兩具橫躺在血池中的屍體，一具的脖子在泊泊冒血，另一具的肚子被徹底劃開，連殺人的凶器也消失了。

小孩呢？——她緊張地左右顧看，尋找孩子的蹤影。

泰川不見了。只有小純一人瑟縮於樓梯口，表情僵住不動。
又，不知什麼時候，德榮出現了，跪在她身旁，沉重地說：
「我來保護妳。」
「我……我、我不想要了！」她哭喊：「我好累！我真的好累！」她傾身至德榮的懷中。並非對他產生男女間的情愛，只是想尋求一時的溫暖。
殺掉兩人，必得負上刑責，她將被迫和孩子切斷關係，這和她一直以來想守護兩個孩子的心情產生了矛盾，也讓自己陷入更大的混亂。她想像，倘使自己入獄服刑，孩子不就像她小時候一樣，得飽受社會周遭的有色眼光看待嗎？甚至，孩子將會成為媒體追求獵奇報導的受害者。母親殺夫焚屍，自己也走向相同的宿命，她頓時失去了體溫，感覺好冷。
德榮張開手臂，緊緊摟住她的腰。
「我，陪妳一起承擔……我會保護妳。」他再說了一次，語氣顯得更堅定。
後來，美芳跟德榮一起生活。兩人過的日子，就像吃著平淡無味的白粥。
她逃避了孩子，默默認許只屬於兩人的祕密承諾。
德榮偶爾會在白粥上加醬料，除了每天跟她在狹小的活動範圍散步，有時也會帶著她去自然的山林溪地走走，而鄰人對他們投以欽羨的目光、稱許的話語，增強了她逃避的理由。
她明白，德榮為了她，辭掉了工作，攜著她的手來到異地，做出了極大的犧牲。不過，她也知道，德榮仍想要擁有正常的家庭生活。
他透過離職前的人脈，打聽到小純被阿山收養。

「小純她……」德榮說。

「我不想聽！」美芳雙手緊摀住耳朵，淌出眼淚，狂喊：「都、都都是我的錯，我只是想要擁有完好的家庭，可是我、我把家毀了……」

「聽我說！」德榮拉開她的手，「聽好，這不是妳的錯！不是！」

「……」她抽涕不停。

「妳真覺得……」他抹去她的淚水，問：「小純失去母親，這樣好嗎？」

她情緒平復，不帶情緒地答：「有人照顧她吃住，這樣就好。」

也許是德榮不斷告訴美芳，一切不是她的錯，因而暫時維持住她內心於「罪惡」和「活著」之間的平衡感，她自己這麼覺得。有人看照小純，也降低了自己成為失職母親的罪惡感。但是，當美芳屢次掛念泰川，不知他身在何處，腳傷是否復原，罪惡感總是一再侵蝕心靈。

德榮或許很早即看出她的心思，所以他去問過警界的朋友，看看是否有人查到泰川的下落，他也曾跑過大小廟宇，藉乩童請問神明，想知道泰川是否究竟還在人間。如果能確定泰川死亡，甚讓泰川的靈魂降至通靈人身上，也許對美芳還比較好。但是，沒人找到失蹤的泰川，而乩童的回應不是「未死」，便是曖昧的「不確定」。

美芳因此仍然偶受罪惡的煎熬。德榮也是。

儘管如此，兩人的生活勉強過了五年……

直到那天，她在信箱中收到一封非經過郵遞的匿名信件，收信人印著兩人的姓名，連收信地址都沒寫。她打開信封，裡面夾了三張照片，是歸仁的木房、兩具屍體，以及德榮擁住她的畫面，而信紙上，以驚動她內心的大大幾字，寫道：

你們的生活過得真安穩，殺了人卻能逍遙法外，活得真不容易。
我知道你們做過的一切，你們的一舉一動都在我的監視範圍內。
另外，江靜純要苦要痛，要生要死，決定權也在我手上。
你們兩人今天收到這封信開始，準備好五百萬，等候通知。
千萬別把信件內容透露給任何人。
我相信，你們也沒有報警的理由。
你們乖乖給錢，江靜純就不會有事。

美芳來回重複閱讀，彷彿上一段人生的記憶幽魂現形於前，侵擾她和德榮得來不易的平靜生活。

是誰？到底是誰？——美芳再度陷進混亂。她不敢告訴德榮，因為他為她付出的人生代價已經過高。可是，她又擔憂那對隱匿於黑暗中監視著自己和德榮的雙眼，同時，自己心中也牽起對於小純的掛念。

於是，她冒著五年來的生活可能毀於一旦的風險，戴著口罩，偷偷去圖書館找阿山。她必須和阿山獨自會面，必須警告他，小純瀕臨危險之境。

「大嫂啊，我早知道妳會來找我了。」阿山低頭竊笑。

「是……是你！」美芳難以置信。他竟然是自己曾經信任的人。

「沒想到妳還活得好好的，妳啊，可是拋棄了兩個小孩的母親呢。」

「你……你到底想要什麼？」

「很簡單。我要錢。」

「五百萬？」

「大嫂，不算多吧。養育費妳沒有出半分錢，我可是幫妳養小孩養了五年啊。」

「我……我們兩人沒、沒錢……」

「不急嘛，一星期時間夠妳去籌吧？」阿山笑著說：「去借也是可以，啊，不行！我忘了妳沒身分，不然……用曾德榮的人頭去地下錢莊借也是可以。」

「你……你有沒有良心！」

「別說我沒良心嘛。當初要不是我去指認屍體，你們怎麼能順利生活在一起！還是，妳想要我把小純賣了？她十五歲了喔，我想，酒店或那種場所，絕對有很多男人想要吧。」

美芳無助地回到家。當天晚上快十二點，趁德榮在睡覺時，她取出廚房的水果刀，拿到浴室的馬桶旁邊，在自己的手腕上劃了幾次，正決定用力割下去，被德榮發現並制止了。

「妳在做什麼！」德榮壓住她的傷口，追問：「為什麼要……」

她流著淚，走去廚房，將藏在流理台下面的勒索信擺在德榮眼前。

德榮很快了解所有狀況，開口說：

「為了小純，我們……去報案吧。」

「你沒當過警察？你以為他們不會問五年前的事嗎？」

「我說過，我會保護妳，所以幫妳隱瞞身分。但現在小純有危險，什麼事都不做，這樣對嗎？」德榮低頭嘆氣，接著恢復鎮定的神情，說：「反正，人不是妳殺的，妳現在得做的是盡到母親的責任，妳只……」

「停一下，你剛說什麼？」

「五年前，人不是妳殺的，妳現在只要……」

美芳再度打斷德榮的話，說：「你真的一直認為，殺人的，不是我？」

「難道……」德榮的表情突然轉為恐慌，身體退了半步。「真的……真的是妳？」

「不然，你以為是誰？」

「我……我覺得……」德榮的嘴唇微微顫抖，犯口吃地說：「可能是、是泰川做的……我親眼看到他拿著刀子一拐一拐跑出去！」

「是我殺的。」美芳笑了一聲。「我，跟我媽一樣。這是遺傳。」

「真的是……」德榮垂下頭。

「我們在一起，到今天五年有了。當時的情況，你該不會從沒想過，殺人的是我吧？」

德榮遲疑了半晌，猛然抬頭，大喊：「有！有！我只是……」音量漸趨小聲。

「你只是不想接受現實，因為……」美芳向前擁住他，「因為你愛上我了，不是嗎？」

德榮像雕像一樣僵在原地，隔沒多久即退縮一步。

「不、不！這樣不對！」他推開美芳，吶喊：「家人置身危險，難不成要見死不救嗎？」

「五年了，你叫我現在怎麼面對小孩？是我拋棄了她，我該怎麼面對她？」她靠近德榮，說：「我們也是家人吧？跟之前一樣，再一起逃吧。」

「逃？我們還能逃去哪裡？」

德榮大吼後，無力地屈身，雙手頂住膝蓋，有點站不穩。

美芳握住他的手，「你幫了我，不是嗎？要幫，就幫到底吧，好不好？」

「這……這樣不對……」德榮拚命搖頭，嗓音好像快要哭出來。

「不對嗎？你現在不想負責任了？」美芳鬆開手，使勁拉扯音量說：「你們……你們都一樣！那怪物娶了我，說會好好愛我，打了我之後，騙我說不會再對我動手，可是、可是……全都不想負起責任……還有，醫生護士也是，我去驗傷，他們反而覺得我在說謊，我……我承受的所有，所有、全部……」她狂拍自己的心窩，愈說愈急，也愈激動，「不然，全都是我的錯嗎？」

美芳接著像發狂似的，開始摔碗盤。

德榮跪下來，在毫不止歇的破碎聲中，自言自語：

「這是我犯的錯……這是我們一起犯下的錯……」

接續幾天，兩人幾乎在沉默中度過。

德榮彷彿變成玩偶，失了神。

美芳好像變了個人，並沒有放棄求死的念頭。

而且，她又作夢了。在樹林裡的那個夢。夢中，她在陰森的林木中踏步，同樣見到一具人類的形體倒坐在一棵樹幹下，全身著火，發出青黃的光芒，很像是父親。同樣的，她也瞥見了一叢人形黑影，仔細看，是母親沒錯。

這次也一樣，母親轉頭，嘴裡吐出的球狀般烈焰燒到她身上，但她不再想逃跑，她想要浸淫在火焰中，讓自身徹底焚燒，化成世間看不到卻存在著的東西。雖然身體感到無比灼燙，痛得要命，但內心卻生出莫名的感動，好像在浴火的過程中，自己劇烈地轉變成非物質性的更高層次的東西，又彷彿抵至他人從未到過的境界。

然而，她無奈感嘆，自己終得從夢中醒來，回到現實。

「我去找他，請他放過我們一馬。錢，我想辦法吧。」德榮面無表情，呆坐在客廳沙發上，對空氣說話。「唉，不，不行，這次他索求五百萬，下次呢？我沒法保證小純的安危……」

美芳來到他身後，兩臂纏住他的肩頸，說：「你不是愛我嗎？」

「……」德榮沒有動作，也沒有回應。

「我們兩人努力了五年，成為家人，才有現在的生活。鄰居左右不也覺得我們是恩愛的好夫妻嗎？你不想帶我逃，我也不想離開你，那麼，我們一起死吧，好不好？」

他嘴上沒回應，但仍是聽話地提了兩包木炭回來——美芳這麼感覺，也非常感動。後來的兩、三天，她每一頓飯都料理得非常豐盛。做飯的時候，她見到德榮把自己關在寢室裡，好像在寫什麼，於是她更加相信，德榮一定會準備好，跟她一起上路。

吃飯時，美芳問：「你這兩天在寫什麼？」

「我的事，和妳無關。」德榮邊夾菜邊回答，語氣平淡。

「是遺書吧？」她又問。

「快寫完了。這是我必須擔下的罪。」

「看你寫很多的樣子？你有……有寫到我嗎？」

「我寫我的過去，妳別管。」

美芳一時間感到氣憤，德榮何必在遺書中提到過去的事情？可是，她換個想法，德榮都要陪她離開人世，一起去那個無邊無際、超脫一切的地方了，他留給世人什麼樣的訊息，又會跟兩人的旅程有什麼關係？不如讓他藉文字沉澱心靈，等他寫完後，就可以結束一切了。

終於，他今天完成了。

兩人吃完最後的晚餐，來到寢室。

美芳從工具箱拿出一卷防水膠布，封住窗戶四邊。德榮從褲子口袋取出一小袋火種。即將點燃時，他突然說：

「現在回頭還不晚。我們可以去警局自首……」

「自首？翻出五年前的事？然後，我去坐牢？」美芳大力搖頭，「我不、我不要！我有過像在監牢裡的日子，被人打、被人拉頭髮、被小孩綁住，像在狹小的空間裡，被綁在原地，動也不能……」

「我想辦法動用以前的人脈，最重要的是保護小……」

美芳大聲嚷嚷：「你已經不是警察了！」她抓起工具箱裡的鐵鎚，說：「來不及……都來不及了……」

「妳要做什麼？」

美芳恐懼地說：「我不要去坐牢，我不要回去，我不要回五年前，好不好？好不好？求求你……」緊接著，她頓然生起一股無以名之的防衛心，拿手上的鐵鎚往自己的眉心重重敲下去。

「放下……」德榮朝她的方向移前兩步。

「你！別過來！不然我就直接死給你看！」美芳以命令的口吻喝道：「你去搬衣櫃擋門！去點火！快點！」她感覺自己緊抓鐵鎚的力道足以毀滅所有人。

忽然，德榮鼻笑了一聲，面對窗外說：「嗯，我料得到，還好我有料到……」

「你說什麼？……」

「我不會再多說什麼了。」德榮走去衣櫃旁，用力把它推到門口。

然後，他從抽屜拿出遺書放在化妝台上，回到爐邊，蹲下來繼續點火。

很快地，燒灼的木炭噬光了室內的氧氣。兩人早已平躺在床上，安安靜靜的，徒有嘶嘶的燃燒聲，和不規律的嗶啵作響，環繞在兩人的上空。

美芳閉著眼，覺得那聲音宛如某種詭異的鳥叫聲，好像在呼叫死亡。隨著聲音迫近，她的呼吸愈來愈困難，內心不禁有些惶恐。

「我……我剛剛不是要嚇你……」她打破靜默的氣氛，問：「我不是故意的，你知道吧？」

「嗯，我知道。」

「德榮，我……我、我可以請你……你能握住我的手嗎？」

「嗯。」

美芳的手掌被包覆。
暖暖的……好舒服……
「德榮，謝謝你……」
她感覺，手心被握得更緊……
這隻手，才是家人的手吧……
但，不知何時，德榮的手失去了氣力……
一切都可以……
可以結束了……
……
〔劉麗香——〕
誰？
是誰？誰在說話？
〔劉麗香啊劉麗香——〕
衣櫃擋住了門，是誰闖進來了？
〔妳聽得見我說話吧——〕
她聞到了一股不是木炭傳出的奇異氣味，耳中傳來一陣又一陣清脆的響音，手掌、手臂有酥麻的感覺傳來，鼻頭下方也是，彷彿有像針一般的東西在扎。她忍不住睜開眼，發現自己還沒死，德榮躺在旁邊，房間沒有任何人。

「誰？你是誰？」她朝空中喊話。
〔劉麗香！仔細專注聽我宋劍軒的聲音——〕
〔妳，此刻困陷在自己的世界中，爬不出來，對吧？〕
世界？什麼世界？仔細聽你什麼？
「我想要解脫啊！你到底是誰？」
她覺得男人很多話。他語調平緩，像和尚唸經，又像是錄音機傳出的音色。於是，她從床上爬起來想找出聲音來源。她翻開了床墊、枕頭，沒發現什麼，每個抽屜逐一拉開，也沒半樣東西，她又轉而趴在寢室地上，搜尋每一處角落，可是一點兒也無法阻止他碎唸的話語。
〔劉麗香——就是妳，殺害了曾德榮！〕
聲音在哪裡？到底在哪裡？——
她找聲音找得快急瘋了。為什麼德榮沒了氣息，自己卻沒死？為什麼有像電流一樣的刺激，接連掠過自己的腳底板和頭頂？
〔妳或許會問我，我怎麼知道妳的所有一切，對吧？〕
〔妳一定想問我，我怎會知道，是妳逼迫他自殺的，對吧？〕
〔妳想知道嗎？妳會想知道吧！妳肯定會想要知道吧！〕
〔快加把勁爬起來，把曾德榮的遺書，重頭到尾看一次吧！〕
遺書？呵，他出去買木炭的時候，我偷偷看過了——
她從地板爬起身，同時傾聽對方的話，不認為遺書哪裡有問題。儘管其中許多段落和她有關，但德榮終究把她的罪頂下來了。

〔睜亮妳的雙眼！仔細再檢查一次他留在這世間的遺書！〕

再檢查一次？說真的嗎？——

她雖然不相信對方的話，可是身體還是移至化妝台前，自己的意志宛如被操控般，自動從信封裡掏出遺書。

一字一句讀著，她不覺得哪裡有問題，直到她發現……

不，不會吧，德榮他——

我明明看過他寫好的遺書，但怎麼沒注意到——

在某幾個字的左下角存有微小的黑點？——

她緩緩拿起桌上的筆，將附有黑點的字以方塊逐一標示出來……

【況且，我不過是微不足道的小人物】

【雖然警佐沒有拿法律強制介入我們家的問題】

【跟從學長們四處奔走學習，也辦過幾件殺人案】

【於台北板橋一樁鄧姓婦人因長期承受家暴而最終殺夫的案件】

【不是什麼富麗堂皇的理由，可能只因為我是在那種家庭中長大的小孩吧】

【把兩個孩子關起來，燃放瓦斯後，點燃香菸】

【然而，警員強硬的脅逼作為只能達到立即的效用】

【身為家防官，我責無旁貸】

【我自願離開警界前所處理的那椿家暴案件，決定了我往後的人生】

【有如被豢養的牲畜般，她的眼裡充滿一股隨時會被人宰殺的委屈神色。】

【我當上家防官後，便立下宏願，不能對暴力的受害者見死不救】

【像才剛登山越嶺之後的樣態，肩背上扛著小孩突然衝進急診室】

【護理人員拿個案通報單請她填】

【等她情緒恢復冷靜，她才說自己找過一一三婦幼保護專線】

【施暴的原因表面看來單純，應該不難處理】

【通常這種案件只能聲請「暫時保護令」，暫無必要聲請「緊急保護令」】

【講出「不論妳跑到哪個地方，我都會把妳找出來，到時候妳就慘了」的威脅話語】

【為了保護劉麗香，我叮嚀自己一定會嚴密追蹤訪視】

【偏偏她和孩子們就在這段時間內出事了】

【她的聲音顫抖，說江宏民闖進去後，待在客廳不願離開】

【連自己性命都豁出去的極端案例，皆時有聽聞】

【隨之而來的是危險的火勢，急驟延燒整間木房】

將方塊字依序拼湊起來，得出的訊息是……

我沒殺人　麗香逼我自殺　宏山拿靜純要脅我們　她有危險

這時，明明是封閉的房間，她卻感覺有一陣清新的氣流在室內迅速循環不止。炭火不知何時熄滅，炭煙的氣味也逐漸散去。

德榮他，終究是想當一名正義的警察嗎？——

她揣測著，苦笑了幾次，同時也忍不住流下了淚水。

德榮走到人生最後一刻，還是想保護她的孩子嗎？她不禁懷疑，如果今天自己沒死，德榮也許是想藉隱藏的訊息喚起她身為母親的義務。小純，和泰川，終歸是她在這世上無法一刀割捨的存在，不管家人之間存有多少裂痕與傷痛，她都不得不鼓起勇敢面對。

她走回床邊，彎下身子，嘴唇輕輕在德榮的眉間貼上一吻。

「德榮，我錯了……謝謝你……我現在馬上就去找孩子。」

說完，她轉身朝門口的方向邁開步伐，期許小純仍舊安然無恙。

沉重的衣櫃依然擋在門板前，可是她知道，即便要動用自己多少的氣力，也必須想辦法把它移開。

尾聲

日式庭園的池泉內，水流潺潺；午後中時的清風不止，不規律地來回撫搖藥草園裡浮於土表上的細枝嫩葉，沙沙聲偶有偶無。唯素雅的三層樓屋舍於宅院中央依然挺直不動。

四周空氣縱使捎來些微涼意，屋舍門前的火烤香氣不得不令昊義感到一股心暖。他印象中，自從父親過世後，兄妹倆好像少有機會齊坐同桌，好好吃頓飯，更不可能像現在一樣，兩人緊靠在炭火旁烤東西。

「哥，你在笑什麼？」婕妤問。

「笑？」昊義揉揉臉頰，反問：「有……有嗎？」

「每次看你忙案子都愁眉苦臉的，難得看你笑，感覺你今天的心情比較放鬆。」

「是嗎？……」他抽回思緒，將腋下滑落的資料夾重新挾好，立刻彆扭地收起笑臉，說：「不！我可不能在這裡待太久，一大疊報告等我回去寫。還有，昨天給劍軒這麼衝進去鬧了一場，上面對我的懲處是跑不掉了，恐怕會記我一支申誡。」

「別擔心了啦……看，昨天剩了好多食材，不吃可惜。」婕妤拿夾子翻動烤肉架上的竹筒，「對了，哥，你中午一定沒吃吧？」

「怎有時間吃！大家現在忙到翻天了！」他打了個呵欠，無奈地說：「圖書館那邊最糟糕，動員了一大群弟兄在善後，工作量大到不行。同時，小孩要安置，也要重查燒炭案、要去醫院問清楚五年前的詳情、要寫一大堆檢討，牽扯出來的長期性侵案也得辦。不止這樣，我們還得聯絡歸仁分局，請他們幫忙找出刀子在哪一口井裡……」

「趁劍軒還沒下來，你先坐下來吃點東西，補充體力吧。」婕妤遞給他一份竹筒烤飯。「你打電話說要過來的時候，他像昏迷患者一樣，還睡得死死的不醒。我剛才上去又催了一下，他就快要下來簽筆錄了。」

從圖書館出來後，透過劍軒的提示，昊義才發現藏匿在遺書裡的關鍵；大錫後來也在燒炭現場封住窗戶的膠布上、以及在鐵鎚上找到女方的指紋，證實了曾德榮死前真正想傳達的訊息。

「劍軒這人，有什麼話都不說清楚。」昊義搖搖頭，問：「他在醫院說江靜純有危險，可是到了圖書館，怎會知道有人在背後指使江泰川？」

「我也有問他。」

「他怎麼回答？」

「他說，隨便猜的。」

「呿……」昊義哀嘆了一下。

「但我想，劍軒應該是根據畢方在世代間飛行的軌跡，到了現場之後他又仔細觀察，只有一名人質全身被淋滿汽油，另一名卻毫髮無傷，才臨場做出的推斷吧。」

昊義不信什麼怪力亂神，若要說服他相信這世上存有一種叫畢方的邪惡妖物，更是不可能。

他頂多只能認同，邪惡的本質是存在的，但表現邪惡的主體只會是人類，不會是什麼妖物。他認為，劍軒只是走運，剛好猜得準。

「那……性侵的事情，他又是怎麼看出的？」昊義又問。

「他說，也是隨便猜的。但是，」婕妤急忙解釋：「遺書中的訊息指出，江靜純被拿來當作要脅的籌碼，所以犯人如果曾對她做了什麼，不會讓人太訝異吧。而且，劍軒施法時，只說了『好多不堪入目的畫面』而已，我們不是也聽到了靜純稱對方叫『禽獸』嗎？要是從這些跡象推出有性侵的可能，應該不奇怪吧。」

妹妹這麼一說，昊義忽然想起第一次在辦公室和江宏山碰面的情景。

那時，江宏山伸手給姪女摸頭時，她全身一副緊張向後退縮，昊義在場看到，卻忽視了叔姪彼此間不自然的細微互動。昊義再仔細回想，自己在辦公室拿手機和大錫通話，提及曾德榮的名字和遺書時，江宏山應該無意間偷聽到了，所以他一時緊張，裝水的紙杯不小心滑落，茶水灑了一地，他可能沒料到自己會把人逼上燒炭的絕路。

不論如何，昊義仍是覺得，劍軒那種一意孤行、當下突然想做什麼就衝去做什麼的性格實在太危險了。

「聽妳喔，一直在幫劍軒說話。」

「我哪有！跟怪人一起生活，很不容易的！」婕妤馬上挺胸反駁，「你看他昨天是怎麼應對媒體的？」

婕妤說的是昨晚現場直播的畫面。

保安機動組警察和消防等人員進入，吳義一行人從圖書館走出時，各台的記者握著麥克風團團圍住劍軒，不停緊迫追問，對他特異的穿著、以及他究竟是何人物，大家好像感到十分好奇，結果他一眼也沒看鏡頭，腳步穩健地邊走邊嚷嚷：「你們這些表達能力出問題、連講話都講不好的記者別來煩我！」接著他甩頭離開，還「不小心」把一台攝影機揮落在地，態度表現得極不友善。後來，劍軒懶得到警局做筆錄，二話不說直接載婕妤回家，他的精神似乎非常疲累，一覺睡到現在。

「而且，」婕妤垂落肩膀，說：「我真沒想到，老師會選用『那麼另類的法術』驅妖，好在最後平安落幕，沒發生重大傷亡，兩個孩子也沒事。」

江泰川想保護妹妹，應該和自己衝入火場想保護小好，是一樣的吧——吳義拿自己和泰川的心情比擬。不過，這次事件中最令他無法理解的是，為什麼江姓兄妹倆都陳述自己看過怪物，和劍軒口中的妖物形象又相吻合？儘管這問題和警方必須調查的主案情無關，吳義依舊感到不可置信。

「那隻鶴鳥，應該是兩個小孩一起創造出來的。」吳義隨口說出推論。「不然，也可能是他們在什麼書上看過吧，書上有附圖也說不定。」

「哥，你覺得是集體歇斯底里[81]嗎？」

---

81 集體歇斯底里（mass hysteria; collective hysteria），在社會學和心理學上，是指一種在社會群體中，因外在威脅、或面對恐懼等壓力而產生的集體恐慌，常見的表現形式是共同的疾病或幻覺，通常透過口耳相傳的謠言迅速傳播。

「集、集體……什麼？唉，我不清楚醫學上的專有名詞叫什麼。反正，我只是在猜，兩人在暴力的家庭環境裡長大，也許長期下來他們覺得非常恐慌，不明白自己為什麼生來就遭家人暴力對待，也不知道我們大人把這種現象叫『家庭暴力』，可是他們終究得面對、解決問題，小孩子為了方便溝通，只好運用想像力，把共同面對的東西形象化，所以一起創造出那隻怪物。」

「劍軒拿文獻從歷史的角度，分析得蠻有道理的。你現在說的，聽起來好像也有道理耶。」

「不管誰講的有道理，比較實際的，還是必須想想怎麼處理各種家暴。」

「是啊。」婕妤點頭，「我聽說有很多加害人，法院裁定他們要去戒酒、上心理輔導課，可是醫療單位本來就沒有強制力了，造成加害人的處遇計畫沒法好好執行到底。」

「我想，就像曾德榮的遺書寫到的，警政、社政、司法和醫療單位，各種制度面必須擬得更加完善，大家一起竭力不懈，更重要的是必須確實執行。而各單位彼此之間的聯繫管道也要做得更通暢。甚至說，再擴大一點……」昊義低頭思考了一下，然後抬頭說：「教育，對，擴大到社會教育。可能連社會大眾都必須學習吧……」

「學習什麼？」

「我不是教書的，一時說不上來，不過，應該是學習——如何尊重一個人與生俱來的某些權利吧？我想，面對小孩也是，或面對相伴一生的伴侶也是，家人之間有很多事情都得溝通，彼此也得一步一步學習尊重……這些，應該跟教育有關吧。」

「這麼說，社會中的各種家暴案例，好像可以讓我們所有人回頭反思，了解我們身為人的不完美之處呢。」

因為人不完美，才會有家暴的現象產生嗎？——

昊義內心此時浮起的問題，自然沒有答案。他有心解決、且現下能夠面對的，是和自己的家人——和婕妤之間的芥蒂。尤其是六年前和她在火車月台上的對話。

「小妤，關於爸媽，我有話想……」

「你想問我，」婕妤搶話，說：「在媽走了之前，她躺在醫院那時候說了什麼，對吧？」

昊義心裡一驚，想不到妹妹看穿了自己的心思。他縮起下巴，回答：

「我知道的，媽從那天就一直怪我，因為我害死了爸……」

「哥，」婕妤再次攔住昊義的話，說：「你還記得，你小時候寫過一篇作文嗎？」

「作文？」

「題目是〈家人是什麼〉，是一篇議論文。記得嗎？」

昊義乍然想起昨天做過的夢。

婕妤繼續說：「媽有次做完化療，躺在病床上作噁，身體很痛苦，意識也不太清楚，但是她卻清楚記得你的作文。」

「什麼意思？」

「媽失去了爸，確實認為你硬要求爸出門是你的錯，但她也不停說服自己，嘗試去接受你那時還小，只是小孩子耍任性。然後我記得，媽難過地說：『我應該要擋住他們父子倆出門的，可是我失職了。』她那樣說，哥，你懂嗎？」

「我不懂……」昊義頓時皺眉。

「你在爸的車裡差點死了，不是嗎？孩子那天可能會死，是比你的任性還要更大的罪過，她認定是自己犯下的；而且她覺得你後來會產生怕火的陰影，是她沒盡到母親的責任而造成的。她一直怪自己，甚至常覺得自己不配當你的母親，所以她好幾年不斷在逃避你。」

「媽……她恨我……可是她也在……自責？」

婕妤輕輕嗯了一聲，接著又說：「她在醫院跟我講了很多。你當上警察的那天開始，她其實每天都在擔心，因為你遲早有一天會遇上和火災有關連的案子。她曾想說服你打消當警察的念頭，但她始終說不出口，她不想要你碰火，也不想要你像爸一樣枉死。」

原來，媽不是冷落我，而是不知道該怎麼面對我——

昊義的鼻頭襲來一陣酸澀。多年來，他誤會母親了。

「她被檢查出罹癌之前，整理家裡時發現你寫的那篇作文。後來住院化療，她一直把那張舊稿紙放在身邊。」

「我忘記……忘了自己寫過什麼了……」

「她哭著拿給我看，指著說她感觸最深的一句話——家人要能包容、原諒對方的過錯。」

「媽是想……？」

「她有心要原諒你，我猜的。直到過世前，她都沒有忘記這件事，可是來不及對你說出口，病情就惡化了。」

昊義閉上眼，忍住鼻內直下的涕淚，聆聽著風吹草動。

隔了很久，直到鼻腔比較沒那麼阻塞，他才睜眼說：

「辦案需要推理，我辦過的案子不少，每次案子一到手，腦袋總是停不下來。想不到媽……她留下了一道謎團……可是我的推理，跟妳是相反的。」

「咦？」

「這些年，媽對我的冷淡……還有，她說不出的話，實際上是想要我原諒她吧。」

婕妤停了幾拍，才開口問：「如果，真的像你說的，你會選擇原諒嗎？」

「那張作文稿紙呢？」昊義轉移話題。

「火化的時候，我放在棺材裡燒給媽了。」婕妤施以疑惑的眼神，問：「怎麼了？」。

「嗯，有時間我會想想，以現在的我，同樣以〈家人是什麼〉為題，寫一篇更好的作文。」昊義望向遠方，「當然，我不會忘記加上原來寫過的，媽感觸最深的那句。」

婕妤聽完，伸手輕拍昊義的背。

他的鼻子不禁又塞住了。

此時，一叢碩胖的身形從大門那頭走了過來，說：

「小妤，妳沒鎖門呀……哎呀，你們兄妹都在吶！」

昊義一看，是陳倉城，他的精神飽滿，今天的說話聲特別洪量。

「城哥，你怎麼沒打電話就直接過來了……」婕妤急忙站起來，把他推離房舍的門口，「你……要小聲一點……」

「怎麼了呀？」倉城搖頭晃腦問。

「劍軒昨晚睡前說……」婕妤音量放低。

「阿軒說了什麼？」
婕妤還來不及回答，劍軒已經悄然站在門邊。
他失了神的雙眼半開著，滿面倦意，還流露出一種極度的嫌惡，咂了咂嘴，懶洋洋地開口說：「我再說一次！我決定了，等會吃飽飯後要去聲請保護令，禁止你再來我家。嘖，麻煩死了，每次都介紹累死人又牽扯一堆問題的病案給我處理……」
「哎呀呀，別這麼說吶！小妤，妳在料理竹筒烤飯，對不對？今天讓阿軒先吃吧！消氣吶，先讓他消消氣啊！」
倉城的每句語尾飄蕩成連續的波浪，臉上看來滿是春風。
昊義聽兩人鬥嘴，不自覺笑了出來，說：「我去查了家庭暴力防治法，也大概看了一下最近的新聞，像今年二月初，法條又修訂了一次，適用範圍不限夫妻、子女，連親屬、同居男女也被規範在內，將來應該也會納入——同性伴侶。」昊義特意加重最後四字，又繼續說：「而且，劍軒，現在兩性平權的觀念逐漸受到重視，聽說有法官遇到兩方同時都去聲請保護令，結果一時不知該如何是好的案件。」
劍軒半垂著眼皮，倉城仍舊滿面憨笑。
「城哥，聽你今天的口氣，」婕妤問：「好像遇上什麼高興的事情了吧？」
「芳姐——唉，我還是習慣叫她芳姐吶。我說啊，她已經完全清醒啦。」
「看你一臉興奮樣，我可要額外加收費用！」劍軒坐下來，擺了張臭臉。
「哎呀，阿軒，好好好，」倉城瞇著眼笑答：「沒問題呀，整間醫館都送給你吶。」接著，倉城的視線轉至即將烤熟的竹筒飯定住後，鼻翼上下蠕動，嗅了嗅直說：「小好的手藝真不錯，真的好香吶！」

昊義猜想，倉城舌上的味蕾想必現在已經全部翻翹起來了。

「她現在是清醒了，」婕妤嘆口氣，喃喃問：「可是，她接下來有辦法跟家人重修舊好嗎？」

倉城默語不答。昊義也不知道，她和兩個孩子今後的關係會怎麼發展。

氣氛彷彿一時變得沉重起來。

「哈哈哈！……」

此時，唯獨劍軒一人突然失心似地猛笑。

「老師，你笑什麼？」婕妤問。

「昨日是我首次和此種妖物交手，哈哈……」

劍軒繼續瘋狂大笑出聲。

「有什麼好笑的，劍軒？」昊義也問。

「你們看看那戶人家的每位成員，唉……此刻回想起來，望著那一團團烈火不斷綿延燃燒，此即該妖物恆古以來令人類感到懼怕之處。可是——」劍軒霎時止住自己的狂笑聲。

婕妤和昊義同時發問：「可是什麼？」

劍軒靜默了一會兒，視線拋落在烤肉網上的一條條竹筒，然後嘴角上揚，緩緩地說：「缺少炭火的熱能，米飯與配料怎能烤熟？然而，只要溫度適中，時時關注火候強弱，即不會迸裂出嗶啵聲響，對吧？」

昊義弄不清劍軒這下子在打什麼禪機。他腦中只憶起昨晚，孩子張開雙臂擁住家人的畫面。

他心想，不管孩子身上是否承接上一代的暴力因子，他們終究會像雛鳥一樣，極盡能力伸展自己幼小既脆弱的身軀。然後，他們可以選擇去模倣父母親當初以羽翼包覆著他們的行為。

此時，竹筒沒有傳出劇烈的擦爆聲，反而是一陣陣令人滿足的竹香自炭火上面揚起，撫滑著在場所有人的鼻腔。

懸念

倉城發現地上有一張東西。他撿起來看了一下，正面是十七、八歲男孩的半身照，背後註記了姓名「江泰川」和他的出生年月日。倉城想了想，判斷這張照片應該是警方為這名長年失蹤的男孩拍下，而很可能是從林昊義帶來的資料夾裡不小心滑出來的。

很快地，倉城甩著腹部的贅肉跑出宅院的大門，但林昊義的車已經開走。看來，他只能將照片交給婕妤，請她轉還給哥哥。

倉城輕捏照片，不自覺對相片中的男孩多瞄了一眼，可不知為何，他愈看愈眼熟……

眨眼間，他突然想起了男孩是誰。

倉城曾經在路上偶然和男孩相遇，因為見他舉止異常，於是將他攔到一家麵攤，請他喝了蘋果西打。男孩後來中途逃跑，再也沒出現於倉城的眼前。相隔數年，現在倉城再次看到男孩，內心不禁感慨天底下竟有如此巧合。

倉城的視線從照片轉移至身旁，掃視了一周。確定附近無人之後，他張開五指，將照片攤於掌心，然後緊緊握住、揉成一團，最後偷偷收進口袋中。

他向天祈望，願男孩早忘記了兩人的對話。

特別是，他向男孩坦承說過的關於自己的幾句話⋯⋯

（全文完）

【作者後記】

幸好林婕妤後來在宋劍軒家中找到了我的名片，為原本從事英語文教學的我開啟一扇契機之門，由我親自紀錄靈術師的經歷，自第一本推理長篇作品《慧能的柴刀》出版起，展開了「靈術師偵探系列」的故事。隨後，婕妤更進一步提供相關素材，使我有機會書寫短篇推理作〈進化的引信〉，我並以此短篇，洗刷先前兩篇稿件遭淘汰落選的恥辱（以及劍軒對我的輕蔑），順利闖關踏入台灣推理作家協會第十四屆徵文獎決選，進而成為首獎得主。

獲獎後不久，我心底即暗忖，若不趁現在從靈術師身上或其周遭角色多挖一點故事，豈不可惜？因此，系列作第二本《跛鶴的羽翼》於焉誕生。事實上，《跛鶴的羽翼》的故事寫於《慧能的柴刀》初稿之後，距今約三年多前的草稿，原先區區約五萬字。這次有機會出版「靈術師偵探系列」續作，我便把故事說得更立體、更完整，並將其中涉入事件的人物描繪得更細膩。不料，書寫期間一舉衝到十八萬餘字，居然還能夠出版，此得感謝秀威出版社和編輯喬齊安的體貼與包容。所幸，齊安讀畢後向我大呼滿意過癮，其後他和我便即刻著手出版前置作業。

《跛鶴的羽翼》異於《慧能的柴刀》的風格表現，其內容著重於台灣當代面臨的一項社會議題——家庭暴力。故事中，我試圖揭示被害人和相對人的交互關係，家防官、心療師和社工等職業面臨家暴事件的因應，以及法律、醫療制度等各層面的描寫，實屬社會派類型的推理小說。所謂「社會派推理」，通常不偏重「（純本格）詭計」及「解謎」，而較重視角色於寫實環境中的「行事動機（如犯罪動機）」、各角色彼此摩擦時產生的「人性謎團」，有時尚會探討人類自身的「罪與罰」。每個角色何以在某種人際的互動往來下，或在某種社會文化制度的框架下採取某種行動？——我認為此即社會派推理的書寫核心。

不過，若將本作單純歸屬於社會派推理小說，恐怕不夠全面，因為其中尚包括宗教學、妖怪學、心理學、考古學等方面的研究，甚有歷史謎團的營造與可能的解釋。在「作家生活誌」（http://showwe.tw）的專訪中，我曾吐露自己對於懸疑推理小說的創作理念——「我所堅持的推理小說創作，絕不止事件發生，衍生出謎團，接著偵探出場推理、破解謎團，然後故事結束。我想要藉由懸疑、推理這種文體，帶給讀者更多具有知識性及思考性的內容。」以此理念為出發點，希望讀者們同樣能在這本推理小說中，擁抱「求知」與「娛樂」的雙重收穫，甚而關心台灣的社會問題。

各位讀者此刻手上拿到的這本作品，可說是秀威出版社各部門同仁，以及作者我所共同合作完成的結晶。置身於台灣推理文學長期推展不易的勢態下，且佇立於遭到大量進口懸疑推理小說（特別是歐美推、日推等）淹沒的時代，每一本台灣本土推理作品的問世，大多經歷出版端的難產過程，因此最終能見光成書者，不可不說皆應屬台灣子民的珍寶。然而，此有賴讀者對「台灣在地書寫」的支持和回饋。若讀者的經濟能力有餘，可以「收藏」取代「借閱」。我相信，無論作者是誰，能擁有以行動支持的許多讀者，才能激勵作者寫出更多的好作品，以使台灣的推理作品力求進步，於東亞、並朝國際發光發熱。

這本作品得以出版，除了感謝我的母親，編輯齊安和秀威出版社的同仁，還有美編、畫家於封面費心製作的妖怪主圖。此外，我還要特別感謝好友若水，要不是她在我初始架構時提供情節上的許多建議，故事不可能串成一氣；再者，瑞昇出版社總編輯郭湘齡，和推理小說同好徐承義，兩人在試讀初稿後給我相當程度的回饋與建議，也讓我非常感動。另，撰文推薦本書的推理界前輩杜鵑窩人，以及各專業領域的朋友們，在此也一併致謝。

附帶一提，我也要感謝我過往學生孫銘孝的支持，如今他在社會上工作，以熱情的實際行動支持了我的上一本作品《慧能的柴刀》，不但買了好多本之後跑來找我簽名，又贈送他人，大力推廣我的作品，並鼓勵我持續創作。此外，於上一本《慧能的柴刀》發起團購和簽名活動的「路・自學館」創辦人張麗敏老師，與曾經購買我的作品的所有學員，以及（過去、現在和未來）以行動支持我繼續創作的每位讀者，無論你（妳）人在哪裡，我都衷心表示感謝。

但願，不久的將來，靈術師能再和大家見面，並願意傾吐他的身世。

舟動

【主要參考文獻】

・黃志中，《重構婚姻暴力診療驗傷：醫學現代性及其不滿》，翰蘆圖書出版，二〇一六年。
・黃銘崇，《中國史新論：古代文明的形成分冊》，聯經出版社，二〇一六年。
・游美貴，《家庭暴力防治：社工對被害人服務實例》，洪葉文化，二〇一五年。
・山中康裕著，邱敏歷、陳美瑛譯，《沙遊療法與表現療法》，心靈工坊文化，二〇〇四年。
・保羅・普呂瑟著，宋文里譯，《宗教動力學》（A Dynamic Psychology of Religion），聯經出版社，二〇一四年。

要推理38　PG1826

要有光
FIAT LUX

跛鶴的羽翼
——靈術師偵探系列

作　　者	舟　動
插　　畫	雁　冰
責任編輯	喬齊安
圖文排版	莊皓云
封面設計	蔡瑋筠

出版策劃	要有光
製作發行	秀威資訊科技股份有限公司 114 台北市內湖區瑞光路76巷65號1樓 電話：+886-2-2796-3638　傳真：+886-2-2796-1377 服務信箱：service@showwe.com.tw http://www.showwe.com.tw
郵政劃撥	19563868　戶名：秀威資訊科技股份有限公司
展售門市	國家書店【松江門市】 104 台北市中山區松江路209號1樓 電話：+886-2-2518-0207　傳真：+886-2-2518-0778
網路訂購	秀威網路書店：http://www.bodbooks.com.tw 國家網路書店：http://www.govbooks.com.tw
法律顧問	毛國樑　律師
總 經 銷	易可數位行銷股份有限公司 地址：231新北市新店區寶橋路235巷6弄3號5樓 電話：+886-2-8911-0825　傳真：+886-2-8911-0801 e-mail：book-info@ecorebooks.com 易可部落格：http://ecorebooks.pixnet.net/blog

出版日期	2017年7月　BOD一版
定　　價	360元

國家圖書館出版品預行編目

跛鶴的羽翼：靈術師偵探系列 / 舟動著. -- 一
版. -- 臺北市：要有光, 2017.07
面； 公分. -- (要推理；38)
BOD版
ISBN 978-986-94954-1-7(平裝)

857.81 106009043

讀者回函卡

感謝您購買本書，為提升服務品質，請填妥以下資料，將讀者回函卡直接寄回或傳真本公司，收到您的寶貴意見後，我們會收藏記錄及檢討，謝謝！如您需要了解本公司最新出版書目、購書優惠或企劃活動，歡迎您上網查詢或下載相關資料：http:// www.showwe.com.tw

您購買的書名：________________________________

出生日期：________年________月________日

學歷：□高中（含）以下　□大專　□研究所（含）以上

職業：□製造業　□金融業　□資訊業　□軍警　□傳播業　□自由業

□服務業　□公務員　□教職　□學生　□家管　□其它______

購書地點：□網路書店　□實體書店　□書展　□郵購　□贈閱　□其他

您從何得知本書的消息？

□網路書店　□實體書店　□網路搜尋　□電子報　□書訊　□雜誌

□傳播媒體　□親友推薦　□網站推薦　□部落格　□其他__________

您對本書的評價：（請填代號　1.非常滿意　2.滿意　3.尚可　4.再改進）

封面設計____　版面編排____　內容____　文／譯筆____　價格____

讀完書後您覺得：

□很有收穫　□有收穫　□收穫不多　□沒收穫

對我們的建議：________________________________

____

____

____

請貼
郵票

11466
台北市內湖區瑞光路 76 巷 65 號 1 樓

秀威資訊科技股份有限公司 收

BOD 數位出版事業部

（請沿線對折寄回，謝謝！）

姓　名：＿＿＿＿＿＿＿＿　年齡：＿＿＿＿　性別：□女　□男

郵遞區號：□□□□□

地　址：＿＿＿＿＿＿＿＿＿＿＿＿＿＿＿＿

聯絡電話：(日)＿＿＿＿＿＿＿＿＿＿ (夜)＿＿＿＿＿＿＿＿＿＿

E-mail：＿＿＿＿＿＿＿＿＿＿＿＿＿＿＿＿